ありふれた愛じゃない

No Ordinary Love

村山由佳

Yuka Murayama

文藝春秋

ありふれた愛じゃない

目次

写真　ハナブサ・リュウ
装丁　関口聖司

ありふれた愛じゃない

第一章　月のしずく

真珠の輝きは、貝の苦しみから生まれる。

胎内に入りこんだ異物を吐き出そうとして叶わなかった時、貝はそれを自らの分泌物で巻き込むようにくるみ、痛みと折り合いをつけようとする。つまり、通常は貝殻を作るその分泌物が、胎内の異物を核として層を作り丸く重なっていった結果が真珠なのだ。

「痛みや苦しみをじっと飲みこんで、こんなにも美しい輝きに変えていく——そういった真珠母貝の働きを、昔の人たちは女性の持つ内なる強さに重ね合わせてきたんでしょうね。真珠という宝石がジューンブライドに象徴される六月の石として選ばれたのも、もしかするとそんな理由からなのかもしれません」

藤沢真奈は言葉を切ると、目の前に座る母娘に向かって微笑みかけた。

母親は見たところ五十代の初め、娘は二十代半ば、ともに身なりがいい。これ見よがしのブランド品は身につけていないが、母娘そろって髪や爪にきちんと気配りが行き届いている。結婚を控えた一人娘に、両親から一生の記念となる品を贈りたい。そう考えて、真珠のネックレスを選びに来たのだと母親は言った。

試しにこれを、と最初に指差された品物から推し量り、予算にだいたいの目星をつける。ほかにも数本、真奈が選んで紺色のビロード台の上に並べてみせたネックレスを、娘がおずおずと首にかけては母親に見せ、自分でも鏡を覗きこむ。

基本的にデザインは同じだが、珠《たま》の大きさ、色味や照り、輝きといった要素によって意外なほど印象が違って見える。

「お嫁に行くなら、一つはちゃんとしたものを持たせておかないといけないでしょう?」と母親は言った。「だってほら、嫁いだ先でも、これから先いろんな場面で必要になってくるでしょうし」

ね、と隣を見やる母親に、娘がはにかみながら頷く。傍目にも仲睦まじい二人に、真奈は、微笑ましさと同時に切ないような羨ましさを覚えた。

生まれてこのかた三十二年、ほんの幼い頃を除けば、自分の両親から愛情こめて何かを贈られた記憶はほとんどない。こんなふうにおっとりと幸せなやり取りを交わした記憶もだ。父親はつねに女の家に入り浸っていたし、母親はつねに働き疲れて苛立っていた。暮らしていくだけでぎりぎりの家庭だったのだ。娘に〈ちゃんとした〉贈りものをするなど考えつく余裕もなかったに違いない。

クラシック音楽がひそやかに流れている。一、二階合わせて四十坪あまりの店内には今、他にも三組ほどの客がいて、真奈の後輩の女性スタッフたちがそれぞれの応対をしている。ボウタイ付きの白ブラウスに濃紺のスーツといった揃いの服は、商品の中心となる真珠やダイヤモンドを最も美しく引き立てる背景となるのだった。

銀座の並木通りに店を構えて六十年余の「Jewelry TAKAHASHI」。四丁目周辺の大通りなどに面したブランド宝飾店に比べれば規模こそ慎ましいが、たとえば格式を重んじる旧家や、ほんとうの富裕層に属する人々の中には、周知の有名ブランドをむしろ敬遠し、知る人ぞ知るといった昔ながらの名店を好む顧客も少なくない。自身の持ち物にこだわりのある趣味人もそうだ。前身となった「高橋真珠店」の時代から今に至るまで、この店はそういった顧客から絶大な信頼を寄せられていた。

「ほんとうはね、うちなんかにはこちらのお店は分不相応だってわかっているんだけど」

と、母親は苦笑を浮かべた。

「そんな、何をおっしゃいますやら」

「いいえ、ここはそういうお店よ。昔からずっと私の憧れだったの。だからこそ、娘にはいつかきっとこちらの真珠を贈ってやりたいと思っていたのよ」

「ありがとうございます。光栄に存じます」

真奈は心から礼を言い、頭を下げた。

「でも、いざとなると迷ってしまうわね。こんなに沢山の中から、いったい何を基準に決めたらいいのか」

「結局のところ、ご予算の中で何をいちばん優先なさるかですね。珠の大きさなのか、それとも品質のランクなのか」

たとえば、と真奈はビロード台の上に二本のネックレスを並べ、値札もきちんと表に返してみせた。

「こちら、どちらも同じ七ミリ珠のものなんですが……」

母娘はそろって目を瞠《みは》った。

「同じ大きさで、お値段にこんなに開きがあるものなの?」

真奈は微笑んだ。

「比べてご覧になってみていかがですか?」

「たしかに、並べてみると輝きがだいぶ違うわね。片方だけ見たらあんまりわからないけれど」

「場合によっては、品質が最高ランクのものが、それより珠は大きくて品質が中程度のものより高価なこともあるんですよ」

へーえ、と娘が感心する。

「ええと、藤沢さん、とおっしゃるのね」

スーツの胸の名札を確認しながら母親が言った。

「あなたとしては正直、どのあたりがお薦めかしら。率直な意見を聞かせて下さらない?」

「そうですね。では、まずは大きさからですが……お嬢様はお若いですし、羨ましいくらいお首まわりが華奢でいらっしゃいますでしょう？　ですから、あまり大きなものよりも、七ミリか七・五ミリ珠あたりのものがしっとりと上品にお似合いではないかと思うんです」

「なるほど。それから？」

「次に色合いですが、お肌がとても白くていらっしゃいますから、先ほどからお試し頂いているところを拝見しますと、真っ白なものや黄色味がかったものよりも、うっすらとピンク色の光を帯びたもののほうが、お顔映りが明るくてよろしいかと思います。もちろんこれは、お好み次第なんですが」

「いえ、確かにそうだわ」

「そうなりますと……」

少々お待ち下さいね、と真奈はショーケースの下の引き出しから新たに二本のネックレスを取りだし、別のビロード台の上に並べてみせた。

「このあたりではいかがでしょうか」

予算を踏まえつつ、母娘の前へとそっと差しだしたのは、径が七ミリの珠を連ねた一本と、それよりわずかに大きい七・五ミリのものだった。

七ミリのほうは、形、色、照りなどすべてにおいて最高品質の〈花珠《はなだま》〉だけを選び抜いて連ねた逸品で、付いている値札は四十五万円。いっぽう、七・五ミリのほうは五十六万円で、わずかなりとも大きいぶんだけ見栄えがするものの、七ミリのものと比べてみれば照りや輝きに欠けている。

養殖とはいえ自然の海で育つ母貝が、〈花珠〉と呼ばれる品質の真珠を産みだす確率はほんのわずかに過ぎない。核入れという大手術によるショックや、あるいは台風や赤潮などといった原因によって、養殖期間中にほぼ半分の貝がまず死んでしまう。残る五割の貝から取りだした真珠のうち二割はジュエリーと呼ぶには質が低過ぎる。つまり、全体のかろうじて三割だけが良質な真珠として商品価値を持ち、さらにそれらの中にあってひときわ高貴な輝きを放つ無疵《むきず》の珠のみが、〈花珠〉という特別な称号を許されるのだ。

「あなたはどちらがいいの？」

母親は、隣に立つ娘の顔を覗きこんだ。

「遠慮することないのよ。一生に一度の記念なんだから」

問われた娘が困ったように真奈を見る。

「本当にお好み次第なんですよ」

「でも、どっちかって言ったら——こういう場合、藤沢さんならどちらを選びますか？　参考までに聞かせて下さい」

真奈は、答えを一瞬ためらった。値札から目をそらし、思いきって言った。

「あくまでも個人的な意見と好みですが、この二本のうちのどちらかをということでしたら、私だったら七ミリの花珠のほうを選びますね」

「それはどうして？」

「小さくても最高級だからです。特別な記念の品であればなおさら、大きさよりも本当に品質の良いものを選んだほうが、あとあと後悔もなくて、思い出に強く残るのではないかと思うので」

黙ってもう一度それを娘に着けさせた母親が、じっと眺めて深く頷き、いいわ、これにしましょう、と言った。

「おかげで助かったわ。ありがとう」

こちらこそ、と真奈は言った。本当によろしいんですか、と訊きたくなったがぐっと我慢した。せっかくの満足に水を差してはいけない。

「このまま着けて帰ってもいいですか？」

嬉しそうに目を輝かせる娘に、もちろんですとも、と微笑み返す。

「お箱を別に用意いたしますね」


通りに面したショーケースの外側は、閉店の時間になると、クラシックな格子状のシャッターで守られる。

手分けしてすべてのジュエリーをショーケースから取りだし、一つひとつ丁寧に金庫に納める。商品の点数を確認しながら最後に鍵をかけるところまで見届けるのは、チーフ・マネージャーである真奈の仕事だ。

三階の更衣室へ上がり、スーツから私服に着替え、一日じゅうアップにしてきつくひっつめていた髪をおろすと同時にようやく緊張がとけた。

鏡の前で肩までの髪をとかしていると、

「藤沢さん、ちょっといい？」

部長の渡辺広美が顔を覗かせた。

「あ、はい。お疲れさまです」

「済んでからでいいから、社長室まで来てもらえる？」

真奈の返事を聞くより先に部長が消えたとたん、後ろで着替えていた谷川諒子が声を低めて訊いた。

「また何かやらかしたんですか、チーフ」

「またって何よ」

「だってドロンジョ様、目が吊ってましたよ。こう、ぎゅうっと」

「もともとああいう目なんじゃないの」

「わあ、言っちゃお」

「ちょ、やめてよ」

真奈は慌てて止めた。

〈ドロンジョ〉というのは、女性スタッフの間だけで通じる渡辺広美部長のあだ名だった。もともとはアニメに登場する泥棒一味の女ボスの名前で、金銀宝石の類をこよなく愛する美女であり、出来の悪い部下たちに容赦なく当たり散らすという強烈なキャラクターだ。ただし、本家のドロンジョがお色気も愛嬌もたっぷりなのに対して、残念ながら渡辺広美には色気だけあって愛嬌がない。そこが大きな違いだった。

「そういえば、聞きました？　夕方くらいに、井上様ってお客様……あのほら、昼間お嬢さんと一緒に真珠のネックレスをお買い求めになったあの方から、藤沢チーフ宛に電話があったんですけど」

「え、知らない。私その時どうしてた？」

「トイレだったのかな、たまたま姿が見えなくて。ちょうど居合わせたドロンジョ様が、自分がかわるって言って電話に出たんですけどね。やっぱり聞いてません？」

「聞いてないよ」

「いま呼ばれてるのもそのことなのかな」

うーん、と眉が寄る。

「あの、何なら私ももうちょっと残って待ってましょうか？」

心配と好奇心が半々といった様子の諒子に、真奈は、ありがと、でも大丈夫、と笑ってみせた。

「お疲れさま、また明日ね」

更衣室の隣には社員の休憩室と給湯室があり、廊下を隔てた奥に社長室がある。

十年ほど前、採用試験の最終面接で初めて足を踏み入れて以来、真奈にとってそこは特別な場所になった。創業者である先々代の頃から引き継がれてきたという重厚なマホガニーの調度品は、机も本棚もみな大切に磨かれ、飴色に底光りしている。長い時を経たその輝きを目にするたびに、〈老舗の名に恥ずかしくない存在であれ〉と静かに諭されているようで背筋の伸びる思いがするのだ。

「失礼します」

開いているドアの外から言葉をかけると、「おう」と中から返事をしたのは社長の高橋芳雄だった。

とたんに緊張しながら、分厚いペルシャ絨毯を踏んで入っていく。

左手奥に据えられたデスクの向こう、革張りの椅子にもたれかかった高橋社長がじろりと真奈を見る。そのそばの壁際に、渡辺広美がいた。腕組みをして片方の足に体重をかけた立ち姿がどこかしどけない風情《ふぜい》に見えるのを、反射的に、ああ嫌、と思う。

重い空気の中、初めに口をひらいたのは渡辺部長だった。

「藤沢さん。あなた、井上様というお客様を覚えている？」

やはりその話か。

「もちろんです」

と真奈は言った。

「じゃあ当然、何をお買い上げになったかも覚えているわよね」

「はい。真珠のネックレスを一点。七ミリの花珠のものです」

「ええ、そうね。そこで藤沢さん、あなたに訊きたいの。いったいどんな理由があって、七・五ミリのほうをお薦めしなかったの？」

え？　と訊き返す真奈に、部長の渡辺広美はもう一度くり返した。

「どちらを選ぶかの決断を迷っておいでのお客様に、どうしてわざわざ十一万円も安いほうを薦じゅう、いち、まん、えん、も、と聞こえた。

「それは……」気圧《けお》されて、真奈はつい口ごもってしまった。「井上様のお嬢様から、正直な意見を求められたものですから」

「なんて」

「品質のいい七ミリと、それより少し落ちる七・五ミリとでは、結婚の記念として選ぶならどちらのほうがいいと思うかというようなことをです」

「だからって、そこでほんとに馬鹿正直に答える人がいる？」

渡辺部長は目を剝いてみせた。さもあきれ返った口調だった。

「大きいほうが華やかでお似合いです、とでも言えば済むことじゃないの」

「でも……」

「ねえ、藤沢さん。たしか、前にも同じようなことであなたに注意したわよね」

真奈は黙っていた。

「十一万やそこらのことでこんな小言を言うなんて、みみっちいと思ってる？」

「いえ、そんな」

「私だって、いちいち言いたくはないのよ。だけどね、これはビジネスなの。慈善事業じゃないの。十一万円という金額が問題なんじゃなくて、あなたの姿勢が問題だと言ってるの。まず、そこのところはわかってくれるかしら？」

真奈は、足もとに目を落とした。

「……はい」

「もしかしてあなた、この会社に恨みでもあるわけ？」

「は？」

あまりの言いぐさに思わず目を上げると、

「なあに、その顔」渡辺広美は片方の眉を吊り上げた。「そこまで心外そうな顔されると、こっちが心外なんだけど」

「あの、お叱りは甘んじて受けますけれど、私としてはただ、お客様には誠実であるべきだと思って、」

「ああ、なるほどね。素晴らしい心がけよね。お客様に誠実でさえあれば、会社に対しては誠実じゃなくてもいいってこと」

「そんなこと言ってません！」

「でもそう思われても仕方ないでしょう」

渡辺部長は薄笑いを浮かべ、顎を上げるようにして真奈を見た。顔の作りが整っているだけに、そういう仕草をするとひどく残忍に見える。

「ねえ、まだわからないの？　どうせあなたは今、大した問題でもないのにお局《つぼね》のドロンジョがまた勝手にヒスを起こしてるとか思ってるのかもしれないけど、これはね、じつは大した問題なのよ。今回は十一万円だったけれど、次は？　どれくらいの差額までだったら、あなたはお客様に誠実なほうを選ぶわけ？」

「それは……」

「あなたが今日したことはね、あなた自身の営業成績だけの問題なんかじゃない。この店に意図的に損害を与えたも同じことなの。わかる？」

真奈は言葉に詰まった。

そうではない、と言いたかった。だが、今日のこの店の売り上げが、もしかするとあと十一万円多かったかもしれないことは事実なのだ。である以上、何をどれだけ弁明しようと渡辺広美は納得しないだろう。

高橋社長も、彼女と同じ意見なのだろうか。さっきから黙って眺めているだけで、何の意見も差し挟もうとしない。

胃の底に渦巻く思いをどうにか押し殺して、真奈は言った。

「申し訳、ありませんでした」

「前の時もそうして謝ったわよね」

溺れた犬を棒で叩くような執拗さで、渡辺広美が続ける。

「じつを言うとね。夕方、井上様からクレームのお電話があったの」

「えっ。クレーム……ですか？」

にわかには信じられなかった。あの母親からは、おかげで助かったと感謝された。娘もあんなに嬉しそうだった。充分に満足してお帰り頂いたと思ったのに。

「嘘だとでも言いたいの？」

「い、いえ」

「たいそうな剣幕でお腹立ちだったわよ。家に帰ってからもう一度見たら、やっぱり大きい珠のほうがずっと見栄えがよかった。花珠かどうかなんて一本だけで見たらそうそうわかるものじゃないし、娘への大切な記念の品だと言っているのに安価なほうを薦められて、なんだか見くびられたような気がする、とおっしゃってね」

あの穏やかな母親がそんなことを言うだろうかと思いながら、つい、そんなつもりでは、と口にしたとたん、

「あなたがどんなつもりだったかなんて訊いてません」

渡辺広美はぴしゃりと言った。

「とにかく、井上様に関しては、今後は私がじきじきに対応します。明日、また店のほうにいらして下さることになったから」

「せ……せめてお詫びをさせて下さい」

「いいえ、けっこうよ。私が謝りたおしてようやく気持ちを収めて頂いたところなんだから、これ以上よけいなことはしないで。むしろ、あなたはその時間だけ休憩室にでも引っ込んで、井上様には決して姿を見せないようにしてちょうだい。あなたが今日みたいに〈お客様に誠実に〉接した結果が十一万円の損失なら、いっそ一日中そのへんで油を売っててもらったほうがはるかにマシってものだわ」

頭の中が真空になったかのようだった。反論も申し開きも、何ひとつ思い浮かばなかった。ごく控えめに言って、真奈は打ちのめされていた。

ギシ、と社長の座る革張りの椅子が軋む。

かろうじて見やった真奈を、高橋社長は得体の知れない薄ら笑いを浮かべてじっと見つめ返してきた。機嫌が悪そうには見えない。むしろ、女二人のやり取りをどこかで面白がっているようだ。

「ねえ、藤沢さん」

腕組みのままの渡辺広美が、ことさらになだめすかすような口調で言いながら反対の足に体重を移した。

「こんなこと、よりによって私から言われたくもないでしょうけど、あなただってもういい年でしょう？　いいかげんにチーフ・マネージャーとしての自覚を持って、もっとしっかりしてくれないと。いったいいつまで腰掛け気分でいるつもり？　困るんだな、ほんと」

そんなつもりは——という言葉を、真奈はかろうじて飲みこんだ。

今日のクレームが事実なら、悔しいが彼女の言うとおりだ。こちらがどんなつもりかなど問題ではない。

「申し訳、ありませんでした」

社長と部長のそれぞれに向かって、深く頭を下げる。

その真奈の頭上で、渡辺広美がやれやれと聞こえよがしのため息をついた。

「そりゃ、私にも至らないところはあったかもしれないよ。向こうの言ってることが全部間違いだとも言わない。だけど、いくら何でもああいう言い方ってさ。上司だとか管理職だとかって以前に、人としてどうよ、って思うわけ」

愚痴をこぼしたからといって心が晴れるわけではない。言えば言うだけ、かえって自己嫌悪の淵に沈んでいく気もする。

それでも、こうして信頼する女友だちに聞いてもらえているというだけで、いくらかの慰めにはなった。

「ごめんね……急に呼び出して、こんな愚痴」

空になったワイングラスを押しやり、真奈はカウンターに突っ伏した。

「うーん、やばい。ちょっと酔いが回ってきたみたい」

「何を今さら」

隣に座る小川千晶が苦笑いする。

「もうずいぶん前から、ぐじゃぐじゃに酔っておいでですけど?」

「そっかな。なんかさ、そりゃ仕事ができるのは認めるけど、だからってあの言い方はないって思うわけ。ほんっと頭くる」

「話が同じとこ回ってるよ」

「おまけにさ、ちょーっと美人だからって社長に色目なんかつかっちゃってさ。あの二人、絶対何かあると見たね。社長もさ、仕事ではすごい切れ者のくせに、ああいうとこは趣味悪いっていうかさ。何ていうの、悪食《あくじき》っていうの？　あんなに素敵な奥様がいるのに、男ってほんっとバカ」

「その奥さんて人が、副社長なんだっけ？」

「そう。薫子夫人」

「なんか昼ドラみたいな名前だね」

「そっかな。でもほんとはね、奥様のほうが『Jewelry TAKAHASHI』の一人娘でね、社長は婿養子なの」

「それも、前に聞いたよ」

「そっかな。ったく、不倫だろうと何だろうと勝手にすればいいけど、そういうややこしいとこに私を巻き込まないでほしいのよね。もう、最低」

「はいはい、わかったから。この酔っぱらいめ」

ぶつぶつ言いながらも千晶の手は甲斐甲斐しく動いて、手のかかる親友がワイングラスを倒したり皿の中に顔をつっこんだりしないように世話を焼いてくれる。真奈は、急に幸福な気分になって「うふふふ」と笑った。

学生時代からこんなふうだった。背の高い真奈は今に至るまでずっと髪が長く、小柄でぽっちゃりとした千晶のほうはといえばずっと短いままで、私服の好みといい、交わす言葉といい口調といい、こうして並んでいるとあの頃からほとんど変わっていない。おもに映画雑誌にコラムやインタビュー記事を書くのが千晶の仕事だが、思えば小論文やレポートだって昔から得意だった。お互いの間にじつは十年もの歳月が流れたということのほうが冗談のように思える。

「まあ、大目に見てやんなさいよ」と千晶が言った。「要するに、あれでしょ？　お局様のヒステリーでしょ？」

「ドロンジョ様だよ」

「何でもいいけど、そのドロンジョ部長のほうは『持たざる者』でさ、いっぽうで真奈のほうには『持てる者』の気配がむんむんしてんの。嫉妬されるのはしょうがないよ」

「何それ。私なんか何にも持ってないじゃない」

「は、よく言う」千晶はふっと笑った。「あーんな若いオトコに惚れられてさ」

「そ……」

「もう、それだけであんた、世界中のお局様から呪い殺されたって文句言えないよ。違う？　可愛い可愛い年下の彼氏がいるんだから、ドロンジョ様ごときに辛く当たられるくらい何よ。余裕ぶちかまして、嫉妬もヒステリーもさらりと受け流してやんなさいって」

真奈は、口をつぐんだ。

「何よ。不服そうじゃない」

だって、と真奈は言った。思いのほか小さい声になった。

「ほんとはね。渡辺部長に今日言われた言葉より何より、自分が接客した相手からクレームが入ったってことのほうが、ずっと堪《こた》えてるんだよね。それも、ちゃんと喜んでもらえたと思えた相手だったからよけいに、ダメージ大きいって言うか……」

あーあ、と再びカウンターに突っ伏してしまった真奈の後頭部を、優しいてのひらがぽんぽんと叩く。よしよし、と千晶は言った。

「ね、それはそうと、こんなとこでクダ巻いてていいの？　あたしなんかじゃなくて、タカシくんに打ち明けて慰めてもらえばいいのに」

「言えないよ」

「なんで」

「だって貴史、今はまだ自分の仕事でいっぱいいっぱいなんだもの。私の愚痴なんかで彼の時間を邪魔したくないし」

当然のことのつもりで言ったのだが、千晶はあきれた目つきで真奈を見た。

「じゃあ、何？　あたしの時間なら邪魔していいっての？」

「あ、そういう意味じゃなくて」

「わかってるよ、それは冗談だけどさ。でもあんたまさか、年がら年中そんなこと考えて遠慮しながら彼と付き合ってるわけ？」

「……うーん、どうだろ」

言葉を濁しながらも、もしかしてそうかもしれない、と真奈は思う。

今年の秋でやっと二十六歳になる大野貴史とは、二年ほど前から付き合うようになった。互いに人数合わせのためだけに半ば無理やり引っ張っていかれたコンパで、あぶれ者同士なんとなく意気投合し、二人で抜け出して飲みに行ったのがきっかけだった。

真奈が正直に年齢を言った時、彼は少しも動じなかった。年よりも若く見えるね、などと馬鹿なせりふを吐かないでいてくれたことにまず好感を持った。

とはいえ、自分より六つも年若い恋人に対して、女としての遠慮がないと言えば嘘になる。そしてその遠慮は必ずしも、年上であるがゆえの卑下のようなものから生まれるとは限らない。建設会社に勤めて四年目の貴史にはまだ見えないあれやこれやが、真奈にはくっきり見えてしまうということがたびたびある。彼が意気込んで挑戦を試みるより前から結果や答が予想できてしまうのは、すでに自分が通ってきた道だからだ。

だが、何でも先回りして賢《さか》しらに物を言えば、可愛げのない女だと思われてしまいそうで怖い。こちらの側が年上であることを気にするのと同じように、貴史には貴史で年下ゆえのコンプレックスがあるらしい。そこはできるだけ刺激したくないし、だいいち、失敗から学べることだって多いはずだ……。そんな具合にぐるぐると思いをめぐらせては口出しを我慢するのだが、どうせ失敗するとわかっていながら黙って見ているというのはじつにしんどいものだった。予想通りうまくいかずに落ち込んでいる恋人を、後から優しい言葉で慰めたり励ましたりするたびに、真奈は自分が嘘つきの裏切り者のように思えて鬱々とするのだった。

「なんでそんなに遠慮するかなあ」

隣で千晶が言った。

「真奈って、昔っからそうだったよね。人のためなら、このあたしが止めに入りたくなるくらいの勢いで食ってかかるのに、自分のことだといっぺんに言いたいことが言えなくなっちゃう。とくに相手が惚れた男だとよけいにさ」

「だって……嫌われるの怖いんだもの」

「相手の反応とか気持ちとか、先回りして考え過ぎてるんじゃないの？　だから思ったことの半分も口に出せなくなっちゃうんだよ」

「わかってるんだけど」

「悪い癖だよ、それ。直したほうがいいよ。接客業には向いてるのかもしれないけど、プライベートでまでそれじゃあ、いつまでたっても幸せになれないよ」

真奈は、カウンターに頬杖をついたまま、再び唸った。こうまでずけずけと言われるとさすがにこたえるが、相手が昔なじみの千晶では反論のしようがない。

「あんたって、後輩とかからは頼れる姐御扱いされるけど、ほんとはこんなにヘタレで怖がりなんだからさ。周りにももっと情けないとこ見せていいんだよ。一人で頑張り過ぎたって、いいことなんか何にもないよ？」

「それもよくわかってるんだけど」真奈は言った。「しょうがないよ。性分だもの」

千晶がため息をつく。

「ま、あんたのそういうとこも嫌いじゃないんだけどね」

「ふふ」

「ばか、褒めてないってば。だけど、あれかね。貴史くんはちゃんと気がついてくれてるのかね。あんたのその弱っちい部分にもさ」

さあねえ、と真奈は苦笑した。

「あのとおりの甘えん坊だもんね。私のことは、それこそ、頼れる姐御だとでも思ってるんじゃない？」

「まあ、あんたがそれで幸せだって言うなら別にいいんだけど」いささか釈然としない顔で、千晶は言った。「実際あの子、なかなかの優良物件だとは思うし」

「物件って……」

「だって、勤め先も性格も見た目も悪くない相手で、しかもいい感じに年下だなんてさ」

渋々ながらもそうして褒められれば、悪い気はしない。けれど千晶は釘を刺すのも忘れなかった。

「言っとくけどね、真奈。男なんて甘やかしたらどんどんつけ上がるだけだよ。今のうちにシメるところはシメて教育しとかないと、あとから苦労するのはあんたなんだからね。わかってる？」


一人で帰れるかと千晶は心配してくれたが、地下鉄に乗りこむ頃には、真奈の酔いはもうずいぶん醒めていた。もともとそれほど酒に弱いわけではないのだ。

終点の荻窪で降り、少し歩く。さっきまで銀座の喧噪の中にいたことが嘘のように、あたりは小暗い緑の闇に覆われている。

アパートに毛の生えたようなマンションのドアを開けると、中からテレビの音がした。貴史が顔を覗かせ、すぐに立ちあがって玄関まで迎えに出てくる。

「お帰り、まーちゃん。お疲れさん」

抱き寄せられ、軽いキスを受けながら、真奈はようやく今日の緊張がほぐれていくのを感じた。

「ごめんね、お酒臭いでしょ」

「はは、ちょっとだけね」貴史が、柴犬のようなやんちゃな顔で笑う。「どう、千晶さん元気だった？　俺のこと何か言ってた？」

「うん。私は幸せ者で、あなたは〈優良物件〉なんだって」

「さっすが、わかってるじゃん。ちなみにその優良物件は、すっごく腹が減りました」

「え、晩ごはん食べてないの？」

「食べたんだけど減りました」

真奈は、思わずふきだした。

「しょうがないなあもう。何か軽いもの作ったげるから、ちょっと待ってて」

「やった！」

真奈をもう一度抱きしめてから、貴史がテレビのほうへ戻っていく。

とっくに楽なTシャツに着替えた若い背中を心から愛しいと想う自分と、一日の立ち仕事にむくんだ足でキッチンへ向かいながらどうにも釈然としない自分の、いったいどちらが本当なのだろう。

それでも、あの大きな甘えん坊から一心に追い求められるのは、何ものにも代えがたいほど心地のいいものだった。貴史のことはもちろん好きだが、異性からそれほどまでに強く求められたことは真奈には初めての経験で、正直なところ――本人にはけして言えないことだけれど――自分はもしかすると、女としての嬉しさと晴れがましさに流されて、彼の求愛を受け容れてしまったのかもしれない、とさえ思う。

千晶の言う「ヘタレで怖がり」な自分に気づいてくれないからといって、貴史を責めるわけにはいかない。弱音や気遣いや遠慮を、あえて彼の目から隠しているのはこちらのほうなのだ。見抜けないからと相手を責めるのは酷というものだろう。

貴史の会社は基本的に土日が休みだが、真奈の休日は「Jewelry TAKAHASHI」のシフト次第で変わる。二人の休みが重なるのを待っているとなかなか逢えないので、最近は彼が真奈の部屋に続けて泊まることも多く、すでに半同棲状態と言ってもいいほどだった。

今夜もそうだが、貴史はたとえ自分のほうが早く帰っても家事などは何もしない。ああしてテレビを観ながら真奈の帰りを待っているだけだ。

背後でお笑い番組の続きを観ている彼にため息はつきたくなるものの、料理のできない男に無理やり不味いものを作らせるくらいなら、得意なほうがやればいいではないかとも思う。かわりに彼のほうだって、朝の出がけにゴミ袋を持って下りてくれることもあるのだし、と。

〈男なんて甘やかしたらどんどんつけ上がるだけだよ〉

わかっている。ただ、真奈は、このごろ折にふれて母親の疲れきった顔を思いだすのだった。夫の浮気が原因で、金銭的にも精神的にもずっと苦労していた母親を見ながら育った真奈にとって、生きていく上での最優先事項は、経済的な安定だった。お金がすべてだなどとは思わないし、金持ちになりたいわけでもない、身の丈にあった生活ができればそれでいいとは思うのだが、少なくとも、結婚するなら〈ちゃんと稼いでくる浮気をしない男〉というのが大前提だった。

あわせて、自分自身のキャリアも絶対に手放したくなかった。男がいなくなったとたんに根底から揺らいでしまうような結婚なんて、いつ暴発するかわからない爆弾を抱えこむようなものだ。経済的に自立していなければ最低限の安心さえままならない。自分のキャリアを手放して家庭に入るなど論外だった。

ほんとうに「優良物件」かどうかは知らないが、真奈にとっては、貴史の年齢も、見た目も、ほとんど関係がなかった。ただ、ちゃんとした会社で一生懸命に働いているまともな恋人が、そばにいて自分だけを求めてくれているということ——とりあえずはそれだけで充分だった。

甘えん坊だが優しくてまっとうな貴史となら、この先も無駄に心乱されることなく、穏やかで健全な日常を送れるのではないか。それこそがいちばんの幸せの条件だとさえ思ってしまうのは、おそらく、過去に一度失敗しているからかもしれない。

かつて、学生時代から卒業後までの数年間、何を血迷ったか、まるで生活能力のない男とつき合ったことがあった。アルバイトは続かず、待ち合わせには遅刻ばかりで、やがて勤めた会社さえ辞めてしまうようなろくでなしだった。ずっと外国を旅しながら暮らしたいだの、お前もついて来いだのと、酔っては夢のような話ばかりくり返してろくに働こうともしない男に、やがて真奈は疲れきり、最後は千晶の助けまで借りて生爪を剝ぐ思いで別れた。もう十年も前の話だ。それでも、その陽気で楽天的な男を、当時の真奈は心から好きだったのだ。今思い返すと、認めたくはないが父にどこか似ていたかも知れない。

「何か手伝うことあるー？」

貴史の声に、はっと我に返る。

「ううん、大丈夫。塩鮭があるんだけど、お茶漬けでいい？」

「お、いいね。最高」

急いでエプロンを首にかけ、焼き網に切り身をのせる。年下の恋人にいそいそと夜食を作ってやる女……の甘やかさはほとんどなく、むしろ、育ち盛りの息子を抱えた母親のような気分だった。

それでもいい。男として社会的に一人前でいてくれるのなら、そしてこんな自分を一途に想ってくれるのなら、家の中では手のかかる子どものようでも仕方ないじゃないか。少なくとも、外でまで大人になりきれない男よりは遥かにましというものだ。

人生において、将来が読めてしまう退屈は、そのまま、先の予測がつく安心につながっている。真奈が何より欲しいのは、その安心だった。

浮気性で浪費家だった父にせよ、夢ばかり見ていたかつての恋人にせよ——相手の事情に振りまわされて傷つくのは、もう、たくさんだ。

＊

週が明けてすぐ、真奈は、社長の高橋芳雄に呼びつけられた。渡辺広美が得意先との商談で出かけている間のことだった。

先週、真奈が例の〈不始末〉について渡辺部長から叱責を受けていた時はただ黙ってそばで眺めているだけだった社長だが、今わざわざ自分を呼ぶとなればやはりあの件だとしか思えない。どんな叱責も甘んじて受けるしかないけれど、どうかクビにだけは……。

爪の先が凍る思いで身構えていた真奈は、しかし、高橋の言葉に耳を疑った。

「え？　タヒチって、あのタヒチですか？」

高橋は、ばかにしたように鼻を鳴らした。

「ほかにどんなタヒチがあるんだよ、え？」

「そうですけど、でも、どうして私に？　真珠の買い付けでしたら、いつもは必ず社長か渡辺部長が行ってらっしゃるじゃないですか」

「いつもがそうだから、今回はお前を連れてくと言ってるんじゃないか。なんだ。いやなのか」

「いえ、いやとかそういうことでは、」

「じゃあグダグダ言うんじゃない」

ぞんざいな口のきき方は高橋の常だ。対外的にはさすがに紳士然としてふるまうのだが、身内に対してはまったく遠慮がない。初めのうちは「お前」呼ばわりを嫌がっていたスタッフ一同も、今ではすっかり麻痺して何とも思わなくなってしまったほどだ。

だが、正直なところ真奈の目には、高橋がわざと無頼を演出しているように見えることがあった。婿養子にして社長という立場にも、それなりに苦労や屈託があるものなのかもしれない。

「お前もそろそろ、本気で勉強していい頃なんじゃないか?」高橋は言った。「この商売、現地での仕入れから一人でやれて初めて一人前を名乗れるんだ。なに、いくつかの作法はあるがすぐに慣れる。いいものを見極める目さえ持っていれば、何も怖いことはない」

「見極める目……ですか」

「なんだそりゃ。そんな自信のなさそうな声を出すな」

「なさそうじゃなくて、ないんです」

「馬鹿を言え。簡単なことじゃないか、客の顔を思い描きながら買い付けりゃいいんだよ。顧客の心をつかむのに長《た》けたお前に、その程度のことができないはずはないだろう」

真奈は、びっくりして社長の顔を見た。顧客の心をつかむ——そんなふうに見ていてくれたのか、と意外に思う。

「お前なら、いま売れ筋のジュエリーがどういうものかはわかってるはずだ。手に入れた真珠をどうやって売っていくか、後のことをイメージしながら攻めの買い付けをしてみせりゃいい」

「攻めの、買い付け……」

「どうだ。ちょっとはやれそうな気になってきたか。それでもまだ自信がどうとかぐちゃぐちゃ考えるんなら、今のうちに言ってくれ。お前が尻尾巻いてすたこら逃げ出したとしても、俺は毛ほども困らない。他に誰か、もっとやる気のあるスタッフを連れていくだけだからな」

カチンときた。謂われのない喧嘩を吹っかけられた気がした。

「やります」

「あ？」

「タヒチまでお供します。勉強させて下さい」

高橋社長は、黙ってニヤリと笑った。こういう時に目が笑わないのもまた彼の常だった。

タヒチ——一般にそう呼ばれている島々の正式名称は「フレンチ・ポリネシア」という。その名のとおり、いま現在もフランス領だ。世界中のハネムーナーが憧れるリゾート地であり、首都のあるタヒチ本島のほかにモーレア島、ボラボラ島などが豪華な水上コテージでよく知られているが、実際には五つの諸島群になんと百十八もの島々が属している。

そしてまた、この海域で採れる黒真珠は、名だたるハイジュエリーブランドが指名買いするほどの高品質を誇る。

これまで「Jewelry TAKAHASHI」から買い付けに出向くのは、高橋社長か渡辺部長のどちらか一人だけということが多かった。なにしろタヒチでは、食糧をはじめ生活用品のほとんどすべてを輸入に頼っているため、日本に比べてもかなり物価が高い。一週間ほどの滞在費と往復の旅費をあわせれば、一人当たり四、五十万円はかかってしまう。だが、それだけの経費をかけてもなお、わざわざ足を運ぶ価値はあるのだった。

現地の養殖場へただ出かけていって、仕入れ値で譲ってもらうばかりが買い付けではない。優秀な生産者の誇る良質な珠は、見本市に出品され、世界中から業者の集まるオークションにかけられることが多い。しかもそれが入札価格非公開のブラインド・オークションともなれば、品物を自分の目で見極めた上で、競合する業者よりもわずかに高い価格を予想して提示しなくてはならない。提示価格が低すぎては他業者に奪われて落札できないし、逆に高すぎると、落札できたとしても大きく損をしてしまう。

正確で幅広い知識。鋭い審美眼。そして、野性の勘……。オークションは、すべてが試される闘いの場なのだった。

「めずらしいこともあるものよねえ。あの社長がわざわざ、一介のスタッフを連れていこうとするなんて」

真奈が社長からタヒチへの同行を命じられた翌朝のことだ。始業前の更衣室で、渡辺広美はまるで待ち構えていたかのように話を振ってきた。

「そうですよね。私も、本当にびっくりしました」

店の制服である黒いスーツに着替えながら、真奈は用心深く答えた。経験上、いやというほど思い知っている。部長が優しげな口調でものを言う時は、とんでもなく機嫌の悪い時だ。

「少しでもお役に立てるように、出発までの間に必死で勉強しておきます」

広美が、鼻先でひっかけるように嗤った。

「せっかくやる気になってるところへ水を差して悪いけど、そんな付け焼き刃なんかでどうにかなるようなものじゃないでしょうよ。まったく社長も何を考えてるんだか。悪い癖よねえ。若い女に何か頼みこまれると、すーぐ絆《ほだ》されちゃう」

「……どういう意味でしょうか」

「べつに。どういうも何も、そのまんまの意味だけど。あなたこそ、何か他の意味を勘ぐらなくちゃいけないような理由でもあるのかしら」

「いいえ。あの、もしかして、『若い女』っていうのは私のことですか？」

「あなたがそう思うんならそうなんじゃない？」

「じゃあ違いますね。私なんてもう若くないし」

冗談めかして軽くかわしたつもりだったのだが、口に出した瞬間、失敗したとわかった。三十二歳の自分が〈もう若くない〉のなら、渡辺広美はどうなるのか。相手の冷ややかな目つきから、まったく同じことを考えているのが伝わってくる。胃の底が、いやな感じに冷たくなる。

かといって、ここで「すみません」などと謝ればなおさら角が立ちそうだ。重苦しい沈黙をかき分けるように、真奈は口をひらいた。

「とにかく、少なくとも私は、社長に何か頼みこんだりしていません。社長のほうから急に」

「なるほどね。ってことはつまり、こう言いたいわけだ。〈自分には社長に見込まれるだけの何かがある〉って」

「そ……」

冷えきったはずの胃の底から、ふつふつと煮えるような苛立ちが込みあげてくる。

「どうしていちいち、そんなふうに人の揚げ足を取るようなことばっかりおっしゃるんですか？」

つい、強い口調になってしまった。挑発に乗るべきではないとわかっているのに、憤りのほうがまさっていた。

「私はただ、事実をありのままにお話ししているだけです。私だって、どうして社長がいきなりあんなことを言いだされたのかわかりません。ただ、理由がどうあれ、命じられたことは精いっぱい務めようと思っています。社長のご判断を部長がおかしいとお考えなんでしたら、社長に直接おっしゃって下さい。私に当てこすりを言われても困ります」

「おはようございまーす」

更衣室に入ってきた谷川諒子が、二人を見るなり、笑みを引っこめた。

「トイレ行ってこよっと」

バッグだけ置いてそそくさと出ていく。

渡辺広美は片方の眉を吊りあげてそれを見送ると、真奈に目を戻し、舐めるように眺めた。猫が手の内にある獲物をなぶる目つきだった。たっぷりの間をおいて言った。

「当てこすり、ねえ」

あ、て、こ、す、り、と聞こえた。

「こっちこそ訊きたいな。どうして私が、あなたに当てこすりなんか言わなくちゃいけないのかしら。もしかしてあなた、私が嫉妬からこんなことを言っているとでも思ってるの？」

真奈は、黙っていた。

「ああそーう、ふうん、思ってるわけだ。私が、今回タヒチへ行くのが自分じゃないから子どもみたいにやきもち焼いてるって」

「……いえ、そういうわけでは」

「じゃあ、どういうわけ？　そういうわけじゃないなら何だって言いたいの？」

嫉妬は嫉妬でも、もっと別の——と思いはしたが、さすがに言えない。

「だいたい、どう考えたっておかしいでしょうよ」

つかつかと鏡の前に行った広美は、髪をアップにしてピンで留めながらなおも続けた。

「たとえ社長のほうから誘われたとしたって、ついこの間あんなミスをしでかしておきながら、よく受ける気になるわよね。ふつうの神経だったら、自分には無理です、分不相応ですって辞退するのが筋じゃないの」

どうあっても、命じた社長の側ではなく、それを受けようとしているこちらの側に非があると言いたいらしい。仕事上の指示を、社長から〈命じられた〉ではなく〈誘われた〉と言い表すことがそのまま、自分の嫉妬の種類をはっきり露呈してしまっているとは気づかないのだろうか。

真奈が目を伏せて黙っていると、広美はバッグをロッカーにほうり込み、乱暴にドアを閉めて鍵をかけた。ヒールの音も荒々しく廊下へ出ていったかと思うと、すぐ隣の給湯室に向かって言った。

「谷川さん、そこトイレじゃないわよ」

他者に対して謂われのない悪意を抱いた経験のない者は、自分に向けられるそれに対しても鈍感なものだ。

その日の午後だった。真奈が担当している宮内という客が、婚約者の女性と二人でペアの結婚指輪を受け取りに来た。

ともに、四十代にさしかかっているだろうか。最初の打ち合わせの際も二人そろって来店したのだが、痩せぎすでいささか神経質そうな宮内に対して、妻となる洋子という女性のほうはかなりふくよかで、性格もおおらかだった。真奈がサイズをお測りしますと申し出ると、赤ちゃんのそれのようにところどころ窪んだ福々しい左手を、はにかみながらそっと差しだす風情が好もしかった。

衝立で囲われた接客コーナーへ二人を通しておき、真奈は一階奥のストックルームへ商品を取りに入った。入れ替わりに出てきた渡辺部長とぶつかりそうになる。

「——邪魔」

鼻面をはたくかのような物言いにげんなりしたが、無理やり気を取り直し、いくつかのオーダー品が並んでいる壁の棚から、あらかじめ用意しておいた〈宮内様〉のトレイを取りだす。濃紺のベルベットのトレイに、同素材の丸みを帯びた箱が二つ。埃などついていないかどうか確認し、念のためにもう一度ふたを開けて中身も確かめた。

「お待たせいたしました」

捧げ持つようにして運んでいくと、二人はぱっと顔を輝かせた。妻以上に夫のほうが嬉しそうで、ああ、素敵な結婚なんだな、と真奈は思った。

この仕事を誇らしく感じるのはこんな時だ。顧客にとっての様々な幸せの場面に寄り添うことのできる仕事だからこそ、たまに辛いことがあっても、辞めようなどとは思わずにいられる。

それぞれの箱を開け、二人のほうへ向けて並べる。素材はともにプラチナで、男性用はシンプルなカマボコ形、女性用は同じデザインに一粒だけ小さなダイヤモンドが埋め込まれている。この店で一番人気の組み合わせだった。

「なんだか、見たら初めて実感が湧いてきちゃった」

ほうっと満足げなため息をついて洋子がつぶやく。

「結婚、するのねえ、私たち」

「何を今ごろ」

そう言う宮内も満更ではなさそうだ。

「いかがでしょう。一応、はめてごらんになった感じなど、お確かめになってみて頂けますか?」

僕がはめてあげようか、という宮内の申し出に、それはお式まで楽しみに取っとくわ、と笑って答えた洋子が、ダイヤ入りのリングを箱から抜き取る。

それを見た時、一瞬ふっと違和感がよぎったのだが、なぜだかわからないままに真奈は続けた。

「とても品質の良いダイヤモンドですので、さりげないのに良く光って、思いのほか華やかですよね。もちろんこれから何年先になりましても、サイズのお直しなどは、当店へお持ち頂ければいつでも無料でお受けいたします……の……で……」

自分の言葉が尻つぼみになって消えるのを耳で聞きながら、真奈は、茫然と洋子の手もとを凝視した。

「どうしよう。入らない」

ぴかぴかと輝く銀色の輪が、第二関節に阻まれて引っかかっている。縮こまるように背中を丸めた洋子が、今にも泣きだしそうな顔で言った。

「うそ、私、また太っちゃったの?」

いやな予感というより、いっそ悪寒にも似たぞわぞわとした感覚が突きあげてきて、

「ごめんなさい、拝見してよろしいですか」

真奈が手を差しのべるのを遮るように、

「見せてごらん」

宮内が隣から彼女の左手を取り、白っぽくなった指からリングを抜き取った。くるりと回して、内側に目をこらす。濃い眉がひそめられる。

そして宮内は、真奈に視線を据えた。

「お直し以前の問題だね。ちょっと、上の人を呼んでくれませんか」

覚めない悪夢の中にいるようだった。いや、覚めない悪夢のほうがはるかにましだった。どうしてこんなことばかり続くのか。

充分過ぎるほど確かめた。午前中に、宮内の書いたオーダーフォームと実物とをつきあわせ、イニシャルなどの間違いがないかどうか一つひとつ確認し、リングのサイズもそれぞれ測り直した上で箱に入れ、自分の手で〈宮内様〉の付箋を貼ってトレイを棚におさめたのだ。商品に指紋がつかないようにはめていた白手袋を、字を書く時だけはずしたことまでよく覚えている。そこまでしたのに、いったいどうして、女性用のリングだけが別口の注文と――。

「あのねえ、藤沢さん。ただ漫然と箱を覗いて見ることを、確認したとは言わないのよ。あらかじめ何をどれだけ確認したかなんてことは訊いてないの。ストックルームから持ちだす時に、もう一度イニシャルまで確かめなかったのは事実なんでしょう?」

「……はい。でも、」

「でもじゃないわ。それはあなたの落ち度よね? 同じデザインのリングがほとんど毎日のように出ていることぐらい、充分わかってたはずだものねえ」

ねちっこい叱責がデジャ・ヴのようだ。ほんの一週間ほどの間に、社長室に呼ばれるのはもう三度目だった。しかも今日は相手方がずいぶんと多い。渡辺広美部長に高橋社長、そしてもう一人、閉店間際になってふらりと店を訪れた薫子夫人が、今は窓際の応接ソファに腰をおろして無表情に成りゆきを見守っている。

「社長」

広美が、高橋に向き直る。

「これは、藤沢さんの直属の上司として申しあげますけど、こんなにも不注意きわまりない未熟な社員を、わざわざ海外への買い付けに連れていくだなんて、とうてい賛成しかねます。いくら勉強のためとはいえ、下の者たちに示しがつきません」

真奈は、身を固くして社長の言葉を待った。頭の中には、今すぐ口に出したい申し開きの言葉とともに、ひとつの強い疑念が渦巻いていた。

どうして今日に限って、それも自分の顧客に限って、指輪が入れ替わったりしたのか。直前にストックルームから出てきた人物を思いだす。

(――邪魔)

しかし、どんな疑念であれ、証拠がない以上はただの言いがかりに過ぎない。それでなくとも、先ほど社長室へ呼ばれて以来、状況を説明しようとしてもことごとく広美に揚げ足を取られ、それについて弁解しようとすれば言い訳だと決めつけられるといった状況が続いている。言葉を重ねれば重ねるほど、つけこまれる隙を与えるばかりなのだ。真奈は疲れきり、今やほとんど戦意を喪失しつつあった。

高橋社長はなかなか口をひらかない。苛立ったように、広美が言った。

「こんなことは言いたくありませんけど、社長。私としては、藤沢さんをこのままチーフにしておくのも考え直して頂きたいくらいなんです。ここ数年間、彼女の仕事に対する態度を見てきましたが、こちらがどれだけ親身になって何を言ってやっても、この人はまともに反省なんかしないんですよ。今だって、神妙な顔はどうせ上辺だけ。この部屋を出たとたんに舌を出すにきまってます」

ここまでのことを言われなくてはならないような何かを、自分はこの人に対してしただろうか、と真奈は思った。基本的に下の者に対してきつい上司だが、特別に風当たりが強いように感じるのは被害妄想なのだろうか。

ゆっくりとまばたきをする。意識して下腹に力を入れていないと、後ろへふうっと倒れてしまいそうだ。

と、高橋が咳払いをした。

「よくわかった」しわがれた声で、高橋は言った。「つまり、タヒチへはこれまで通り、お前に行ってもらうのがいいということかな」

渡辺広美の頬がぱっと紅潮した。あわてて表情を引き締めようとしながら言った。

「誤解なさらないで下さい、社長。私は何もそういうことが言いたくて反対したわけでは」

「ああ。お前がそんなつまらない人間でないことはよく知っているとも」

「ありがとうございます」

「よし。では、結論を言おう。変更は無しだ。今回はやはり藤沢を連れていく」

えっ、と広美の声が裏返る。真奈も耳を疑った。今の話から何がどうつながればそういう結論になるのだ。

「あのなあ、渡辺」

高橋は革張りの椅子のアームに肘をつき、こぶしで顎を支えながら言った。

「お前は、ここ何年も藤沢の仕事ぶりを見てきたと言うが、その間、俺だって同じようにいろいろと目配りしてきたつもりだ。お前が仕事熱心なのはわかってる。有能であるがゆえに、他の者が馬鹿に見えるのもよくわかる。何せ、俺がそうだからな」

自分の言葉に面白くもなさそうに笑い、高橋は続けた。

「だがな。今のお前のやり方では、下の者が育たない。下の者が育たない会社に、未来はない。上に立つお前の役割は、無能に見える部下たちの代わりに何もかも自分が手を出そうとすることじゃなく、せめてお前程度の仕事ができるように彼らを導いてやることのはずだ。違うか」

真奈は、目を上げられなかった。話の内容そのものはまっとうなはずなのに、高橋が口にするとどうして身の竦《すく》む思いがするのだろう。

「どうだ、渡辺。俺は間違ったことを言ってるか」

「……いいえ」

聞いたこともないほど細い声で広美が答える。

「お前もだぞ、藤沢」

真奈は慌てて顔をあげた。

「お前も、今は黙って自分の仕事をしろ。言いたいことは山ほどあるだろうが、俺の目は節穴じゃない。見るべきところはちゃんと見てる」

視界の端にうつる広美の顔が、ますます蒼白になってゆく。

「とにかく、出発まであと半月もないんだ。死ぬ気で勉強しとけよ。お前が〈不注意きわまりない未熟な社員〉とやらの汚名を返上したいと思うならなおさら、これを機に、一世一代のやる気を見せてもらいたいもんだ」

「はい」

神妙に頷いた真奈をじろじろと眺めていた高橋は、

「――と、いうのが俺の判断だが、きみはどう思う?」

そう言って、窓際のソファのほうへと顔を向けた。さしもの高橋も、妻のことだけは〈お前〉とは呼ばない。

身じろぎした薫子夫人が巻き髪を後ろへ振りやると、二連にかけたアコヤ真珠のロングネックレスが重たげな音をたて、シャンパンゴールドの絹のブラウスがぬめりと光った。年齢は夫といくつも変わらないはずだが、顔にも喉元にも皺ひとつ見当たらない。

完璧に整えられた眉の下から、物憂げな視線がこちらへと注がれる。ひとしきり真奈の全身を値踏みしてから、薫子夫人は口をひらいた。

「よろしいんじゃないですか。あなたがそうお考えなら、それで」

首筋から氷のかけらを入れられたような気がした。

ようやく解放されて外へ出ると、ふだんなら眩いばかりの銀座の街明かりが、まるでふるさとの灯のように真奈の体を包んだ。

＊

携帯には、谷川諒子からメールが届いていた。

〈お疲れさまです。大丈夫でしたか？　夕方、塚ちゃんと原ピーが社長に呼ばれて事情を訊かれたそうで、二人とも、チーフが宮内様のリングをどれだけきちんと確認していたかについて自分の見たままを話したとのことでした。いま三人で、いつものとこでゴハン食べてます。よかったら連絡下さい〉

思わず、ため息がもれた。心配してくれる後輩たちの気持ちはありがたいが、今は一人でいたかった。貴史にさえ何も話したくないほど疲れきっていた。

とはいえ、こういう付き合いをおろそかにするわけにもいかない。女子の間では、ほんの小さなきっかけひとつで、昨日までの味方が明日は敵ということが容易に起こりうるのだ。

少し考えてから、返事を書き送った。

〈ごめんね、今メールに気がつきました。合流したかったけど、もう電車に乗っちゃったよ。心配してくれてほんとにありがとう、こちらはどうにか大丈夫です。みんなのおかげで命拾いしました。塚ちゃんと原ピーにもよろしく言ってね。明日にでも、帰りに一杯おごるよ〉

嘘を嘘のままにしないように、急いで地下鉄に乗る。吊革につかまり、揺られながらふと見あげると、外国語学校の広告が目に留まった。

タヒチの公用語はタヒチ語とフランス語だそうだが、観光やビジネスに携わる者は英語を話すという。学生時代、英文科と英語研究部に在籍していた真奈にとってはありがたいことだが、かつては自信のあった会話力も今ではずいぶんと錆び付いているだろうし、おまけに一週間もの間、あの社長と二人きり……。緊張するなというほうが無理な話だった。

「だけどそれって、大抜擢には違いないんでしょ」

その夜、真奈が作ってやったパスタを頬張りながら、貴史は言った。例によって彼にとっては夜食だが、真奈にはこれがやっとのことでありつく夕食だ。

「まあ、それはそうなんだろうけど……」

「すごいじゃん。ってことは将来、ドロンジョ様にかわってまーちゃんが部長になっちゃったりするかもよ」

あまりに的外れな感想ではあったが、きらきらと希望に満ちた柴犬の瞳で見つめられると、真奈は思わずふっと笑ってしまった。貴史が注ぎ足してくれたビールのグラスを合わせ、とりあえず小さく乾杯をする。

最初に社長からタヒチ同行を命じられたのは先週のことだったが、ここしばらく貴史は仕事をかかえて本来の自分の部屋に戻っていたので、真奈がこのことを打ち明けるのは今夜が初めてだった。といってもただ単に、真珠の買い付けに同行することになった、という事実を伝えただけだ。渡辺広美との確執や、ここ一週間ほどの顛末については打ち明ける気になれなかった。ひとつを話せば、そこに至る背景までも事細かに説明しなければならなくなる。こんなに前向きでまっすぐな瞳の持ち主に、高橋社長と女部長との関係だの、副社長である夫人による無言の牽制だのといった生臭い話を聞かせるのは嫌だった。

貴史から訊かれるままに、真奈はこれから買い付けるべき黒真珠の魅力について話してやった。

ひとくちに黒真珠と言っても、見るからに黒いものばかりではない。土地の伝説に、雨の神の息子が美しい島娘に贈ったものであるとも、月から滴《したた》り落ちたしずくが貝の中に入って生まれたのだとも言われるタヒチの真珠には、真珠母貝の殻の内側が虹色であるのと同じ理由から、ありとあらゆるカラーが存在する。

たとえば一見同じような濃さのグレーであっても、窓辺の明るい光の下で比べてみれば、ブルーがかった輝きを帯びているもの、ピンク系に輝くもの、あるいはイエロー系、シルバー系、グリーン系など様々で、それぞれの巻きや照り、色や形などなどによって品質のランクが細かく分かれていく。

どの色合い、どの形のものにも、それぞれ異なる魅力がある。真奈などは、あまり色の濃いものよりもむしろ淡いグレー系、そして形も少しいびつなバロックパールのほうが、目に優しくて個人的には好きだ。

しかし市場において最高級とされるのはやはり、孔雀の羽のような玉虫色の輝きを帯びた黒——いわゆる〈ピーコック・カラー〉の花珠だった。大珠になればなるほど、値段は二倍三倍どころか、二乗三乗の勢いではね上がってゆく。

「それだけに、指値《さしね》の判断ってほんとに難しくてね。今回は何しろ初めてだから、社長がじっくり教えてやるって言ってくれてるけど……」

ふと感じるものがあって、真奈は途中で口をつぐんだ。テーブルの向かいから、貴史がじっとこちらを見ている。どうしたの、と訊くと、彼は微妙に顔を歪めて笑った。

「正直言うと俺、ちょっと心配なんだよな」

「何が？」

「あの社長ってさ、もしかしてまーちゃんに気があるんじゃないの？　向こうへ行ったらいきなり押し倒されて、言うことを聞けば悪いようにはしないから、とかさ。よいではないかよいではないか、あーれー、みたいなさ」

自分でもどこかで勘ぐっていたことを言い当てられ、内心ぎくりとしながらも、真奈は苦笑いで打ち消した。

「ばかね。ありっこないじゃない、そんなこと」

「そうかなあ」

「ちょっとわかりにくいけど、ああ見えていい人なのよ。貴史も会ったことあるでしょ。ほら、いつだったか帰りに迎えに来てくれたとき」

「覚えてるよ、もちろん」

付き合い始めて半年くらいたった頃だ。いたずら心を起こした貴史が、真奈の仕事の終わる時間を見計らって店のそばで待っていたことがあった。だが、よりによってその日に限って、高橋社長や渡辺部長と一緒に店を出てきた真奈は慌てた。

「ひどかったよなあ、あの時のまーちゃん。俺のことを偶然会った友達のふりなんかしちゃってさ」

「だって……」

「べつに彼氏だって紹介してくれとまでは言わないけど、せめて普通にしててくれりゃいいのにさ。あれは正直、ちょっと傷ついた」

ごめんなさい、と真奈は言った。

「だって、恥ずかしかったんだもの」

「どうせね。俺みたいな若造なんか、まーちゃんには釣り合わないよな」

「違うったら」慌てて打ち消す。「そうじゃなくて、その逆よ。貴史みたいな若い彼氏に、いい年した私が血迷ってるみたいなのが恥ずかしくて、それでつい……」

ごめんね、ともう一度謝ると、貴史はニッと笑い、四つん這いでテーブルを回って真奈の隣に来た。

「な、何よ」

「へへ」

「もしかして……今の、わざと私に言わせたわけ?」

「さあね」

抱き寄せられ、軽いキスをされる。適当にあしらわれている感じが癪に障る一方で、そうして嫉妬されたり束縛されたりするのは悪い気分のものではなかった。

「けど、会ったことあるからよけいに心配なんだよな」と貴史は言った。「なんか、見るからに押しの強そうな社長だったじゃん」

「ないない、気にしすぎだってば。だって社長、私に向かって、自分は用が済んだら先に帰国するけど、お前はついでに有給休暇でも取ってタヒチまで彼氏を呼び寄せたらどうだ、なんて言いだしたくらいだもの。変な下心があったらわざわざそんなこと、」

「ちょっと待って」貴史が真顔で遮《さえぎ》る。「あの社長、マジでそう言ったの?」

「まあ一応、向こうは本気で言ってたみたいだけど……」

無言になった貴史に、真奈は急いで言った。

「そんなの無理にきまってるじゃない、ねえ。ほんと、社長ってどっか浮き世離れしてるっていうか」

何しろ高橋はそれを、先ほど薫子夫人や渡辺広美の聞いている前で言ったのだ。このタイミングで有給を取れだなどと、ていのいい謹慎処分のようなものかと思ってぎょっとなったのだがそうではなく、社長はどうやら本気で提案しているらしかった。

もちろん、できるだけ謙虚に断った。

〈ありがとうございます。でも、私の不手際が元でこんなにいろいろと御迷惑をおかけしてしまっているのに、このうえ休暇まで頂くわけにはまいりません〉

〈しかし藤沢お前、ここ最近、まとまった休みを取ってないだろう。顔色が悪いぞ。ちゃんと食ってんのか〉

顔色が悪いとすれば、このところ心外な非難ばかり受け続けてきたからだ。

〈大丈夫です。会社に御迷惑はおかけしませんから〉

お気持ちだけありがたく、と辞退しようとしたのだが、

〈迷惑とかそういうことを言ってるんじゃないんだよ〉

社長はなおも覆い被せるように言った。

〈人間は機械じゃないんだ。休むべき時に休むことも社員の勤めなんだぞ。そういえばもう何年前だったたか、渡辺部長を初めてタヒチの買い付けへ連れてった時も、そのまま有給をくれてやったよな。なあ、渡辺〉

頑なまでにこちらを見ようとしないまま、広美が、そうですね、と答える。真奈としては、とにもかくにも、わかりました、考えさせて下さいと言ってその場を逃れる以外になかった。

「やっぱさ、そこで有給とかいう発想が出てくるあたり、ちょっと普通じゃないよね、お宅の社長って」

貴史がどこか複雑な面持ちで言う。

「普通じゃないってどういうところが？」

「よく言えば、女性の気持ちをつかむのが巧いっていうか、巧すぎるっていうかさ」

「じゃあ、悪く言えば？」

「うーん……女たらし？　まあ、だからこそああいう商売で成功もしてるんだろうけど」

真奈は笑った。

「安心して。私は、たらされたりしないから」

「うん。頼むよ、まーちゃん。そこんとこだけはほんとに」

やけに素直に言って、貴史は後ろから真奈を抱きしめた。

「でも、それはそれとしてさ。もし本当に有給休暇が取れるんなら、取らせてもらっちゃえば？」

「そういうわけにも」

「なんで。社長じきじきに言われてるんだからいいじゃん」

話はそう単純ではないのだと思っても、事情を打ち明けていない貴史にわからないのは仕方がない。

「だけど、ほら、他のスタッフにも悪いし」

「逆でしょ。チーフのまーちゃんが有給をちゃんと消化しなかったら、下の子たちだって取るに取れないと思うけど」

真奈はぐっと詰まった。

「いや、あのさ。何でこういうこと言うかっていうとさ。じつは俺も、やたらと有給が溜まってて、上から休め休めってうるさく言われてたところなんだ。だから、まーちゃんさえ本当に休みが取れそうなんだったら、俺、そっちの真珠の買い付けが終わる頃に合わせてマジでタヒチまで押しかけていっちゃおうかなあ、とか思ったりして」

真奈は思わず、体ごと貴史をふり返った。

「それ、本気で言ってるの？」

「もちろん」

「だけど……タヒチって、遠いよ？　物価もすごく高いし」

「まあ、何とかなるっしょ。そういう時のためにふだんから頑張って稼いでるんだし。っていうか、まーちゃんは、そういうのイヤ？」

「そんなこと、ないけど」

「じゃあ、もし本当に一緒に行けることになったら、嬉しい？」

「そ……そりゃもちろん」

でも、と思うより先に、

「だったらさ。もしそれが実現したら、ちょっと気の早い新婚旅行ってことにしない？」

貴史の言葉に、ぽかんとしてしまった。

「……は？」

「もう、一発でわかってよ」貴史が、情けない顔になって両の眉尻を下げる。「俺いま、ものすごい勇気をふりしぼってプロポーズしてるつもりなんですけど」

頭がついていかずに茫然としている真奈を窺いながら、貴史がおずおずと訊く。

「それとも、あれかな。こんな頼りない年下の俺なんか、『夫です』って言って人に紹介するの、恥ずかしい?」

ようやく言葉の意味が脳にまで届いた。体が、勝手に震えだす。

「――ばか。そんなはず、ないじゃない」

声まで震えてしまった。

どうしていいかわからなくなった真奈が、背中に腕を回して抱きしめると、貴史はようやく例のやんちゃそうな笑い声をたてた。きつく、きつく抱きしめ返される。その苦しさが嬉しい。

ねえ、と貴史が耳もとにささやく。

「久しぶりにさ。風呂、一緒に入ろっか」

返事ができずにいると、彼はくすっと笑って立ちあがり、部屋を出ていった。バスルームからお湯を溜める音が聞こえてくる。

真奈は、ぼうっとしたままテーブルの上を見つめた。まだ動悸がおさまらない。頬が熱い。パスタのトマトソースがついた二人分の食器を眺めていると、ようやく少しずつ現実感が戻ってきた。

〈『夫です』って言って人に紹介するの――〉

そんなことはない。いっそ、泣きたいくらいに幸せだった。心の底から貴史が愛おしかった。

その気持ちはどちらも本当なのに、ただ、どうしてこんなに心細いのかわからなかった。

第二章　水と炎の島

ビジネスクラスに乗るなど初めてだった。

自分だけはてっきりエコノミーで行くのだとばかり思っていたのだが、あれよあれよという間に社長の隣に座らされ、肌の浅黒いタヒチアンのキャビン・アテンダントから給仕を受けている。オードブルもメイン料理も、味付けはほとんどフレンチだった。

「なかなかいけるな」

と高橋が言った。真奈を見て、けげんな面持ちになる。

「どうした。口に合わんのか」

「いいえ、まさか。ただ、機内食っていうと、一枚のトレイにデザートまで全部載ってくるものだと思っていたので……」

なんだかこういうのは落ち着かなくて、と正直に言うと、高橋はめずらしく声をたてて笑った。

真奈が休暇を取ることに関して、店の同僚たちはみな羨ましがりながらも好意的だった。

〈やだなあ、あたしたちに遠慮なんかしないで下さいよ〉

と、谷川諒子は言った。

〈チーフみたいに頑張ってれば、いつかそういうご褒美もあるかもしれないんだなって思ったら、あたしたちも一生懸命やろうって気持ちになれるし。逆に、そういういい前例はいっぱい作ってくれたほうが嬉しいです〉

ありがとう、じゃあ遠慮なく甘えさせてもらうね、と真奈は言った。

〈いいなあ藤沢チーフ。あとから彼氏さんも来るんでしょ?〉

羨ましさを隠そうともせずにそう言ったのは、入社して二年目の原口美幸だった。貴史の件は、真奈が自分から話したわけではないのに、いつのまにか全員が知っていた。

〈恋人とのバカンスにタダで行けるなんて最高じゃないですかぁ〉

〈タダってわけじゃないのよ。出張以外の滞在費とかは自分たちで出すんだから〉

〈それにしたって、チーフのぶんの往復の飛行機代は出張経費で落ちるわけでしょう? それだけでもずいぶん違うじゃないですかぁ〉

〈もう、原ピーってば、ケチくさいことばっか言わないの〉

横から原口より一年先輩の塚田香苗が口をはさんだ。

〈それよりチーフ、彼氏さんからはもうプロポーズとかされたんですか?〉

〈えっ。それは、ええと……〉

〈そっか、まだかあ、残念。いえね、前から気になってたんですけど、いつかそういうことになったら、婚約指輪とか結婚指輪とかはどうするのかなあと思って。やっぱこういう店に勤めてる以上は、店のじゃないとカドが立つんですかね。あたしだったらほんとは、ティファニーとかハリー・ウィンストンとかのがいいんだけどな〉

〈そういうことは、まず買ってくれる男を見つけてから言え〉

と、谷川諒子がもっともなツッコミを入れていた。

食後のコーヒーが片付けられ、収納式のテーブルにかけられていた布までが回収されてしまうと、機内はようやく落ち着きを取り戻した。トイレに立つ乗客もいたが、窓側の席の高橋はすでに目をつぶってシートに頭を預けている。

ゴオオオオ、という低い唸りに眠気を誘われる。このまま社長が寝入ってしまってくれれば、その間、こちらも少しは気をゆるめることができるのだが。

真奈は、足もとのバッグからそろりと本を取りだした。タヒチの黒真珠について書かれた専門書——ここ半月足らずの間に何冊も読んだ中から、最も実用的かつ実戦向きと思えるものを選んで持ってきたのだ。渡辺部長に言わせればこれもまた付け焼き刃に過ぎないのかもしれないが、少しでも出来ることがあるのならしておきたかった。

膝の上でひろげようとした時だ。

「もうちょっと肩の力を抜けよ」

驚いて隣を見やると、高橋は目を閉じたままだった。

「緊張しすぎるからそんな顔色になるんだ。安心しろ。お前が精いっぱい頑張ってることは、ちゃんとわかってるから」

胸を衝かれた。

「ありがとうございます」真奈は、心から言った。「でも、まだまだ未熟なのは本当のことですし」

「ふん。渡辺部長か」

高橋は、やはり目をつぶったままで鼻を鳴らした。

「あいつは、まあ何というか、いろいろ難しいところがあるからな。あの結婚指輪の一件にしたって、おそらくはお前のミスってわけじゃないんだろう」

真奈は、驚いたが黙っていた。

「前にも言ったろ。俺の目は節穴じゃないんだよ。ったく、渡辺くんも困ったもんだ。女同士で足の引っ張り合いをして何の得になるのかね」

「引っ張り合いなんかじゃありません。向こうが一人で勝手に……」

思わず言い返すと、高橋はようやく目を開けた。笑みを含んだ視線で、じろじろと真奈を値踏みしながらつぶやく。

「面白い女だな、お前は。知ってるか？　俺は、けっこうお前を気に入ってるんだが」

真奈は、用心深く答えた。

「そうですか。どうもありがとうございます」

「いや、本当によくやってくれてるよ。客からの評判もいいし、下の者たちからも慕われてる。〈不注意きわまりない未熟者〉にしちゃあ、なかなか上出来なんじゃないか?」

「……だといいんですけれど」

「あのな、藤沢。お前にはまだわからんかもしれんが、物事にはすべて、流れというものがあってな。うまくいかないからと無理にそれに逆らったって、絶対に結果は出ない。そういう時はあえて一歩引いて、仕切り直して、自分の乗っかる流れそのものが変わるのを待ってやることが大事なんだ。そこをぐっと我慢して待てるかどうかは、ま、その人間の度量によるがね」

お前にはその度量があると見込んでるから話すんだぞ、と高橋は言った。

「しかし、顔色もあれだが、お前ちょっと痩せ過ぎだな。どこか悪いんじゃないのか」

「いえ。このところ胃の具合が今ひとつで、食が細っていただけです。もう大丈夫ですから、どうぞお気になさらずに、向こうでは存分にしごいて下さい」

「言われんでもそうするつもりだがね。ま、仕事が全部終わったら、彼氏に優しく慰めてもらえ」

俺は寝る、お前も休める時に休んでおけ、と言い置いた高橋が、窓のシェードを下ろし、再び目をつぶる。

真奈は、ようやく本をひろげた。横を通りかかった女性アテンダントが、そっとかがみこんでスポットライトのスイッチの在処《ありか》を指し示してくれる。

「マゥルルー」

ためしに小声のタヒチ語で礼を言ってみると、彼女は花が咲いたような笑顔を向けてくれた。その胸元にも、グレーがかった黒真珠の一粒ペンダントが揺れている。

しっかりと光量のあるライトの下で、真奈は専門書に目をこらした。

今は、とにかく目の前の仕事に集中して、見るもの聞くもの全部を吸収しなくては。そうして、あの渡辺広美に文句を言わせないくらいにきっちりと、社長のサポート役をやり遂げてみせる。

成田を夕刻に発ち、十一時間のフライトを経てタヒチ本島に降り立つと、現地は同じ日の朝だった。ハワイと同じ時間帯に属するタヒチは、日本よりも十九時間遅れてその日の太陽が昇る。

入国審査を終え、空港の建物を出たとたん、予想を上まわる蒸し暑さに真奈は驚いた。ミストサウナのような湿気が体じゅうにまとわりつき、鼻や口ばかりか毛穴までぴたりとふさぐ。

「ひと雨降ったせいだな。晴れてる時は、ここまで蒸すことはないんだ」

高橋社長が、機内では我慢していた煙草をようやく一服しながら言った。

路上は濡れていたが、水たまりに映る空は明るかった。ロータリーの中央に植え込まれたヤシの木や色鮮やかな花々が、ここが亜熱帯の南の島であることを教えてくれる。

「お、来たぞ、迎えが」

見ると、ロータリーの向こうに日本人男性の姿があった。先方もこちらに気づいたらしく、ひょいと片手をあげ、小走りに近づいてくる。

年の頃は四十代の半ば、痩せていて小柄な男だった。早くも薄くなり始めた髪が風になびくのをいたわるかのように撫でつけながら、柔和な目が笑った。

「お久しぶりです、社長。お待たせしてしまって申し訳ありません」

「いや、一本吸うのにちょうどよかったよ。おう、藤沢、この人が三宅さんだ」

三宅という人物については、高橋からすでに聞かされていた。かつてはタヒチの真珠養殖業界に日本の高い技術を指導するために呼ばれたが、この島が気に入って住み着いてからは、こちらの某有名真珠店のマネージャーとして、おもに日本との窓口となって働いているという。

「初めまして、藤沢と申します。このたびは大変お世話になります」

深々と下げた頭の上で、高橋社長が言った。

「こいつはべつに新しい愛人ってわけじゃないからな。特別扱いは無用だぞ」

あっけにとられて言葉が出ずにいる真奈の代わりに、またそういうことを、と三宅が笑う。

「さ、まいりましょうか。まずは、ホテルにチェックインされるんですよね」

「いや、気が変わった。とりあえず養殖場を見にいこう」

言い終わるより早く、高橋は勝手知ったる様子で先に立って歩きだした。慌てた三宅が、社長のお荷物はこれだけですね、と真奈に確かめ、キャスター付きのトランクを手に後を追う。

真奈もまた、自分のトランクを引いて追いかけた。これから一週間の間に、社長の気が変わる瞬間はどれだけあるのだろうと思うと、すでにして胃が縮む思いだった。

日本の真珠は、アコヤ貝を母貝にして作られる。真珠養殖場においては、何段にも重なった網状のカゴに大切に並べられ、海の中に沈められている。

しかしタヒチでは、黒真珠を産み出す黒蝶貝がまるで干し柿のように五つ六つと紐でつながれ、そのまま水中に吊されているのだった。母貝そのものもアコヤ貝よりふたまわり以上大きい。

高橋社長が三宅に耳打ちし、その三宅が養殖場の責任者に何か頼むと、やがて若い女性技術者がやってきて、桟橋に面した作業台の前に座った。妊娠中らしく、大きなおなかが重そうだ。

海から引きあげられた貝のうちのひとつを金属製のホルダーに固定し、彼女は医療器具のような道具を器用に使って、貝をそっとこじ開けた。隙間は、ほんの一センチほどだろうか。その姿勢のまま、そばで見入っていた真奈に向かって、貝の下に手を差しのべるように言う。

急いでかがみこみ、真奈はそうした。と、ぽとん、と黒っぽい珠が、てのひらに落ちてきた。母貝の分泌物に濡れたその珠が、タヒチの強い日射しに照り映えて、みるみる月のような銀灰色に輝きだす。

技術者の女性は、口を閉じた母貝と、真奈のてのひらの黒真珠とを交互に指し示し、

〝Shell, ……baby.〟

片言の英語でそう言うと、自分のおなかを撫でてみせながら笑った。はにかむような、けれど人懐こい笑顔だった。

「黒蝶貝の、赤ちゃん……」

もちろん実際には、貝にとって真珠は赤ん坊どころか異物でしかない。だが、彼女のその言葉は真奈の胸に強く、深く響いた。てのひらにのせた生まれたての黒真珠を、落とさないように大

事に転がしてみる。これまで数限りなく触ってきたどの真珠よりも、このたった一粒がなぜかずっしりと重たく感じられた。

併設されたギャラリーで、高橋社長は真奈を手招きしてそばへ呼び、明るいショーケースの中でも特別大きな珠をあしらったリングを指し示した。

「極上のピーコックカラーだ。完璧なラウンドの十三ミリ珠、おまけに顔が映り込むほど照りがいい。ここまでのグレードのものが出る確率は、おそらく一パーセントにも満たないだろうな」

「まさに奇跡の一粒ですね」

「その通りだ。それが、さらにまたこうしてダイヤやらプラチナやらで飾られて、どこへ出しても恥ずかしくないジュエリーとして作り込まれる——と、見ろ、値段もこうなる」

真奈は、値札に目をやり、もう一度見直して、絶句した。ひとけた見誤りそうになったほどの高額だった。

「お前も、どうせ結婚するんなら、こういうのをポンと買ってくれるような男を選んだほうがいいぞ」

高橋が、からかうように目をすがめて真奈を見る。

「必要ありません」

と、真奈は言った。

「なんでだよ」

「こんな豪華な指輪、たとえ買ってもらったところで、していくところがないじゃないですか」

とたんに高橋は上を向き、くわっと笑った。

「ばかだなあ、お前は。財力のある男と結婚すりゃあ、こういうのをしていくところなんかいくらだってできるんだよ。ったく、そういう発想が貧乏くさいっていうんだ」

「ほっといて下さい」

「いや、ほっとけないな」

真顔になって、高橋が続ける。

「実際に身につけて出かける場所があろうがなかろうが、そんなことは関係ないんだよ。こういう美しいものを身につければ自分も美しくなれる、という夢を顧客に抱かせて、思う存分うっとりさせてやる――それがお前の仕事だ。その結果、客はたとえ必要でなくても買う気を起こしてくれる。つまりお前は、ジュエリーじゃなく夢を売るんだ。いいか、藤沢。貧乏だってかまわんが、貧乏くさい発想だけはするな。わかったか」

時差ぼけ、というほどのものはあまりなかったが、長いフライトの後で休む間もなく連れ回されたぶんだけ疲れは溜まり、その夜は三宅も含めた三人で食事をしながら、襲ってくる睡魔を退けるのが一苦労だった。

ようやく部屋で横になったかと思えばあっという間に朝が来て、真奈は、ふらふらしながら熱いシャワーを浴び、ともすれば合わさりそうになるまぶたを無理やりこじ開けた。

いよいよ今日が見本市、黒真珠のオークションの日だ。この日のためにタヒチまで飛んできたというのに、ここ一番でぼんやりしているわけにはいかない。

オークション会場は、宿泊したホテルの一階にあった。大きなガラス越しに、中庭の緑が目に眩しい広間だった。

オークションという呼称から漠然と、かつてテレビで見たことのあるサザビーのオークションさながら、人がたくさん集まっているところへ競りに掛けられる真珠をうやうやしく捧げ持った人物が登場する――といったような場面を思い描いていた真奈は、実際の会場に足を踏み入れるなり、想像とのあまりのギャップに目を瞠った。

大広間の壁に沿って、細長い会議用テーブルが延々と連なっていた。その上にぎっしりと隙間なく並べられたプラスチックの箱にはどれも、さまざまな色合いの黒真珠がざくざくと入れられている。

それぞれの箱には、グレードを細かく表示した札がつけられていた。

色は、ダーク、ライト、ミックス。形は、ラウンド、セミラウンド、オーバル、バロック。そして肝腎のクオリティは、AクラスからB、C、Dクラスまで。

要するに入札業者は、これらグレード表示の札に明記されているロット番号と、あらかじめ手渡されたリストにあるそのロットの最低落札価格を照らし合わせて、指値を判断するという仕組みだった。

蛍光灯の光を受けて、鈍い銀色に光る黒真珠はどれも、まるで箱いっぱいのパチンコ玉のように安っぽく見える。だが、リストにあるロットごとの最低落札価格はピンからキリまで様々だった。さすがにピンに相当するグレードの高い珠ともなると、小さな容器に何粒かずつ分けて入れられている。そうしなければ誰も手が出せないからだ。

いっぽう、広間の中央には、白い布を掛けた長テーブルとパイプ椅子が整然と並べられ、それぞれの席にあらかじめデスクライトが用意されていた。

各国から集まった買い付け業者はそれぞれ、興味を抱いた商品をロットの箱ごと席へ運んでは、ライトの下で疵の有無を確認したり、わざわざ窓際へ持っていって眺めたりしながら、手元にある入札用の書類に何か書き込んでいた。白いテーブルクロスの上に並べて一粒ずつ点検する者もいれば、てのひらにざっくりとすくって揺らし、持ち重りを確かめる者もいる。

「天井の蛍光灯が、窓際だけ一列消してあるだろう」

高橋が、体を傾けるようにして真奈に耳打ちする。

「疵はともかく、色や照りに関しては、自然光で見るのがいちばん間違いないんだ」

真奈は頷いた。気になる箱は、後で窓際へ持っていこう、と胸に刻む。

「あの、伺っていいですか？」

「どんどん訊け」

「いろんなランクやシェイプのものが混ざっている箱があるのはどうしてなんでしょう。ちゃんと分類しておいてくれたほうが、みんな買いやすいでしょうに」

「そりゃお前、養殖業者の身になってみりゃわかるだろう。質のいい値の高いものが売れるのはけっこうだが、だからといってＣＤランクの珠が山盛り売れ残っても困る。どうせなら、不完全なものも一緒くたに売ってしまいたい。コレが欲しいんなら、アレもソレも一緒に持ってけ、ってわけさ」

「なるほど。……あ、でもこの箱なんかは凄いですよ、ほら。やっぱりこれだけのグレードの珠が揃ったロットは、最落価格も痛いとこ狙ってきますね」

しばらく一人で見ていろ、俺は煙草を吸ってくる、と言って高橋が外へ出ていった後も、真奈は、ロットの番号札とリストを照らし合わせながら真剣に品定めを続けた。

ふと、三〇七番のロットを前に足を止めて見入っていた時だ。

「こんにちは」

突然、横合いから声をかけられた。

「お宅さんは、どこから来はったんですか」

白いポロシャツにジーンズ姿の若い男がこちらを見おろしていた。真奈の頭の先から足の先まで、無遠慮に視線を往復させる。

見るからに軽薄そうな印象に、用心深く後ろへ一歩下がって距離を置いてから、真奈は答えた。

「東京からです。——お宅様は?」

「うち? うちは大阪です。ええと、お宅は、バイヤーさん?」

「と言いますか、宝飾店ですけれど」

「へえ、そしたらおんなじやね。自分、こう見えて老舗宝飾店の跡継ぎなんですよ。見えへんでしょ。さっき一緒にいてた人は、お宅の社長さんですか?」

そうです、と真奈は言った。

「なんか、いかにもやり手というか、一癖ありそうな人やったなあ」

そうですか、と答える。

「それはそうと、今お宅が見てたんは、このロットですか?」

男は三〇七番を覗きこんで言った。

「これ、ひどいですよねえ。そう思いません? いくらミックスいうても、ここまでめちゃくちゃな混ぜ方はないでしょう。いったい誰がこんなもんを買うのやら。入札する人がおったら顔見てみたいわ」

早く向こうへ行ってくれないだろうかと思いながら、そうですね、と話を合わせたところへ、高橋が戻ってくるのが見えた。大阪の跡継ぎとやらが、そそくさと離れていく。

何を話していたのかと訊かれて説明すると、高橋はそのロットをじろりと見た上で、真奈をふり返った。

「で? お前はどう思うんだ?」

真奈は、手にしていたリストを黙って高橋に見せた。三〇七番には、すでにペンで丸印をつけてあった。

「個性的なバロックが多いですけど、色や照りはなかなかなので、使いようによればですがかなり面白いことができるんじゃないかと思います。うちがいつもお世話になっている職人さんたちなら、むしろ喜んで挑戦してくれると思うんですけどね」

「なるほど」

「社長はどう思われますか」

高橋は答えずに、真奈にひょいと顔を寄せてくると、小声で続けた。

「あの野郎のあれは、おそらくブラフだ」

「ブラフ?」

「ああ。自分がこのロットを買いたいからこそ、こっちを牽制して入札させまいとしたんだよ」

「うわ、せこっ」

思わず眉をひそめた真奈を見て、高橋は反対に、にやりと笑った。

「ふふん。思ったとおりだったな」

「え?」

「お前は、なかなか筋がいいらしい」


オークションがひとまず終わると、午後四時過ぎから夕食までの間は自由時間ということになった。部屋でひと眠りするという高橋とロビーで別れ、真奈は一人、町を歩いてみることにした。

フレンチ・ポリネシア全体の首都でもあるパペーテは、人と車があふれかえる賑やかな町だが、繁華街は海岸沿いの目抜き通りに集中している。これまで何度もタヒチを訪れた高橋から助言されたとおり、真奈はまず、通り沿いに並ぶ沢山の真珠店を偵察し、それから町の中心にある大きなマーケットを見に行った。

吹き抜けのアトリウムの中にある市場の、一階にはおもに食料品や安価な土産物を売るブースが並び、二階には洋品店や真珠店、物産品の店などが軒を並べている。香辛料や香料、香水、果物、さまざまな匂いが渦を巻き、音や声が高い天井へ向かって大きく響く。

二階の隅のほうにある店で、真奈は、白地に淡い紫色の花が大きく染められた布を一枚買い求めた。パレオと呼ばれる民族衣装で、こちらでは男性も女性もこういった布を身にまとう。とくに女性用は大判だけに、巻き方ひとつでスカートにもサンドレスにも、あるいは水着がわりにもなるのだった。

日が暮れる頃、高橋は、時間通りに待ち合わせ場所にやってきた。せっかく来たからには、気取ったレストランばかりでなく最もタヒチらしい店で飯を食おう、というのが彼の提案だった。

タヒチの首都パペーテでは、夜になると海辺の広場いっぱいにワゴンやマイクロバスを改造した移動飲食店が建ち並ぶ。〈ルロット〉と呼ばれる名物屋台だ。

地元の海産物や肉を使った串焼き、カジュアルなフレンチから中華まで、さまざまな料理の匂いが混じり合う中を縫うように見物して歩いた後、高橋が選んだのは意外なことにクレープの店だった。

「ここのな、そば粉のクレープが旨いんだ。おすすめはハムとチーズのやつかな。エビや鶏肉のもいける」

「ここへは、よく？」

「前に、三宅くんから教わったんだ。二種類頼んで男二人で分け合って食ってたら、店員からやけに理解のある目で見られて往生したよ」

その様子を頭に浮かべ、真奈は思わずふきだした。

「ふん。やっと笑ったな」

高橋が片方の目を細める。

「そうやって、もっと笑ってりゃいいんだ。ここにはお前の天敵もいないことだしな」

そば粉のクレープを二種類頼み、言われたとおり半分ずつ分け合って食べた。運ばれてきた時は巨大さにひるんだものだが、包まれた野菜もチーズもじつに美味しく、あっという間に食べきってしまった。

そうしている間にも、広場にはツアー会社の名前の入ったマイクロバスが次々に到着し、観光客を下ろしては走り去る。港には大きな外国客船が停泊し、まばゆい外灯には夏の虫が集まり、あちこちのテーブルでは姿も言葉も異なる人々が笑い合っている。

海からの風に、頭上のヤシの葉が揺れて乾いた音を立てる。分厚いハムを咀嚼しながら見上げていると、ふっと昔のことが脳裏をよぎった。

〈どこか南の島で、ヤシの実でも採って適当に暮らせたらいいのに〉

学生時代から数年間にわたって付き合っていた、元恋人の口癖だった。

いいかげんな男だとはわかっていたが、好きな相手に対してはどうしても点が甘くなる。不安要素は山ほどあったけれど、就職すれば大人にならざるを得ないだろうとどこかで高をくくっていた。だが、社会に出てからも男はまったく変わらなかった。最初の職はすぐに飽きて辞め、再就職した会社もまた、通勤途中で行く気が失せるとそのまま休んで終点まで行き、ついでに温泉に浸かって帰ってくるようなありさまだった。

〈いつまでも学生気分のまんまでどうするの？　いいかげん大人になってよ〉

たまりかねた真奈が厳しく意見するると、ゴメン、としょぼくれた情けない顔で謝るのだが、結局はまた同じことのくり返し——。どんなに言葉を尽くしても、男の心には届かなかった。

〈この国は、俺には狭すぎるんだよ。なあ真奈、一緒にどっか行こうよ。金とか地位とかにこだわるよりさ、最低限のもの担いで、ずっと外国を旅しながら自由に暮らそう。ぜったい退屈させないって約束するから。な？〉

ぜったい幸せにするから、ならばまだしも、退屈させないからとはどういう物言いだ。いま思いだしても呆れてしまう。

「どうした？」

社長の声に我に返る。

「さすがに疲れたか」

「あ、いえ」

「まあ無理もないさ」

高橋は顔を横へ向け、真奈から遠いほうへタバコの煙を吐きだした。

「今日のお前は大活躍だったもんな。とくに、三〇七のミックスのロット。あの浪花のブラフ野郎め、えらく悔しがってたぞ。ざまあみろだ」

「でも、あれを落札できたのは社長のおかげです。指値を、ずいぶん思いきって下さったから」

「ま、それが吉と出るか凶と出るかは帰ってからのお楽しみだな。どうだ藤沢、買い付けってやつは。やってみると楽しいだろう」

「まだそんな余裕ありません」

「嘘つけ。獲物を狙う虎みたいに目が爛々としてたぞ」

満足そうに、高橋が笑う。

「な。これだから俺は、買い付けの旅が好きなんだ。ギャンブルみたいで血が滾《たぎ》る」

「社長なんて人生そのものがギャンブルみたいに見えますけど」

言い返すと、高橋は、我が意を得たりとばかりにニヤリとした。

明日に備えてゆっくり休んでおくようにと言われて早めにホテルの部屋へ戻ったにもかかわらず、真奈は、日本にいる貴史に電話をかけるために遅くまで起きていた。時差は十九時間、つまり夜中の十二時まで待ってようやく日本は翌日の夜七時なのだが、襲ってくる眠気を必死に払いのけてでも、今日の成果とこの興奮を貴史に伝えたかった。

そういう相手が、これから先もずっと傍《かたわ》らにいるということ——もしかしてそれこそが、結婚というものの意味なのかもしれない、と思ってみる。嬉しかったこと、心動かされたこと、あるいは憤慨したり悲しかったりしたことを、自分一人の胸に寂しく響かせるだけでなく、大切な誰かと分け合い、相手の思いも聞くことができる。そうやって互いに響き合えるということこそ、男女が二人して生きていく醍醐味なのかもしれない。

日本の七時半を過ぎて、ようやく貴史につながった。

〈お疲れ、まーちゃん。そっちはどう?〉

海の向こうの声が、すぐ隣にいるかのようにくっきり聞こえる。

「うまくいったよ。社長にも、初めてにしては上々だってほめてもらっちゃった」

目星をつけたロットの多くを落札できたことや、総額二千万円以上の買い付けをしたことなどを、真奈は、この業界に詳しくない貴史にも伝わる言葉を選んで話して聞かせた。もちろん、あの大阪から来た〈ブラフ野郎〉の話もだ。

買い付けた真珠は、厳重な管理のもとに別便で日本へ送られることになっている。箱は税関できっちりと封をされた上で飛行機に運びこまれ、機内でもいちいち金庫に納められるのだと話すと、貴史は感心して唸った。

〈すげえなあ〉

「まだスケジュールは半分残ってるけど、とりあえずオークションが終わっただけでもほっとしちゃった」

〈だから言ったじゃん俺、まーちゃんなら大丈夫だって〉

「そんなこと言ったっけ?」

〈まあそういう意味のことは言ったよ。これでもう、未来の部長はまちがいないね。帰ってきたら、まーちゃんのこと『部長』って呼んであげるよ〉

「やだ、やめて」

〈うわー、いいなそれ。オンナ上司を相手に下克上。エロくさくて、すっげーそそる〉

「ばっ……もう！」

若い笑い声が耳もとで大きく響くのを聞きながら、真奈はくすぐったい思いをこらえた。

腰掛けていたベッドに、そのまま仰向けになる。糊のきいたシーツはひんやりと滑らかで、湯上がりの肌に心地いい。バスローブの裾からむき出しになった脚の間に、ふっと官能がしのびこんでくる。ああ――今ここに貴史がいてくれればいいのに。

〈で、明日からボラボラ島へ移動するんだっけ？〉

九千五百キロの彼方から恋人が言った。

「そう」

声がかすれ、真奈は咳払いをした。

「人に会う約束があるの。こっちには、黒真珠における御木本幸吉みたいな人が起こした有名なブランド店があってね。そこのマネージャーが日本人だから、一緒に食事をする約束になってるの。要するに商談なんだけど。他にもいくつか養殖場をまわるみたいだし」

〈大変そうだけど、頑張んなよね。もう何日かで会えるんだからさ〉

あとからやってくる貴史とは、ボラボラ島の『セント・レジス』で合流することになっている。ひとあし先に真奈と高橋が泊まるそのホテルは、タヒチ全体でも指折りの超高級リゾートだった。

〈いいなあ〉

心底うらやましそうに貴史は言った。

〈きっと豪華なコテージなんだろうなあ。俺が行ってから二人で泊まる部屋のほうが、ランク下

がっちゃうかもよ。そしたらごめんな〉

「なに言ってんの」

〈ま、仕事も大変だろうけどさ、せっかくなんだから楽しめるところは思いっきり楽しんじゃいなよ。こっちはこっちで頑張るから。今週末の受注確認さえ済めば、まーちゃんと二人で南の島だもんな〉

そうよ、それを楽しみに張りきって仕事してね、と真奈は言った。

〈あのさ。しつこいようだけど、よいではないかよいではないか、あーれー、みたいなことにだけは、〉

ため息で遮った。

「ならないから安心して」

＊

タヒチ本島からボラボラ島までは約一時間、想像以上に小さなプロペラ機だった。指定席などありはしない。空いている席に適当に座るようになっている。

窓に額を押しつけて見おろせば、薄い雲の隙間から海面の波立つ様子が見て取れる。スコールのせいか、虹が次から次へと現れては後ろへ遠ざかる。二重、三重にかかる虹の橋の上を飛びながら見おろす環礁は、どこまでも蒼く澄んで美しかった。コバルトブルーからエメラルドグリーンへのグラデーションが、水深や光の具合によってその濃淡をさまざまに変える。水というよりも柔らかなゼリーのようなとろりとした質感の海だった。

リゾートの島としてこれも有名なモーレア島に一旦着陸し、半分ほどの乗客と荷物を降ろした飛行機は、代わりの客を乗せ、再び飛び立ってボラボラを目指す。〈エアバス〉の呼び名の通り、まさしく空の乗り合いバスだ。

さらに半時ほども飛ぶと、目指すボラボラ島が見えてきた。濃い緑に覆われた島の中央に、異様な形の巨大な岩山がそそり立っている。岩肌を黒々とむき出しにして屹立する山のてっぺんは雲に隠れていた。荒々しくも男性的な島の景観そのものに、真奈は、漠然とした畏怖を覚えた。

空港は、まるで大きな四阿《あずまや》のような木造の建物だった。常夏の島だけあって、柱だけで壁がほとんどないフロアを、目の前に広がる海からの湿った風が吹き抜けてゆく。

降り立つなり、高橋社長はさっそく携帯で誰かと話し始めた。上空にいる間に連絡が入っていたらしい。

二人ぶんのトランクを引き取った真奈が、桟橋から各ホテルの送迎クルーザーを眺めて待っていると、電話を終えた高橋がそばに来てぶっきらぼうに言った。

「先方の都合で、会うのは明日の晩に延期になっちまった」

「じゃあ、今日はどうしましょうか。今日のうちに養殖場へでも?」

「やめやめ。今日はもうオフだ、オフ」

「そんな」

「うるさい、社長命令だと思って我慢してサボれ。真面目一辺倒な女は可愛げがないぞ。まあ、俺相手に可愛げを発揮してもらっても困るんだが」

先回りされてぐっと詰まった真奈を見おろし、高橋はしてやったりという顔をした。

やがて迎えに来た『セント・レジス』の船に、二人は乗り込んだ。島をぐるりと大きく向こう側へ回っていくうちに、空港側からは三角錐のように細く尖って見えていた岩山が、じつは屛風のような平たい岩であることがわかってくる。

「ここの系列のホテルの日本支社長が、俺と妻の古い友人でな。いろいろと便宜を図ってくれるんだ」

水面の乱反射に目をすがめ、サングラスを出してかけながら高橋は言った。

「今回もいい部屋を用意してくれてるはずだから、滞在中は好きなだけ贅沢に過ごせ。ルームサービスやバーなんかの支払いもスパも、ぜんぶ部屋付けにしていいから」

「そんなわけには、」

じろりと高橋ににらまれて、真奈は言い直した。

「……ありがとうございます」

「よし。ただし、条件がある」

「え」

「今夜の飯は、俺に付き合えよ。右も左も新婚さんだらけのこの島で、晩飯を一人で食うなんてのはみじめすぎるからな」

フロント前の桟橋まで出迎えたホテルのスタッフは皆、底抜けにフレンドリーだった。チェックインの手続きを済ませ、荷物と一緒にカートに乗ってコテージまで移動する。

運転してくれたスタッフはアジア系のハンサムな青年で、胸に〈クリス〉と名札をつけていた。どうしてボラボラに？　と真奈が訊くと、彼は流暢な英語で、ホテルマンとしての研修中なのだと答えた。

「ここへは世界中から様々なお客様がいらっしゃいますからね。最高のサービスとは何かを、ゲストの皆さんから日々教えて頂いています」

堅苦しく聞こえがちな英国風の発音だが、満面の笑みと瞳の輝きが彼の人となりを表していた。

あたりには海から水をひきこんだ人工のラグーンがめぐらされ、ふだんは水槽の中でしか見ることのない熱帯魚たちがたくさん泳いでいる。熱帯の木々や花々で彩られた敷地は広すぎて、うっかりすると迷子になってしまいそうだ。

「こちらです」

桟橋を渡った先が二つのコテージに分かれており、左側が真奈、右側が高橋社長の部屋だった。

クリスがそれぞれの荷物をていねいに運びこんでくれる。

「晩飯は六時半ごろでいいよな。じゃ、三時間後に砂浜のレストランで」

しっかりサボれよ、と高橋に言われ、自分のコテージに足を踏み入れた真奈は、思わず声をあげて立ちつくした。まず、入口の脇にあるバスルームの豪華さにあっけにとられる。シンメトリーに並んだ二つの鏡とシンク、窓を開ければ空も眺められるゆったりとしたバスタブ、そしてクローゼット。ここだけで真奈のマンションの部屋ほどの広さがありそうだ。

廊下の奥にはキングサイズの天蓋付きベッドが置かれた寝室があり、さらにその先が、ソファセットとデスクのあるリビングとなっていた。天井は編み上げの吹き抜けになっており、プロペラ式のシーリングファンがゆっくりと回転している。しかも、どちらの部屋からも四阿付きのプライベート・デッキに出ることができるのだった。日光浴用の寝椅子が二つ用意されたデッキからは、数段の梯子を下りるだけで直接海へと入れるようになっていて、そこにも青や黄色の熱帯魚が泳いでいた。

真奈は、嘆息した。

たしかに今日は、仕事を忘れてもよさそうだ。


真っ白なクロスをかけたテーブルが一つ、レストラン前の砂浜にぽつんと置かれ、高橋はすでにそこに陣取って食前酒を飲んでいた。

約束の時間まではまだ間があったのだが、真奈が待たせたことを謝ると、こちらを見あげた視線が上から下まで二往復した。

「ふん。まあ合格だな」

と、高橋は微笑した。

楊柳《ようりゅう》の白いサマードレスの腰に、真奈は前の日にタヒチ本島のマーケットで買った薄紫の花模様のパレオを巻いていた。耳もとには、小さなシャンデリアのように揺れるゴールドのピアス。

いつもはしないお洒落をする、たったそれだけのことで心がふっと軽くなり、何かから解き放たれたような気分になるのが不思議だった。

遅い日没を眺めながら上品なフレンチを堪能し、高橋の選ぶワインを美味しく飲んだ。ゆうべ本島のルロットで話した時にも感じたことだが、タヒチに来てからというもの、高橋はずいぶん気さくに喋るようになっている。皮肉な物言いはそのままでも、東京にいる時よりずっと棘が少なかったし、何度かは驚くほど親身で温かい言葉をかけてくれたりもした。この人にも、島の〈気〉のようなものが作用しているのだろうかと真奈は思った。

食後のポートワインとともに、気のいいウェイターに勧められるままにデザートを頼んだ時だ。高橋が、おもむろに懐から細長い小箱を取り出し、テーブルの上を滑らせてよこした。真奈の顔を見て、にやりとする。

「開けてごらん」

「何ですか、これ」

「見ればわかる」

真奈は、差しだされた細長い小箱の蓋をそっと開けた。ベルベットの覆いをめくると、サテンのクッションの上に黒真珠を連ねたネックレスがつつましやかに輝いていた。極上の照りと色、完璧な真円——最高品質の逸品だ。

「すごい。トリプルAランクですね」

思わず口走ると、高橋がぷっと噴いた。

「当たり前だろう。俺を誰だと思ってるんだ」

「すみません」

「つけてごらん」

「え？」

「お前のだ」

耳を疑った。

「まさか、頂けません、こんなもの」

「なぜ。正当な報酬だろ」

「そんな……だって私なんか、まだ何もお役には」

「今日のことだけじゃない。言ったろう、俺はちゃんと見てるんだよ。お前はうちの会社に入って以来、裏表なく本当によくやってくれている」

強い視線が真奈に注がれる。

「そういえば、ほら、この間のクレームを覚えてるだろう。嫁入りの記念にと、母娘で真珠のネックレスを買いに来た」

「井上様ですね」苦い思いで、真奈は言った。「あの時は、御迷惑をおかけして申し訳ありませんでした」

「はっ、よく言うよ。自分が悪かったなんてこれっぽっちも思ってないくせに」

口をつぐんだ真奈を見て、高橋はふふん、と目尻に皺を寄せた。

「いいんだよ、それで。お前のしたことは、少なくともあの母娘に限って言えば間違ってなかったさ。それが証拠に、あれは実際にはクレームじゃなかったようだしな」

「……は？」

「あの翌日、VIPルームで渡辺部長とあの母娘が話しているのが聞こえたんだ。たまたまな」

たまたま、をわざとらしく強調して、高橋は得意げに笑った。

「そもそもあの母親が電話してきたのは、クレームどころか、ネックレスに合わせてピアスも娘に買ってやろうと思い立ったからだったんだとさ。せっかくならそれもぜひお前に選んでもらいたいと指名してきたんだ。店の利益よりも本当に記念に残るものをと考えて薦めてくれた誠実さが嬉しかった、とベタ褒めだった。そりゃあ、渡辺にしてみれば面白くないわな」

心の底からほっとするのと入れ替わりに、ふつふつと怒りが込みあげてきた。

「どうしてなんですか」

「何が」

「どうして部長は、私のことばっかり目の敵にするんですか」

膝の上で手を握りしめる真奈を見て、高橋は面白そうに目を細めた。

「危機感てやつだろうさ。このままじゃ自分の座が危ない。いろんな意味で取って代わられる、とね」

「いろんな意味とは？」

「とにかくだ」高橋は、無視して続けた。「せっかくお前が店のために尽くしてくれているにもかかわらず、何だかんだと要らん苦労をさせているについては、どうやら俺の責任でもあるようだしな。だからこれは、俺からの個人的な詫びを兼ねたボーナスだと思ってくれればいい」

「でも……こんなすごいもの、私には分不相応です」

「ばかめ。その程度のものも着けこなせなくて、どうして目利きの客を納得させられる？　極上のものを身につけていれば、おのずと自らも高みへ引きあげられる。それがジュエリーの持つ力なんだ。つべこべ言わずに黙って受け取れ。周りに何か訊かれたら、彼氏に買ってもらったとでも言っときゃ済む話だろう」

そこまで強く言われてもなお、手に取る勇気は出なかった。喜びや晴れがましさよりも、困惑と遠慮のほうが勝っていた。

と、しびれを切らした高橋が、ネックレスを無造作につかんで真奈の背後に立った。前から回し、首の後ろでクラスプを留める。肌に触れた真珠は、初めひんやりとして、けれどすぐに馴染んだ。想像以上にずしりと重たかった。

隣のテーブルのパラソルを畳みに来たスタッフが、にこにこと真奈を覗きこむ。見れば、先ほどコテージまで案内してくれたクリスだった。

「おお、スバラシイ。キレイ」

片言の日本語に、高橋が唇を曲げた。

「先を越されたな。いや、綺麗だよ。じつによく似合ってる」

真奈は、ようやく言った。

「ありがとうございます」

「ピーコックカラーの黒真珠は、日本人の肌や顔立ちには色味が強すぎる場合も多いんだが、お前は少しも負けていないな。気性に合ってるんだろう」

もう一杯だけ付き合え、と言われて断れなかった。海に迫り出したシックなレストランのバーへ移動すると、社長の舌はますます滑らかになった。

今夜は特別だからな、東京へ帰ったら忘れろよ、などと言いながら、驚いたことに高橋は、渡辺広美との関係について、正直に真奈に打ち明けた。

「信じられないと思うだろうが、ああ見えて昔はなかなか優しい女だったんだ。あいつが変わったのは、やっぱり俺のせいなんだろうなあ」

婿養子の立場。社長としての重圧。気性のきつい妻。それらのストレスからひととき逃れたかったばかりについ、その場の感情に流されてしまったのだと高橋は言った。きっかけは魔が差しただけのことだったにせよ、一時はそうとう濃い付き合いがあったものの、二年ほど前に関係はなくなった。別れについては彼女のほうも納得してのことだったはずなのに、人の感情は理屈だけでは測れないものだ。この歳になり、何ひとつ気づいていない妻と互いをいたわり合うようになる中で、今ではあのあやまちを深く後悔している——そんなふうなことを、高橋は低い濁声でぽつぽつと話した。

「すまんな、こんなみっともない話を聞かせて」

「いえ」

「女性に……というより、誰かにこのことを話したのは初めてなんだ。どうしてかな。お前になら、話してもかまわないような気になった」

突然のあけすけな打ち明け話に戸惑いながらも、そうして心を割って話してくれたのは信頼あってのことのように思え、真奈は、勧められるままに甘いフルーツのカクテルをもう一杯頼んだ。

「考えてみれば俺は、お前のことを何も知らんのだなあ」

生まれはどこだっけな、と訊かれ、真奈も初めて自分が育った境遇のことを話した。東京出身のために田舎というものがなく、しかも夏休みに海や山へ連れていってもらった経験もない。あの頃の親たちにはとてもそんな余裕などなかったのだ。

「そのせいか、なんだか今この時が、遅れてきた夏休みみたいに思えます」

「あとから彼氏も来ることだしな」

「すみません。不真面目な話なのはわかっているんですけど」

俺が勧めたんじゃないか、と高橋は肩を竦めた。

「あれだろ。彼氏ってのは、いつだったか店の前でお前を待ってた、あの若い男だろ?」

「やだ。気づいてらっしゃったんですか」

「あのな。何度も言うが、俺を誰だと思ってる?」

恐れ入りました、と真奈は苦笑した。

「しかしなあ」高橋がふと、難しい顔になる。「こう言っちゃ何だが、本当にあの彼でいいのかね」

「年下じゃ、いけませんか？」

「そんなことは言ってない。ただ、お前みたいな女は、そんじょそこらの男の手には余るんじゃないかと思ってね。確かに優しそうな男ではあったが、優しくて穏やかなだけじゃお前を満足させられんだろう」

真奈が答えずにいると、高橋は両手を軽く挙げた。

「いや、すまん。醜いな、男のやっかみは。忘れてくれ」

そのとき突然、フロアに太鼓と音楽が響き始めた。驚いてふり向くと、レストランの外、浜辺へと続く中庭で、タヒチアン・ダンスのショーが始まったところだった。

艶やかな黒髪を背中に垂らした女たちは、二枚の貝殻で胸を隠し、下半身を長い腰簑で覆っている。男たちの腰簑はもっと短く、腿は剝き出しで上半身は裸だ。男女ともに首から色鮮やかな花を連ねたレイをさげている。

太鼓や歌に合わせて、女たちは腕をくねらせ腰を振り、男たちがまた激しい動きでそれに応える。松明の炎のそばで繰り広げられる踊りは、見るからに男女の求愛を、あるいは愛の交歓そのものを表していて、この上なく扇情的だった。にじむ汗が火影に照らされ、浅黒い肌をぬめぬめと光らせる。

原始のリズム、炎の迫力、半裸の屈強な男たちがふりまく牡の匂い。

天井が回転するかのようにゆうらりと眩暈がして、真奈は、まだ半分ほど残っているカクテルグラスを押しやった。

「そろそろ戻るか」

と、高橋が言った。

月明かりの夜道は静かだった。人の気配はない。背後からはまだかすかに太鼓の音が耳に届くのだが、そのせいでよけいに静けさが際立つ。

高橋にうながされ、真奈は先にたって桟橋を渡った。足もとは雲を踏んでいるように心許ないのに、サンダルのヒールの音が大きく響き、その下のほうから桟橋の支柱を洗う波音がちゃぷちゃぷと合いの手を入れる。浅瀬を青白く照らすライトのもとに小さな熱帯魚たちが集まっていた。

「もうちょっと真ん中へんを歩いてくれると安心なんだがね」

からかう高橋の声がどこか遠い。

「すみません。これでもまっすぐ歩いてるつもりなんですけど」

T字に分かれた桟橋の先、向かい合う二つのコテージのうち、右側の棟のリビングにはぼんやりと明かりが点ったままだった。

左側の真奈のコテージは真っ暗だ。その向こうに、夜の空と海が広がっている。吹きつけてくる風に白いドレスの裾がふわりとめくれそうになる。

ふと、わけもなく不安な気持ちが込みあげてきて、真奈はバッグをまさぐった。下を向くだけでふらふらする。勧められるままに飲み過ぎてしまったことを後悔しながら、カードキーをドアのスリットに差しこむのだが、うまく開かない。ちゃんと手順を踏んでいるはずなのに、逆さから入れても、裏返して入れても開けられずに手間取っていると、見かねた高橋の足音が後ろから近づいてきた。

「何やってるんだ。貸してごらん」

「いえ、大丈夫です」

「いいから」

強引にカードキーをもぎ取られる。

心臓が疾《はし》り始めていた。背後から覆いかぶさる男の気配が濃すぎる。圧迫感が壁のようだ。やけにゆっくりとスリットに差し入れたキーを引き抜き、高橋はレバーハンドルを押し下げた。

「そら、開いた」

「ありがとうございます」

近すぎる体を離そうとすると、部屋の中に一歩逃れるしかなかった。

「今日は、いろいろとありがとうございました」内開きのドアを背中で押さえながら、真奈は早口に言った。「おやすみなさい」

「こらこら。礼を言うときは、ちゃんと相手の目を見ろと教わらなかったのか？」

相変わらず揶揄するような口調に、目を上げた時には視界は高橋の胸で覆われていた。いきなり抱き竦められ、

「やっ」

開いたドアに背中を押しつけられる。逃れようとしてもびくともしない。

「やめ……社長、やめて下さい」

「うるさい、黙ってろ」

酒くさい息と執拗なキスから必死に顔をそむけ、密着する体の間に腕を入れて押し返そうとすると、その隙にたくし上げられた裾から大きな手が忍び込んできた。湿ったてのひらが腿を撫で上げ、真奈の中心を下着の上からわしづかみにする。飛びあがった拍子に後頭部をドアに強く打ちつけ、

「痛っ……」

一瞬、脳しんとうを起こしたように目の前が真っ暗になった。

「いや……やだ、お願い、やめて」

「落ち着けって」

高橋は、真奈の耳に唇をすり寄せてささやいた。

「なにもこのまま愛人になれなんて言ってない。こっちにいる間だけ。俺が帰るまでの間だけだ」

酒焼けしたかすれ声とともに濡れた舌先が忍び込んでくるのを、真奈は痛む頭を振って払いのけようとした。無駄だった。

「お前だって、この仕事は大事だろう、うん?」

「そんな、」

「ここまで頑張ってきたのに、全部をふいにしたくはないだろ?」

「部長にも……」

「あ？」

「渡辺部長にも同じことを言ったんですか」

それを嫉妬だとでも受け取ったのだろうか、高橋は愉しげな含み笑いをもらした。

「ばかだな、あいつとなんか比べものになるものか。なあ、藤沢、悪いようにはしないから、せいぜい愉しもうじゃないか。俺がうんと気持ちよくしてやる。本当だぞ。彼氏にだって、黙ってりゃわからない。俺とお前と、二人でこの島にいる間だけの大人の秘密ってやつだ。な？」

薄い布地越しに中心をまさぐっていた高橋の手が、とうとう下着のふちにかかり、真奈は悲鳴をあげた。片手で口をふさがれる。そのまま部屋の奥へ移動しようとした高橋が、真奈を引きずるように抱き寄せてドアを閉めようとハンドルに手をかけた、その時だ。

「いいかげんにしておきなさいな、みっともない」

外の暗がりから響いた突然の声に、高橋が凍りついた。腕の枷《かせ》がゆるんだ隙に、真奈は高橋を突き飛ばすように押しのけ、外へとまろび出た。ほんの数歩で膝が萎え、くずおれるように桟橋にへたり込む。

すぐそばに立つ人影があった。見あげて、真奈は息を呑んだ。

「ど……どうしてお前がここに」

狼狽《うろた》えきった高橋の声が裏返る。

「どうしてかって？」

おそろしいほど冷静な口調で、薫子夫人は言った。

「あんまり下らないこと訊かないでちょうだい。あなたの考えそうなことなんて、はなからお見通しなのよ」

白いドレス姿で腕組みをしながらゆったりと立つ夫人は、あまりに淡々としていて、夫の浮気現場に居合わせた妻というより、まるでその役を演じる女優のようだった。夜目にもわかる冷ややかな目が、這いつくばる真奈を見おろし、再び夫へと戻る。

「ねえ。私ほんとは、全部知ってるのよ。あなた、前の彼女の時もこのホテルだったものね。こういうのも馬鹿の一つ覚えって言うのかしら。まったく情けない」

背後の戸口から、困惑とも焦燥ともつかない唸り声が聞こえ、真奈は身を竦ませた。よろけながら、必死にもがいて立ちあがる。薫子夫人は腕組みをしたまま、真奈を憐れむように見つめた。

「ごめんなさいね、藤沢さん。うちのひとったら、昔から酔っぱらうとつい羽目を外してしまう悪い癖があるの。さぞかし腹が立つとは思うけれど、どうかお酒のせいと思って大目に見てやってちょうだい」

言いながら薫子夫人は真奈の脇をすり抜けて戸口へ歩み寄り、夫の腕をつかんで外へと引きずり出した。そばを通る二人から反射的に飛びのいたせいで、真奈は危うく桟橋の手すりから海へと落ちそうになった。

すっかりしおたれた様子の夫を隣のコテージのほうへ押しやると、薫子夫人はふり返って言った。

「ほんとに悪かったわね。もう安心よ。どうぞゆっくり休んで」

それから、もう一度念を押すように付け加えた。

「とにかく、私の顔に免じて、ここはどうか水に流してちょうだい。お願い。悪いようにはしないから、ね？」

要らない荷物をぐいぐい押しつけるような口調だった。

隣のコテージのドアが音をたてて閉まる。言い争う声さえ聞こえないのが不気味だった。

真奈は、ふらつきながら自分の部屋に入り、震える指で内鍵を二重にかけた。

（悪いようにはしないから）

夫婦して同じことを言う、と思った。


今頃になって体じゅうががくがくと震え始めていた。

高橋の触れた箇所をすべて洗い流したいのに、服を脱ぐには勇気が要った。衣服とは、裸という無防備極まりない状態から身を守るための鎧なのだと初めて知った。

ドアの鍵だけでは気が休まらず、テラスから続くガラス戸や窓の鍵も一つひとつ確認してまわる。木製ブラインドを床まできっちり下ろし、コテージ中の明かりという明かりをこうこうと点ける。それから真奈は、まず高橋から贈られた黒真珠のネックレスをはずし、ようやく意を決して服を脱ぎ、熱いシャワーを浴びた。目を閉じてしまうと次に開けるのが怖ろしいから、髪を洗う間も目を見ひらいたままでいた。

新しい服に着替えてもまだ落ち着かなかった。一人きりでいるのが耐えがたかった。今夜飲んだワインやカクテルの酔いなどすっかり醒めてしまっていた。寝酒程度ならミニバーに揃っているが、欲しいのはアルコールそのものではない。人の気配なのだ。

ベッドサイドの時計に目をやる。十時過ぎ、ということは日本は夕方の五時過ぎ。電話をすれば貴史は出てくれるかもしれないが、自分が平静でいられるとは思えない。遠く離れている恋人をへんに心配させたくはなかった。本当は何か起こってしまったのではないかと勘ぐられるのはもっといやだった。

静かだ。海の上に建つコテージなのに、環礁の内側は波もなく、水の音さえしない。

なおもしばらく我慢していたものの、とうとうたまらなくなり、真奈はフロントに内線電話をかけた。メイン棟までの長い距離を歩きたくない場合は、こうして連絡すればスタッフがカートに乗って迎えに来てくれる。

十分ほど待つと、ノックの音が響いた。覗き穴から確認した上でドアを開ける。

「イアオラーナ」

こんばんは、と満面の笑みを向けてきた女性スタッフに、すがりついて泣きだしそうになるのをぐっとこらえ、真奈は桟橋をそっと渡ってカートに乗り込んだ。隣のコテージにはまだ明かりがついていた。

静かにお酒が飲みたいと頼むと、レストランと浜辺のバーのどちらがいいかと訊かれた。レストランというのは、先ほど高橋と行ったバーのことだ。

「浜辺のほうへ」

と、真奈は答えた。

橙色の外灯に照らされた園路は、日本とは少し趣《おもむき》の異なる虫の音に満ちていた。高橋の気配が後ろへ遠ざかるにつれて、こわばっていた体からようやく力が抜けていく。

自分が無防備すぎたのだろうか。

カートの揺れに身を任せながら、真奈はぼんやりと考えた。

そんなつもりはなくても、ここ数日の間に何か誤解されるようなそぶりを見せてしまっていたのかもしれない。今夜ああして並んで酒を飲み、互いに打ち明け話などするうちに、この女はちょっと強引に誘えば応じると踏んだからこそ、社長はああいう暴挙に出たのかも……。

悔しかった。許せなかった。高橋のことはもちろんだが、誤解を抱かせる隙を作ってしまった自分自身がよけいに許せなかった。

認めたくはないが、タヒチに来てからだけでなくふだん店で働いている時から、自分の中に社長への特別な気遣い——あえて言えば〈媚び〉のようなものが、ほんのかけらすらなかったと言い切るだけの自信はなかった。決して女としてではなく、あくまでも社員という立場でのことであったにせよ、社長に悪く思われたくないという配慮のもとに彼の前で言葉や態度を選んだためしが一度もなかったと言えるだろうか。高橋が今回ああして強気な行動に出たのは、ふだんからそれを都合良く受け取っていたからで、そんなことにも気づかずに油断してしまった自分が馬鹿だっただけではないのか……。

考えれば考えるほど、ひどく気がふさいだ。

以前、部長の渡辺広美から、高橋との仲を勘ぐるようなことを言われたのを思い出す。真奈は眉を寄せ、誰にともなくかぶりを振った。今夜のことで自分に責任があるとは思いたくなかった。上司の意に添う存在であろうとするくらい、使われる身としてはあたりまえのことだ。それを、あんなふうに利用しようとする側が悪いのだ。

きゅっとカートが停まる。着いてみると何のことはない、浜辺のバーというのは、夕食をとったレストランの一角にあるカウンターのことだった。

先客は外国人のカップルがひと組だけだったので、真奈が高いスツールに腰掛けると、すぐにバーテンダーがこちらへ寄ってきた。

「イアオラーナ」

真奈も同じ挨拶を返す。

「何か、辛口で強いカクテルを」

彼は優雅な頷き方をして、ジンのボトルを手に取った。

彼——には違いないのだろうが、物腰や仕草がずいぶんとなよやかな男だった。四十代にさしかかったあたりだろうか。襟足を伸ばした黒髪をきれいに撫でつけ、眉を細く整えて、右耳の上に白い花を挿している。胸の名札には〈JOJO〉とあった。

「素敵な晩ですね」

グラスを置きながらジョジョが言う。真奈は思わず苦笑を漏らした。

「残念ながら、あんまりそうとも言えない感じなの」

「おや、それはいけませんね。私どもに何かお手伝いできることがあったらおっしゃって下さい」

ありがとう、と真奈は言った。

マティーニを飲みながら、当たり障りのない世間話をした。日本のジュエリー店で働いていて、タヒチには真珠の買い付けに来たのだと話すと、ジョジョは深く頷き、あなたには黒真珠がよく似合いそうだと言ってくれた。

適当に放っておいてくれるジョジョとの間の距離感が心地よく、真奈は海からの夜風に吹かれながら小一時間ほどそこで過ごした。人のぬくもりと、さりげない気遣いに、ささくれ立っていた身の裡がゆっくりと撫でつけられるようだった。

二杯目を飲み終わったのを機にスツールから滑りおりる。また少しふらついたが、おかげで今度こそ眠れそうだった。

「遅くまでごめんなさい、どうもありがとう。カートは呼ばなくていいわ、ちょっと歩きたいから」

ジョジョに手を振って歩きだす。コテージまでの道順はもう覚えていた。不思議と、外灯の届かない闇を怖ろしいとは思わなかった。それを言うなら人間の欲望のほうがよほど怖ろしい。

ヤシの木の並ぶ細い道を抜けてゆく。敷地内に引き込まれたラグーンは暗がりに沈んでいたが、海の側は蒼い月に照らされ、あの巨大な岩山のシルエットが黒々とそびえているのが見えた。昼間よりもかえって大きく感じられる。

ふいにすぐ近くから水音が響き、真奈は足を止めた。

茂みを透かして窺うと、十メートルほど離れた浅瀬の波打ち際に一艘のカヌーが寄せられ、人が——一人の男が、膝まで水に浸かっていた。砂浜がレフ板のように月の光を反射するせいで、茂みの向こう側だけが仄白く明るい。

男は、短い腰布だけを巻いているようだった。また水音がする。どうやら体を洗っているらしい。頭から水をかぶる一連の動作は流れるように無駄がなく、ただの水浴びというよりは宗教的な儀式を思わせた。

目が慣れてくると、男の体が黒いタトゥーで彩られているのがわかった。二の腕に鎖のような模様がぐるりと巻きつき、胸の上にも何かV字型の図柄が描かれている。

逞しくも美しいシルエットに、真奈は、魅入られたように動けずにいた。

自分の心臓がうるさい。耳もとにタヒチアン・ダンスの太鼓のリズムが甦り、炎の残像が脳裏をよぎる。どうしたというのだろう、ジョジョの作ってくれたマティーニがよほど強かったのだろうか。躯《からだ》の奥底からふつふつとこみあげてくる、あまりにも原始的な感覚が怖ろしいようなのに、沐浴を続ける男から目をそらすことができない。

「どうされました？」

思わず小さく声をあげてふり返った。

自転車で通りかかったのは、最初に部屋まで案内してくれたスタッフのクリスだった。

「あなたでしたか、マダム」

恐縮しながら、クリスは言った。

「驚かせてしまってすみません。大丈夫ですか？　よかったらお部屋までお送りしましょうか」

「ありがとう、でもいいの」

「ほんとうに？」

「ええ。散歩していただけだから」

「そうですか。じゃあ、おやすみなさい。また明日」

本館のほうへ戻っていくクリスを見送り、真奈は、そっと茂みの向こうを窺った。

男の姿はすでに消えていた。月に照らされた海の上を、カヌーが滑るように遠ざかっていくのがかろうじて見てとれた。

ようやくコテージに帰り着くと、隣の明かりは消えていた。そっと自分の部屋の鍵を開けて入り、もう一度戸締まりを確かめる。

強化ガラス張りになったリビングの床下には、ダウンライトに誘われた熱帯魚たちが集まっていた。水面の光が部屋の天井を照らし、ゆらゆらと揺れる網目模様を形づくっている。

しばらく魚たちの様子を見守ってから、真奈は寝室へ行き、服のままベッドに滑りこんだ。ブラインド越しに月の気配を感じながら目をつぶる。

風向きが変わったのだろうか。眠りに落ちてゆく耳に、環礁を取り巻く外海のほうから遠い波音が届いていた。

＊

翌朝、妻とともに朝食の席に現れた高橋社長は、憔悴しきった顔で真奈に謝った。

「ゆうべは悪かった。酔っていたとはいえ、本当にすまないことをした」

頭を下げられても、どういたしまして、などと軽く答えることはできなかった。薫子夫人が現れなかったらどうなっていたかと思うと、いまだに震えがくるほどだ。

だが、当の夫人までが隣から言うのだった。

「私からもお願いするわ。どうか許してやってちょうだい。こんな馬鹿社長だけど、これで気まずくなって店を辞めるなんてことだけは言い出さないでくれると嬉しいわ」

冗談じゃない、今すぐ辞めてやる――と、啖呵を切る勇気はなかった。

貴史との結婚をよりどころにするわけにはいかない。結婚してもしなくても、日々のたつきを支える職を失うなんて考えられない。

「わかりました」

と、真奈は言った。こちらが許す立場であるにもかかわらず、何かに屈服させられたかのようで腹立たしかった。

「それはそうと、私たち、明日帰ることにしたから」

薫子夫人の言葉に、真奈は思わず高橋を見やった。

「でも……明日はたしか、こちらの養殖場の人と約束をなさってたんじゃ」

高橋が苦々しげに顔をそむける。

「いいのよ、気にしなくて」夫人は言った。「先方へは断りを入れておくから大丈夫。そもそも、本当に約束なんかしてたかどうかも怪しいものだけれどね」

高橋の顔がますます渋くなった。

昨日の予定が今日に日延べされた地元のブランド真珠店へは、薫子夫人を含めた三人で赴いた。ボラボラ島唯一の町バイタペまでは、空港からホテルに来た時と同様、船で渡らなくてはならない。ゆうべの今日で高橋社長と行動をともにするなど苦痛でしかなかったが、それが本来の仕事である以上は致し方なく、真奈は、苛立ちと胃の痛みをこらえながら常に二人とは距離を置いて歩いた。

町の目抜き通りに面した広い店舗を日本人マネージャーに案内してもらい、やがて日が暮れると、観光客にも地元民にも人気だという海辺のレストランへ行って四人で食事をした。薫子夫人ばかりか高橋社長までもが、今朝ほどの憔悴した様子はどこへやら完璧に仕事用の顔で如才なくふるまうのを、真奈はひどく理不尽な思いで眺めた。同席している間じゅう、お面のように笑みを貼りつけていたせいで、相手と別れてからも自分の本来の顔がどんなふうだったかわからなくなった。真顔のつもりでじつはまだニヤニヤ笑っているような気がして、何度も自分の頬を触ってみずにいられなかった。

そうして、翌朝——高橋夫妻は予告どおり荷物をまとめ、スタッフの運転するカートに乗ってフロントへ向かった。

いかに業腹でも社長夫妻の見送りをしないわけにはいかず、かといって笑顔で別れを惜しむ気にもなれずに、真奈は桟橋のたもとに立ち、目の上に掌をかざして海の向こうを見つめていた。滞在を終えた他の客たちも三々五々集まってくる。迎えの船はまだ見えない。ふりそそぐ日射しに、青と緑のまだら模様の海が眩しくきらめいているだけだ。

自分だけこの島に残って後から来る恋人を待つ、という当初の予定ごと、すべてを白紙に戻してしまいたい衝動に駆られる。夫妻と一緒に帰りたいわけではもちろんないが、今となっては有給休暇を取ることそのものが高橋に借りを作ってしまうようで不愉快だった。こんな気分のまま、いったいどんな顔で貴史を迎えればいいのだろう。

と、日陰の椅子に座っていた薫子夫人が立ちあがり、夫から離れて真奈のそばにやってきた。

「いつごろ来るんだったかしらね。あなたの彼」

真奈は、うつむいて答えた。

「……三日後です」

「そう。差し出がましくて申し訳ないけど、今と同じあの部屋に、このあとも引き続き泊まれるように頼んでおいたから」

「えっ」

目を上げると、夫人はうっすらと笑いを浮かべていた。

「安心して。費用はもちろん、あなたがたが予約した時と変わらないわ」

「そんな、困ります。そこまでして頂く理由がありません」

「いいじゃないの、たまには恋人と二人でＶＩＰ待遇を満喫するのも。理由が必要なら、あなたに対する非礼へのお詫びと思ってもらっていいわ。ただ、今回のこと、できれば彼には内緒にしておいてくれると助かるけど」

真奈は、薫子夫人の目を見た。気づいた時には、口をついて出た後だった。

「社長のこと――愛してらっしゃるんですか」

とたんに夫人は、眉をはね上げた。

「愛？」

ふっと嗤って肩を竦める。

「愛ねえ。よくわからないわ。むしろ、優先順位の問題だと思うけど」

「優先順位……」

「私の人生において一番大事なものは、店であり会社なのよ。今からあのひとと別れようと思ったら、いろいろと厄介でしょ。税金とか、山ほどの書類の書き換えとか、その他もろもろ」

「でも、本当に会社だけが大事でいらっしゃるなら、わざわざこんなところまで飛んでみえたりは、」

「それくらいにしておいて」

ぴしゃりと遮られ、真奈は口をつぐんだ。

薄笑いと思っていた夫人の顔が、ふいに違って見えた。

ゆうべの自分を思いだす。もしかするとこの人もまた、仮面を貼りつけているうちに本来の顔がわからなくなってしまったのだろうか。

「――言いません」

「え？」

「彼には、言いませんから」

夫人が、音もなく息をついた。

「ありがとう」

「社長のためなんかじゃありません。彼を無駄に傷つけたくないだけです」

薫子夫人は微笑んだ。羨むような、惜しむような眼差しだった。

「とにかく、あなたには本当に申し訳ないことをしたわ。せめてこの三日間はゆっくり休んで、彼が来るまでに気持ちを立て直してちょうだいな。昨日も言ったけれど、これで気まずくなって店を辞めるなんてことだけは言い出さないでね。愚かな夫のせいで有能な社員を失いたくはないの」

ようやく入江に船が入ってきた。

寸前で思いだし、真奈は肩にかけていたバッグから細長い小箱を取りだすと、薫子夫人に渡した。

「なあに、これ」

「社長に返して下さればわかります」

カタカタと小箱を揺すっただけで中身を察したのだろう。夫人は、やれやれと首をふり、長いため息をついた。

「ほんとにもう。何から何までひとつ覚え」

接岸した船から、もやい綱が投げられる。ホテルのスタッフたちが総出で見守る中、まずはトランクなどの荷物が積みこまれ、その後から人々が船に乗りこんでいく。

高橋も、ようやく木陰の椅子から立ちあがり、うっそりと船へ向かった。真奈の前を通り過ぎる時、低い小声で言った。

「ばかだな。せっかく似合ってたのに」

最後まで、ほとんど目を合わせようとはしなかった。

大きく手を振るスタッフたちの後ろから、真奈は、空港へと渡ってゆく船を見送った。

目を開けていられないほどの眩しさで輝く珊瑚礁の向こうに、猛々しい岩山が屹立している。何度見ても、つくづくと凄みのある風景だった。

昼にはまだずいぶん間があるというのに、すでに日射しはとてつもなく強い。一秒ごとに肌がちりちりと灼けていくのがわかる。だが、今はそれが心地よかった。照りつける熱に、体の内側に凝っていた鬱屈までが炙られるようだ。このまま、憂さも迷いも嫌な記憶も、ぜんぶ黒焦げになって消えてしまえばいいのに。

船はまだ見えていたが、きびすを返して歩きだした。

沈みこんでいたところで何も始まらない。こうなったら、恋人が来るまでの三日間、ひとりの時間をとことん満喫してやる。

第三章　神々の香気

『セント・レジス』が超一流ホテルと呼ばれる理由はすぐにわかった。

ただ滞在しているだけで退屈などしなかった。望むより先にほとんどが満たされ、さらに望めばそのすべてが叶えられた。

スタッフのクリスが何くれとなく世話を焼いてくれた。到着した日に部屋まで案内した客を、滞在の間じゅう担当するきまりになっているのだという。

真奈は、あえて自分に贅沢を許し、彼に勧められるままにボラボラでの滞在を満喫した。水上コテージまでカヌーで運ばれてくる朝食を楽しみ、スパへ行って香りのよいアロマオイルのマッサージを受け、あるいはテラスで潮風に吹かれながら読書をする。気が向けば、ぬるい海に浸かって泳いだり、仰向けに浮かんだりもした。朝食の残りのパンを水中でちぎると、あっというまに色とりどりの魚たちが集まってきては奪い合う。極彩色の万華鏡のただなかにいるかのようだった。

日が傾くと、浜辺のバーへ出かけた。ゆっくりと暮れてゆく空と海を眺めながら飲む甘いトロピカル・カクテルは、疲れた心を癒す最高の薬だった。

翌日の仕事のことなど考えずにゆっくりしたのは、就職して以来これが初めてのような気がする、と真奈が言うと、

「なんて可哀想な、みじめな人生！」

バーテンダーのジョジョは、芝居がかった仕草で天を仰いだ。

「生きることを愉しまないなんて、神様への冒瀆よ。日本人ってみんなそうなの？　頭おかしいんじゃないの？」

親しくなってくると、彼は慇懃な態度をするりと脱ぎ捨て、本来の皮肉屋なキャラクターを隠そうともしなくなった。遠慮のない彼の物言いがなぜか気に入って、真奈はあの夜以来、こちらのバーにばかり通っていた。

ジョジョは、クリスとも親しかった。

「いい子よ、あの子、すごくいい子。喋り方はあのとおりちょっとスノッブだけど、それもまあ御愛嬌ってもんでしょ。国に帰ればきっと、いいとこのお坊ちゃんなんじゃない？　でも、早く一人前のホテルマンになろうとして一生懸命だし、アジア人のわりには小狡いところがないし」

同じアジア人である真奈を前に、独特のシニカルな口調で当てこすりを言う間も、ジョジョの物腰は明らかに女性的だった。耳の上に白い花を挿しているせいばかりではなさそうだった。

「そりゃそうですよ」

笑ってそう教えてくれたのは、一方のクリスだ。

「〈レレ〉ってご存じですか、マナさん」

「知らない。何、それ」

「僕も、この国に来て初めて知った時はびっくりしたんですけれどね。タヒチでは、一家に続けて男子しか生まれなかった場合、末っ子を女の子として育てる風習があるんです」

「うそ、親がわざわざ？」

「そうです」

「本人の意思とは関係なく？」

「そういう場合が多いですね。物心つく前から女の子の服を着せられて、女言葉を使わされるわけですから」

そうして育った子は〈レレ〉と呼ばれ、タヒチでは社会的にほとんど差別されることなく受け容れられているという。

「とくに、こういうホテルとかレストランなんかのサービス業は〈レレ〉に向いているんですよ。女性的な細やかな心遣いができて、なおかつ男性としての体力もありますからね。重宝されるんです」

このホテルにも、ジョジョ以外にもう一人〈レレ〉がいますよ、とクリスは言った。そちらはすでに手術まで済ませて体ごと男性ではなくなっている、と聞いて、真奈はますます混乱した。

日本であれ西欧諸国であれ、たとえば自分の息子が女性として生きたいと言いだしたなら、多くの親は動揺し困惑するだろう。それなのにこの国では、親自らが、末息子を女の子として育てる場合があるというのだ。ところ変わればとは言うものの、にわかに信じがたいほど奇異な風習に思われた。

「そりゃあね、子どものうちはそれなりに傷ついたこともあったわよ」

優雅な所作でシェーカーを振りながらジョジョは言った。

「女の子っぽい服装やふるまいを学校でいちいち笑われたりしてね。ほら、子どもって、弱者を見つけだす天才じゃない。おまけに残酷でしょ。はやし立てられて、泣きながら帰ったこともあったっけ」

「でもあなたは、手術まではしてないわけでしょう？　今からでも、ふつうの男の人に戻ろうとは思わないの？」

酔ったふりを装い、思いきって訊いてみたのだが、

「思わない」

ジョジョはこともなげに即答した。

「今の私は〈レレ〉としての人生を受け容れてるし、他の人生なんて考えられないわ。こういうふうに育ててくれた両親に感謝してるくらい」

「恋人は？」

「やなこと訊くわね」

「ごめんなさい。答えたくなかったら、」

「いいわよ、べつに」

ジョジョは口をへの字にして、ひょいと肩を竦めた。

「好きな男はいるんだけどね。私のことは、いい友人としか見てくれないから仕方ないの。彼には女性のパートナーがいるし、これはばっかりはどうにもできないもの」

「その彼は、あなたの気持ちを知ってるの？」

ジョジョは口の両端を下げて肩を竦めた。

「どうかしらね。知ってて知らないふりをしてくれてるのかもしれないし、わかんない。べつにどっちだっていいわ」

「それでいいの？　告白したいとか思わない？」

「考えたこともないわね」

「どうして」

「得るものより、失うもののほうが多いからよ」

「そうなのかなあ」

「当たり前じゃない。さっきも言ったでしょ、リウにはすでにマリヴァっていうパートナーがいるんだってば。同じ〈レレ〉だったらまだしも、女の恋人を押しのけてまで後釜に座る自信は、さすがのあたしにもないわ」

「ふうん。リウっていうのね」

いい響きだと思いながら、真奈は言った。

「そのマリヴァって人は、もしかして美人だったりする?」

「本当にあんたって、やなこと訊く女ね」

「やっぱりそうなんだ」

ジョジョが、まるで背負い投げでも決めるかのような勢いでため息をついた。

「答える義理はないわよ。知りたいなら、会って自分で判断すればいいじゃない」

「会うって?」

「マリヴァって女はね、一応アーティストなの。観光客を相手に、手作りのアクセサリーとか、自分で染めたパレオとかを売って生計を立ててるわけ。たしか明日は彼女、このホテルでパレオ染め体験のアクティビティをやるはずよ。教えてもらいながら、自分で好きな色や模様のを染められるの」

あんた暇そうだし、試しにやってみたら? とジョジョは言った。

「クリスに言えば申し込んどいてくれるわよ。マリヴァの染めるパレオは、悔しいけど人気あるの。そのへんの土産物屋で売ってるような量産品とはひと味違うから」

言いながら、カウンター越しに真奈の下半身をじろじろ見る。

「何よ、そんな言い方しなくたっていいじゃない」

まさしく本島の土産物屋で買った量産品を腰に巻いていた真奈が口を尖らせると、ジョジョは満足げにあごを上げてふふんと笑った。

真奈は、彼の作ってくれたカクテルを一口飲んだ。

「ねえ、ジョジョ」

「何よ」

「淋しくはない？」

耳に花を挿したバーテンダーが、片方の眉を吊り上げて真奈を見る。

「わかりきったこと訊かないで。だけど、淋しい淋しいって泣いてたら誰かがどうにかしてくれるわけじゃないでしょ」

ほら、ごらんなさいよ、と顎をしゃくる。

真奈は、スツールの上で体を捻るようにしてふり返った。夕暮れの海の上いっぱいに、くっきりとした虹の橋が見事な半円を描いている。

ね、美しいとは思わない？　とジョジョが言った。

「人生、しんどいことだって起こるけど、もし雨が降らなかったら、そのあとにあんなきれいな虹が架かることもないのよ」


夜更けに激しい雨が降った。桟橋から海へとせり出す形で建てられているコテージは、まるで嵐に揉まれる小舟のようだった。

ガラス張りの床下に照らしだされる海面が激しく波立ち、熱帯魚たちの姿もない。吸いこまれるような心地で見おろしていると、床が揺れているわけでもないのに酔ってしまいそうになる。

心細くなった真奈はテレビをつけて音量を絞り、異国の言葉を聞くともなく聞きながら眠りに落ちた。

翌朝は、再び見事な晴天だった。この島へ来てから、まる一日同じ天気ということのほうが少ない。朝に夕に、空のご機嫌はくるくると変わる。

新鮮な海の幸やフルーツたっぷりの朝食を済ませ、スタッフのクリスから教えられたとおり、ホテルの敷地から地続きの砂浜へと出かけた。澄みわたった紺碧の空を背景に、あの岩山が今日も天を突き刺すようにそびえている。アジサシだろうか、白い小柄な鳥たちが波間の魚影を睨みながらブーメランのように群れ飛ぶ、その腹が、海の色を映して淡いエメラルドグリーンに染まっていた。

砂浜では、もうすでにパレオ染めの準備が始まっていた。ヤシの木の間に張られたロープに色とりどりの見本のパレオが並べられ、海からのそよ風にひらひらと揺れている。

ライトバンからいくつものバケツをおろして四阿の木陰に並べているのは、すらりと背の高い女性だった。白いタンクトップの腰に鮮やかなオレンジ色のパレオを巻き、豊かな黒髪を腰に届くほど長く伸ばしている。その足もとに、三歳くらいの女の子がまとわりついては母親に甘えているのが愛らしかった。

「イアオラーナ」

真奈が声をかけると、若い母親がふりむいた。

「イアオラーナ、ようこそ！」

ほどけるように笑いかけてくる。肌は小麦色だが生粋のタヒチアンではなく、おそらくフランス人との混血であることを窺わせる彫りの深い目鼻立ちだ。

「クリスから聞いてるわ。あなたがマナね。私はマリヴァ」

よろしくね、とにこやかに差しだされた手を握りながら、真奈はゆうべのジョジョを思って同情を禁じ得なかった。なるほどこれは、たとえジョジョが女性であったとしても、押しのけて後釜に座るのは難しそうだ。

すぐそばの木陰に持ち手のついたバスケットが置かれ、ランチセットでも入っているのかと思えば、中にはなんと赤ん坊が眠っていた。

生まれて幾月にも満たない小さな目鼻、小さな手足。なめらかな頬に、ヤシの葉を透かす木漏れ日が躍《おど》っている。そのバスケットを姉娘が覗きこみに行っては、美しい母親に向かって舌足らずな言葉をかける。澄みわたる空、まぶしい砂、きらめく珊瑚礁——まさにこの世の楽園のような光景だった。

あとからやってきた中年のアメリカ人夫婦が加わり、パレオ染め講座が始まった。

シーツよりひとまわり小さい白い布を水で濡らして絞り、染液にひたして色を付ける。真奈はブルーとグリーンを選び、タヒチの海をイメージしながら慎重にバケツに浸けていった。たっぷりと色を吸いこんだ布をひろげ、砂の上に干す。その上に、用意しておいたヤシの葉を置き、風で飛ばないように要所に石を置いて固定すると、マリヴァが立ちあがって手の砂を払った。

「さ、これであとは三十分くらい待つだけよ。太陽の光の当たったところだけが染まって、ヤシの葉の載っているところは色が飛んで白抜きの模様になるの。不思議でしょう?」

もちろん、ヤシの葉や貝殻など自然のものに限らず、切り抜いた絵や文字の型紙を使ってもいいという。

ふだん観光客に教えるのは最も簡単なこの手法だが、マリヴァ自身が作品として染めるのは手描きのパレオだった。大きな木枠にぴんと張って留めた布地に、筆や刷毛を使って自在に絵を描いてゆく。今もロープにかけてあるパレオのうち、幾つかは彼女の作品だった。

花や魚や幾何学模様がシックな色調で描かれた布の隅に、〈Mariva〉とさりげなくサインが入っているのを眺めながら、真奈は言った。

「素敵な名前ね、マリヴァって」

ありがとう、と彼女は微笑んだ。

「タヒチ語で、〈Travelling in peace〉というような意味なの」

女性らしい優しさと、しなやかな野性を併せ持つマリヴァ。意味も響きも、彼女にふさわしい名前だと真奈は思った。

「ご両親はきっと、生まれてきたあなたの将来をほんとに大切に思って名づけてくれたのね」

「そうね。自分でもとても気に入ってるのよ。でも、あなたの名前も素晴らしいわ」

「そう? とくに意味なんてないんだけど」

「なに言ってるの」

マリヴァは目を瞠った。

「意味がないなんてとんでもない。〈マナ〉っていうのはね、こちらでは、精霊とか神々の香気のことを言うのよ」

真奈は眉を寄せた。神々の香気、などといきなり言われても、どんなものだかよくわからない。

「こちらの精霊や神様は、かぐわしい匂いがするってこと?」

「うーん、そうじゃなくて、何て説明すればいいのかしらね。たとえば、誰かの漕ぐカヌーが、普通じゃ考えられないほど速く進んだとするでしょう? そうすると、それを見た私たちは言うの。『あのカヌーにはマナが宿ってる』って。つまり、理屈では説明のつかない、神秘的で超越的な力とでも言えばいいのかしら。神々の恵みも、精霊の呪いも、およそ霊的な能力や出来事や状態を全部ひっくるめて、私たちはそれを〈マナ〉と呼ぶの。心からの畏敬と畏怖の念をこめてね」

話の内容以上にその言葉の明晰さに驚いて、真奈は改めてマリヴァを見つめた。滑らかにこぼれだす英語といい、表現といい、どこかで相当高い教育を受けたものらしい。

と、真奈の肩越しに視線を投げたマリヴァが、ぱっと花が咲いたように破顔して手を振った。

「見て、ほら。あそこにマナの宿る男が来たわ」

ふり返ると、一隻のカヌーが近づいてくるのが見えた。漕いでいるのは、サングラスをかけて長髪を後ろで束ねた屈強な男だった。

みるみるうちに浅瀬から砂浜へ乗り上げたカヌーから、男は無駄のない動きで降り立った。腰には黒いパレオ。前をはだけて羽織った派手なシャツが風に煽られ、胸板のタトゥーが露わになったとたん、真奈ははっとなった。

あの時の男だ。暗かったから確証はないけれど、炎のようなV字の紋様に見覚えがある。

「リウ!」

男はカヌーをさらにぐいと砂浜へ引きあげておき、そばへ駆け寄っていったマリヴァに何かの包みを手渡すなり、彼女の細い体を抱き寄せてキスを交わした。同じく走り寄る少女の頭を撫で、木陰の赤ん坊をあやそうと手をのばした拍子に、半袖の陰から唐草模様の刺青が覗く。やはりそうだ。三日前の晩、波打ち際で水浴びをしていた男に間違いない。

だが、続いて男がサングラスを取るなり、真奈は息をのみ、続いて思わず声をあげていた。

「うそ。りゅ……竜介?」

怪訝そうにこちらを見た男も、目を瞠って叫んだ。

「ええ? まさか、真奈か?」

なんであんたが、と、どうしてあなたが、が交錯する。

それきり、互いを凝視したまま棒のように突っ立っている二人を見比べて、マリヴァが言った。

「もしかしてあなたがた、知り合いなの?」

「あ……ああ、うん」

いくらかでも先に正気を取り戻したのは、男の——朝倉竜介のほうだった。

「昔なじみの友人なんだ」

とことこと寄っていった幼い少女が、甘えて彼の膝に抱きつく。

まだ半ば茫然としたままの竜介が、当たり前のように少女をひょいと抱きあげるのを見て、真奈は、言葉を失った。

「あら、なかなか素敵なパレオができたじゃない。どう、楽しかった？」

尋ねたジョジョが、真奈の顔を見て眉をひそめた。

「なによ、その顔。マリヴァに何か意地悪でもされたの？」

真奈は、スツールに腰掛けながら首を横にふった。

「まさか。彼女は素敵なひとだったわよ。思ったとおり美人だったし」

「元気がなくても口だけは減らないのね」

ジョジョが唇を曲げる。

「だったらどうしてそんなお葬式みたいな顔してるのよ」

真奈は答えず、棚を見渡した。

「何かテキーラベースのカクテルを作って」

ジョジョは片方の眉を上げただけで、何も言わずにサウザブランコの瓶を手に取った。

ホワイトキュラソーとライムジュースを加えてシェイクし、縁に塩を付けたグラスに注ぐ。優雅な仕草で真奈の前に置きながら言った。

「知ってる？　このカクテルを最初に作ったバーテンダーの恋人はね、一緒に狩猟に出かけた時に流れ弾に当たって亡くなったんですって。『マルガリータ』っていうのは、その恋人の名前だって言われてるの」

「流れ弾、ね……」ひとくち飲んで、真奈は低く呻いた。「まさにそんな気分だわ」

カウンターに肘をつき、額に手をあてうつむく。そうしていると、

「ねえ、何があったのよ」

これまでとはどこか違う声でジョジョが言った。

「よけいなお世話ならべつにいいけど、もし話す気があるなら、ちゃんと聞いてあげるわよ」

真奈は、ゆっくりと顔を上げた。

「日本人だなんて、あなた言わなかったじゃない」

「え？」

「あなたの大好きな『リウ』よ。それがまさかあのひとだなんて……」

「なに、あんたたち知り合いなの？」

目を剝いてマリヴァと同じことを訊くジョジョに、けれど真奈は、朝倉竜介とは違う答えを返した。

「ずっと前に、一緒に暮らしてたひとなの」

＊

棚にズラリと並んだ酒のボトルの一つひとつに、背後の夕焼けが小さく映りこんでいる。

ジョジョがめずらしく黙って聴いてくれるのをいいことに、真奈は、強い酒の助けも借りながら、竜介とのかつてのいきさつを打ち明けた。

十年も前の竜介が、どんなに野放図で、勝手で、いつまでも子どもっぽかったかということ。けれどそういうところがまた、他の誰とも異なる彼の魅力であったこと。そんな彼を、あの頃の自分は本当に心の底から愛していたこと。それでも、彼が変わらない以上、そのまま関係を続けていくのはどうしても無理だったこと……。

それにしてもいったいどうして、彼はこの島にいるのだろう。当時はあんなに辛い思いをして別れたというのに、いや、あんなにも辛い思いをして別れたからこそ、その後の竜介の消息については一度も知ろうとしなかった。知りたくなかったわけではない。もし知ってしまったら我慢できずにまた連絡を取って、すべての苦労を水泡に帰してしまいそうな自分が怖かったのだ。

今こうして話していても、昼間の竜介の姿がくっきりと思いだされる。まるで眼球の奥に焼き印を押されたかのようだ。

何がショックだったといって、付き合っていた当時よりはるかに日に灼けて逞しくなり、他を圧するほどの生命力に満ち溢れて見えたのがいちばんショックだった。あの太い首や腕、肩幅の広さ、胸板の厚み、引き締まった腰の線。パレオという一枚の布は、どんな衣服よりも男の軀を野性的に、そして官能的に見せるものらしい。

ふいに、日本にいる貴史の顔を思い出し、真奈はたちまち疚《やま》しさに襲われた。今朝からもうずっと、貴史のことを思いだしていなかった、と今さら気づく。久しぶりに再会した昔の恋人に、頭の中が占領されてしまっていたのだ。

べつに今さら惹かれているわけじゃないもの、と思ってみる。ただ単に、腹立たしいからついつい考えてしまうだけだ。あの頃の竜介の口癖――南の島でヤシの実でも採って適当に暮らせたら、というあの言葉を、今ではここでのんびり実践しているわけか、と思うと、猛烈に腹が立ってむかむかした。

世の中の人々は皆、たとえ気の進まない仕事でも何とかやり遂げようと努力を重ね、いやな上司の顔色を窺いながら懸命に働いて暮らしているというのに、竜介ときたら、いったいどこまでいい加減なのか。そんなふざけた人生が許されていいはずがないではないか。

「だけど、あんたさっき自分で言ったじゃない」

ジョジョが、再び口をひらいた。

「リウのこと、心の底から愛してたって。そんなに好きだったなら、どうして別れたりしたのよ」

だってしょうがないでしょ、と真奈は言った。

「あんな社会不適合者とずるずる一緒にいたって、どんな未来が築ける？　お互い子どもじゃないんだから、ただ好きっていう気持ちだけじゃやっていけないわよ」

するとジョジョは、みるみるあきれ顔になった。

「社会不適合者、ですって？　リウが？　お言葉ですけど彼、タヒチの社会にはこの上なくうまく適合してるわよ」

真奈はぐっと詰まった。あの頃の竜介の言葉が、今さらのように耳もとに甦る。

（この国は、俺には合わないんだ）

「ふん。要するに、日本の社会が狭量だっていうだけなんじゃないの？」

黙ってしまった真奈を容赦せず、ジョジョは続けた。

「だいたい、好きなだけじゃやっていけないなんて言うけど、タヒチの女たちはまるで逆よ。相手と一緒にいるかどうかの基準は、『この男が好き』って気持ちがあるかどうかだけ。結婚を選ぶなんてむしろ稀で、お互いに愛情がある限りは一緒に暮らすすし、愛が消えればたとえ子どもがいたってさっさと別れる。それこそが人としての誠実さってものでしょ」

「だけど、籍も入れないままじゃ、子どもが可哀想じゃない」

「あら、どうして？　法的に結婚してなくたって、ある程度長く一緒に暮らしているカップルなら、正式な夫婦と同じ保障が国から受けられるもの。べつに何も困らないわ」

そういうシステムは、フランス本国とほぼ共通しているらしい。だが、それならばよけいに、比較されるのは不公平だと真奈は思った。

「あいにく日本はね、そこまで恵まれてないの。夫婦と同じように一生添い遂げたって、ちゃんと結婚してなかったら保障なんかゼロに等しいのよ。まあたしかに、『社会不適合者』っていうのはちょっと言い過ぎだったかもしれないけど、少なくとも日本においては、あのひとは結婚相手としてまったく不適切なひとだったの。それがわかってて一緒になるわけにはいかなかったのよ。そこはわかってもらわないと」

「全っ然、わかんない」

ジョジョはあっさり切り捨てた。

「だって、あんたは当時から就職して、自分で自分の食い扶持くらい稼いでたんでしょ？　だったら、リウがたいして働かなくたって関係ないじゃない。子どもを作るのが心配ならすぐには作らなきゃいいんだし、できちゃったならリウに世話を任せてあんたのほうが働くっていう方法だってあるんだし。本当に彼のことを愛してたんなら、一緒にいることぐらい、あんたの気持ち次第でいくらだってできたはずよ。違う？」

「そ……そんな無責任なこと、簡単に言わないでよ」

憤慨してみせながらも、真奈は激しく戸惑った。

恋人との関係を、そんなふうに考えたことはこれまで一度もなかった。両親を見て育ったせいか、付き合う相手は最低でも自分と同じくらい稼ぐ真面目な男でなければならないと頭から決めつけていて、まさか自分のほうが主たる働き手の立場を担うなど想像してみたこともなかったのだ。

「あんたたち女はね、自分じゃ気がついてないかもしれないけど、おっそろしく欲ばりなのよ」

ジョジョが続ける。

「生まれた時から女性の身体を持ってるっていうだけで、男と恋愛するのに何の障害もないくせに、それ以上いったい何を望むの？　贅沢すぎるでしょうよ。おまけに、男が働いて妻や家族を食べさせるのは当たり前で、その逆はさっぱり認めようとしない。あんたたちの振りかざす男女平等って、ほんっと素敵に平等よねえ」

「……辛辣ね」

「そう？　正直なだけよ」

真奈の前から空になったグラスを黙って下げ、ジョジョは今度はギムレットを作ってくれた。

グラスを置きながら、ため息混じりに言った。

「わかってるわよ。これは、あんたへの嫉妬」

驚いて目を上げた真奈に向かって、いけない？　というように眉を吊り上げる。

「ついでに言うと、あたしはマリヴァなんか大っ嫌い」

＊

眠るまでのあいだ天井を見あげては考え事にふけるのが、いつしか竜介の日課になっていた。

ベッド脇の窓には、カーテン代わりに手染めのパレオがかかっている。布の隙間から庭に植わったマンゴーやパパイヤの木が見てとれるということは、今夜の月はよほど明るいのだろう。

すぐそばに置かれた子ども用のベッドには三歳になる姉娘のティアレが、もうひとつのベビーベッドでは生まれて四カ月のヒナノが、そして竜介の左側では、裸のマリヴァが眠っている。女たちの寝息の三重奏に耳をすませていた竜介は、やがて、マリヴァの首の下からそっと腕を引き抜いた。

目を覚ます様子のないことを確かめてから起きあがり、床に脚を下ろす。衣服を身につけ、足音を忍ばせて外に出ると、後ろ手にドアを閉めた。カチリという音が妙に大きく響いた気がした。

バルコニーは満月の光に包まれ、まるで青いフィルター越しに覗く真昼の光景のようだった。階段を下り、砂利を踏んでピックアップ・トラックのドアに手をかける。庭を囲む石垣の向こうは、細い道路を隔ててすぐ海だ。静かな波打ち際に引きあげておいたカヌーが無事であることをちらりと確かめてから、竜介はトラックの運転席に乗り込んだ。

ホテル『セント・レジス』の対岸、峻険なオテマヌ山がそびえるボラボラ島には、まわりをぐるりと大きく周回する道路がある。弧を描く道の外側は、砂浜と海、あるいは崖や亜熱帯の森がひろがり、内側にはバラックに毛の生えたような家が点々と建っている。どの家もたいがい質素だがそれぞれにカラフルで、庭先には必ずと言っていいほどパパイヤやマンゴーの木が植えられていた。一年を通して実ってくれる大事な食糧なのだ。

やがて竜介が車を停めたのは、他の家々に比べてもひときわ簡素な小屋の前だった。

ノックをしようとのばした拳の先で、ひと息早くドアが内側に開く。

「お前かと思ったら、やはりお前か」

出迎えた老人は、枯木をこすり合わせるような声で言った。

「遅い時間にすまないな」

「かまわん。この歳になると、客が嬉しい」

きびすを返し、彫り師の老人タプアリは、竜介を小屋に招き入れた。

小柄だが、戦士を思わせるたくましい後ろ姿だった。白いTシャツの袖から、太い腕が突き出ている。七十をとうに越えているはずなのだが、頑健さは五十代にも劣らないだろう。なめし革のような全身の皮膚は、見えている腕や脚ばかりでなく、喉もとから胸、背中、臀部に至るまで黒々とした部族伝統のタトゥーに覆われている。竜介の胸と腕に刻まれた紋様もまた、このタプアリが自ら彫ってくれたものだった。

おんぼろの冷蔵庫から地ビールを出してきてくれた礼に、竜介が持っていた紙巻き煙草を勧めると、タプアリは嬉しそうに顔をほころばせて手をのばした。こんな時だけは年相応の好々爺の顔になるのだった。

「なあ、タプアリ」

煙草に火をつける老人の手の甲を見ながら、竜介は言った。

「いつになったら、俺にもそういうタトゥーを彫ってくれるんだ?」

「そういう、とは?」

「だから、部族固有の伝統的な紋様をさ」

タプアリは、首を横にふった。

「まだ駄目だ」

「なんでだよ。俺がこの島で暮らして、もう三年がたつ。本島にいた時期も勘定に入れれば、タヒチに来て五年以上だぞ」

「それがどうした」老人は、旨そうに煙を吐きながら言った。「五年ごときで威張るな。この島で三十年以上暮らしているジルベールの奴だって、俺の顔を見るたびにせっつくが、いまだに許してやってはいないんだ」

「あんたたち、もともとフランス人には冷たいじゃないか」

「そういう問題じゃない」

ぴしゃりと言われ、竜介は憮然となって地ビールをあおった。

濃紺の缶に描かれた少女の図柄と、それを取り巻く〈HINANO TAHITI〉のロゴを見つめる。ヒナノとは、タヒチ語で「可愛らしい少女」、あるいは「白い美しい花」を指す言葉だ。

「リウよ」

諭すようにタプアリが言った。

「お前にはまだわかっていない。わしらにとってタトゥーというものは、西洋人にとってのそれとはまったく意味合いが違うんだ。ちょっと格好いいからなどという理由で、好きな服やアクセサリーを身にまとうような気分で彫るものとはわけが違う。自身の依って立つ場所、部族の誇り、そういったものに直結する、いわばIDのようなものなんだ」

「わかってるよ」

「いや、わかっとらんさ。本当にわかっていたなら、三年や五年で伝統の紋様を彫ってくれなどとは言わないはずだ」

不服そうな竜介に、タプアリはなおも言った。

「まったくお前はいつまでたってもふらふらと落ち着かない男だが、いったいこの島に骨を埋める気があるのか。お前に良くしてくれる女を守り、幼い娘たちを愛おしんで立派に育て、一生をボラボラの男として全うしようと、本当に心の底から思っているのか?」

もちろんだ、と答えようとして、なぜか言葉が出なかった。

黙ってしまった竜介に、タプアリは静かに言った。

「それだけの覚悟もない奴に、わしらの大切な紋様は彫らない」

短くなった煙草を指先でつまんでぎりぎりまで吸い終わると、老彫り師はもう一本せがんだ。竜介が苦笑しながら差しだしたそれを受け取り、大事そうに火をつける。

「──で?」

「え?」

「いったい何があった」

別に、としらばくれた竜介に、タプアリは首をふって言った。

「お前が俺を訪ねてくるのは、心が乱れたときだけだ」

*

ほとんど同棲に近い関係になってからというもの、恋人の真奈とこれほど長く離れたのは初めてだった。

大野貴史は、デスクの上のミニカレンダーに目をやった。真奈が「Jewelry TAKAHASHI」の社長とともに黒真珠の買い付けに出発して以来、会わない時間がずいぶん長く感じられてならなかった。自分でも気づかないうちに、こんなにも彼女と一緒にいることが当たり前になっていたのかと思う。

六つの年の差について、真奈のほうは今でも時折気にしているようだが、貴史はほとんど意識したことがない。付き合い始めのほんの一時期だけは遠慮やぎこちなさもあったものの、何度も体を重ね、互いの立ち位置のようなものが定まってきた今、真奈の持つ年上ならではの包容力や落ち着きといった部分が改めて好もしいものに思える。

一人っ子として育ったせいもあってか、貴史は人のふところに潜りこんで甘えるのが得意だった。真奈の側も、〈しょうがないなあ〉などと文句を言いつつも、そういう貴史を甘やかすのをどこかで愉しんでいるように見える。頼られるのが嫌いではないのだろう。

いいバランスなのではないかと貴史は思う。

外での仕事上は堂々と男を張っていたいし、いざというときに自分の恋人を守れるだけの強さは持っていたいと思うが、平時のプライベートは、女性から存分に甘やかされるのが好きだ。よほど無茶なことでない限り、真奈は受け容れてくれる。こちらがずっと子どものままでいても許されるかのような、あの全能感と居心地の良さは、他の誰かではなかなか代えのきかないものだった。

(それに、なんたって真奈はきれいだし)

華やかに目立つ美人ではないが、今どき〈清楚〉とか〈知的〉といった言葉が似合う女のほうがずっと貴重だ。加えて真奈には、独特の雰囲気があった。休日など彼女と手をつないで街を歩いていると、すれ違う男がちらりと嫉妬めいた視線をよこすことがある。たいていは三十代後半より上の、それなりに人生経験を重ねてきたタイプの男たちだ。もちろん悪い気はしなかった。ブランドものの靴や高価な時計より、連れて歩く女のランクこそが最も男の価値を物語るような気がする。

コンビニで買ってきた唐揚げ弁当を頬張りながら、タヒチから届いたメールをひろげて読み返していると、デスクの横を通りかかった同僚の石川翠がいきなり腰をかがめて顔を覗きこんできた。

「な、何だよ」

「ふふ。彼女さんからラブレターですか？」

制服の胸にファイルを抱えた翠は、いたずらっぽく言った。

「そんなんじゃないけど、いいだろ別に。昼休みなんだから」

「もちろんどうぞどうぞ。いいなあ、先輩もあさってから有給休暇かあ」

「石川だって早く消化しろって言われてんじゃないの？」

「そうなんですけど、せっかく休み取ったって、南の島へ一緒に行ってくれるような人いませんもん」

「まあそうだろうな」

「あ、何それ！」

「いや、他意はないんだけども」

他意のカタマリじゃないですか、と唇を尖らせる後輩はちょっと可愛かったが、やはり真奈にはかなわない。

「あーあ、私も恋人欲しいなあ。そしたら、昼休みにメール見てだらしなく鼻の下伸ばしたりできるのになあ」

慌てた貴史が片手で自分の口もとをこするのを見て、

「冗談ですよ。たしかに鼻の下は伸びてますけど、そんなにだらしなくはないです」

翠はくすくす笑いながら自分の席に戻っていった。

二つめの唐揚げを頬張り、貴史は壁のホワイトボードに視線を投げた。

一カ月のスケジュールが見渡せる特大ボードには、明後日の日付から後にマジックで○と矢印がつけられ、殴り書きのような汚い字でこう書き込まれている。

〈大野、有給1ｗｅｅｋ！〉

そう——いよいよ二日後には自分もタヒチの空の下だ。

まばゆい陽光。青い珊瑚礁と、真っ白な砂浜。写真でしか見たことのない、夢のように美しいあの島で、真奈と何をして過ごそうか。いや、むしろああいうところでは何もしないことこそが最高の贅沢なのかもしれない。かといってまったく日焼けせずに帰ってきたら、周囲から何を言われるかわからないし……。

指摘されるより先に自分で気づいて、ごしごしと鼻の下をこすったその時だ。真向かいの席で、およそ意味不明の悲鳴のような声が響いた。フロアにいた誰もが顔を上げ、伸びあがってこちらを見るほどだった。

「何だよ柴田、変な声出すなよ」

苦笑いとともにたしなめた貴史は、資料の山の向こうからゆらりと立ちあがった後輩を見るなり絶句した。

土気色の顔。額にはうっすらと脂汗が浮かんでいる。

「先輩、どうしよう、俺、ど、どうしよう」

「どうしようって何が」

無言の柴田が、荒い息をつきながら自分のパソコンを指さす。

産毛が逆立った。貴史は椅子を後ろへ蹴り飛ばす勢いで立ちあがり、向こう側へ回った。

柴田のデスクには設計図がひろげられていた。世田谷の新築マンション、全二十世帯のＲＣ造。柴田や翠を含めた貴史たちの班が受け持っているプロジェクトだ。昨日の時点でベタ基礎を打つための土木工事が終わり、週明けからはいよいよ基礎工事に入る予定になっている。資材の発注はもちろん、業者の手配もすべてぬかりなく済んでいるというのに、今さら何を……。

柴田の震える指が、設計図に記入されている品番の一つを示す。それから、パソコン上のエクセルの画面を指す。

心臓が、不整脈を打った。毛穴という毛穴からじわりと嫌な汗が噴きだし、口の中がからからに干上がっていく。

品番が——基礎に埋設する鉄筋の品番が、一文字だけ違う。設計図に指定されているのは〈SD490〉。パソコンの画面、つまり実際に発注されたほうは〈SD390〉。つまり、このままでは設計士の指定より強度の低い鉄筋が、大量に現場に届いてしまうということだ。

「柴田」

「はい」

「どうして今まで気づかなかった」

「すいません！　何度も見てたはずなのに」

「見るだけじゃなくて、声出して読みあげながら照らし合わせろっていつも言ってるだろう！」

「す、すいません！」

なおも怒鳴りたくなるのを、貴史はぐっと飲みこんだ。今さら柴田を責めたところで事態は何も好転しない。

「いや……悪い、柴田。俺たちも他人任せで気を抜いてたんだ。お前だけのせいじゃない。とにかく、390を止めて、すぐに490の発注をかけないと」

「けど、週末も挟まるし、すぐに手配つかないっすよ。どうやったって一週間はかかる。来週後半からは雨が続くっていうし、このまま工期がずれこんで完成が遅れたら、入居予定者からどんなクレームがつくか、」

「だからってこのまま進めるわけにいくか！」

基礎に埋める鉄筋は、コンクリートで固めてしまえば見えない。だが当然、躯体全体の強度を左右する。張りつめた面持ちでそばにやってきた石川翠の視線も捉えながら、貴史は言った。

「いいか。ここで対処を間違えて、途中で手抜き工事だなんてすっぱ抜かれようもんなら、うちのイメージはガタ落ちだ。今回の損害そのものよりはるかに大きなダメージになるんだぞ」

どうしよう先輩、オレどうしよう、と狼狽えるばかりの柴田を見ながら、貴史は、最後の迷いを振りきった。

「わかったから、落ち着けって。大丈夫、俺が一緒に何とかしてやる」

「先輩ぃ……」

「泣くな、ばか。とにかく俺は課長の出張先に連絡を取って指示を仰ぐから、お前は何よりもまず490の確保に急げ。何が何でも週明けに間に合わせるつもりで、どっからでもいい、現物をかき集めるんだ」

「私も一緒に」

「頼む」

こういう時、翠は有能だ。平常心を失っている柴田よりずっと頼りになる。

課長の番号にかけた携帯を耳にあて、貴史はちらりとホワイトボードを見やった。週明けまでにと発破はかけたものの、現実問題としては柴田の消極的な予想のほうが当たっているだろう。事態の収拾には、平日でも早くて三日。土日をはさむからにはもっとかかるはずだ。

「すいません、課長。今よろしいですか」

緊急事態の内容をあえて簡潔に伝え終わると、貴史はホワイトボードに近づき、〈大野、有給

１ｗｅｅｋ!〉の文字をひと拭きで消した。

プールサイドのレストランで朝食をとっていた時、携帯が鳴った。

画面を見た真奈は、つい顔がほころんだ。ゆうべ電話がなかったぶん、こちらの朝を待ってかけてくれたのか。頭を傾け、携帯で髪をかきわけるようにして耳にあてながら、女にとっては何気ないこの一連の動作を、前に貴史が色っぽくて好きだと言っていたのを思いだす。

「おはよ。って、そっちはもう午後よね」

カフェオレのポットを運んできてくれたクリスに目顔で微笑むと、電話の相手が誰だかわかったのだろう、クリスも微笑み返してくれた。

「もしもし、貴史？ 聞こえてる？」

けれど、それに対する貴史の答えは真奈の予想とは違っていた。

〈ごめん、真奈。俺、行けない〉

社内のトラブル処理のために、どうしてもあと数日は日本を留守にすることができなくなったと彼は言った。タヒチへ飛ぶフライトは週に二便しかないから、たとえ事態が奇跡的に早く片付いても、日本を発てる日は限られる。つまり、あとから貴史が来られたとしても一緒に過ごせる日数は当初の計画の半分に減ってしまうことになる。いや、最悪の場合は来られないかもしれない。その可能性は充分にある。

事情を理解するにつれて鼻の奥が水っぽくなってくるのを、真奈はこらえた。高橋社長との例の一件以来、自分の心がどれほど張りつめたままでいたかを思い知らされる。

本当は、あの晩のいきさつをすべて貴史に打ち明け、自分の代わりにかんかんに怒った上で優しく慰めてもらいたかった。でも、話せるわけがない。すでに起こってしまったことを後から聞かせるのは酷なだけだし、彼が知ればきっと、そんな会社はさっさと辞めたほうがいいと言うだろう。どうすべきかはまだ答えが出せていないけれど、もしすべてを飲みこんで今の会社勤めを続けるなら、貴史にはこのまま何も知らせないほうが……。

〈真奈?〉

遠くから耳に届く、あまりにも情けない声に、真奈は無理やり唇の両端を引きあげて笑みを作った。

「わかった。寂しいけど、こればっかりはしょうがないもんね」

〈ほんっとごめんな。怒ってる? 俺のこと、嫌いになんない?〉

思わず苦笑がもれる。

「ばかね、その逆にきまってるでしょ」慰めるように言ってやった。「こういう時に、後輩や会社の窮地を見捨ててさっさとこっちへ来ちゃうような人だったら、好きになんかなってなかったもの」

電話の向こうの貴史は、感極まった様子だった。

〈俺の嫁さんになる女って、なんていい女なんだろ〉

「今ごろわかったの?」

貴史がようやく笑う。

〈ありがとう、真奈。ほんとごめんな。何とか早く片付けてみせるから〉

「待ってるけど、無茶だけはしないでよね」

なおも言葉を交わし、微笑みながら電話を切った瞬間、逆落としのように反動がきた。彼が来られないかもしれない——それでは、何のためにここでこうしているのかわからない。

食べかけの卵やベーコンがのった皿をそっと押しやり、テーブルに両肘をついて顔を覆う。見とがめたクリスが、心配そうに声をかけてきた。

「どうされましたか。ご気分でも？」

真奈は、のろのろと顔を上げた。

「違うの。ごめんなさい、ちょっとショックなことがあって」

やりきれない思いのまま、短く事情を説明すると、クリスはずいぶん同情してくれた。一旦は他のテーブルに呼ばれて給仕に行ったものの、すぐにまた戻ってくる。

「マナさん。僕、今日これからシフトが休みに入るんですが……」

あたりをちらりと窺い、ほかの滞在客には聞こえていないことを確かめてから、彼は続けた。

「もしよかったら、島側にあるバイタペの町へ一緒に出かけてみませんか。いつもの送迎クルーザーではなくて、従業員用のボートに乗って頂くことになってしまいますが」

「町へは、前にも一度行ったけど」

「でもそれは、お仕事ででしょう？　ボラボラの本当の顔はまだご覧になっていないはずです」

ね、こういう時は気晴らしが必要ですよ。そう言って、クリスはやんちゃそうに片目をつぶってみせた。

「本当は、特定のお客さんとあんまり仲良くなりすぎちゃいけないんですけどね」

ホテルから従業員用の小型ボートでボラボラ島側へ渡り、港からバイタペの町へ向かう乗り合いタクシーに揺られながら、クリスは言った。

「どうしてなんでしょう。あなたが沈んでいると、なんとなくほっとけない」

まっすぐ前を向いたままなのは照れ隠しだろうか。ホテルのお仕着せからこざっぱりとした半袖シャツとデニムに着替えた彼は、いつもよりさらに年若に見える。

真奈は微笑み、

「マゥルルー」

と礼を言った。

明日には久しぶりに貴史と逢えるはずだった。事情が事情なのだから仕方がないと、理性ではちゃんと納得しているのに、感情はとなると、そう簡単には割り切れないものがある。寂しさというより欠落感や喪失感に近い種類のものが胸の裡を満たし、赤い血のかわりに透きとおった青い液体が体をめぐっているような気がした。

ふだんから一緒に暮らしているも同然の恋人と、たまたま逢えないだけでこんなに落ち込む必要なんてないのに、と自分にあきれてしまう。初めて二人きりで過ごすバカンスへの期待が、知らず知らずのうちに大きく膨れあがっていたのだろうか。それとも、遠く離れた異国にいる心細さがそうさせるのだろうか。何しろ色々あったから……。

「先日は、この町のどこを見て歩かれたんですか?」

広場で乗り合いタクシーを降りるなり、クリスが訊いた。

「べつにどこも見なかったけど。だって、この間はほんとにビジネスのためだけに来たんだもの」

社長夫妻と一緒に、黒真珠の専門店のマネージャーと会って食事をしただけだと言うと、クリスは瞳をきらめかせた。

「オーケイ。じゃあ、今日は僕に任せて下さい。ちゃんとエスコートしてみせますよ。あ、でもマナさんのほうで何かリクエストはありますか?」

「ひとつだけ」

「何です?」

「どこか、ちゃんとした黒真珠が納得のいく値段で買えるお店を知っていたら、連れてってほしいの」

「え、でもこの間のビジネスのお相手は?」

「もちろん素晴らしいお店だったけど、今日は自分のものを選びたいから……」

仕事上の付き合いがある店に気を遣わせるわけにはいかないし、逆にこちらも気を遣ってしまうのだと言うと、クリスは頷いた。

「なるほど。そういうことでしたら、知り合いが勤めている店がありますから行ってみましょうか。すぐそこですし」

「一応訊くけど、それってお土産物屋さんとかじゃなくて？」

クリスは笑った。

「大丈夫。人にはそれぞれ、ふさわしい場所というものがあります」

「どういう意味？」

「翻訳しますとつまり、『あなたみたいな人をめったなところへはお連れするわけがないでしょう？』という意味です」

真奈も思わず微笑んだ。

「嬉しいけど、ねえ、今日はオフの日なんでしょ？　友人として、もうちょっと砕けた話し方をしてくれてもいいんじゃない？」

クリスははっとした顔になった。

「ごめんなさい。自分ではそんなつもりはないのですが、僕の英語はどうやら、傍からは嫌味なほど丁寧に聞こえてしまうらしいですね。ジョジョにも、よく同じことで叱られます」

広場から続くメインストリートは驚くほど短い。曲がりなりにも商店街と呼べる一角は通りの両側、ほんの百メートルほどの間だけに限られていて、そこから先はアスファルトの傷みが目立つ埃っぽい道が延びている。

クリスが案内してくれた先は、つい数日前に高橋夫妻とともに訪れた店のほとんど斜め向かいだった。べつに悪いことをしているわけではないのだが、何となく顔を伏せてそそくさと店に入る。

「ここ、タヒチでは三本の指に入る有名店なんですよ」

クリスは、ホテルで働く同僚の妹だという女性スタッフを呼び、話を通してくれた。彼女が黒真珠について通りいっぺんの説明を始めようとするのを押し止め、この人はプロだから必要ないし、本当に眼鏡にかなったものがない限り買わない、とはっきり言ってくれるあたり、さすがの気遣いだった。

「こちらでお茶でも飲んで適当に喋ってますので、どうぞごゆっくり。僕のことは気にしないで下さいね。オフって言ったってどうせ、日が落ちてから飲みに行くくらいしかすることないんですから」

その言葉に甘えて、真奈は、指紋の跡ひとつなく磨かれたショーケースを丹念に見てまわった。入口付近の特別なケースの中には、ふんだんにダイヤのあしらわれた数千万もする三連ネックレスや、見事な大粒のチョーカーなどがディスプレイされていた。それらを眺めた後では、オーソドックスなネックレスに百万前後の値札がついていても、ずいぶんとお買い得に思えてくる。いつもはケースの向こう側に立つ身だが、たまにはこうして客としての目線で品物を見るのも新鮮なものだ。

真奈が自分のための買い物を思い立ったのは、沈んだ気持ちを少しでも上向きにしたいからだった。高橋社長がよこそうとしたランクのネックレスなどはとうてい買えないが、何かひとつ

――そう、自分が今ひとりでこの島にいることに、ささやかながらも意味を与えてくれるようなものが見つかるといいと思った。

貴史と一緒の時でなくて、かえってよかったのかもしれない。二人で選んだりして、まるで彼に買って欲しいとねだっているみたいに思われてしまうのは嫌だった。貴史のことだから喜んでプレゼントしたがるかもしれないが、真奈の側にどうしても抵抗があった。欲しいものがあるなら自分で買えばいい。そう考えるあたりが女として可愛くないところなのかもしれないが、自分の稼ぎで買えないものは、結局のところ分不相応ということではないかと思えてしまう。

途中で何度か立ち止まり、デザインはもとより真珠の色や艶、照りや巻きなどを品定めしては、次のショーケースへと移動する。店内をゆっくりとひとめぐりした真奈が、再び戻ってきて足を止めると、絶妙の呼吸でクリスがそばへやってきた。

「気に入ったものはありましたか？」

なければ本当に無理して買わなくていいんですからね、と小声で耳打ちしてくれる彼に、真奈は微笑んで頷いた。

「これを見せてもらいたいの」

手招きされた先ほどの女性スタッフが、白い手袋をはめてケースから商品を取りだす。雫のような形をしたドロップ・タイプのピアスだった。玉虫色の光を帯びたバロックパール。ポストの部分にごく小さなダイヤがあしらわれているが、デザインがシンプルなぶん、黒真珠そのものの美しさが際立っている。

勧められるままに真奈が耳に着けてみると、クリスが深く頷いた。

「素敵です」

「ほんと？」

「ええ。ドレスにもデニムにも合いそうだから、きっと使えますよ」

「クリス、あなたずいぶん薦め上手じゃない？」

「昔、よく姉の買い物に付き合わされてましたからね。ツボは心得てます」

真奈は笑った。

「じゃあ、これにするわ」

このまま着けていきたいからと言ってスタッフにクレジットカードを渡し、出国時に税関に提出する免税申請書類の手続きを待っていると、クリスはまじまじと真奈の耳もとを見ながら言った。

「マナさんの、今の気持ちなのかな」

「え？」

「涙の形だから」

黙ってしまった真奈に、クリスはすまなそうに言った。

「ごめんなさい。翻訳するとつまり、『とてもよくお似合いですよ』という意味で言ったんです」

地元の女性たちが出店する手工芸品のマーケットを眺めてまわったり、中国系のスーパーマーケットで物価の高さに目を剝いたり、強い日射しの下、二人で歩きながらアイスバーをかじったりしているうちに、今朝の電話を受けて以来ずっと沈んでいた真奈の中にも少しずつ柔らかな気持ちが戻ってきた。

カトリック教会の扉が開いていたので入ってみると、外とは打って変わった静けさだった。人影はない。分厚い石壁のおかげだろうか、空気はひんやりとしている。

パステル系の極彩色に彩られた祭壇には、いささか稚拙な造りのキリスト像と並んで、トーテムポールにも似た木彫りのティキの神が祀られていた。唯一絶対神を崇めるキリスト教の立場からすれば本来あり得ない光景だろうが、この島の人々にとっては、キリスト教の神にもティキの神にも平等にマナが宿るということなのだろうか。

自分で足を運んでみなければ知り得ないことというのはたくさんあるものだと真奈は思った。無彩色で平板だったバイタペの町に、みるみる色がつき、立体的に起きあがってきたような感覚があった。

ふと見ると、祭壇の下、幼な子キリストが寝かされているのは、本来の飼い葉桶ではなく巨大な白い貝殻だった。

「シャコ貝ですね。海の中でうっかりこれに足をはさまれたりすると大変なんだそうです。どうやっても抜けないのに、だんだん鼻の下まで潮が満ちてきて……」

「やだ、やめて、怖いじゃない」

おどけて耳をふさいでみせながら、派手な毛布をかけられたキリストに目を戻した時、ふと脳裏をよぎったのは赤ん坊の眠るバスケットだった。

揺れるヤシの葉陰。若い母親の、日に灼けた眩しい肢体。その足もとにまとわりつく幼い少女。カヌーから悠然と下りてきた、〈マナの宿る〉男……。

思い浮かべるだけで、どうしてこうも気持ちが乱されるのかわからない。それこそ、自由を奪われたまま鼻の下まで潮が満ちてくるかのようだ。

黙ってしまった真奈を、クリスはさりげなく促し、波の穏やかな砂浜へと案内してくれた。日没までにはまだしばらく間があったが、フジツボの付着した堤防に二人並んで座り、ゆっくりゆっくり海に向かって落ちていく夕陽を眺めた。

やがて、たなびく雲がおそろしいほどのオレンジや紫に染まり始めた。陸地より海を行くほうが早いのか、男たちがそれぞれにカヌーを漕ぎ、夕映えの中を家へと帰ってゆく。

水平線が煮え立つ陽炎のようにゆらゆらと揺れ、巨大な火の玉のてっぺんまでが海の向こう側へ隠れる、その最後の最後になって、太陽は一瞬だけ透きとおった緑色の光を放った。

「今の、見ました？」

クリスが興奮気味に向き直る。

「グリーン・フラッシュっていうんだそうです。毎日のように夕陽を眺めてる僕らだってめったに見られやしないのに、マナさんは運がいい。そういえばボラボラに到着した日の飛行機からも、虹を数えきれないほど見たって言ってましたっけね。二重、三重にかかるのも」

「それって普通のことじゃないの？」

「いくら何でもそんなに沢山はなかなか見ません」

「もしかして、そういうところで運を使い果たしちゃってるのかもね」

「悲しいこと言わないで下さいよ」

海岸沿いのローカル・レストランは、先日案内された店よりもぐっとカジュアルな雰囲気だった。外国人観光客もいれば地元の客もいる。

バーカウンターにはクリスと親しいというグループが陣取り、真奈を連れていることでしきりに彼をからかった。テーブルの間を人懐こい犬たちがのそのそと歩いていたが、客の食べものを欲しがる様子はなかった。

クリスの頼んだ料理を美味しくたいらげ、最後にパイナップルのタルトをつつきながら、真奈は言った。

「今日はほんとにありがとう。あなたが誘ってくれなかったら、今ごろ私、ホテルの前から海に身を投げてたかも」

「まあ、あそこじゃちょっと死ねないでしょうけど」クリスは笑った。「でも、少しでも気が紛れたのならよかった」

「あなたの話し方も、昼間に比べるとだいぶ打ち解けてきたしね」

「いや、これについては申し訳ありません。子どもの頃から僕に英語の手ほどきをしてくれた家庭教師が、ものすごく厳格な英国人の老紳士でね。それでこんなガチガチのクイーンズ・イングリッシュになってしまったんです。海外で喋るとそうとうスノッブに響くみたいで、今になって

い。

「お国はどちらなの？」

「香港です」

香港出身のアジア系で、家庭教師が英国紳士。どうやら、冗談ごとではなく金持ちの息子らしい。

「困ってるんですけど」

「正直言うと僕、マナさんを見ていると、お嫁に行った姉を思いだすんですよ」

アルコールが回ったせいもあるのか、クリスの舌は滑らかだった。

「姿形が似てるってわけじゃないんだけど……。僕ね、あなたみたいなひと、よく知ってます。本当はすごく寂しがり屋なのに、強がって頑張り過ぎちゃうひと」

ね、と優しく微笑まれて、一瞬、涙腺が危うくなった。

南太平洋に浮かぶ島の小さなレストラン。知り合いはいない、飛び交う言葉のほとんどが英語ではない、ろくに意味もわからない。そんな中で、向かいに座るアジア人が口にした何気ないひとことは、まるで柔らかなナイフのように胸を刺してきたのだ。

「そろそろ帰ろうかな」

無防備すぎてひりつく気持ちをごまかすように、真奈は財布を取りだした。クリスが慌てて止めようと伸ばす手を、いいから、と押し戻す。

「今日一日の御礼だと思って」

「そんな。僕のほうこそ楽しかったですし」

「ありがとう。でもお願い、今日だけはそうさせてよ。いいじゃない、お嫁に行ったお姉さんに奢ってもらったんだと思えば」

クリスは、急に脱力したように情けない顔になった。

「よけいなこと、言わなきゃよかったな」

「え？」

「いいえ、何でも。……それじゃ、お言葉に甘えて、ありがたくご馳走になります」

支払いのサインを済ませた真奈が立ちあがると、彼は自分も一緒に帰ろうとした。残ればいいじゃないと言っても、女性を一人で帰せるわけがないでしょうと言い張る。

「ねえ、大丈夫だってば。昼間の船着き場って、ここの前の坂を下りてすぐでしょ？　またあのボートに乗って帰ればいいいだけだもの。せっかくの休日をまるまる私に付き合わせちゃったんだから、せめてこの後はお友達と楽しんでよ。ね？」

押し問答の埒《らち》があかない二人のところへ、クリスの友人たちが近づいてきた。一人がふざけてクリスにのしかかり、羽交い締めにする。荒っぽい悪ふざけに巻き込まれそうになった真奈は危うくすり抜け、

「どうぞごゆっくり。また明日ね」

笑ってクリスに手をふり、さっさと店を出てきてしまった。ドアが閉まると同時に喧噪が遠ざかった。

ハウスワインに火照《ほて》った頬に、湿りけのある夜気が心地よい。ふわりと押し寄せるムスクのよ

うな香りに目を上げると、道路際に植わっている木が白い花をたくさん咲かせていた。ジョジョをはじめホテルの女性スタッフの多くが耳の上に挿している花。ベッドメイキングされた枕や新しいタオルなどの上にもそっと置かれている、タヒチを代表する花だ。何というのだったか——そう、たしか、ティアレの花といったはずだ。

枝先から今にも落ちそうな一輪を手に取り、漏斗のようにすぼまった花弁の奥に鼻を埋める。甘い香りを胸の奥深く吸いこむと、ワインの酔いの上からさらに重たい酩酊がずしりと載るような感覚があった。ジョジョたちをまねて耳の上に挿そうとしたがうまくいかず、かわりに髪を後ろで束ねているゴムに挿してみる。そんなささやかなことでも、また少しこの島に馴染んだ心地がして寂しさが薄まる。

すぐそこのバーから出てきた地元の男たちが二人、髪に飾った花を指差して何か話しかけてきた。いいねとか、似合うねとか言っているのだろうか。真奈は、知っている数少ないフランス語で返した。

〈すみませんが、私はフランス語が話せません〉

何がおかしいのか、男たちがげらげら笑いだす。酔っぱらいに言葉以前に話が通じないのは世界共通なのだ。真奈はあきらめて歩きだした。

目指す船着き場の明かりは坂の下のほうに見えているのだが、あたりには外灯があまりなく、思っていたより暗い。強がったりせずにクリスに送ってもらえばよかったかもしれない。道ばたの茂みから響く虫の音の向こう側には、煮染めたような夜の闇が広がっている。

我知らず足が速まった。下り坂の一歩ごとに、サンダルの細いストラップが足の甲に食いこむ。耳もとで黒真珠のピアスがぶらぶらと激しく揺れる。ようやく坂を下りきった時にはすっかり息が切れて、酸素ボンベが欲しいくらいだった。すぐそこの船着き場の明かりを見たとたん、自分の怯えっぷりがおかしくなり、ふっと笑いそうになった時だ。

肩を強くつかまれた。

ひ、と吸う息が悲鳴になる。ふり向く前から、あの二人連れだとどこかでわかっていた気がする。

男たちがしきりに何か言う。言葉の意味はまるでわからないのに、下卑たことを言っているとわかるのは何故だろう。振りほどいても、払いのけても、からかい半分の笑い声とともにしつこく伸びてくる四本の手から逃れ、よろけて転びそうになりながら再び悲鳴をあげたところへ、

「Arrêtez!」

誰かが大声で怒鳴った。

船着き場の手前の駐車場から走り寄ってきた人影が、柵を跳び越えながらなおも激しくフランス語でまくしたてるのを耳にして、真奈ははっとなった。

この、声――。

同時に視界が真っ暗になった。違う。目の前に黒いシャツを着た大きな背中が立ちはだかり、真奈の視界をふさいだのだ。

荒い息づかいに揺れる肩のあたりから、凄まじい怒気が立ちのぼっている。あまりの安堵に膝

が萎え、その背中にすがりついてしまいそうになる。必死に膝に力を入れて一人で立ちながら、けれど真奈は、震えた。自分を守ってくれる背中だとわかっているのに、どうしてだろう、あんなふざけた男たちよりもはるかに、この背中のほうが危険なもののように思える。

竜介の殺気と怒声にすっかり気を削がれた様子の男たちが、わかったわかったといった仕草で両手を挙げてみせ、こちらをふり返りながら坂道を引き返してゆく。遠ざかる後ろ姿を睨みつけていた竜介は、やがて真奈をふり返ると、無言で手首をつかんで船着き場の明かりのほうへ引きずっていった。

「い……痛い、ちょっと竜介、放してってば！」

手前の駐車場に、四、五台のワゴン車が停まっている。降りて煙草などふかしていた運転手たちがじろりとこちらを見る。

竜介は、そのうちの一台の前まで問答無用で真奈を引きずっていくと、ようやく手を放して向き直った。

「バカか、あんたは！」

いきなり怒鳴りつけられた。

「自分から男を誘うような真似しやがって、何やってんだこのバカ！」

「はあ？」

耳を疑った。助けてもらった礼を言おうと思っていたのに、頭に血が上ってそれどころではなくなる。

「何言ってるの？　バカはあなたじゃないの？　誰が自分から誘ったりするもんですか、あいつらが勝手に追いかけてきて、」

こちらに伸びてきた竜介の手に、とっさに首を竦めたが、彼は真奈の髪から何かをひったくるように取ると鼻先に突きつけた。

「これは何だよ」

わけもわからず、まだ甘い香りを漂わせているティアレの花を寄り目で凝視する。

「何って……花だけど」

「そうじゃなくて、なんでわざわざこんなものをくっつけて歩いてるんだって訊いてんだよ」

「意味なんかないわよ、ただ綺麗だったから……。何よ、悪いの？」

「ああ、悪いね」

竜介は、あきれ返った顔で真奈を見おろした。

「まさか、知らなかったのか。この花の意味を」

「意味？」

「恋人同士であれ夫婦であれ、パートナーと呼べる相手がいる者は髪の左側に挿す。反対に右側に挿せば、今は相手がいないって意味になる」

「うそ」

「嘘なもんか」

「じゃ……後ろに挿すのは？」

竜介が舌打ちをし、短く強いため息をついた。

「ただいま絶賛お相手募集中、だ」

声を失って立ちつくす真奈を、竜介はさぐるように見つめた。今度は少し長いため息をつく。

「本当に知らなかったんだな」

「当たり前でしょ？　知ってたら冗談でもやらないわよ」

「俺が間に合ったからいいようなものの、そうでなけりゃどうなってたと思う」

「恩着せがましい言い方しないでよ、知らなかったって言ってるじゃない！　だいたい、どうしてこんなとこから急に湧いて出るのよ」

竜介が目を剝いた。

「恩人に向かってずいぶんな言いぐさじゃないか」

「だって、こんな暗いとこにぞろぞろ車停めて、いったい何を」

「仕事だ、仕事」

「何の」

「タクシーだよ！　この時間はたいていここで待機してるんだ。少し前にクリスから電話があって、あんたが上の店から一人で歩いて下りてくるって言うから待ってりゃあ……」

「え、クリスとも知り合いなの？」

「当たり前だ。このへんの若いのはみんなつながってる」

苦々しげにティアレの花を投げ捨てようとした竜介が、寸前で思い直したように手を止める。

「――なあ」

「何よ」

「あんたには、いるのか。誰か決まった相手が」

「いちゃ悪い？　おかげさまで、今度はちゃんとまともな相手よ」

言ってしまってから、真奈は唇をかんだ。どうして竜介が相手だと、言わなくていいことばかり口にしてしまうのだろう。

「そうか。そりゃよかった」

奇特な男もいたもんだな、と憎まれ口を叩きながら、竜介は何を思ったか、ひょいと手をのばしてきてティアレの花を真奈の左耳の上に挿した。無造作な仕草だったのに、ぴたりと留まって落ちてこない。恋人のマリヴァにも、ふだんからこうして左側に挿してやっているのだろうか。

真奈は、目を伏せた。

「……ありがとう。助けてくれて」

「ふん。いかにも渋々って感じだな」

「そんなことないったら。もう、せっかく素直に言ってるのに、そうやってあなたがいちいち」

ああ、まただ。一旦口をつぐみ、真奈は大きく深呼吸をした。

「ほんとは――ほんとに、感謝してるのよ。だって実際、あなたが助けてくれなかったら今ごろは……」

ぶるっと身震いする。最悪の場合を想像してしまったせいだ。高橋社長との一件といい、さっきの男たちといい、この島に来てから二度も続けてこんな目に遭うなんて、もしかして島の神々との相性がよっぽど悪いのではないかと疑いたくなってしまう。それともやはり、自分に隙があるのだろうか。

左手の指先で、真奈はそっとティアレの花に触れてみた。

「ねえ」

「うん?」

「どうして大事な相手がいると、左側に花を挿すのかな」

竜介が、初めて表情を和らげた。ふっと苦笑する。

「そんなもん、疑問に思ったことさえなかったよ」

デリカシーのない男はこれだから、と思いかけたが、そういう意味ではなかった。竜介は続けて言った。

「心臓に近い側だからにきまってるだろ」

真奈は、思わず彼の顔を見つめた。

――そうだった。昔からこの男はこんなふうだった。鈍感で粗野に見えて、ふとした瞬間、こちらの気持ちの隙間にするりと音もなく入りこんでくるのだ。まるで、びろうどの足裏を持つ猫科の大型獣のように。

せっかくだからちょっとそこまで付き合え、と竜介は言った。

誘うというより命令めいた口調にかちんときた真奈が、どうしてよ、と訊くと、ホテル側に渡る最終の船が出るまでにはまだ間があるからだと答える。

何の返事にもなっていない上に、どこへ付き合わされるのかもわからないまま、気がつけば真奈はワゴン車の助手席できっちりとシートベルトまで締めていた。売り言葉に買い言葉で、最後は自分から乗ってしまった気がする。

カーブにさしかかるたび、ヘッドライトが海へ続く砂浜や崖を覆う林を舐めるように照らしだす。こうしていると、大学を卒業してすぐのあの頃から何も変わっていないかのような錯覚に陥る。

道々、竜介から聞き出したところによれば、この車は島の中でのいわば個人タクシーなのだった。ちょうどディナー帰りの客を船着き場まで送り届け、顔なじみの運転手たちと話していた時にクリスから電話があったのだという。

「そもそも、どうしてタヒチなんかにいるわけ？」

「もっともな質問だな」

ハンドルを握る竜介は、前を向いたまま淡々と話しだした。

真奈と別れたあとも放浪癖はおさまらず、もしや仕事で旅ができるなら自分にも続くだろうかと旅行代理店に勤めたこと。添乗員として訪れたタヒチに魅せられ、繰り返し訪れるうちにフランス人の恋人も（何人か）でき、結局は旅行代理店を辞めて、こちらに住み着くようになったこと。

この島では観光客相手の商売をぼちぼちやっているが、とりあえず食うには困らないからありがたい、と彼は言った。

「そう。じゃあ、ご商売がうまくいってるわけね？」

「いや、全然。ここでは魚を獲る腕さえあれば生活できるんだよ」

ヤシの実の次は、魚ときたか。

腹が立って、真奈は思いきり皮肉ってやった。

「不思議なものよねえ。学生時代のあなたときたら、英語も第二外国語のフランス語もボロッボロだったのに」

「習うより慣れろってやつだろ。特に、ベッドの中での俺は覚えが早い」

「訊いてないったら、そんなこと！」

やがて竜介は、小さな掘っ立て小屋の前で車を停めた。良く言えば質素、見たままに言えばみすぼらしい小屋だった。

ドアを開けたのは、小柄だががっしりとした体軀の老人で、竜介とフランス語で短くやり取りをした後は、精いっぱいの英語で訥々と真奈に話しかけてくれた。

互いに初対面の挨拶をし、握手を交わしながら、真奈は内心の動揺を押し隠すのに苦労した。肌の見えているところすべて——いま握っている手の甲も指も、腕や足、喉元や首筋も、およそTシャツとハーフパンツで覆い隠せない部分には隙間もないくらいにびっしりと刺青が施されているのだ。この国ではべつに特殊なことでも何でもないと知りながら、初めて間近に目にするものの異様さに、どうしても一歩引いてしまうところがあった。黒一色の幾何学紋様というのがまた怖ろしかった。

「よく来なさった。さあさあ、とにかく入んなさい」

竜介が戸口から一歩横へどき、真奈を先に通そうとする。

入るのを躊躇っている真奈を見おろして、ニヤリと頰を歪めると、

「そう警戒しなくていい」

日本語で言った。

「タプアリの爺さんには、俺もずいぶんと世話になってるんだ。口は悪いが、人は悪くない。見た目ほどはな」

通された部屋の一角には、小さなテーブルと籐椅子が二つ置かれていた。テーブルのほうはどう見ても浜に流れついた板きれと流木で作られたもので、籐椅子の座面はところどころ破れている。竜介が慣れた様子でどっかりと腰をおろすのを横目で見ながら、真奈はそっと浅く腰掛けた。

タプアリが冷蔵庫を開け、缶ビールを出してきてくれる。よほど古い冷蔵庫とみえて、再び閉めた後のモーター音がひどい。

竜介と何か言葉を交わした老人は、真奈に向かってゆっくり寛ぐように言うと、自分だけ少し離れたソファに陣取り、旨そうに煙草をふかし始めた。

音楽もない。テレビもない。聞こえるのは低く唸る冷蔵庫の音と、窓の外の虫の音、それに、はるか環礁の外海から届くかすかな波の轟《とどろ》きだけだ。

テーブルに置かれたヒナノビールの缶が、たちまち露にびっしりと覆われていく。褐色の肌のタヒチアン女性が描かれたロゴマークも、こちらへ来てからの数日間ですでに見慣れたものとなった。

「この絵の女の人、なんとなくマリヴァに似てない？」

沈黙が居心地悪くて言ってみたのだが、

「そうかな」

竜介はわずかに肩を竦めただけだった。

「どうせ、『タヒチの女なんてみんなそんなふうだ』って思ったんでしょ」

竜介が眉を上げた。

「よくわかるな」

「あなたの考えることくらいお見通しよ」

「ははは。ま、昔からそうだったもんな」

そういう言い方をされると、まるで別れてから今に至るまでずっと彼のことを覚えていたかのように響く。自分から墓穴を掘ったことは考えないようにして、つくづくと癪に障る男だと思った。

「マリヴァとは、結婚してるの？」

わずかな間があった後、竜介は首を横にふった。

「籍は入れてない」

「そう。こっちでは普通のことだって言うものね。じゃ、あの子どもたちも?」

「いや。あれは俺の子」

動悸が、急に速くなった。酔いなどとっくに醒めたはずなのに、くらりと眩暈がする。何か言わなくては。変に勘ぐられるのは嫌だ。そう思いながらうまく言葉が出ないでいる真奈のかわりに、

「まったく、嘘みたいな話だよな」

竜介が言った。

「……何が?」

「こんな海の果てまで来て、あんたとまた会うなんてさ」

「そうね。ほんとにね」

「もう、一生会えないもんだと思ってたよ」

嘘ばっかりだ。どうせこちらのことなんて、思い浮かべたこともないくらい忘却の彼方だったくせに。

真奈は、微笑した。

「私だって、あなたなんかてっきりどこかでのたれ死んでると思ってた。それがまさか、ほんとに南の島でヤシの実を採って優雅に暮らしてるなんてね」

「ヤシの実はべつに採ってねえよ。優雅でもないし」

「でも、魚さえ捕れれば暮らすには困らないって言ったじゃない」

「もののたとえだって。一応、俺だって働いてはいるわけだから」

「運転手さんって儲かるの？」

「儲かるわけないだろう。だから他にもいろいろとやってる」

「働き者なのね」

「……ま、あんたにそれを信じろって言うほうが無理だわな」

言われる前に自分で言って、竜介は苦笑した。やけに自嘲めいた口ぶりだった。

素肌に一枚で着たシャツの前立てから、胸板に刻まれた紋様が覗いて見える。黒一色で彫られたV字の炎のような図柄の刺青。あの頃の竜介にはもちろんなかったものだ。

こうして話している相手は確かに竜介の顔と声を持っているのに、その刺青ひとつで彼が見知らぬ人間のように思える。その違和感が、なぜか、怖い。

「それも、あの人が彫ったの？」

ちらりと目をやると、ソファに座ったタプアリは、ビールをちびちび飲みながら膝の上のノートに何か書きつけていた。

「ああ。工房が町にあるんだ」

「彼一人で？」

「若い弟子がいるけどな。まだ修業中だから、島の人間相手には彫らない」

真奈の怪訝そうな顔を見て、竜介は言葉を継いだ。

「つまり、島の者に彫るのと観光客相手に彫るのとでは、図柄がまるで違うんだよ。島に伝わる部族固有の紋様は、一つひとつに特別の意味があって、だから外部の人間はまず彫ってもらえない」

「じゃあ、あなたのそれも？」

「ああ。伝統のものを踏襲してはいるけど、やっぱり違う」

悔しそうだった。

「知ってるか？『タトゥー』の語源は、もともとタヒチ語なんだ」

「え、そうなの？」

「ついでに言うと、タブーって言葉もな」

ふいに、互いの視線が絡んだ。

目をそらせようとして、できなかった。

ゆっくり三つ数えるほどの濃密すぎる時間のあと、先に視線をはずしたのは竜介のほうだった。

「……ちなみに、ああ見えてタプアリはその道では有名でさ。評判を聞いた客が、フランス本国からわざわざ訪ねて来るくらいなんだ」

自分の名前が出たのを聞きつけてこちらを向いたタプアリに、真奈はゆっくりとした英語で訊いた。

「どれくらい長く、このお仕事をなさってるんですか？」

「そうさな。十七の頃からだから、もう六十年近くになるかな」

「そんなに」

「自分の年を忘れちまったもんで、確かじゃあないが、まあ大体そんなところだ」

そうして話す様子は、穏やかな好々爺そのものだった。全身の刺青さえなければ、日本の縁側に座らせてもしっくりと馴染みそうだった。

「どうして彫り師になろうと思われたんですか？」

老人は、天井を仰ぐようにして何か考えていたが、やがて真奈に視線を戻した。

「俺が、十五の時だった。この島の浜辺に、全身に極彩色のタトゥーをまとった日本人のハラキリの男がいたんだ」

「ハラキリ？」

「ヤクザのことだろ」と竜介が口をはさむ。「サムライもニンジャもヤクザも、ここじゃ全部ごっちゃだ」

「美しいタトゥーだった」

タプアリは意に介さず続けた。

「背中から尻にかけては、大きな東洋のドラゴンに乗った女神が描かれていた。鱗の一枚一枚、衣服のひだまで実にリアルで、今にも動きだして天へ舞い上がりそうだった。腕や足にもそれぞれ、風の神や雷の神、逆巻く波や雲などが描かれていてな。俺は、心の底から魅了された。魂を持っていかれるような心地がした。その男には、マナが宿っているとさえ思った」

「マナ……」

思わずつぶやいた真奈は、また横から口をはさもうとする竜介を遮った。

「知ってる。マリヴァから教わった」

「だから俺は、あくる日から、果物や魚などを採っては、そのハラキリの男に供えにいった。彼の身に宿るマナへの敬意のしるしにね。すると彼は、俺のてのひらをじっと見て、『お前はいずれ大きなことを為す男になるだろう』と予言してくれた。それからだな。俺が、自分のルーツ、自分の属する部族や社会の伝統といったものに興味を持つようになって、もっと学びたいと思い始めたのは。結局のところ、あの男との出会いがこの仕事につながっているというわけさ」

今や、真奈の脳裏には極彩色の絵が広がっていた。まるで過去を遡って実際にその場面を見てきたかのようだった。

日に灼けてなお白い背中に、倶利迦羅紋々を背負った壮年の男。その彼に恭《うやうや》しく供物を捧げる、肌の浅黒いタヒチアンの若者。男は若者の手相を読み、未来を予言する。彼らの背景にはエメラルドとコバルトが入り混じる珊瑚の海と、古代の火山活動によって険しく屹立した岩山……。

向かいに座る竜介の胸のタトゥーを見つめる。

「ねえ」

気がつけば口からこぼれていた。

「本当にもう、二度と日本へ戻る気はないの？」

竜介は、首を縦にも横にもふらなかった。

＊

腕時計を覗いた真奈が、慌てたように腰を浮かせたとき、竜介は一瞬、引き止めたい衝動に駆られた。ホテル側へ渡る船にはどうせもう間に合わない、あきらめろ。そう嘘をつこうかと思った。

彼女から聞きだしたところによれば、後から合流するはずだった恋人は会社のトラブル処理でなかなか来られずにいるという。

なら、いいじゃないか。ホテルの部屋で誰かが待っているわけでないのなら、今夜はこっちで夜明かししたって構わないはずだ。久しぶりの再会を祝って、ここで一晩じゅう語り明かすのも悪くない——。

脳裏をよぎった考えを、けれど竜介は打ち消した。

語り明かして、それで？　それが何になる？　真奈には、おそらく近々結婚することになるだろう相手がいて、自分にもマリヴァと子どもたちがいる。互いの間にはもう何も生まれようがない。二人の関係は十年ほど前のあの時点で終わってしまったのだ。一度失われたものは、二度と同じ形では戻ってこない。

こんな女々しい感情に心を揺さぶられるのは何年ぶりだろう。心の襞《ひだ》、どころではない、そのまた奥のほとんど繊毛のように微細で敏感な部分——ふだんの暮らしの中では刺激されることのない、いや、刺激を受けないようにあえて分厚く鎧《よろ》っているはずの柔らかな場所が、真奈の顔を見ていると抗いようもなく掻き乱される。

ノスタルジーとは怖ろしいものだ。十年をひと息に遡り、心だけがあの頃の自分に戻ってしまう。

「送ってくよ」

あえて口に出し、竜介は立ちあがった。

「心配しなくていい。船にはまだ充分間に合う」

真奈が、タプアリに別れを告げて先に外へ出る。雲はなく、月は冴えざえと明るく、足もとの小石まで見てとれた。

「悪かったな、遅くに邪魔して」

「なに、いつものことだろう」

戸口まで見送りに出たタプアリはしわがれ声で笑ったが、すぐに真顔になって言った。

「あの女か」

竜介は足を止めた。

「彼女が、ずっとお前の心を縛っているものか」

「……何のことだかわからない」

「それならそれでいい。だが、俺の言った通りだろう?」

「何が」

「お前がここへ来るのは、心が乱れた時だけだ」

答えずに、外へ出た。

小屋の前に停めてあるワゴンのそばで、真奈は銀色に輝く海を眺めていた。薄地の白いサンドレスが夜風に吹かれてまとわりつくたび、体の線が露わになる。

細くくびれた腰も、思いのほか肉感的な尻のラインも、記憶にあるままだ。後ろ姿の頼りなさまで、二十代のあの頃から変わっていない。

砂利を踏む足音に、彼女が竜介をふり返る。

左耳の上に挿したままのティアレの花が、月明かりに青白く光った。

第四章　秘密の棘

恋人の来ないタヒチでの数日間を、いったいどうやってやり過ごせばいいのか――考えるだけで憂鬱になる真奈を救ってくれたのは、意外なことにマリヴァの存在だった。

「よかったら私の仕事を手伝ってくれない？　お給金は出ないけど」

いたずらっぽく目を輝かせながらマリヴァは言った。

「今日も明日も、午後には五人以上のグループからパレオ染め体験の申し込みが入っててね。私一人でどうしようかと思ってたところなの。マナにアシスタントをやってもらえるとすごく助かるんだけど、どう？」

それはもちろんかまわないが、自分なんかでいいのかと真奈は訊いた。

「邪魔になったりしない？」

「とんでもない。このあいだ染めた時の手つきを見ても、とても初めてとは思えないほどだったもの。日本人ってもともと器用な人が多い印象があるけど、それに加えてマナはセンスがいいわ」

その日はアメリカ人のツアーで、翌日はカナダ人の家族だった。前回マリヴァに教わったことを思いだしながら、真奈は主に布や染料などの下準備を手伝い、染色の最中もゲストが迷ったり困ったりする前にさっと横から手助けをした。

途中、視線が合うたびに、マリヴァが満足げに微笑みかけてくる。どうにか役に立てているらしいと思うと、ささやかながらも自分の居場所を与えてもらえたようで嬉しかった。手伝いというのはこちらに負担をかけないための方便で、マリヴァなりの心遣いなのだと思った。

砂浜でマリヴァからタヒチアン・ダンスを教わったり、まだ幼い上の娘ティアレと波打ち際で遊んだりするうちに、真奈の肌はこんがりと色づいていった。いくら日焼け止めをまめに塗ったところで、降り注ぐ紫外線の威力には追いつかない。

東京での仕事に戻った時、部長の渡辺広美からどれだけ厭味を言われるかを想像すると今からげんなりしたが、こうなってしまってはもはや開き直るしかなかった。

灼けた肌の色に仄白いアコヤ真珠が似合わなくなるとしたら、それも仕方がない。バイタペの町で買ったあの涙の形のドロップピアスに合わせて、もうひとつ、南洋黒真珠の一粒ペンダントでも奮発してしまおう。長年まじめに働いて貯めたお金を、たまに自分のためにつかって何がいけない。結婚資金が足りなくなったら結婚そのものを先に延ばせばいいだけのことだ――。鼻息の勇ましさは自棄とすれすれだったが、何やらおかしな爽快感があった。

じりじりと照りつける日射しのもと、熱い砂を踏んでマリヴァがダンスのステップを教えてくれる。同じポリネシアのダンスだけあってフラによく似た動きだった。

背伸びをするように踵を浮かせたまま、足もとに四角い図形を描く。頭ではわかっても、慣れない真奈の体がすぐに動くわけではない。

「左足を踏みこむときに、腰を勢いよく右に突き上げるの。そう。右足を踏みこむときは左へ。ううん、もっと激しく、クイッとね。それを繰り返しながらこう、腰全体でなめらかな∞の字を描くようにするのよ。で、だんだんそのスピードを上げていって……。ね、簡単でしょ?」

いくら教わってもついつい逆の側へと腰を突き上げてしまう真奈を見て、マリヴァは容赦なく笑い転げ、片言の日本語で叫んだ。

「カラダ・タカイヨ、マナ!」

「それを言うなら『固い』でしょ」

「カタイ!　カタイヨ、マナ!」

そう言うマリヴァの腰は、まるでそこだけ別の生きものであるかのように自在に動き、目にも留まらぬ速さで前後左右にぶるぶると振動するのだった。聞けばもともとは本職のダンサーで、大会で入賞したこともあるらしい。

「どうりでね」真奈はあきれて言った。「私がうまく真似できないのも当然じゃない」

「なに言ってるの、大会の時に踊るダンスはこんなものじゃないわよ。私でさえ息が切れてへばっちゃうくらい激しいんだから」

薄地のパレオに包まれた腰に両手をあて、マリヴァは豊かな胸を誇らしげに突き出して言った。

「七月になるとね、タヒチじゅうのあちこちで大きなお祭りが開かれるの。ヘイヴァ・イ・タヒチっていって、全国からダンスチームとかタヒチアン聖歌の合唱団なんかが集まって、日頃の練習の成果を競い合うお祭り。この島だと、ほら、あなたも行ったあのバイタペの広場で催されるのよ」

何日にも渡り沢山のイベントが行われ、マーケットなども開かれてそれはそれは盛りあがるのだという。

「何しろ娯楽がないからね」

と、マリヴァは笑った。

年の近い女同士、そうしてじゃれ合ったり親密に話しこんだりしていると、時間は思いのほか早く過ぎていった。いや、時の流れ自体はゆったりとしているのだが、貴史の不在や最近の諸々を思い起こして何度もため息をつかずに済むだけで、気持ちはずっと楽になった。

一度だけ、遠くの木陰から、竜介がこちらを眺めていたことがある。自分しか気がつかなかったはずだ。ほんのわずかな間のことで、一旦目をそらしたあと再び見たときには、すでに姿が消えていた。

マリヴァは、真奈には昔のことをほとんど訊いてこなかった。昔なじみの友人だという竜介の言葉を丸ごと信じているのか、あるいは、訊けば何か勘ぐっているように響くことを気にしているのだろうか。

実際はどう感じているのだろうと、マリヴァの横顔を窺う時だけ、真奈の胸の裡はヤシの葉擦れのようにざわめいた。

「あんな女とどうして仲良くするのよ」

バーテンダーのジョジョは、色鮮やかなロングカクテルを真奈の前に置きながら不愉快な顔を隠さなかった。竜介こと〈リウ〉への好意と、その恋人マリヴァへの不快感は、彼の中できっちりセットになっているらしい。

「だって、素敵なひとじゃない」真奈は言った。「私としては感謝しかないわ。あのひとがいてくれるおかげでずいぶん救われてるし」

「あら。あたしやクリスの親切だけじゃ足りないって言いたいの?」

「そんな意味じゃ……」

わかってるくせに、とジョジョを見やる。

「あなたたちには誰より感謝してるわよ」

「どうかしら」

「クリスに対する感謝が一番で、あなたは二番目かな」

「まったく口の減らない……」

「足りないものがあるとしたら、あなたたちからの親切なんかじゃなくてね。結局は私自身の問題っていうか……」

「マリヴァは、ほら、私に足りないものをいっぱい持ってるから」

細いストローをくわえて、ジョジョの作ってくれたカクテルをひと口飲む。フルーツの甘酸っぱさの奥に、がつんと強いテキーラの味わいが隠れている。それこそ、マリヴァを思わせるカクテルだった。

「この二日間一緒に過ごしてみて、何だかわかるような気がしたの。どうして竜介が彼女に惹かれたか」

ジョジョが黙って片眉を吊り上げる。

「マリヴァの持ってる真っ直ぐさとか明るさって、日本の女性が絶対持ち得ないものだと思うの。たぶんフランス女性でもね。それに彼女は明るいだけじゃなくて、芯が強くて気性の激しいところもあるでしょ？　どれも私には足りないところだから、正直、憧れる」

「ふうん」ジョジョは、疑わしそうに目を細めた。「憧れる、だけ？」

「え？」

「妬けたりはしないわけ？」

真奈は苦笑した。

「そんなんじゃないもの。もう、とっくの昔に終わったことだし」

「どうだかね。だってあんた、バイタペでは危ないところをリウに助けてもらったんでしょ？」

どうしてそれを、と目を瞠ると、ジョジョは唇を曲げた。

「あら、知らなかったの？　ボラボラ島の中枢はこのバーなのよ。島で起こってることは全部、頼まなくても誰かがちゃんとあたしに報告してくれるの」

誰か、とはこの場合、誰だったのだろう。あの現場を見ていたとすれば、船着き場にたむろしていたタクシーの運転手仲間あたりだろうか。

ふっと不安になった。

「ねえ、ジョジョ。このこと、クリスも知ってるの？」

「さあ。あたしは話してないけど」

「お願い、言わないでおいて」真奈は手を合わせた。「彼のことだから、自分のせいだと思いこんで、ものすごく気にするにきまってるもの」

「どういうことか説明して」

真奈は、正直に打ち明けた。

あの晩、ディナーの後にクリスが一緒にホテルへ戻ろうとしてくれたこと。自分がそれを断って勝手に店を出たこと。坂の下で二人の男につきまとわれた経緯や、竜介から指摘されたその原因についても話した。

「だって、ただの花にそんな隠された意味があるなんて、どうして私にわかる？」

上目遣いに見やると、ジョジョはまさに右耳の上にティアレの花を挿していた。〈只今フリー〉のサインなのだろうか。

「単なる髪飾りのつもりだったのよ。なのにあんな……。酔っぱらいの二人連れだし、向こうにしてみればおふざけだったのかもしれないけど、言葉がわからないぶん、ほんとに怖かった」

思いだすだけで、いまだに心拍が不穏に走る。気を落ち着けようと、真奈はストローでそっとカクテルをかき混ぜた。深呼吸をしようとしたはずが、ため息に変わる。

「こんなにみんなから良くしてもらってるのにね」

「うん?」

「せっかくこんな楽園みたいに綺麗なところに来て、いろんな人から親切にしてもらってるのに、気持ちが全然晴れないなんて、どういうことなんだろうと思って。だけど、この島に来てからこっち、なんだか嫌なことばっかり起こってる気がするの。このあいだ竜介にも言ったんだけど、私、この島の神様とよっぽど相性が悪いのかもしれない」

ジョジョは、洗い上げたグラスを拭き、クロスの上に伏せた。

「リウは何て言ってた?」

「例のごとく、適当な返事よ。『むしろ逆だろ』って」

「やっぱりね。あたしも同じ意見よ」

ジョジョはまっすぐに真奈を見た。

「酔っぱらいに絡まれた以外に、あんたがこっちでどんな目に遭ったかは訊かないでおくけど、いくら嫌なことばっかり起こったにせよ命までは取られてないわけでしょ? 何だかんだ言って、最低の目に遭う一歩手前で助かってはいるわけでしょ?」

「それは、そうだけど」

「本当にこの島の神々と相性が悪かったら、その晩だってリウが運良く居合わせて助けてくれるわけもないし、そもそも酔っぱらいどもがあと少しでも凶悪な連中だったら、あんた今ごろサメの御馳走よ」

「そんな……」

「考え過ぎだって言うなら、あんたこそ性善説ってやつを信じ過ぎなんじゃないの？　ここはあんたの国ほど安全なところじゃないのよ。むしろ、神様が守って下さったおかげで助かったことを感謝すべきでしょうよ。自分の油断を棚に上げて神様を逆恨みするだなんて、まったく恩知らずな女ねえ」

　ぐうの音も出ないとはこのことだった。相変わらず、親身になってくれた時のジョジョはきつい。

「ねえ、ジョジョ？」

「何よ。文句ある？」

「私ね、あの晩竜介に助けてもらったこと、マリヴァにも話してないの」

「あ、そう。だから？」

　黙っていると、彼はやがて短く息を吐いた。

「言わないわよ、そんなこと。だいたいあの女とは口もききたくないんだから」

　真奈は、苦笑した。

「ありがと」

本音をいつわる偽善者だ、仮面をかぶった優等生だなどと、ジョジョからどれだけ辛辣な言葉をぶつけられても、真奈はマリヴァに対して好意しか抱けないのだった。

彼女の持つあの明るい芯の強さが、タヒチアン女性ならではのものなのか、それとも彼女特有のものなのかはわからない。ただ、言葉や視線の端々に時おり仄見える激しさに、同性として憧れを覚えるのは事実だった。あれだけの心の強靭さがもし自分に備わっていたなら、渡辺部長の厭味や意地悪なんか、指先についた鼻くそみたいに弾き飛ばしてしまえるだろうに。

＊

そのマリヴァから携帯に連絡があったのは翌朝のことだった。たしか今日はパレオ染めの日ではなかったはずだ、と訝《いぶか》りながら出てみると、はしゃいだ声の彼女が言った。

「マナ、よかったら今夜、うちに晩ごはん食べに来ない？　リウが今朝、ものすごく大きなマヒマヒを捕ってきたの！」

〈マヒマヒ〉とは、日本で言うところのシイラだ。白身の魚で、味は淡泊だがほどよく弾力があり、生でマリネにしたり、あるいは塩胡椒などでソテーして供される。タヒチをはじめとするポリネシア一帯では最もポピュラーな魚のひとつで、真奈もこちらへ来て以来、もう何度も口にしていた。

あの晩の竜介の言葉を思いだす。魚さえ捕れれば暮らすに困らない、と言ったかと思えば、そんなのは単なるもののたとえだなどと弁解して、でも結局はこの有り様だ。朝から漁をして恋人を喜ばせている。おかげで家庭円満、けっこうな話ではあるけれど、口から出任せのいいかげんさは昔とちっとも変わっていないと思うと腹立たしかった。

「ね、どう、マナ。今夜は何か予定でも入ってるの？」

電話の向こうのマリヴァは、すでにすっかり招待する気満々のようだ。

「予定はとくにないけど……」真奈は口ごもった。「でも、せっかくの一家団欒をお邪魔しちゃ悪いし」

「何言ってるのよ。団欒なんて毎日のことなんだから気にしないで。ゲストを招くのは大きな喜びだわ」

「彼、は知ってるの？」

「もちろん。リウが反対するわけないじゃないの」

なんて気のきかない、と思う。竜介さえ適当な理由をつけて嫌がるか何かしてくれれば、こんな厄介な思いをしなくて済んだのに。

マリヴァだけならいい、だがそこに竜介も同席するというのが、真奈にはどうしても気重だった。新旧の恋人を前に、彼のほうは平然とふるまってみせる自信があるのだろうか。そもそもマリヴァは、本当に二人の仲を疑っていないのだろうか。たとえ何か思うところがあったとしても、今現在は疚しいことなど何ひとつないのだから気に病むほうがどうかしているのだが、なぜか〈竜介〉という呼び名を気安く口にすることさえためらわれる。どうしてそんなに気にしてしまうのか、いちいちこだわる自分がわからない。

「ね、遊びに来てよ。だって、あなたの恋人が、」

「えっ」

「あなたの恋人よ。ほら、日本から、もうすぐ来られるかもしれないんでしょ？」

「あ……ええ、そうね、ええ」

「そうなったら、それこそお邪魔だからこんなふうに誘うことなんてできないわ。今だけのチャンスなんだから、ね？　それとも、私の料理がよっぽどひどいんじゃないかって心配してる？」

冗談にせよ、そこまで言われてしまっては断る理由が見つからない。

「わかった。じゃあ、手伝いに行くわ、心配だから」

あら助かる、とマリヴァは笑った。

「夕方五時過ぎにホテルからこちらへ渡る船があるはずだから、それに乗ってね」

そして付け加えた。

「船着き場まで、リウを迎えに行かせるから」


マヒマヒのムニエル。マヒマヒのフライ。マヒマヒのマリネサラダ。マヒマヒのグラタン。テーブルいっぱいに、心づくしの手料理が並ぶ。

真奈が着いた時には、もうほとんどの準備が終わっていた。もちろん鶏肉料理やスープやフルーツなども用意されていたが、メインは何と言ってもマヒマヒだった。

いったいどれだけ大きかったのかと訊くと、マリヴァは立ちあがり、幼い娘のティアレがはしゃぎながら飛びつこうとするのをなだめながら、キッチンから切り落とした魚の頭を持ってきて見せてくれた。頭だけで、人の顔ほどの大きさだった。

「今はこんな黒ずんだ色をしてるけど、揚がったばかりの時は体中が緑がかった金色でね。ぴかぴか光る斑点があって、すごくきれいな魚なのよ。日本でも食べるってリウに聞いたけど」

「そうね、でもこっちほどはポピュラーじゃないんじゃないかな」

真奈は言った。

「どうしてかしらね、美味しいのに。日本人はもっと脂ののった魚が好きだからかも」

「シビトクライっていうんだ」

向かいに座る竜介が日本語で言った。

「え、なに？」

「シビトクライ。シイラの別名」

「何それ、いやな名前ね」

「シイラって魚は、海面に浮いてるものに寄ってきてつつく習性があってさ。地方によっては土左衛門を食うって言って忌み嫌われたんだと。まあ実際は、水面に何かの死骸が浮いてたとして、つつきにこない魚のほうが珍しいけどな」

シイラの頭を持ったまま首をかしげているマリヴァにも英語で説明してやると、彼女は肩を竦めた。

「私は気にしないわ。こいつが何の死体を食べてたって、そのおかげでこんなに美味しくなってくれるなら大歓迎」

「俺も大賛成」

と、竜介がヒナノビールの缶を掲げてみせる。

真奈は、半ばあきれて言った。

「なんて野蛮なカップル」

「そのとおり。マナ、フライをもう一つどう？」

「頂くわ」

「そうこなくっちゃ」

笑いながら魚の頭を戻しに行こうとしたマリヴァが、ああそうだ、とふり向いた。

「ね、マナ、知ってる？　これ見て、ほら、額のところがずんぐり盛りあがってるでしょ。これはオスのしるしなの。メスのほうは、タプアリにあげてきたのよね」

竜介を見やる。

「ああ。これ以上はとうてい食いきれないからな」

「こんなのが二匹も捕れたの？」真奈は驚いて言った。「どうやって捕るの？　釣るの？」

「いや。銛《もり》で突く」

うわ、すごいねえ、と素直に感心すると、竜介はこちらをじっと見た。ほんの一瞬だが強い視線だった。

「こいつらはたいてい、オスとメスがくっついて泳いでるんだ」

「つがい、ってこと？」

「ああ。で、オスを銛で突くだろ。そうするとメスは、何でだろうな、うろうろ泳ぎ回ってその場を離れようとしない。それで結局、自分も捕まっちまうんだ」

「そうなのよ、おばかさんでしょ？　さっさと逃げればいいのに」

言いながら、マリヴァが今度こそキッチンへ消える。奥からゴトリと魚の頭をシンクに置く音に続いて、勢いよく水を出す音がした。生臭くなった手を洗っているのだろう。

「……おばかさん、か」

真奈はつぶやいた。

「ん？」

「ううん。なんだかちょっと、泣ける話だなと思って」

竜介がくすりと笑った。

「マヒマヒに感情移入かよ」

二人とも、マリヴァのいないところではごく自然に日本語に戻る。さっき船着き場に迎えに来てくれた竜介の車で、この家まで来る道すがらもそうだった。

べつにいけないことではないはずなのに、真奈はそれも後ろめたかった。内容は他愛ない話でも、二人にしか通じない言葉で話すだけで、何か秘密めいたものが互いの間を行きかうように感じてしまう。そんな自分がいちばん後ろめたいのだ。

癪に障るのは、竜介のほうにはまるで屈託がなさそうに見えることだった。

食事をしている間も、彼はあくまで〈昔なじみの友人〉として、学生の頃の話題を面白おかしくマリヴァに披露した。おそろしく意地悪だったゼミの教授の話、しょっちゅうつるんでいた共通の友人の話、日本の大学ならではの奇妙な慣習、あるいはタヒチにはない四季折々のキャンパスの美しさ……。

料理はどれも美味しく、子どもたちは愛らしく、マリヴァは本当によくしてくれたが、真奈の胸の内はずっと波立っていた。ひたすら明るい笑顔で会話を交わしながらも、心の奥底の緊張を一瞬たりとも解くことができなかったせいで、夜になってホテルのコテージに戻った頃にはぐったり疲れ果ててしまっていた。

フロアスタンドの明かりを消す。ガラス張りの床越し、例によって海面を照らすダウンライトが天井に反射しているだけで、部屋の中は充分に明るい。

ハウスキーパーが下ろしていった木製の重たいブラインドを引きあげ、テラスに続くサッシを開ける。生ぬるく湿った海風が吹きこんで、エアコンに冷やされた部屋の空気を攪拌していく。

板張りのテラスに裸足で出ると、真奈は海へと続く階段を途中まで下り、コテージの床下を覗きこんだ。光を求めて、色とりどりの熱帯魚たちが群れている。

左右を窺ってみたが、両側のコテージの明かりは消えていた。もう休んでしまったか、あるいは今夜はゲストがいないのかもしれない。

真奈はやがて、そっとドレスの肩紐をほどき、下着も取って一緒に軽く畳むと、残りの階段とはしごを下りた。夜の海に足先をひたしたとたん、思いがけない冷たさに息を呑む。なおも少し迷ったものの、思いきってするりと水に入った。心臓が収縮し、呼吸が乱れる。落ち着くまで待ってから、はしごを離し、泳ぎだした。

怖ろしいほどの星空、怖ろしいほどの解放感だった。

一糸まとわぬ姿で泳いだのは、物心ついて以来これが初めてだ。環礁の中の海水は塩分が濃く、手足をさほど動かさなくても体が楽に浮かぶ。慣れてしまえばやはり生温かい夜の海が、何ひとつ覆い隠すもののない裸身をくまなく包みこむ。

胸の先の尖りも、脚の間の柔らかな秘所も、かつてないほど無防備でぞくぞくする。こみあげる原始的な恐怖を縫うようにして、まぎれもない官能が忍びこむ。

〈シビトクライっていうんだ〉

低いかすれ声がよみがえり、真奈の心臓は脈を打った。ホテル内のラグーンで見かける小型のサメを思いだす。人を襲うことはないと聞かされていても、何ひとつ見えない暗い海に浮かんでいると、わけもなく不安になってくる。サメだけではない、今にも何ものかに足首をつかまれて海の底へ……。

大きく息を吸いこみ、仰向けになった。星空を見あげたまま、ゆっくりと深呼吸をくり返す。

きっと、すべては心の中にしかないのだ——怖れも、迷いも、ゆえのない後ろめたさも。自分に害をなすものが外側にあると思うから怖い。自らの心の問題だと思い定めてしまえば、怖れる必要はない。怖れても意味がない。

小さな波音が、耳もとを洗う。遠い波音が、環礁の外から響く。

もしかすると、母親の胎内で羊水に浮かんでいる時というのはこんな感覚だったのだろうか。心許なさも、怖ろしさも、一旦ゆだねてしまえばすべてがくるりと裏返って、何か大きな、巨きなものに守られているかのような安心に変わる。

目をつぶってみると、波音はさらに親密なものになった。暗い眼裏に、バイタペからの帰りの船で受け取ったメールの文面が甦り、真奈の口もとはふっとほどけた。


〈明日の飛行機に乗ります〉


貴史からのメールだった。

ああ、やっとだ。これでやっと落ち着くことができる。

その安堵のほうが、逢える嬉しさよりもまさっているというのは、結婚を控えた恋人としてどうなのだろう。

だが自分は、おばかさんなマヒマヒとは違う。失ったオスを想って、いつまでも未練がましくうろついたりなんかしない。さっさと泳ぎ去り、もっと優れたオスに寄り添えばいいのだ。そう、それだけのことだ。

目をあけると、わずかながらも潮に運ばれたらしく、黒々としたコテージの並ぶ間からさっきまでは見えなかったあの岩山のシルエットが見てとれた。

月が、欠け始めている。

＊

直接の原因こそは一人の不注意によるミスでも、起こったトラブルそのものはあくまでチーム全体の責任だ。成功だけでなく失敗もひっくるめて共有できるのでなければ、そもそも仲間と組んで仕事をする意味がない。

「と、いうような理屈を、一点の曇りもなく信じて動けるのが大野のいいところだよな」

課長の井原に呼ばれた貴史は、眉を寄せた。

「ええと、それは褒め言葉と思っていいんでしょうか」

「ほかの何に聞こえる？」

「……皮肉？」

井原は笑いだし、明日から休んでいいぞと言った。

「あとはもう、他の連中だけで充分対応できる。お前は早いとこ、噂の年上美女のもとへ駆けつけて、プロジェクトの遅れを取り戻せ。トラブル収拾はお手のものだろ」

週に二便しかないタヒチ行きの直行便が飛ぶのは、その翌朝のことだった。

それを逃せば、タヒチ行きは今度こそ本当にフイになる。何があっても絶対に寝過ごすわけにはいかない。乗ってしまいさえすれば着くまで寝ていていいのだからと、貴史は出発まで一睡もしないことに決めた。

だが如何せん、ここ数日続いた激務の疲れは、自覚している以上に体に溜まっていたらしい。荷造りが終わり、ほんのひと休みのつもりでソファに腰をおろした彼は、窓のまぶしさにふと目をあけた瞬間、叫び声をあげていた。

悠長に電車を乗り継いでいる暇はなかった。一縷の望みをかけてタクシーを飛ばしながら航空会社に連絡を入れる。今向かっているから、必ず間に合うように行くからと必死になって頼みこみ、出発時間ぎりぎりにボディチェックの入口まで駆けつけると、無線を手にした空港係官が迎えに出てくれていた。もうすでに荷物を預けることなどできない。赤外線チェックを受けたトランクを火事場の馬鹿力で横抱きにかかえたまま、先導してくれる係官とともに長いコンコースを全速力で走り抜け、当初の出発時間より七分遅れで飛行機に飛び乗った。席に倒れこんでぜろぜろと喉を鳴らす彼を、まわりの乗客たちが迷惑そうに見ていた。

そこから十一時間にわたるフライトの間のことはほとんど何も覚えていない。食事すら断って、ひたすら昏々と眠り続けた。ようやくタヒチ島に到着しても、さらに小型のプロペラ機に乗り換えねばならず、最終目的地のボラボラ島に着陸する頃、貴史にはもはや時間や日付の感覚どころか、自分がどこの誰であるかも定かでなくなっていた。ここは世界の果てかと思った。

それでも、ここまで来ればあとひと息だ。迎えの船に乗りさえすれば、真奈はホテルで自分を待ってくれている。

タラップを下り、空港施設と呼ぶにはあまりに頼りない木造の建物まで歩いていく。じっとりとした南国の空気に、シャツの背中にも胸にもたちまち汗が噴きだす。

タイルの床もまた湿気に濡れていてよく滑る。足もとに気をつけながらうつむいて歩いていたせいで、気づくのが遅れた。

「貴史」

はっと立ち止まり、顔を上げると、すぐそこに青いTシャツ姿の彼女がいた。

「……まーちゃん？」

自分の目が信じられずにつぶやく。

真奈は、はにかむように微笑んで言った。

「迎えに来ちゃった」

思わず駆け寄り、タックルをかけるほどの勢いで抱き竦める。小さく悲鳴をあげた彼女が後ろへよろけるのを支えながら、再び抱きしめ直した。

「まーちゃん！」

「長旅、お疲れさま」

「ごめんな。こんな遅くなっちゃって、一人でいっぱい待たせてさ」

「ううん、いいの。お仕事、大変だったんだもんね」

労るように彼女が背中を撫でてくれる。たったそれだけのことで何もかも報われる思いがして、安堵のあまり膝から崩れ落ちそうになる。

「俺……会いたかった。すっげえ会いたかった」

うん、うん、と頷く彼女をぐいぐい抱きしめていると、

「お取り込み中すみません、大野貴史様ですか？」

すぐそばから話しかけられた。慌てて体を離し、はい、と向き直る。

フリルのついた花柄のワンピースを着て、左耳の上に白い花を挿した日本人女性が、満面の笑みで二人を見比べていた。

「ようこそ、ボラボラへ」

有無を言わさず、花々をつなげたレイを首にかけられる。現金なもので、同じ日本人に真奈との熱烈再会の現場を見られていたと思うと急に恥ずかしくなる。

よく日焼けした女性スタッフは、書類を見ながら言った。

「大野様のホテルは、『セント・レジス』でいらっしゃいますよね。迎えの船はもうあちらに着いているのですが、念のため、ご一緒にトランクだけ確認して頂けますか？」

「あ、はい」

急いで後をついていこうとした貴史の肘に、ほっそりとしなやかな腕が絡んできた。驚いてふり向くと、真奈は目もとをほころばせ、黙って手と手をつないだ。

とたんに、すうっと落ち着くものがあった。

――そうか。そうだ。ここはもう南の島なのだ。誰に気を遣うことも要らない。自分の大切な女に対して愛情を示すのに、あたりを憚《はばか》る必要などどこにもない。

まるで噴火口へとせり上がる溶岩のように、胸の奥深くから熱い喜びが突き上げてくる。つな

いだ手をぐいっと引き寄せ、真奈の髪に口づけた。

「大野さーん、こちらでーす」

呼び声に、空いているほうの手をあげて応えてみせながら、

「ここまで来ればもう、慌てることはないんだよね」

貴史は、長いこと待たせた恋人に笑いかけた。

「覚悟しといて。これからの三日間で、たっぷり遅れを取り戻してみせるから」

＊

久しぶりに恋人に逢えた——そのことをただ嬉しいと感じられた自分に、真奈は心底ほっとした。

離れていた間、最初の数日間は慣れない買い付け作業にふりまわされ、終わったかと思えば今度は社長やその夫人にふりまわされ、次から次へと身に降りかかる災難や新しい刺激に対処するのに精いっぱいで、遠く離れた恋人への柔らかな気持ちなどどこかへ吹き飛ばされてしまっていた。そばにいてほしいと思うのが恋しさからなのか、それとも単なる心細さからなのか自分でもよくわからなくなり、近くにいて支えてくれる男なら誰でもいいのかと、独りの部屋で悩んだりもした。

けれど、こうして貴史に逢ってみればよくわかるのだ。彼が相手だからこそ安らかに満たされ

る箇所が、自分の心と軀の中には確かにあるのだということが。

本人は詳しく語ろうとしないが、後輩のミスが招いたトラブルの後始末はそうとう難儀だったのだろう。旅立つ真奈を見送った朝と比べると、いくらか頰が削げて、そのぶん横顔が精悍さを増していた。男という生きものは、ほんのわずかな間にもこうして自信を身につけ、腹の奥底に自負を発酵させていくものなのか。真奈のなかにふと生まれた、置いていかれるかのような一抹の寂しさは、貴史に対する愛おしさをいつもより切なく尖らせた。

再び乗った船がホテルへと二人を運ぶ間、貴史はあらゆるものに対する感激を隠さなかった。照りつける日射しも気にせず舳先に陣取り、宝石のように澄んだ海に、晴れ渡る空に、黒々とそびえる岩山に、いちいち声をあげては真奈の腰を抱き寄せる。そのまっすぐな反応、照れも屈折もない彼の健やかさを、真奈は改めて好もしく思った。

「よかった」

「え、なに？」

貴史が体を傾け、耳を寄せてくる。

真奈は、エンジン音に負けじと声を張りあげた。

「よかった、って言ったの。あなたがこの島を気に入ってくれたみたいだから」

「うん。でも、まーちゃんと一緒だったら、俺はどこだって気に入るよ」

「よくもまあ、そんな歯の浮くようなことを」

「だってほんとだもん」

底が抜けたように嬉しげな笑顔に、きれいな歯並びが眩しかった。

ホテル前の船着き場に接岸し、荷物と一緒にカートに乗りこむと、フロントからクリスがさっと走り出てきてコテージまで送ってくれた。敷地内を走る間、自転車や徒歩ですれ違うスタッフたちも皆、このところ真奈がずっと寂しく過ごしていたことを知っているだけに、「イアオラーナ！」と貴史に手を振って笑いかけてくれる。

「すっげ、熱帯魚がいるよ！」

橋の上からラグーンを見おろして貴史が声をあげる。

「そりゃそうよ」もうすっかり慣れた真奈は先輩風を吹かせた。「サメやエイだっているんだから」

「へーえ。うわ、マジでコテージが海ん中に建ってる。雑誌では見たことあるけど、こんなとこ、まさか自分が来るとは思わなかったなあ」

荷物を運び入れてくれたクリスが、どうぞごゆっくり、と真奈にだけ内緒のウインクを残して去ってからも、貴史は南国コロニアル風のインテリアをしげしげと観察し、バスルームの広さやベッドの大きさ、そして何よりテラスからの素晴らしい眺めに感嘆の声をあげた。

「こんな贅沢なところに泊まれるなんて、きっと一生に何度もないよ。ちょっとっていうかだいぶ高かったけど、やっぱ思いきってこのホテルを選んで正解だったよね」

真奈は黙って微笑を返した。

実際には先に帰国した薫子夫人の心遣いでランクアップされているのだったが、そんなことはとても言えなかった。理由を訊かれて正直に答えれば、貴史はこんなに上機嫌ではいられないだろう。せっかくのひとときに水を差したくはない。

「ここ、デッキから海に下りられるの。お風呂ためとくから、ひと泳ぎしてきたら？　気持ちいいよ」

言い終わるより早く、貴史の手がのびてきて真奈を抱き寄せた。

「こっちがいい」

「え？」

「気持ちよくなるなら、まーちゃんと一緒がいい」

首筋に唇を押しあてられ、真奈はびくんと震えた。

「せめて、先にシャワー浴びさせて」

「やだ」

「だって私、いっぱい汗かいたし」

「それを言ったら俺なんか、十何時間もかけて空飛んできたしさ。その前は成田で死ぬほど走ったし」

言いながら、彼の歯が肩先をかじる。思わず声がもれた。

「まーちゃん。ねえ、駄目？」

「貴……」

「汗臭い俺に抱かれんの、やだ？」

「や……」

じゃ、ない、と答える声はひどくかすれて、そのまま貴史の口に呑みこまれた。

天蓋付きのベッド、ぴしりと糊のきいたシーツの上で、真奈は久しぶりに貴史の重みを受けとめた。柔らかなマットレスに背中が深く沈みこむ。男の体の重量によって動けなくさせられて、こんなにも安らぐ自分が不思議なほどだった。傷つき疲れた胸の内側が凪《な》いでいく。

貴史は、いつも以上に真奈を優しく扱った。脱がせる間も、愛撫にかける時間も、入ってくるときもゆっくりで、その間じゅうずっと口づけと睦言を忘れなかった。

とはいえ、基本的に貴史とのベッドはいつもこんなふうだ。求めるときの駄々っ子のような口ぶりとは裏腹に、行為そのものは情愛に満ちていて聞き分けがいい。

正直、物足りなさを覚える時はある。決してはしたなく乱れることのない、美しいセックス。以前、親友の千晶と女同士の話をしていた時、彼女がこう評したことがある。

〈要するに、あれでしょ。ほら、夜九時枠のドラマか何かに出てきそうな感じの、キレイキレイなエッチなんでしょ。つまんなくない?〉

いいの、と真奈は答えた。

〈こっちだって、おなか引っこめなきゃとか、いま変な顔だって思われてないかなとか気にしてて最後までいけなかったりするんだから、そのへんはお互い様よ〉

なるほど、ドラマに出てきそうな、とは言い得て妙だ。穏やかな官能は感じられても、そこに血の逆流するような、背骨の溶け落ちるような興奮はない。

けれど、今この時、真奈はそんな貴史のセックスにこそ救われる思いだった。呪われているかのようなあれこれが続いた後だけに、すっかり身に馴染んだ彼の手順と優しい愛撫に深く慰められた。かつて覚えのある、激しい渇望を伴う恋など要らない。濁流にもまれ滝壺に落ちるかのような絶頂も味わえる代わりに、心もまた同じように不安定で、一瞬も気の休まる暇などなかった。あんなのはもうまっぴらだ。もっと若い頃ならいざ知らず、今は、この穏やかさこそが自分にとっての幸せなのだ。

長旅で疲れきった貴史は、どうやら眠気に抗えなくなったらしい。

「ごめん、起きたらもう一回……」

すでに半分夢の中でつぶやく彼に、真奈は思わず笑って言った。

「ばかね。起きたらご飯でしょ」

何か言おうとしたようだが、またたくまに寝息が聞こえ始める。

どこかに幼ささえ残る寝顔を見つめながら、はがしてあったベッドカバーを彼の身体にそっとかけてやった。つい母親めいたことをしてしまう自分に苦笑がもれる。

肌寒さを覚えた真奈は、立ちあがり、バスルームへ向かおうとしてふと立ちつくした。

ブラインドから斜めに差しこむ光が、今の今まで恋人の愛撫を受けていた体に曲線の縞模様を作っている。影はくっきりと濃いのに、光の熱はほとんど感じられなかった。

浜辺のバーは、めずらしく混んでいた。バーテンダーのジョジョとゆっくり言葉を交わすこともままならず、真奈は貴史と二人、隅のほうでとりあえずの乾杯をした。

「あらためて、お疲れさま」

そっとグラスを合わせながら真奈が言うと、

「あらためて、ゴメンナサイ」

貴史が神妙に頭を下げた。

「あんなに長く爆睡するつもりなかったんだけど」

「そんなの全然かまわないのに」

「真奈がかまわなくても、俺が残念なの。会えたらあれもしよう、これもしようって楽しみにしてたのにさ」

なのに、起きたらいきなり真っ暗なんだもんな、と口を尖らせる。寝坊して遊園地へ連れていってもらえなかった子どものような顔に、真奈は思わず噴きだしてしまった。

「笑い事じゃないよ、まーちゃん」

「だって……。じゃあ、ほんとに無理やり起こしたほうがよかったの？」

「うん。そりゃ、俺に気を遣ってくれたのはわかるけど」

「そうじゃなくて、私がそうしたかっただけ。こっちへ来るために連日どれだけ頑張ってくれたかを思ったら、せめて今日くらい、ゆっくり休んでほしいなって」

「……まーちゃん」

「ん？」

「正直に言ってもいい？」

「なに？」

「俺さ。俺いま、すっげえ幸せ」

目の中に星、とはこういうことを言うのだろうか。

唇の端がひくついてしまうほど懸命に我慢したのだが、真奈は結局また噴きだしてしまった。

たちまち貴史が情けない顔になる。

「なんで笑うのさ、真面目に言ってんのに」

「ごめんごめん、私もちゃんと真面目に聞いてるよ。ただ、」

「なに」

「か、顔が……貴史の顔があんまりおかしくて、つい」

ぶ、とまた噴いてしまうのを押さえこもうと両手で口もとを覆う真奈を見て、とうとう貴史までが釣られて笑いだした。

くすくすと互いに体をぶつけ合って笑っていると、ジョジョが寄ってきて目の前に立った。

「ずいぶんと仲良しさんじゃない？」

見渡すと、いつのまにか客は半分ほどに減っていた。彼もようやく手が空いたらしい。真奈は、居ずまいを正した。

「ジョジョ、改めて紹介させて。彼が貴史よ。今日の昼間、やっと着いたの。……貴史、こちらがさっき話してたジョジョ、このバーで一番偉い人。このバーで一番っていうことはつまり、ボラボラ島で一番ってことらしいけど」

「その通り」

ジョジョがにやりとする。

貴史はさっと手を差しだした。

「初めまして、タカシ・オオノです。僕が来られずにいた間、彼女がとてもお世話になったと聞いています。ありがとうございました」

カウンター越しに握手を交わす。
二、三のやり取りがあった後、ジョジョは再び真奈をちらりと見た。ほんの一瞬だったが、何やら含むところのある目つきだった。
「日本では、お仕事のトラブルで大変だったそうですね。無事に解決したんですか？」

「おかげさまで。というか、完全に片付くまではもう少しかかりそうだったんですけど、上司が気をきかせて僕だけ送り出してくれたんです」

「それはラッキーでした。上司は選べませんからね」

いや、まったくだ。頷きながら、真奈はこっそりため息をついた。

「ご帰国までは、あと二日間あるんでしょう？　心ゆくまでゆっくりなさって下さい。何かご不便なことやお望みのことがありましたら、私どもにお申し付け下されば、いかようにも対処させて頂きますから」

優秀なホテルスタッフとしての態度を崩さないジョジョを真奈が目にするのは、最初にこのバーを訪れたあの晩以来のことだった。今となっては、違和感が尋常でない。つい、遠くの文字を読み取るかのように目をすがめて眺めていると、にこやかに貴史と会話していたジョジョがこちらを一瞥し、例によって眉を片方だけ、くいっと吊り上げた。

（何か文句でも？）

真奈は、目をすがめたまま、黙って首を横にふった。

やがて、カクテルを二杯あけた貴史が「ちょっと失礼」と断って用を足しに立っていった。その背中を見送りながら、

「あーびっくりした」

ジョジョが言った。

「あんたってば、ずいぶん守備範囲が広いのねぇ」

もうすっかりいつもの態度に戻っている。

「どういう意味？」

「どういうも何も、そのまんまの意味よ。あのタカシって子、リウとは真逆のタイプじゃない」

「へんな比べ方しないでよ」

「だってそうでしょ。片や、トーキョーの大手企業に勤めるシティボーイ。片や、南の島に流れ着いた〈社会不適合者〉の野獣」

「野獣は言い過ぎでしょ」

「ふうん？　かばうんだ」

「違うったら！　それにその〈社会不適合者〉っていうの、私ちゃんと謝ったじゃない」

「あらそうだっけ？」

「そうよ。あのひとだって今は、ちゃんと自分の娘たちを二人も養ってるんだものね」

いまだに信じられないけど、とつぶやく真奈を、ジョジョが眉を吊り上げて見おろす。

「……なに？」

「べつに。でもまあ、あのぼうや、悪くないわ。素直で可愛らしいじゃないの。あんなにいたいけな目で見つめられたら、さすがに邪険にはできないわよねえ。薄茶色の瞳がきらきらしてて、睫毛なんかばっさばさでさ、あんたのことがもう好きで好きで好きでたまんない！　って感じが、なんだか拾われた子犬みたい」

クンクン、キュウン、と鳴き真似までしてみせるジョジョを、

「やめてったらもう」

本気で睨んでいるところへ、貴史が、なぜかクリスと連れだって戻ってきた。

すかさずジョジョがつぶやく。

「あら、毛色の違うのが二匹」

今日のチェックインの際、荷物を運びがてらコテージまで送ってくれたのもクリスなら、ついさっきこのバーまでカートに乗せてきてくれたのも彼だったので、同年代の若者同士さっそく意気投合したらしい。

「ねえ、まーちゃん。明日って、もう何か予定入ってる？」

カウンターに身を乗りだすようにして、貴史が言う。

ああもう、そんなに無防備に瞳をきらきらさせたらまた何か……と横目でジョジョを見やったが、礼儀正しいバーテンダーは顔色ひとつ変えずにグラスを磨いていた。

「ええと、とくに何も決めてないけど。どうして？」

「いま、彼に聞いたんだけどさ」

ふり返ると、後ろにいたクリスがあとを引き取った。

「じつはつい先ほど、ご夫婦のお客さまをコテージまでお送りしてきたんですけれどね。奥様のほうがちょっと体調を崩されてしまって、明日のモツ・ピクニックをキャンセルなさったんです」

「モツ、なに？」

「モツ・ピクニック。無人島に上陸してピクニックをするツアーのことです」

珊瑚礁に点在する無人の小島を〈モツ〉と呼ぶのだとクリスは言った。十人乗りくらいのボートでそこへ向かう途中、シュノーケリングで熱帯魚の群れを眺めたり、サメやエイに餌付けをしたりして、最後には小島でバーベキューを楽しむ、ボラボラでもいちばん人気のあるアクティビティだという。

そういえばパンフレットにそれらしい写真が出ていたような気がする。一人では行く気がしなかったので、ちゃんと読みもしなかった。

「別のホテルからのお客さまが三組ほど一緒にいらっしゃるんですが、空きが出たことですし、もしよかったらお二人も参加しませんか？」

「どうする、まーちゃん」

貴史がどうしたいと思っているかは、訊かなくても顔を見ればはっきりしていた。もとより、砂浜の寝椅子で海風に吹かれながら読書を楽しむようなタイプではない。体を動かすことが何より好きなのだ。

「じゃあ……参加してみる？」

「やり！」

貴史が小さく拳を握る。そんなに嬉しいのかとおかしくなる。

「だとすると、何時にどこに集まればいいの？」

「朝九時に、フロント前の船着き場にお願いします」

クリスはにっこりと答えた。

「ただ、くれぐれも申しあげておきますが、日焼け止めを小まめに塗り直すのをお忘れなく。海の上の紫外線は陸地の比ではありません。ヤケドみたいに火ぶくれになったら、残りの滞在中、お互いの背中に氷を乗せっこしながら過ごさなくちゃなりませんからね」

「それもちょっと悪くないなあ」

と貴史が言った。

＊

部屋の中が水色に染まる気配に目をあける。胸の上にのっている貴史の腕をそっとどかし、真奈は上半身を起こした。

枕元に置かれたデジタル時計の表示は、05：11。妙な時間に目が覚めたものだ。

彼を起こさないように気をつけながら、ベッドから滑り出る。裸の上にバスローブを羽織り、寝室から直接にではなく、リビングのほうへ回って外のテラスに出た。

まだ日の当たらない板張りのデッキが足裏にひやりと冷たい。見おろせば、潮位の少し下がった水面に魚たちが集まっている。彼らはいったいいつ眠るのだろう。安心して眠れる場所があるのだろうか。

水平線のすぐ上のあたりには量感をたたえた雲がいくつか浮かんでいた。薄紫とも薔薇色とも玉虫色ともつかない光が、雲の襞を立体的に彩り、輝かせている。海風に体温を奪われ、真奈はバスローブの襟をかき合わせた。

ゆうべ、バーから部屋に戻った後もまた求められて愛し合ったせいで、少し頭が重い。六つの年齢差のせいにしたくはないが、実際、貴史の体力についていくのはいささかしんどいのだ。こんなふうに旅先でのんびりしている間はいいが、東京にいて翌日も勤めがある時など、勘弁してほしいと思うことも多かった。

女として求められることそのものは嬉しいし、セックスがまるきりなくなるのは寂しい。そう思うとあまりむげにもできず、たいていは応じるようにしているのだが、できれば、早く貴史の気持ちと欲求が落ち着いてくれないだろうかというのが正直なところではある。始まり方から途中の道筋、最後にたどりつく場所まで、すべてが予想の範囲内。安心できるかわりに特別な昂揚もないその行為のために、せっかくベッドに入ったのにまた汗をかいたりシャワーを浴び直したりするのが億劫に思えることもしばしばだ。

涸れかけて、いるのだろうか。そんなことを言ったら罰が当たりそうだが、貴史を恋うる気持ちや、肉体も含めて求める気持ちはあっても、その中に激しく燃えあがるものはもはやほとんど無い。相手が自分に向けてくれる思いとの温度差は罪悪感をもたらし、真奈はときどき、秘かに疲れすら覚えてしまうのだった。

でも——。

〈ちょっと気の早い新婚旅行ってことにしない？〉

真奈のタヒチ出張と、それに続く有給休暇の話が出たとき、貴史は迷わずそう言ってくれた。後から聞けば、いつどのタイミングでプロポーズをすべきかについては、その何カ月も前からずっと考え続けていたのだという。

この旅が、お互いの間にもう一度特別なものをもたらすかもしれない。二人して南の島で過ごすうちには、いつのまにか下火になっていたものにも風が送られ、再び燃えあがることだってあるかもしれない。いや、たとえそうでなくてもかまわないではないか。昨日の午後、空港で久しぶりに貴史に会えたときのあの嬉しさは本物だったのだから。

自分たちはきっとうまくやっていけるはずだ。そう、きっと。

日の出まではあともう少しだったが、真奈はリビングへ戻り、再びベッドに滑りこんだ。身じろぎした貴史が、寝ぼけて何か優しいことを言いながら手脚を巻きつけてきた。


水平線に浮かんでいた雲は、日が昇るにつれてみるみる姿を消し、二人がホテル前の桟橋で待つ頃にはすでに強すぎる日射しがじりじりと照りつけていた。

「クリスの言うとおりね。ちゃんと日焼け止め塗らないと、ほんとにひどい目に遭いそう」

「大丈夫。塗りにくいところまで、俺がたっぷり塗ってあげるから」

ふざけて互いを海に落とそうとしていると、迎えのボートが波を蹴立てて近づいてくるのが見えた。

「あれだよね」まぶしさに手をかざしながら貴史が言った。「うわ、なんか、タヒチっぽい感じがむんむんする人が操縦してる」

「何よそれ」

苦笑しながら同じように手をかざしたとたん——息が止まった。サングラスをかけ、黒いパレオを腰に巻き、長髪を風になびかせている男……こちらへ向かって能天気に手を振ってよこすその男の灼けた胸には、炎の形のタトゥーが黒々と刻印されていたのだ。

どうして竜介がボートの操縦なんか、と訝しく思ってからすぐに、真奈はあの夜、彼から聞いた話を思いだした。観光客を相手に商売をしているという言葉には、島の送迎タクシーの運転手という意味だけでなく、こんな内容まで含まれていたのか。なるほどガイドが彼であれば、英語の覚束ない日本人のハネムーナーなどはずいぶん助かることだろうが、いかんせんこの状況ではありがたくも何ともない。

波を蹴立てて近づいてきた屋根付きの白いボートは、桟橋の手前で器用に向きを変え、ゆっくりと接岸した。竜介が投げたロープを、ホテルスタッフの一人が舫《もや》う。

「ボンジュール、イアオラーナ！　ようこそボラボラへ！」

桟橋へ飛び移るなり、現地人顔負けの陽気な仕草でサングラスをむしり取ったその顔を見て、貴史が仰天した。

「えっ、日本人？」

「そうなんですよ」

と竜介は眉尻を下げてみせた。いつものふてぶてしさはなりをひそめ、いかにも人の良さそうな笑顔だ。

「すいませんねえ、せっかくタヒチまで来て下さったのに、こんなガイドのせいで雰囲気台無しで」

「あ、いや、そんなことないですよ。っていうか、見た感じ、てっきり現地の人かと」

「あれ、そうですか？　おかしいな、そんなこと言ったの、お客さんが初めてですよ」

「それは嘘でしょ」

笑いだした貴史とがっちりと握手を交わし合い、竜介は、自分のことは〈リウ〉と呼んでほしいと言った。それから、貴史の後ろに一歩下がって立つ真奈と目を合わせ、完璧に他人の顔でにっこりした。

「やあ、また会いましたね」

貴史が不思議そうに真奈をふり返る。

「……こんにちは」

かろうじてふつうに微笑み返しながら、真奈は一瞬のうちに考えをめぐらせていた。

これは、最初で最後の機会だ。竜介とはじつは古い知り合いなのだと、貴史に話すとしたら今しかない。そのことを打ち明けるかどうかの選択を、竜介はこちらに一任してよこしたのだ。

暴れる心臓を懸命になだめながら、真奈は言葉を押し出した。

「パレオ染めを教えてくれたひとの、旦那さまなの」

「ああ、そうだったんだ。なるほど」

「それでね……」

「うん？」

「――ううん。それで、この間ちょっとお世話になって」

貴史が再び竜介のほうを向く。

「ということは、奥さんはこちらの方なんですか？」

二人が話す声を遠くに聞きながら、真奈は、その機会が永遠に去ったのを知った。

「さ、乗って乗って」

再びボートに飛び乗った竜介が手招きをする。てのひらを上に向けて指を動かす仕草がまた、イヤミに感じる隙もないほどしっくり馴染んでいる。

貴史からシュノーケル・セットが入ったバッグを受け取り、彼が乗るのを助けた竜介は、続いて真奈にも手をさしのべた。ここでその手を借りないのは不自然だろう。真奈がためらいながらのばした手を、竜介はぐいとつかんで支えた。

「足もと、滑るから気をつけて。一気にまたいだほうがいい」

言われたとおり、ひと思いに体重を移す。

「……ありがとう」

目を合わせずに言うと、視界の端に、彼の唇がかすかな笑みの形に歪むのが映った。

「ええと、大野さん、でしたか。お二人とも、もし船酔いするほうだったら、そんな艫《とも》先のほうじゃなくて真ん中へんから前のほうに座ったほうがいいですよ。環礁の中でも、風が出てくるとけっこう波が高くなるし、後ろはどうしても揺れが大きいから」

貴史に向かって話しながら、こちらに聞かせている、と真奈は思った。

船に限らず、乗りもの酔いしやすいたちであることを竜介が覚えていてくれた——それをかすかに嬉しいと思うだけで、すでに貴史に秘密を作っている気がした。

人のオーラがここまではっきり目に見えると思ったのは初めてだった。

途中、いくつかのホテルの水上コテージに立ち寄って外国人のカップルやグループを乗せるたび、竜介は流暢なフランス語や英語で話しかけては彼らの心をつかんでいった。

カナダから来たというソバカスだらけの中年夫婦。数カ月かけて世界一周しているというノルウェー人の新婚カップル。仲の良さそうなフランス人の親子三人、そして貴史と真奈。乗り合わせた全員の気をそらさない話術と、まるで生まれながらのタヒチアンのような陽性の輝きに、真奈はあっけにとられて竜介を見つめた。あまり彼ばかり見ないようにしなければと思うのに、どうしても目が吸い寄せられてしまう。

最後に立ち寄った桟橋には、マリヴァの姿があった。幼い娘を連れ、赤ん坊のバスケットを足もとに置いて待っていた彼女は、ボートから手をのばす竜介に、何か細長いナイロンバッグを渡した。

竜介が、マリヴァと娘たちに向かって当たり前のように投げキスをする。マリヴァはそれに応えたあと、満面の笑みで真奈に手をふってよこした。

「あの人が奥さん?」

貴史が訊く。

手をふり返しながら、真奈は頷いた。奥さんではないけれど、説明するわけにいかない。詳しく知っていること自体が不自然だ。

「こちらでは有名なアーティストなんですって」

「へえ。きれいな人だね」

「ね、素敵よね」

「でも、俺にはまーちゃんが一番だけどね」

「もう、また。いいってば、いちいちそんなこと言わなくて」

声をひそめて言うと、照れ隠しだと思ったのか、貴史が笑った。真奈はちらりと操縦席のほうを窺った。

ツアーの参加客と、舵輪を握る竜介、合わせて十人の男女を乗せたボートは、ボラボラ本島を離れたとたん一気にスピードを上げ、環礁の沖合に近いほうへと向かった。極端な浅瀬や、岩による座礁を防ぐためだろう、場所によっては旗の立てられたブイが連なる傍らにそって進んでいく。

海の色は、すでに目に馴染んだサファイアブルーとエメラルドグリーンを基調に、水の深さによっても、底が岩か砂かによっても刻々と変わった。日射しが雲に遮られれば鈍色に沈み、再び光が射せば目をあけていられないほどの眩しさで煌《きら》めきわたる。

東京ではまず取りだす機会もなかった大きなサングラスが、顔に塗った日焼け止めローションのせいで滑ってずり落ちてくるのを指で押さえながら、真奈は、どうにかして今のこの状況を自分なりに整理し、腹の底に納めようと苦心していた。

状況、その一――すべては過去の話であって、今現在は何も疚しいことはない。

その二――訊かれていないことを打ち明けなかっただけで、嘘をついているわけではない。

その三――竜介はきっと、自分からは何も話さない。

それでもなお、万が一にも貴史に過去を知られてしまった場合は、〈その一〉を理由にするしかないだろう。疚しいことがないのなら隠す必要もないはずじゃないかと問い詰められたなら、ほんのわずかでも貴史を傷つけるのが嫌だったのだと言おう。実際、それは本当のことなのだから。

今日を含めてあと二日間の滞在中、貴史がマリヴァと直接話すことはないだろうけれど、バーテンダーのジョジョにだけは一応ことわっておいたほうがいいかもしれない。つまり、貴史の手前、竜介と自分は元恋人どころかまったく知り合いですらなくて、この島で初めて会っただけの間柄である――ということをだ。ジョジョにはまたさんざんバカにされるだろうが、仕方なかった。

つくづくと、さっきの時点で過去のいきさつを話してしまわなかったことが悔やまれた。〈それでね、この人、なんと大学の先輩なの。こんな偶然があるなんて、世界は広いようで狭いわよね〉

たったそれだけでよかったはずだ。なんなら家に招かれてマリヴァや子どもたちと食事を共にしたことまで話したってかまわなかった。貴史はいちいち変に勘ぐったりはしなかったろうし、そうすれば今になってこんな後ろめたさを抱えなくて済んだはずだ。

秘密を覆い隠すのに、必ずしも嘘は必要ない。シンプルな事実は時に、よくできた嘘よりもはるかに強固な隠れ蓑となる。それくらいのことはわかっているのに、どうして本当のことを打ち明けられなかったかと言えば、やはり、どこかに一抹の疚しさがあるからに違いなかった。

たとえすべてが過去の話であっても、竜介と自分がお互いしか知らない特別な思い出を共有しているというだけで、すでにどうしようもなく後ろめたいのだ。しかしそれはつまるところ、過去の記憶のどれ一つをとってみても、いま貴史との間にある現実以上の強度を持っているということなのでは——。

「大丈夫？　まーちゃん」

はっと顔を上げると、隣に座った貴史が心配そうに覗きこんでいた。

「気分悪いの？」

「ううん。どうして？」

「ずっと黙ってるからさ。うつむいてると、よけいに酔っちゃうよ」

そうね、と髪をかき上げるようにしてサングラスを頭にのせ、水平線を見渡す。船は、いつのまにかずいぶん速度を落としていた。

やがて、竜介がエンジンを切った。操縦席を離れた彼は、ボートの中ほどに来て、船の横腹に固定してあった錨をおろした。

「ここは〈コーラル・ガーデン〉と呼ばれてるポイントなんです。ほら、さっそく集まってきた」

海面を指差しながら、竜介は同じことをフランス語と英語でも繰り返した。皆が、船のへりから身を乗りだして覗きこむ。こちらをめがけて、四方八方から、座布団くらいの大きさの黒っぽいものが続々と泳ぎ寄ってくる。水の色が青緑の粘液のようにとろりと濃いせいで、なかなか正体がつかめない。

「……エイか！」

と、貴史がつぶやいた。

「そうです。あと、サメもね」

ほらあそこ、と竜介が指し示す先から、魚雷のようなずんぐりとした影がこちらへ突き進んでくる。座布団の泳ぐスピードよりずっと速い。

竜介がかがみこみ、ベンチ下のクーラーボックスからイワシの入ったポリ袋を取りだすと、ついでに硬くなったバゲットのかけらを全員に配った。そして突然、ぱんぱんぱんと手を打ち鳴らし、声を張りあげた。

「Hey, guys! Let's go!」

「は？　レッツゴーってまさか」

「もちろん泳ぐんですよ。これ、そういうツアーだから」

うろたえる貴史に向かって、こともなげに竜介は言った。

「なに、浅いから大丈夫。足は楽につくし」

「や、そういう問題じゃなくて」

「小型でおとなしいサメなんで、人は襲いません。怒らせなければね」

水中マスクとフィンを忘れないようにと言い残し、竜介は船の最後部へ戻ると、操縦席のすぐ傍らから何段かのはしごを伸ばして海面に下りられるようにした。シャツを脱ぎ、腰布として巻いていたパレオも取って、ぴったりとした水着ひとつで海に入っていく。あらためて、全身がまんべんなく褐色に灼けているのがわかった。

最初は誰もがおそるおそるといった様子だったが、ノルウェー人のカップル、それにフランス人の家族が竜介のあとに続き、笑い声をあげてはしゃぎだすと、やがては残りの全員が水に入った。水深はたしかに胸のあたりまでしかなかった。波も穏やかで、足もとの不確かさを除けば温水プールのようだ。

「まーちゃん、凄いよ！　見てごらんよ、海の中！」

貴史が興奮気味に叫ぶ。

真奈は、マスクを装着してシュノーケルをくわえ、思いきって顔を水に浸けた。とたんに竜宮城を思わせる極彩色の世界がひろがる。

水族館や商業施設の水槽などでしか見たことのない熱帯魚たちが、まるで横殴りの花吹雪さながらに群れては散り、そのただなかを、ひらりひらりとはばたくように四角いエイが舞う。警戒心の強いサメたちは水中の視界ぎりぎりのあたりをぐるぐると泳ぎ回りながら、竜介の投げるイワシを待ちかまえているらしい。いくらか近くをかすめていった一匹が、虎そっくりの金色の眼でぎろりとこちらを睨んでゆく。

ぎょっとなって思わず立ちあがり、マスクをはずした目の前に、竜介が立っていた。

胸に刻まれたタトゥーが濡れ、まばゆい日射しをはね返して黒光りしているのを間近に見るなり、真奈の動悸はなおさら速くなった。

狼狽を隠せずにいる真奈を見おろし、竜介が黙って唇を歪める。そんな顔をしないでほしい。それは、共犯者の笑みではないか。

と、いきなり水中で下腹にどすん、と重たいものがぶつかった。ぎょっとして見おろすよりも早く、ぬらぬらとした感触のものにおなかや腿をまさぐられ、真奈は思わず悲鳴をあげた。黒い座布団……いや、エイだ。片手にイワシの束を握った竜介が、つきまとうエイたちをわざと誘導して体当たりさせたのだ。

真奈の金切り声に何ごとかとこちらを見た他の客たちのところへも、竜介は次々にエイたちを誘導してはぶつけていく。じきに、あちらでもこちらでも悲鳴と笑い声があがり始めた。

エイは鼻面と白い腹部で彼らの体をまさぐり、餌になるものを何も持っていないとわかるとまたひらひらと離れて竜介の後をついていく。向こうのほうで、貴史もまた同じ目に遭わされている。

その様子を、いつしか真奈は水の中に立ちつくしたまま、ぼんやりと眺めていた。貴史と竜介——新旧、などと呼ぶのはどちらにも失礼だが、ほぼ十年の時を隔ててそれぞれに自分と深い関わりを持った男たち二人が、いま、こんなにも碧い南国の海で、愉しげに組んずほぐれつ笑い転げている。自分の目にしているその光景が、現実のものとしてうまく呑みこめなかった。

やがてコーラル・ガーデンを後にすると、竜介は次のポイントへと船を走らせながら、足もとから黒いナイロンバッグを引っぱりだした。桟橋でマリヴァが手渡したバッグだ。

中から出てきたのは、なんと、ウクレレだった。一緒に暮らしていた頃、そんなものを弾くところを見たことはない。学生仲間のカラオケの誘いにも乗らない男だったのだ。

あっけにとられて眺めていると、竜介はヘッドの部分に巻きつけてあるバンダナをほどき始めた。潮風でペグが錆びないようにとの配慮なのだろうか。軽くチューニングを整えた後、彼は操縦席の背もたれに軽く腰掛け、陽気なコードをいくつか奏でたのに続けて、何の躊躇もなく歌い始めた。

朗々と響きわたるなかなかの美声だった。タヒチ伝統の歌なのだろう、言葉の意味はわからなくともメロディは美しく、客たちも体をゆらしてリズムを取っている。

その間も相当なスピードで突き進むボートを、竜介は、歌いながら器用にコントロールしていた。車のハンドルよりひとまわり大きな舵輪を、はだしの足裏で右へ左へ回したかと思えば、腰骨を押しあてて固定する。時にそのままぐいっとすくい上げるようにして微調整する腰つきから、真奈は目をそらした。そんなものを見て脈を走らせてしまう自分が厭わしくてたまらない。

「すごいよなあ」

と、貴史が隣で言った。

「……何が？」

「同じ日本人なのに、あんな人生もあるんだなあと思ってさ」

素直な感嘆に満ちた声だった。

「あれぐらい自由奔放で何ものにも束縛されない感じは、正直、憧れるよね。現実に自分にも同じ生き方ができるかどうかは別としてさ」

あんな人生もある――。確かにそうなのだろう。

だがあの男は、まさにあんな人生の中でしか輝けない男なのだ。と同時に、ああいう人生においては最高に輝く男なのだ。

日本にいればおそらく落伍者のレッテルを貼られるしかなかったであろう竜介が、この島ではまったく別の人生を生きている。どこか外国へという彼の言葉を、あの頃の自分はただ卑怯な逃げだとばかり思っていたのに、そうではなかったのだろうか。まるで一本の映画のアナザー・エディションを作りあげるかのようなことが、人の人生においても可能だったとは――驚きや感嘆以上に、わけのわからない腹立ちと割りきれなさがあった。

昼食前に最後に立ち寄ったポイントは、先ほどのコーラル・ガーデンとは打って変わって水深のある場所だった。十メートルほどの海底には大きなサメがいるという。

「こちらから攻撃しない限り危険はありませんが、ボートからは絶対に離れないで下さい。こう見えて潮の流れがけっこう速いので、流されると厄介なんです」

例によって、同じ意味のことを竜介が英語とフランス語でもくり返す。

水中マスクとシュノーケル、フィンの三点セットを身につけた全員が水面に浮かびながら、潜水艦のようなサメや、少し離れたところを泳ぎ回る小型のサメ、それにあたりに集まる熱帯魚などを眺めた。

舳先のほうにいたノルウェー人のカップルが竜介に防水のカメラを渡し、海底を指さす。もっと近くであのサメを撮れないかと頼んでいるらしい。

竜介は軽くうなずくと、おじぎをするように水中へ向けて上半身を折った。両脚を空へ突き上げると同時に、まっすぐに水底へ潜っていく。無駄な動きは一切ない。ナイフが沈んでいくかのようだ。

ゆったりと円を描いて回遊する大型のサメのまわりを、小型のサメたちがぐるぐると泳ぎ回っている。それらを至近距離から撮影する間、竜介の息は信じられないほど長く続いた。波間を透かして降り注ぐ太陽の光に、水底を漂う彼の身体が金色の網目模様に彩られている。真奈は、もはや躊躇いも後ろめたさも忘れて、水面からそれを見つめていた。生まれながらの水棲動物のように優雅な泳ぎと、ここにいる誰よりも日に灼けた逞しい肢体の美しさから目を離すことができなかった。

と、すぐ近くを小型のサメがかすめて通った。危険ではないといくら言われていても、怖ろしいものは怖ろしい。手足を縮こまらせた真奈は水面に顔を上げ、その拍子に気づいた。いつのまにか、ボートから五メートルほども離れてしまっている。

急いでフィンで水を蹴ろうとしたとたん、右足の指から甲にかけての筋がきゅうっと収縮するように攣《つ》った。

とっさにうつむいたせいでシュノーケルのパイプから水が逆流し、気管を海水が満たす。たまらずに咳き込むと同時に今度は水を飲み、二度、三度、吸う息とともに塩辛い水が入ってきてマスクの中まで水浸しになり、鼻からも水を吸いこむ。足はきかない。人はこうして溺れるのだとはっきり悟った瞬間、ぞっとした。手をのばす。つかまるものが何もない。もがき、浮き沈みする波間の向こうに、貴史が何か叫びながらこちらへ泳ぎ寄ろうとしているのがちらりと見える。絶望的に遠い。

と、その時、腕をつかんでぐいと引き寄せられ、もがく両腕を体ごと抱きかかえられた。しがみつこうとするのを封じられ、かわりに顔をつかんで水面に持ちあげられる。

「暴れるな！　力を抜いて、ゆっくり息を……ほら、いいから落ち着けって、真奈！」

竜介の大声が耳から脳にまで届いた瞬間、嘘のようにパニックが引いていった。

「いいか、ゆっくりだ。もう大丈夫だから。ちゃんと支えてるから、落ち着いて息を整えろ」

喉が切れるかと思うほどさんざん咳き込みながらも、抱きかかえられてボートへと泳ぎ寄る。攣ってしまった足はまだろくに動かなかったが、それを補って余りあるほど竜介の泳ぎは力強かった。

ようやくいくらか呼吸が整う頃、真奈は、彼と他の客たちの助けを借りてボートの梯子をよじのぼった。鉛が詰まっているかのように手足が重く、船底に倒れこんだところを、すぐ後からボートに上がってきた貴史が抱え起こし、大きなビーチタオルで頭からすっぽり包みこんでくれる。

「まーちゃん！　まーちゃん、大丈夫？」

乾いた布の感触と、耳に馴染んだ貴史の声に包まれたとたん、安堵のあまり涙がどっと込みあげた。

「たか……し……」

「ここにいるよ。どうしたの、どうなっちゃったの」

「あ……足が、攣って」

「そっか、怖かったろ。よしよし、もう大丈夫だから、ね」

竜介が他の乗客たちをねぎらい、何か冗談を言って座を和ませてから、錨を上げて再びエンジンをかける。

上陸予定の小島へとまっすぐに向かうボートの船底、風の当たらないところに座りこんで、貴史は、震える真奈を後ろから抱きかかえてくれていた。両側のベンチに腰掛けたまわりの客たちも、真奈と目が合うと微笑で応えてくれる。

「心臓が、止まるかと思ったよ」貴史がぽつりとつぶやいた。「まーちゃんが溺れかけてるの見た時」

「……ごめんね。心配かけて」

かすれ声で謝ると、貴史の腕に力が加わった。

しばらく言葉を選ぶような間があった後、彼は言った。

「俺のほうこそ、ごめん。ほんとは俺が助けたかったんだけど」

真奈はその胸にもたれ、体重を預けた。髪の先からしたたる滴を、貴史がくるみこんだタオルで拭き、しっかりと抱きしめ直してくれた。

白砂の小島は、想像よりもさらに小さかった。

船を寄せるための間に合わせのような桟橋があり、浜辺に十人ほどが座れる四阿と、林の中に掘っ立て小屋式のトイレがあるほかは何もない。ヤシの木とパパイヤの茂みを透かしてみれば、五十メートルほど先で陸地が終わっていた。

四阿の日陰に、男たちが総出でバーベキュー用の食糧の入ったクーラーボックスを運びこむ。女たちはヤシの葉で皿がわりのバスケットを編む係だ。

竜介がそのへんから採ってきた葉を組み合わせて編んでみせるのを見る限りでは簡単そうなのだが、いざ手を動かすと意外に難しく、水着の上からパレオを巻いた真奈が格闘している間にも、彼は目の前で三つ四つと仕上げていく。

「遅っ」

無情なことを言われ、真奈はむっとして言い返した。

「しょうがないでしょ、初めてなんだから」

人数分のバスケットが編み上がると、竜介はゲストたちに、食事の支度ができるまで日陰で休んでいるように言った。

貴史がヤシの木陰にビーチタオルを敷き、真奈を呼んでくれる。ふだんにも増して声や物言いが優しい。

けれど真奈は言った。

「私、お肉焼くの手伝ってくる」

「手は足りてそうだよ。休んでればいいのに」

「ん、でも私、みんなに迷惑かけちゃったから、せめてこれくらいはしたいの。貴史はここにいて。後片付けの時にはまた男手が必要だろうから」

攣った足は、なんとか不自由なく歩けるようにまで回復していた。

四阿の隅に設置されているバーベキューコンロに火をおこす竜介の隣で、カナダ人の中年女性が野菜を刻もうとしている。真奈が近づいていくと、彼女は喜んでその役を譲り、自分は包丁が苦手だからすでに出来ている料理を盛りつける係に回ると言った。

竜介は、真奈を見ても何も言わなかった。あらかじめ密閉容器に漬け込んであった肉を焼き始める彼の横で、真奈はあまり切れない包丁で野菜を刻み、マヒマヒの白身をオイルとビネガーで和えた。そばにはヤシの葉の皿とパパイヤの大きな丸い葉がそれぞれ人数ぶん重ねて用意されている。パーティ仕様のアルミの大皿には他にも、ローストビーフやフルーツなどが豪勢に盛られていた。

できあがったマリネを盛りつけながら、真奈はようやく思いきって言った。

「さっきは、ありがとう。また助けてもらっちゃったね」

竜介が横目でこちらを見おろし、例によってわずかに唇の端を上げたのがわかった。それが彼の返事だった。

その昔、こんなふうに、ただ黙って一緒にいるだけで満ち足りていた日々のことを思いだす。次いで、ほんの小一時間前に海の中で抱きかかえられた時の、鋼のような胸板のたくましさも。

真奈は、さりげなく彼から一歩離れた。

＊

夕刻、ホテルのコテージに戻ると、真奈はまずバスタブに湯を満たした。疲れた体と神経をゆっくり休めたかった。

「貴史、よかったら先に入って」

「いいや、俺は後でいいよ。まーちゃんこそ疲れたでしょ。ゆっくり入っておいでよ」

言いながら貴史は、Tシャツにバミューダパンツ姿のままテラスに出ていき、日陰の寝椅子に横たわった。

言葉は優しいが、どことなく素っ気ない。彼は彼で疲れたのだろう。少なくとも前の晩のようにバスルームにまで押し入ってきて狼藉を働くつもりはないらしい。真奈は内心ほっとしながら、ドアを閉め、服を脱ぎ、ふだんよりぬるめに張ったお湯に灼けた肌を沈めた。

開け放った小窓からは水平線と空が見え、潮風が吹き込んでくる。ブラックオパールの色合いにきらめく海の彼方、横一列にうっすらと白く見えるのは、外海から打ち寄せ、急激に浅くなる環礁のまわりで立ちあがっては珊瑚の岩にぶつかる波頭だ。その轟きが、かすかに耳に届いた。

身じろぎすると湯舟に水音がたち、遠い潮騒《しおさい》と重なり合う。

鼻の下までお湯に浸かりながら、真奈は目を閉じた。

――どうすれば……本当に、いったいどうすれば、あの男にこれ以上惹かれずにいられるのだろう。

そう思ってから、ああ、と嘆息が漏れた。

なんということだ。これまでとはすでに問いからして違ってしまっている。少なくとも昨日までは、〈どうすれば〉ではなく、〈どうしてとっくに別れたあんな男のことがいちいち気にかかるのだろう〉と思っていた。心の惑いよりも腹立たしさのほうがずっと勝っていたはずなのに……。

目を開け、揺らめくお湯を見つめる。前髪から滴るしずくが小さな波紋を作る。

朝からずっと海の上にいたせいで、頭も体もまだゆうらり揺れていたが、胸のうちが激しく波立っているのはそのせいではなかった。

分厚いバスローブにくるまり、まだデッキにいた貴史に声をかける。入れ替わりに風呂を使った貴史がようやくさっぱりして上がってくる頃、真奈は、ベッドカバーの上でうつらうつらしていた。ほんの少し横になるだけのつもりが、眠気には抗えなかったのだ。

「まーちゃん、風邪ひくよ」

「……うん」

「せめて布団に入りなよ」

「……ん」

貴史がやれやれと嘆息するのが聞こえた気がするが、睡魔に負けて目が開かない。まぶたすら重たくて持ちあがらないものを、手足を持ちあげるなどとうてい無理だ。

しょうがないなあ、とつぶやいた貴史が、キングサイズのベッドの向こう側から掛け布団をめくり、真奈をシーツの上へと転がす。

「ほら、もうちょっとそっち行って」

貴史は、そう、いつも優しい。

「ほら、まーちゃんってば、布団が掛けられないよ。俺も入れて」

どうやら貴史も一緒に少し寝るつもりらしい。隣に潜りこんできた裸の体はまだ湿っていた。背中から抱きかかえられると、小さな水滴が冷たい。

「まーちゃん」

耳もとにかかる吐息がくすぐったくて、んん、と喉声で応えると、うなじに鼻先がこすりつけられた。

「——真奈」

(なあに、それ。貴史が〈真奈〉だなんておかしいよ)

目が覚めていたら、そう言って笑ってしまっただろう。

彼の手が、バスローブの襟元を割って滑りこんでくる。あまりの眠さに、乳房をまさぐられても煩わしいばかりだ。真奈はほとんど無意識のまま、体をうつぶせにして彼の手を遠ざけようとした。

とたんにぎゅっとつかまれた。鈍い痛みに、否応なく眠りの淵から浮上させられる。敏感な先端を強く刺激されるのが嫌で、彼の手をつかみ、押しやった。

「や、だ」

「なんで」

「くたくたなの。今は、いや」

「いいよ。まーちゃんは寝てていいから。俺が全部してやるから」

かちんときて、一気に目が覚めた。

寝てて、いい？　して、やる？　どうしてそんなに上から目線なのだ。そこにこちらの意思はひとかけらもないのに。

その間にも、貴史の手はバスローブの前をかき分け、あばらをなぞり、紐を解き、下腹をたどって滑りおりてゆく。

「ねえ、やだったら」

脚を固く閉じ合わせると、彼はかえってむきになったように強引に指を差し入れようとした。後ろから耳朶《みみたぶ》を舐められる。抗う真奈に対してむしろ彼のほうは昂ぶっていることが、尻に押しあてられているものの質量でわかる。

真奈は、醒めていた。いくら指を使われても痛いだけだった。男は誤解しているようだが、女の軀は刺激によって自動的に潤うわけではない。感じるのはまず心、そして脳なのだ。

貴史は焦れたように真奈を仰向けにすると、上にのしかかり、キスをした。いつになく乱暴なキスだった。どうして、と思う。今まで彼がこんなに強引だった例しはないだけに、腹立ちと戸惑いが半々だった。

本気で怒って拒むこともできる。これからも同じことをされたくないなら、今ここで、はっきり言うべきなのもわかっている。

けれど真奈は迷った。せっかく貴史が〈気の早い新婚旅行〉とまで言ってくれたこの旅で、よりによってセックスをめぐっての喧嘩などしたくない。男と女であることの強みは、心の行き違いで喧嘩をした後も、軀で仲直りするという方法が残されていることだ。だが、ベッドで勃発した喧嘩にはもう後がない。

疲れているからいやだと言っているのに仕掛けてくる貴史も身勝手だが、そもそも自分がそこまで消耗したのは、不注意で溺れそうになったりしたからだ。その時あんなに心配してくれた貴史が、いま言うことを聞いてくれないからといって苛立つこちらだって、身勝手なのは同じかもしれない……。

半ば無理やり自分にそう言い聞かせて、真奈は、こわばらせていた体からそっと力を抜いた。貴史にも、それが伝わったのがわかった。

（ごめんね。ちゃんと優しくするから――）

そんなふうな言葉が返ってくるのを予想していた真奈は、しかしぎょっとなった。こちらが拒むのをやめたにもかかわらず、貴史のキスはますます荒々しさを増したのだ。

指に絡めるようにしてつかまれた髪が引き攣れて痛い。もがこうとすると、彼は犬のように低く唸った。下唇を咬まれる。

「痛っ……」

ごめん、の言葉は今度もなかった。

こんなふうに乱暴にされ、強引に従わされることに興奮する女もいるのかもしれない。でも自分は違う。合意のもとに二人で愉しむのならともかく、一方的に強要されるのでは暴力と変わらない。

「いや！」

肩を押しのけようとすると、貴史は無言のまま、怒ったような顔で真奈の腕を押さえつけた。膝で両脚を左右に分け、指に唾液を付けて真奈のそこを湿らせると、そのまま押し入ってくる。そんなことをされたのは初めてだった。

「やっ」

真奈はたまらずに身をよじった。

「い……痛いったら貴史、やめて」

「なんで」

「え？」

「なんで俺を拒むの」

「だって、まだ準備も何も」

「それだけ？」

「は？」

「他に理由があるんじゃないの？」

「――何それ、どういうこと？」

貴史は答えなかった。

「……くそ」

小さくつぶやくと、再びめちゃくちゃなキスをしながら力任せに軀を進めてきた。

入浴の後の湿り気が、幸いしたというのか、災いしたというべきかわからない。軋みはしても、いちばん狭い部分を過ぎてしまうと、貴史はすっぽりと真奈の中に収まった。

一旦、息を整える。

「まだ、痛い？」

真奈が無言のまま強く寄せた眉間の皺を見て、貴史の目に後ろ暗い満足の色が宿る。

潤うまでとは違い、いざ迎え入れてしまった後では、軀への物理的な刺激の前に、脳は無力だ。馴染んだ貴史のそれがいつもの気遣いをかなぐり捨てた強引さでいちばん弱いところを責め立て始めると、真奈は、漏れる声を抑えきれなくなった。心を置き去りにして、軀はじりじりと追い上げられていく。

違うのに、と叫びたい気持ちだった。こういうのが好きなわけじゃない。女は少し乱暴にされるのがいいんだろうとか思われたくない。これはあくまでも、単なる刺激への反応に過ぎない。痛ければ泣く、くすぐられれば笑う、それと変わらない、のに……。

一度では、終わらなかった。中で果てると、貴史は自分の放出したものの潤いをいいことに、そのまま続けて真奈を抱いた。二度目のほうが長くかかった。どれほどの刺激を与えられても、真奈は、とうとう一度も達することはなかった。

躯を離した後、長い沈黙があった。並んで天井を見あげたまま、二人とも黙りこくっていた。網代の天井を見ているうちに、真奈はだんだんと冷静になってきた。胸のうちには言ってやりたいことが渦巻いていたが、それを感情のままにぶつけても、きっといいことは何もない。

なおもしばらく言葉を選んだ末に、静かに言った。

「どうしたの？　なんだか、貴史らしくなかったよ」

答えはしばらく返ってこなかった。

やがて貴史は長いため息をつき、初めて、ごめん、と言った。

「急に、怖くなったんだ」

「何が」

「どっか、行っちゃうんじゃないかと思って」

「誰が」

「まーちゃんが」

溺れかけた時、波間から遠くに見えた貴史の、あの必死の形相を思いだす。彼にあんな顔をさせたのは自分なのだ。

もしあの時、本当に溺れてしまっていたら。あるいはもし、立場が逆だったなら。

改めて想像してみた真奈は、今の今までどうでも彼に言ってやらなくてはと思っていたことのほとんどがしおしおと萎んでいくのを感じた。

寝返りを打ち、貴史のほうを向く。彼がそっと差しのべてきた腕枕に頭をのせて、真奈は言った。

「大丈夫。どこへも行かないよ」

抱き寄せる貴史の腕に力がこもった。

*

タヒチ滞在の最終日は穏やかに過ぎていった。特に何をしに出かけるというのじゃなく、二人でゆっくり過ごそうよ、と貴史が言ったのだ。

もちろん真奈のほうにも異論はなかった。ホテルの敷地内のラグーンで泳いだり、サロンに出かけて並んでオイルマッサージを受けたりしながら、ひたすらのんびりと過ごした。

夕方、真奈は一人、浜辺のバーへ出かけた。コテージのテラスでぐっすり寝入ってしまった貴史には、行き先の書き置きを残しておいた。

バーテンダーのジョジョは、真奈を見るなり言った。

「あんた、溺れかけてリウに助けてもらったんですって？」

どうして知っているのかとは、すでに訊こうとも思わなかった。

「マウス・トゥー・マウスの時、ちゃんと舌入れてやった？」

「そもそもされてませんから、そんなこと」

「あら。意気地がないわねえ、二人とも」

「何それ。意味わかんない」

ジョジョはふっと笑った。

「ま、大ごとにならなくてよかったわよ」

何も注文しないうちから、ジョジョは色鮮やかなフルーツのオリジナル・カクテルを作って出してくれた。

「明日、帰るんでしょ。これはあたしからのサービスよ。〈フェアウェル〉――サヨナラって名前のカクテル」

「……きれい」

「言っとくけど、誰にでも出すわけじゃないからね」

思いがけない言葉に驚き、胸がきゅっと窮屈になった。

「ありがと」

真奈は、大事にひと口めを味わった。甘酸っぱさの奥に、ほろ苦いジンの香りが隠れている。

「日本に帰ったら、あの子犬ちゃんと結婚するの?」

躊躇ったものの、それを振りきるように、真奈は答えた。

「そうね。このままいけばたぶん」

ジョジョは、ふうん、と気のない返事をした。

「ああ、そういえば、あんたに教えたげようと思ってすっかり忘れてたことを思いだしたんだけど、聞きたい?」

「なあに？」

目をあげた真奈を見て、ジョジョは少し意地の悪い顔で片眉を上げた。

「マリヴァの娘たち二人――あれ、リウの子どもじゃないわよ」

真奈は言葉を失い、ジョジョを凝視した。

「うそ」

声がかすれる。

「どうして？」

「だって、俺の子だって……」

「なに、それリウが自分で言ったの？　あんたに向かってわざわざ？」

頷いてみせると、ジョジョはじわじわと唇を歪めた。

「知らなかったわ」

「でしょ？　だから、あなたの勘違いよ」

「違うったら。あの男がそんなに臆病だとは知らなかった、って言ってるの」

「どういうこと？」

「わからないの？　頭の悪い女ねえ」

たっぷりとあきれ返ってみせたバーテンダーは、ふと真顔になった。

「はっきりさせとくけどね、マリヴァが下の子を身ごもったのは、彼女がリウと暮らすようになるより前よ。娘たち二人とも、そのしばらく前に別れた男との間にできた子どもなの」

「それ……絶対？」

「ええ。その点に関しては疑う余地がないわ。この島では周知の事実よ。なのにリウは、あんたが何も知らないのをいいことに、二人を自分の子だとわざわざ明言した。なぜそんな嘘が必要だったか？　答えはもう、ひとつしかないでしょ」

「全然わかんない。何だっていうの？」

「あんた、本物のバカ？　どう考えたって、牽制のためにきまってるじゃないの」

笑おうとして、うまくいかなかった。

「ちょっと、やめてよね、ジョジョ。つまり、なに？　私の側にいまだに彼への未練があると思って、それで竜介が予防線を張ったとでも言いたいわけ？」

「いいえ」

「じゃあ何なのよ！」

「その逆よ、逆。リウはね、あんたに向かってあの子たちを自分の子だとわざわざ口に出すことで、自分自身を牽制したのよ」

真奈は、口を開けた。

——馬鹿な。あり得ない。

「まんざらでもない顔に見えるのは、気のせいかしらねえ」

はっとなって慌てて顔を引き締めてから、カマをかけられたのだと気づく。

「……ジョジョ。あなた、このバーこそがボラボラ島の中枢だなんて威張ってたけど、だからっていつでも真実がわかるとは限らないわよね？」

「確かにそうね」

「どれだけの情報を寄せ集めたって、そこから一つの答えを導きだす過程で、判断を誤る可能性だってあるはずよね？」

「そりゃそうよ」

「だとしたら、今の件だって、あなたの当て推量だって言われてもしょうがないんじゃない？」

「その通りね」

真奈は苛立った。何の反論もせずにただ肯定されればされるほど、むしろ自分のほうが不都合な真実から逃げているような気がしてくる。

「どうしてそんなに認めたがらないのかしらねえ」

まるでこちらの頭の中を見透かしたかのように、ジョジョが痛いところを突いてきた。

「だって……そんなこと、あり得ないもの」

「ふん、そうじゃないでしょ。あたしの指摘を認めたら、あんた自身がマズいことになっちゃうからでしょ」

「……………」

「リウがあんたを女として意識してて、そのせいでつかなくてもいい嘘をついた。そのことを認めたりしたら、あんたの気持ちまで揺らいじゃう。せっかく自制してたのに、ダムが決壊しちゃう。だからあんたは認めたくないのよ。――どう、図星？」

真奈は唇を噛みしめ、きっぱりと首を横にふった。

「絶対に違います」

「あらま。強情だこと」

「だいたい、あなたこそ何よ。どうしてこの期《ご》に及んでわざわざそんなことを聞かせるの？　私はせっかく、最後にあなたの顔を見とこうと思って来たのに」

「それは申し訳なかったわね」

見事なまでに上っ面を撫でる口調で、ジョジョは言った。

「あたしは、ただ事実を言ったまでよ。『マリヴァの娘たちはリウの子どもじゃない』って。そしたら、それを聞いたあんたが勝手に動揺しただけのことでしょ」

「そ……」

「なんだか心配よねえ。そんな調子であの子犬ちゃんと一緒になって大丈夫なのかしら。ま、あたしの知ったことじゃないけど」

真奈は、黙っていた。胸の中に言葉は渦巻いて、けれど何ひとつ言い返せない。

ほかに客がいないのがありがたかった。もしも今、機嫌よく酔っぱらった客にうっかり話しかけられでもしたら、とんでもなく嫌な女を演じてしまいそうだ。

抑えたボリュームで流れている音楽が、フュージョン系のものに変わる。ベースの音を縫って、遠くの潮騒が耳に届く。

やがて、ジョジョがぽつりと言った。

「誤解しないでね。あんたを不幸にしたくて話したわけじゃないのよ」

＊

フロント前の船着き場に、空港へ向かう船が停泊している。これから発つ滞在客たちが、スタッフとそれぞれに別れの挨拶を交わしていた。

貴史のトランクに続いて、真奈の荷物が運びこまれてゆく。見送りに出てくれていたクリスと目が合い、真奈はそばへ歩み寄った。

「あなたには、本当にお世話になったわ。どうもありがとう」

「いいえ。ホテルのスタッフとして当然のことをしたまでですから」

真奈が黙って問いかけるように見やると、彼はこらえきれずに笑いだした。

「嘘です。たしかに、僕が個人的にお世話した部分もありましたね」

「でしょう？　感謝してるのよ。あなたって、ほんとに弟みたいだった」

「それね、あんまり嬉しくないですよ。もとは僕が言ったことだけど」

どちらからともなく腕を回し、抱きしめ合う。クリスの日に灼けた耳もとで、

「マゥルルー」

真奈は感謝の言葉をささやいた。

クリスもまた、マゥルルー、と返し、そっと体を離す。

「ねえ、タヒチの言葉で〈さよなら〉は何ていうの？」

「ナナー」

「じゃあ、あなたのお国の言葉では？」

「拜拜《バイバイ》」

「えっと、そういうのじゃなくて」

クリスは再び笑って言った。

「広東語だと、再見《ズウオイギン》、ですね。英語の see you again とまったく同じ意味です。そう――だからマナさん、あなたはきっとまたいつか帰ってきますよ。この島に、もう一度」

にっこりする彼に向かって微笑みを返し、真奈は小さな声で言った。

「さよなら、クリス。……再見」

貴史も真奈も、来た時のようには舳先に立たなかった。桟橋から総出で見送ってくれるスタッフたちが見えなくなるまで手を振り返したあとは、日陰のベンチ席に腰をおろし、ぼんやりと空や海を見つめていた。

ボラボラ空港の床は、今日も湿気のために濡れていた。トランクを引いて歩きだした真奈は、ふと立ち止まり、船着き場をふり返った。濃紺の空に映える雲のまぶしさに目を細める。

たった一週間あまりの滞在だったのに、まるで半年くらい居たかのような気がする。もうすっかり見慣れた海と空は、今日も、明日も、明後日も、変わることなくここにあるのだろう。そしてあの――。

「もう名残惜しいの？」

貴史の声に我に返り、真奈は目を戻した。外の日射しとのギャップで、建物内がひどく暗く感じられる。

「……そうね。ほんとに素敵な島だったもの」

微笑んで、真奈は言った。

「またいつか、来られるといいね」

構内のざわめきに紛れて、貴史の返事は聞こえなかった。

第五章　いびつな真珠

帰国してしばらくは、二人ともひたすら仕事に追われた。

真奈の半分しか休まなかった貴史でさえ、留守中に進んだ案件についての情報をきっちり把握するには結構な労力を要した。自分が有給を取ったせいで大きなトラブルが起こるのはもちろん困るが、べつだん自分がいなくても物事は滞りなく回っていく、というのもまた別の意味で困る。

自身の不在が所属部署の業務に及ぼした影響を、一つひとつ確かめながら目の前の案件を調整していく過程は、貴史に久しぶりの充実をもたらした。

——俺はどうやら、自分で思っていたより働くことが好きらしい。

そう気づくことができたのは、あの旅行の意外な副産物だった。

互いにまったく業種の違う職場だけに、真奈のほうの様子は彼女の口から聞いただけのことしかわからないが、案の定、お局部長との間はぎくしゃくしているようだ。覚悟の上で取った休暇だから仕方がないと、真奈は苦笑いしていた。

そうして一カ月ほどが過ぎ、先週末、貴史は初めて両親に真奈を紹介した。正直、おそろしく緊張を強いられる一大イベントだった。

二人の年の差についてはあらかじめ話してあったものの、実際に引き合わせるのとはまた別の問題だ。とくに母親はこれまで、一人息子の付き合う女性をいちいちくそみそにこき下ろしてばかりだっただけに、真奈に向かってどういう態度を取るかが気がかりでたまらなかった。

だが、ふたを開けてみれば、どうやら真奈はあの口うるさい母のお眼鏡にかなったらしい。その夜かかってきた電話で、

〈お前にしてはなかなか上出来じゃないの〉

そう言われた時は、膝から力が抜けるほどほっとした。母親さえクリアできれば、おとなしい父が異を唱えるはずはないのだ。

「よかった……」

携帯を切るなり、貴史はリビングの床にへたりこんだ。

「いやあ、マジ緊張した。けど、さすがはまーちゃんだよね。あのおふくろを懐柔するなんてさ」

「懐柔だなんて」

「や、ごめんごめん。わかってるんだけど嬉しくて」

こみあげる嬉しさのままに彼女を抱きしめ、貴史は言った。

「よし。次は、まーちゃんのご両親のところへ挨拶に行かなきゃね」

後から思えば、いささか前のめりになっていたのは認める。言葉に力をこめすぎてしまったかもしれない。けれど、真奈から返ってきた答えは、貴史の予想とはあまりに違っていた。

「いいよ、うちのほうはべつに、適当で」

こちらの気負いや緊張を解こうと思いやってくれたようには聞こえなかった。どこか投げやりな感じさえ受けた。

真奈の育った家庭があまり温かいものでなかったことは、少しだけ知っている。きっとそのせいだろうと自分に言い聞かせながらも、貴史は胸の奥の粒子がざらりと荒れるのを感じた。

じつを言えば——真奈には一切話していないことだが——タヒチから帰って以来、いやタヒチの旅の終わり頃から、腹の底に拭いがたい疑念が居すわり続けている。厳密には、モツ・ピクニックの際に真奈が溺れかけたあの時からだった。

あの時、ガイドのリウが誰より早く気づいてくれていなかったら、もっと大ごとになっていたかもしれない。最悪の場合、真奈を永遠に失っていたかもしれない。想像するだけで、心臓が凍る思いがする。助けてくれたリウには心から感謝している。

けれど……。

どうやら、パニックを起こしていた真奈は気づかなかったらしい。あの時、リウから下の名前を呼び捨てにされたことに。いや、彼女ばかりではなく、おそらく呼んだほうも無意識のことだったのではないか。

あの男が外国人なら、何の不思議も感じなかった。さほど親しくない相手であっても、ファーストネームを呼びあうのは珍しいことではない。しかし彼はもともと日本人で、こちらも日本人で、しかも貴史や真奈のことはその前から「大野さん」と他人行儀に呼んでいたのだ。それをどうして、あの場面で彼女を呼び捨てにしたのだろう。そもそもあんな切羽詰まった状態で、一度か二度しか会ったことのない女の下の名前がぱっと口をついて出るものだろうか。

そうして考えてみると、あの朝、リウの操縦するボートが近づいてきた時を境に、真奈の態度が妙にぎこちなくなったのが理由のあることのように思えてくるのだった。

(もしかして――自分が仕事で来られずにいた数日のうちに、あの二人の間に何かが起こった……?)

そんな馬鹿げたことなどあるはずがない、それも真奈のように慎重で誠実な女に限って、と打ち消す理性のずっと奥底から、黒々とした疑念が頭をもたげるのをどうしようもなかった。日本でならばいざ知らず、あれほどまでに開放的な南の島でなら、ふだんは決してあり得ないことも現実になるかもしれない。

誰よりも自分が一番よく知っているはずじゃないか、と貴史は思った。恋に落ちるのに、時間など必要ない。まばたき一つの間があれば充分だ。

勤め帰りに真奈と待ち合わせたのは、次の週末だった。久しぶりに外で食べようかという話になり、彼女のマンション近くの、ビーフシチューが美味しいビストロで落ち合うことになった。

電車を降り、駅からの道を歩き始めた時だ。家路を急ぐ人波の中、少し先をゆく背中を見つけて、貴史は歩みを速めた。

真奈は気づかずに、歩きながら携帯で誰かと話している。口調などを漏れ聞く限り仕事の電話ではなさそうだが、とりあえず終わるまで声をかけるのは待とうと、貴史は数歩離れた後ろで足をゆるめた。

「え？　なに、連絡って、向こうから？　まさか、ないない」

真奈の口調が、なぜか苛立っている。

「やめてよ、千晶。たまたま旅先でばったり会ったくらいで、今さら焼けぼっくいとかあり得ないって」

心臓が不穏な脈を刻み始めた。

「だいたい、あれから何年経ったと思ってるの？　竜介も私も、とっくの昔に終わったことだってわかってる。ただちょっと……懐かしかっただけだよ」

足が、止まった。前をゆく真奈を凝視して立ちつくす。

——とっくに終わったこと？

——終わったことって、何だ。

後ろから誰かがぶつかり、よろける貴史を舌打ち混じりに追い越していく。遠ざかる真奈が、携帯を切ってバッグにしまうのが見えた。

ふり向かないでくれ、ととっさに念じた。いま見つかったらうまくごまかせない。何も知らないふりでこの場を取り繕うことなんて到底できやしない。狼狽える頭の片隅で、ああ、俺はどうやら、彼女にこの場で真実を問いただすつもりはないらしい、と人ごとのように思う。

真奈は、急ぎ足で歩いていく。すっきりと背筋の伸びた後ろ姿が美しい。女友だちとあんな秘密めいた話をしておきながら、自分との待ち合わせの店へと急ぐ彼女が、まるで見知らぬ女のように思える。

貴史はゆらりと歩きだした。足が、なかなか前に出ない。

どうしてなのだろう。真奈に対してとことん強気に出ることができないのは、じつは今に始まったことではないのだった。

六つの年の差をほとんど意識しなくなってからも、いざとなると微妙に遠慮してしまう自分がいる。彼女に対して〈年下の男〉らしく背伸びしてみせること、あるいは甘えてみせることは苦もなくできるのに、ならば同じく駄々をこねてエゴをぶつけるのはどうかと言えば、それだけはなかなかできない。彼女が溺れかけて別の男に助けられたあの日、ホテルで半ば無理やり抱いたのは、だから初めてと言っていいほどの異常事態だったわけだが、あれだって後でどれだけ後悔したかしれない。

多くを責めずに許してくれた真奈に対して、心の中で詫びる気持ちはある。彼女は隠しているが、きっと相当傷ついただろう。

だがその一方で、自分の男がいつもなら決してしないはずのことをしたのだから、もっと理由を気にしてくれてもよかったじゃないかとも思うのだ。男の嫉妬など醜いという自制心と、真実を知ってしまうことへの恐怖心とで、こちらからはあれ以来ずっと問いただせずにいるけれど、心の底にはいまだに棘のような疑念が引っかかっている。いっそ彼女のほうからもっとしつこく責めるなりしてくれていたなら、こっちだって勢いに任せて本音を吐露することができただろうに。

恨みがましくそう思ってから、貴史は、自分を背中から刺したくなった。

どこまで彼女をあてにすれば気が済むのだ。どこまで女々しいのだ。竜介という男との関係について、あの時の勘の少なくとも一部が当たっていたとわかった今でさえ、俺は彼女の前に立てずにいるじゃないか。

再び立ち止まり、靴先に目を落とした。

今ごろ真奈はもう、目的のビストロに着いた頃だろうか。


どこか落ち着いたバーででも、と思っていたのだが、先方が指定してきたのは、クラシックな趣のある珈琲専門店だった。

ウェイターに案内され、赤い絨毯の敷き詰められた階段を二階フロアへ上がると、奥まったテーブル席から、小柄な女が手をあげてよこした。

「お待たせしてすみません、お呼び立てしておきながら」

頭をさげた貴史を見上げ、小川千晶は首を横にふった。

「いいえ。あたしのほうこそ、こんなとこまで来てもらってごめんね。今夜はちょっと、遠出まできなかったものだから」

「お忙しいんですよね、早々に切りあげますから……」

いいからまあ座りなさいよ、と遮られ、おとなしく向かい側に腰をおろす。

「今夜もこのあと、お仕事ですか」

「まあそうだけど、大丈夫。明日の朝までに仕上げれば問題ないから」

おもに映画雑誌の編集に携わる仕事をしている、と前に聞いたことがある。学生時代からの親友だと真奈から紹介された時、交換した名刺の名前の脇には、英文字で小さくwriterとあり、その下に自宅のものらしい電話番号が記されていた。

なくすと困る名刺の内容は小まめに携帯に登録しておく貴史だが、今夜たまたま千晶がすぐつかまったのが、幸と不幸のどちらなのかはよくわからなかった。いっそ連絡が取れず、自分にもう少し頭を冷やす時間があったなら、判断はまた違っていたんじゃないかという気もする。

千晶が片手をあげてウェイトレスを呼び、二杯目のブレンドを注文してから貴史を見た。

「あ、じゃあ俺も同じものを」

八時を過ぎていたが、結局あれからまだ何も食べていない。千晶と約束をしたあと、真奈に電話をして、また仕事で抜けられなくなったと謝ってみせるだけで精いっぱいだった。いつだって物分かりのいい真奈が、気にしないで、私も今日は家で何か食べとくね、と言うのを聞きながら、自分はいったい何をしようとしているのだろうと思った。

「それで、貴史くん。あたしに何が訊きたいの？」

いきなり千晶に切り込まれ、ぐっと詰まる。

「真奈には言えない大事な話だって言うから、わざわざこうして時間取ったんだからね。きちんと話してもらわなきゃ困るのよ」

その真奈と、ほんのついさっきまで俺には言えない話をしていたくせに、と思う。それなのに後ろめたさのかけらさえ見えないのは、千晶のほうがはるかに役者が上だからなのか。それとも、色恋をめぐる女同士の内緒話そのものが、はなから恋人への後ろめたさなどとは無縁のものだということか。

「そういえば、聞いたよ、真奈から」

「え、何をですか」

「結婚のこと。あなたの御両親に、もう挨拶にも行ったっていうじゃない。ほんとだったら〈おめでとう〉って言うべきなんだろうけど、それなのにこれってことは、何？ もしかしてあんたたち、うまくいってないの？」

小さな体から、遠慮のない言葉がぽんぽん繰り出される。

「そういうわけじゃ」

「じゃあどういうわけよ。あたしとしては正直、あなたと結託して真奈に秘密を作るなんてことはしたくな……」

「竜介って人」

遮るように口をついて出た。千晶が、初めてたじろぐ。

「――竜介って人のことを、知りたいんです」

ここへ来るまでの間、どう遠回しに切りだそうかとあれこれ考えていた割に、結局はこの始末だ。

顎を引き、睨むように千晶を見つめていると、やがて彼女は、一段低くなった声で言った。

「その名前、どこで知ったの？」

ついさっき、電話を立ち聞きして、とは言えない。

「タヒチでたまたまです」

貴史は嘘をついた。

「でも、真奈のほうは、俺が気づいてるって知りません。俺からは何も言ってないんで。っていうか俺だって、できることならずっとこのままうやむやに済ませてしまえたらと思ってました。けど、何ていうか……無理で。やっぱり、どうしても気になっちゃって」

「それであたしから事情を聞き出そうと思ったわけね」

「だって千晶さんなら、全部知ってるでしょ。古い付き合いなんだから」

彼女は短いため息をついた。

「知ってたとして、あたしが親友の過去をべらべら喋るとでも？」

「過去、なんですか？」

「え？」

「ほんとに、過去の話なんですか？」

千晶は口をあけて貴史を見た。

「ちょっとあなた、何をばかなことを言ってんのよ。たまたま旅した先で、たまたま昔の知り合いに会ったってだけのことじゃない。世の中狭いねえって、よくある話でしょうが」

「だけど、ただの知り合いなんかじゃないでしょ。それこそ、ずっと一緒に暮らしたりしてた相手なんでしょ」

最もあって欲しくないことを、頼むから否定してくれ、と願いながら口にする。

千晶が言った。

「それはそうだけど、あの二人が別れたのなんて、もう十年も前だもの。それっきりお互い、どこでどうしてるかも知らずにいたくらいなのに、何を今さらあなたが心配する必要があるのよ。過去も過去、とっくに終わったことに決まってるじゃない」

(――とっくに終わったこと)

さっきの真奈の口調が耳の底に甦る。そのまんまの受け売りじゃないかと思うと、宥《なだ》められているのにかえって腹が煮える。しかも、あの男と真奈が、本当に一緒に暮らしていたなんて……。

十年前、だと？　十年も前の真奈のことなど、自分は何も知らない。

膝の上に置いた自分の手を見おろす。指の節が白くなるほど固く握りしめられたこぶしが、これまた他人の持ちもののようだ。

「俺だってね。こんな情けない心配はしたくないですよ」

言いながら、ほんとに情けねえな俺、と思った。

「彼女の過去にやきもちを焼くなんて、そんなのくだらないし何の意味もないってことぐらいわかってるんです。だけど……だけど彼女、様子がおかしいんだ。タヒチから帰ってからもずっと、どっか上の空だし、うまく言えないけどこう、薄い膜が張ってるみたいなんです。彼女の表面にっていうか、俺との間にっていうか、なんか遠くて。そんなこと、これまでは一度もなかったのに」

コーヒーが運ばれてきた。白いエプロンをしたウェイトレスが、一客ずつ丁寧にテーブルに置き、最後に伝票を置いて立ち去る。

芳《かぐわ》しいはずの香りが空っぽの胃を刺激して、しくりと痛みが走る。手を付けずにいると、千晶が先にひと口飲んで言った。

「そういうのがみんな、昔の男と再会したせいだって言いたいの？」

貴史は、大きく息を吸いこみ、吐き出した。

「真奈から聞いたかもしれませんけど、俺は今回、仕事で後から遅れていきました」

「うん。だから？」

「──俺が着くまでの間に、何日もあった」

何をばかなことを、とまた即座に否定されるかと思ったのだが、言葉は返ってこなかった。千晶は、ただ黙っていた。

否定されればされたで腹は立つのに、何も言ってもらえないと今度は胃が焦げる。じりじりしながら、何でもいいから言ってみてくれ、と叫びだしたくなった時、千晶はゆっくりと口をひらいた。

「わかった。あなたがそこまで言うなら、あたしも掛け値なしの本当のことだけ言わせてもらうね」

鳥のような小さな鋭い目が、じっと貴史を見据える。

「あたしが真奈から聞いたのは、昔付き合ってた男にタヒチで偶然会ったっていうことと、彼には奥さんと子どもがいて、日本にいた頃よりずいぶん楽しそうにやってたってこと。それくらい。ああ、あと、彼のタトゥー？　それ以外に、彼との間に何かあったのかなかったのかは、本当に聞いてない。だからね、あなたがその、自分のいなかった数日間のことをいくら気にしても、あたしには答えてあげられないの。今さらあの二人の間に何かが起こったなんてとても思えないけど、だからって絶対に何もなかったとも保証してあげられないわけ。わかる？」

貴史は黙っていた。

「べつに、納得してくれなくてもいいよ。いずれにしろ、あたしに答えられるのはそれだけだから」

「……いえ。わかりました」

すみません、こんなことで呼び出して、と頭をさげると、千晶の眉根の険が少しだけ薄まった。

「あのさ、貴史くん。あなた、どうしてそういうこと、まっすぐ真奈にぶつけてみようとしないの？」

「いや、それは」

「竜介との間柄に何か疑問を感じたなら、直球で真奈に訊いてみればよかったじゃない。〈もしかしてあの人、知り合い？〉とか何とか」

「……そうですね。最初から真奈のやつが変に隠したりしなければ、俺も訊けてたと思います」

千晶がやれやれとため息をつく。

「なんかさ。こうして聞いてるとあなたたち、お互いに遠慮し過ぎだよ。それも、大事なことほどちゃんと話せてないって感じ。二人とも相手の気持ちを考えて我慢してるように見えて、ほんとは自分の気持ちが傷つくのが怖いだけなんじゃないの？」

痛いところを衝かれ、貴史は押し黙った。

「ごめんね、ずけずけ言って。性分なの」

「いえ」

「でも、誤解しないでほしいんだけど、あたしこれでも貴史くんのこと認めてるのよ。あの何かと面倒くさいとこのある真奈に、ちゃんと女の顔をさせてやってるだけでも大したもんだと思ってる。だからこそ言うの。あなたたち、もっと相手を信じて、しっかり話をしたほうがいいよ。お互いに言葉を飲みこんでるカップルって、たいてい壊れてくから」

貴史は、少し考えて、頷いた。

それからもう一度頭をさげた。

「すいませんでした。女々しいとこお見せして」

千晶は、今日初めて笑って言った。

「べつに驚かないよ。〈女々しい〉って、男のためにある言葉だもの」

＊

毎年、正月やお盆の休みは、「Jewelry TAKAHASHI」の同僚たちと交代でそれなりに取っている。だが、タヒチという旅先といい滞在期間といい、あれほど休暇らしい休暇をまとめて取れたのは、真奈にとっては就職して以来初めてのことだった。

それだけに、もしかすると休みぼけしてしまって店の日常に立ち戻るのに数日かかるのではないかと心配だったのだが——実際はまったく逆だった。心身の充実とはこういう状態をいうのかと自分自身に瞠目するほど、朝はすっきりと目覚め、丸一日の立ち仕事にも疲れを覚えなかった。美しい南の島での休養と気分転換がプラスに働いている側面ももちろんあるのだろうが、貝から真珠の生まれる現場をこの目で見て、実際にオークションで買い付けもしてきたという経験が、何よりも内なる自信につながっている気がした。これまでと同じように顧客に真珠を勧めるのでも、言葉を発する真奈の内側で何かが変わっていた。何とは名づけられなくとも、それは自社の商品に対する誇りや愛着へとつながるものだった。

「チーフ、なんかすごくイイ感じ」

更衣室で帰り支度をしながら、谷川諒子が言った。

「向こうでいいことありました？　後ろ姿までぴちぴちしてますよ」

「オヤジくさいこと言わないでよ。べつに何もないし」

「えー、嘘だあ」塚田香苗が口をはさむ。「彼氏さんからすっごい情熱的に求められちゃったとか、そのまま盛りあがって結婚話にとか、あるでしょう何か」

ないない、何にもない、と苦笑いで躱《かわ》し、鏡の前に立つ。化粧ポーチを開けた時、いちばん若い原口美幸が言った。

「じゃあ、タヒチの男とめくるめく出会いがあったとか」

とたんに指が滑った。計ったようなタイミングでコンパクトを取り落とした真奈を見て、三人はわっと盛りあがった。

「やだ、ほんとにそうなんですか？」

「うそ、どんな男？　ガタイいい？　やっぱ肉食系？」

洗面ボウルに落ちたコンパクトを拾い、真奈はひと息ついて気を落ち着けてから言った。

「ありっこないでしょ、そんなこと。ほらもう、原ピーも、早く上を着なさいよ。風邪がぶり返しちゃっても知らないよ？」

「あーあ、チーフってばそういうとこ、ほんっと口割らないからなあ」

残念そうに言いながら、谷川諒子がセーターを頭からかぶる。

「だけど気をつけたほうがいいですよ。あんまり人生充実した感じを漂わせてると、またドロンジョ様が」

「そうそう、渡辺部長、今朝もどうでもいいことでチーフにチクチク言ってましたもんね」

やめて欲しいよねえ、お店の雰囲気も悪くなるし、と、塚田が原口と顔を見合わせる。

真奈は、黙ってコンパクトをひらいた。落とした衝撃で、中のファンデーションは無残に割れていた。

めくるめく出会いなど、なかった。代わりに思いがけない再会はあり、そこにいささかの驚きや戸惑いもあったが、だからどうという類のものではなかった。かつての数年間も、今回のタヒチでの数日間も、それはただそれとして完結していて、今さらどこにつながるわけもない。

それなのにどうして——と、真奈は思う。いったいどうして、自分はこんなに変わってしまったのか。

仕事は、これまでにないほど充実している。だがその反面、私生活のほうはどうにもぎくしゃくしていた。

日本を留守にしていたのはほんの十日ほどだったのに、戻ってみると、自分をそれまでの自分に重ね合わせるのにずいぶんと努力を要した。以前なら考えるまでもなく体が動いていたようなことにも、いちいち小さな違和感を覚える。

たとえば夕飯の支度ひとつ取ってもそうだ。これまでであればどんなに疲れていても、貴史が喜ぶならと満更ではない気持ちで台所に立てたのに、最近は——毎回ではない、三回に一回くらいだが——かすかに、苛立つのだ。貴史に対してというより、まるで彼の機嫌を取るかのようにふるまってしまう自分自身に対して。

タヒチで竜介と再会したことで気持ちが揺れて、貴史への愛情が薄まったなどとは考えたくもなかった。プライドに賭けて、認めたくなかった。実際、貴史のことは今でも充分に愛しく思っているのだ。その気持ちに嘘やごまかしはない。

きっと、旅先での少しの行き違いを影のように引きずってしまっているだけだ。これまで付き合ってきた二年あまりの間にも、貴史に対する気持ちの熱にいくらかの波はあったのだから、今回も同じにきまっている。これから長く人生を共にしていくのに、この程度の浮き沈みに動揺していてどうしようというのだろう。

大丈夫、タヒチなんて遠い海の果てだ。いまだに体の中に流れているあの島での時間の感覚がやがて薄れ、日に何度も思い出さなくなったら、きっと元に戻る。

それまで、あまり深刻に考えるのはやめよう、と真奈は思った。

幸い、貴史は何も気づいていない。彼の持つ善良な鈍さが、今は救いだった。

*

旅から戻ってひと月半ほどが過ぎた、夏の終わりの夜だった。

店を閉め、路面のショーウィンドウの商品を一つひとつチェックしながら金庫に納めて、部長の渡辺広美に報告し終えた真奈がほっと息をついた時だ。

「藤沢さん、ちょっといいかしら」

頭上で声が響いた。

二階フロアの吹き抜けから真奈を見おろしていたのは、副社長の薫子夫人だった。夫人の声は、大きくはないのによく通る。あのタヒチでの夜、暗がりから響いた制止の声を思いだし、真奈の心臓は勝手に動悸を速めた。

「はい。ただいま参ります」

上からは薫子夫人の視線を、背中には渡辺部長の視線を感じながら、湾曲した階段を上る。

「ちょっと見ておいてほしいの。ここの商品の並べ方なんだけれど……」

背中に貼りついていた視線の圧力がふっと薄まった。渡辺部長の興味を引くような話題ではなかったらしい。お先に失礼します、と言う声が聞こえた。

二階フロアに上がった真奈に、薫子夫人は奥まった特別応接室に近いショーケースを示した。

「この間まではここに、ピジョン・ブラッドのルビーと真珠の指輪があったでしょう?」

「はい。先週、お得意様の野々宮様がお買い上げになりました」

「ええ。あなたがお相手をしたんですってね」

社長から聞いたわ、と夫人は言った。

「それで、あれの代わりに補充したのがこのイヤリングよね」

濃紺のサファイアのまわりにメレダイヤがあしらわれた一対を指さす。

「この選択は、誰が?」

「渡辺部長です。九月の誕生石ということで」

「そう。それはいいんだけど、でもね、うちは本来、真珠屋なのよ。外のショーウィンドウもそうだけど、いちばん大事な顧客の目に触れるここには必ず、最高級のパールジュエリーが並んでいるようでなくては、この歴史ある『高橋真珠店』の面目が立たないの。そう思わない？」

言葉つきはやんわりとしていたが、言っていることは厳しかった。

「今、他に何かいいものは？」

真奈は急いで記憶に検索をかけた。当然、店頭には在庫のすべてを出しているわけではない。奥の金庫室には、季節によって表のウィンドウに出したり下げたりするもの、あるいは顧客の希望に合わせてしずしずと持ちだされる特別な品物がつねに眠っている。

ふと頭に浮かんだのは、宇宙から見おろす地球のような色合いのオパールだった。懐かしい海を思い起こしながら、真奈は言った。

「大粒のバロックパールに、ボルダーオパールとダイヤを組み合わせたペンダントがありますけど、いかがでしょうか」

「ああ、あれね」

即座に思いだす薫子夫人に舌を巻く。社長に次ぐ立場でありながら、この人は店の在庫をほぼ把握しているらしい。自分の人生の最優先はこの店だと言い切った言葉には何の誇張もないのだろう。

「いいと思うわ。あれを中心に、もう二、三、何か見繕って並べてちょうだい。選択はあなたに任せるから」

「……はい」

ほんの一瞬の逡巡を、夫人は見逃さなかった。

「何か問題でも？」

「あ、いえ」

慌ててかぶりをふった真奈を見て、夫人は、ああ、と薄笑いを浮かべた。

「渡辺部長がせっかく選んだものを下げてレイアウトを変えたりしたら、また何を言われるかわからない？」

「い、いえ。そんな」

「まあ、それもそうね。わかったわ。明日、私から指示して部長にやってもらうようにします」

今さらながらに臍《ほぞ》をかむ。そんなつもりなどなかったとはいえ、これでは上司への不満を遠回しに御注進に及んだのと変わらない。

と、夫人がクスリと笑った。

「気にしなくていいわよ、今さら。無用な諍《いさか》いは避けるに越したことはないんだし」

真奈は、あきらめて頭をさげた。

「すみません」

「それより藤沢さん、あなた最近、ずいぶん成績が伸びてるじゃない。何か心境の変化でもあったの？」

「心境、ですか」真奈は目を上げた。「そうですね。そうかもしれません。ああしてタヒチでの買い付けに行かせて頂いたことで、大げさなようですけど、見える世界が少し変わったようには思います」

なるほどね、と薫子夫人は頷いた。

「いいことよ。おかげで、私としても迷わず判断が下せるわ」

「え？」

「再来月。心づもりしておいて」

「何のですか？」

「もう一度、買い付けに行ってもらいたいの。今度はあなた一人で」

目を瞠って絶句している真奈をちらりと見やり、薫子夫人は腕時計をのぞいた。

「あら、もうこんな時間。悪かったわね、帰りがけに引き止めて」

「ちょ、ちょっと待って下さい。もう一度……って」

「タヒチよ。きまってるじゃない。この間とは別の組合の見本市だけど、今回は現地の主催者のトップが日本人だからいくらか安心だし。あなたももう、付き添いがいなくても行けるわよね」

「で、でもあの……」

「何？」

「去年までは、高橋社長でなければ部長が」

「だから何なの？　その立場を乗っ取ったりしたら、またいっぱい苛められちゃう？」

「いいえ、そういうことでは」

たじろぐ真奈をじっと見て、薫子夫人はゆっくりと腕組みをした。

「あのねえ、藤沢さん。渡辺部長にいささかの問題があるのはわかってるけど、前に彼女があなたに言ったことにも確かに一理あるわ。あなた、もうちょっと、チーフとしての自覚を持ちなさい。上に立つ者が仕事上の責任を負うことから逃げていたら、下の者の範にならないでしょう」

「そ、それは……はい」

「言っておくけど私は、夫の高橋ほど気が長くないの。一度の経験で即戦力になれるスタッフしか要らないのよ。あなたは、どうかしらね」

赤い唇に笑みをたたえて、薫子夫人が見つめてくる。寸分の狂いもなく整えられた美しい眉が、猛禽類の翼のように高々と上がる。

真奈は、自分の喉が鳴る音を聞いた。

「向こうでの入札の要領は、もう覚えたんでしょ？」

夫人はなおも言葉を継いだ。

「指値の相談やなんかは、いざとなったら携帯で連絡を取り合えばいいんだし。高橋から聞いたけど、あなたなかなか筋がいいんですって？　前回あなたが目をつけて指値をしたっていうロットも、良かったわよ。職人たちがすごく面白がってた。あの調子で次も期待したいんだけど、どうかしら。行ってもらえる？」

試されている——いや、挑まれている、と思った。当然かもしれない。夫が戯れに手を出そうとした女に対して、いくら負い目があるにせよ、夫人の立場からすれば見る目が厳しくなって当然だろう。

　もしこれを受ければ、自分一人でどれほどの責任を背負うことになるのか。緊張のあまり、胃が引き攣れるように収縮する。けれど真奈は同時に、不安の奥底からふつふつと湧いてくるものを感じた。

「わかりました。準備しておきます」

　きっぱりと答えると、夫人が、ふ、と笑った。

「あなたのその、売られた喧嘩は買っちゃうところ——なかなか好きよ、私」


　翌日の午後だった。真奈が接客をしていると、谷川諒子がそばに来てそっと耳打ちをした。客に謝ってその場を離れた真奈に、諒子は、社長が呼んでいると言った。

「私を？」

「はい。内線にかかってきて、名指しでチーフを」

「……わかった。後で伺いますって言ってくれる？」

「いえ、今すぐだそうです」

「でも」

「『何をしてようが今すぐ社長室まで来るように藤沢に伝えろ』って。よくわかんないですけど、すごく急いでる感じでしたよ」

　仕方なく、真奈は後を谷川諒子に任せ、エレベーターへ向かった。

ゆうべの今日であることを思うと、タヒチ買い付けの件だろうか。社長と夫人との間に意見の相違があって、今回は別の誰かに行かせるとか？　それならそれで、と思いながら廊下を急ぎ、奥まった社長室のドアをノックする。

「誰」

まるで斬りつけるように誰何《すいか》され、たじろいだ。

「藤沢です」

「――入れ」

失礼します、と開けて入るなり、真奈は視線をさまよわせた。……誰もいない？

「こっちだ」

くぐもった高橋の声がした。部屋の左奥に据えられた大きなデスクの向こうからだ。床にでもかがんでいるのか、姿が見えない。

「ドアを閉めろ」

「社長？」

「いいから、そのドアを閉めてこっちへ来い」

心臓が大きな音を立て始める。ボラボラ島でのあの夜のことを思うと、とても素直に従うわけには、

「藤沢！」

びくっとなった。

重厚な机の向こうから、ようやく高橋の顔の上半分が覗く。

「頼む、早くドアを閉めてこっちへ」

あまりに切羽詰まった声に、真奈は腹をくくった。

後ろ手にドアを閉め、分厚いペルシャ絨毯を踏んで、それでも用心しながらデスクを大きく回り込む。

靴のつま先に何か軽いものが当たり、見ると黄色い繰り出し式のカッターだった。鋭利な刃が長々と飛びだしている。危ない、と腰をかがめかけたとたんに、ぎょっと立ち竦んだ。

机の向こう側、床に片膝をついた高橋の体の陰に、女がいた。渡辺広美だった。その手首を、高橋がひっつかんでいる。

「社……な、何を！」

広美のスーツの裾は乱れてまくれあがり、ヒールの靴が片方脱げて椅子の下に転がっている。ぐったりと力の抜けた上半身を壁にもたせかけ、渡辺広美は死にかけの金魚のように口を半開きにして、浅い息をついていた。血の気の失せた頬には、なすりつけたような赤……い……。

真奈は思わず悲鳴をあげた。

いま、ようやく気がついた。高橋は彼女を押さえつけようとして手首をつかんでいるのではない。流れ出る血を止めようと、傷口を圧迫しているのだ。

「車を呼んでくれ」

傷より上をきつく縛ったネクタイが、どす黒い赤に染まっている。

「藤沢！」

はっと我に返った。

「ぼんやりするな、お前が頼りなんだ。早く車を呼んでくれ」

「救急車ですね」

「ばか、騒ぎが大きくなる。タクシーでいい」

「でも」

「傷はそこまで深くない。裏口から出て、とりあえず病院へ運ぶんだ。誰にもよけいなことは言うなよ、いいな」

真奈は、デスクの上の電話へと震える手をのばした。受話器にも高橋の赤い指紋が付いていて、あやうく取り落としそうになった。

＊

幾針か、縫わなくてはならなかった。

傷の長さは四センチ、深さは一センチ弱。医者は、おおかたコップ一杯ほどの血液が失われたようだが命に別状はない、動脈や神経までは傷ついていなかったのが不幸中の幸いだと言った。本人には意識があり、すでに落ち着いてもいるようなので、点滴が済むまで小一時間ほど横になった後は家に帰ってもよいとのことだった。

「すまんが、後は任せていいか」

廊下で処置を待っている間に高橋が言った。

「俺は先に戻ってあの部屋を……」

「社長」

「いや、だってあれだろ。もう心配はないと医者も言ってるし」

「それは単に、手首の傷だけの話でしょう?」

真奈は、呆れかえって言った。

「渡辺部長がどんな気持ちであんなことをしたか、社長にはおわかりにならないんですか」

「さっぱりわからんね」

「ひど……」

「じゃあ、お前にはわかるのかよ、藤沢。ああ?」

逆に苛立ちを露わに訊き返される。どかっと廊下の長椅子に腰をおろし、高橋は深いため息をついた。

「わかるなら、ぜひとも教えてもらいたいもんだよ」

憔悴した横顔に、けれど真奈はひとかけらの同情も覚えなかった。最初の動顚と、その後の一連の嵐が過ぎた今、真奈の裡に渦巻くものは強烈な怒りだけだった。

そもそも、大きなジャケットを着せかけられた渡辺広美を両側から支え、業務用エレベーターで裏口に降ろしてタクシーに乗せた時点で、高橋はさっそく、「後は頼んだ」と言いかけたのだ。

その時も真奈は社長を叱りつけ、無理やり病院まで付き添わせたのだった。

「人ひとりの命を何だと思ってるんですか」

「いや、そういうことじゃないんだけどさ」

高橋がもぞもぞと膝を組みかえる。

「いったい何がきっかけだったんです？」

「何がって」

「なんでこんなことに」

「だからそれは、俺のほうが訊きたいよ」

高橋はいらいらと貧乏揺すりをした。

「いつもと同じだったんだ。渡辺から業務報告を受けていて、途中までは何も変わったことなんかなかったのに、話がこの先の仕入れや買い付けの話になったとたん、あいつがふいにキレやがってさ。『私なんかもう要らない人間ってことですよね』だの、『ほんとはこっちから辞めるって言いだすの待ってるんでしょう』だのって……」

もしかして、昨日の薫子夫人とのやり取りを聞かれていたのだろうかと真奈は思った。そのせいで、自分などもう必要ないと？　それとも仕事上のことではなく、あくまで男女の話のもつれなのだろうか。

「わけがわからんよ。女の論理ってのはなんでああ、ぽんぽんあっちこっちへ飛ぶんだ？」

「――それで？」

「それでその……愚にもつかんことを言い合ってるうちに、まあ、あれだ。どうしても、昔のあれやこれやについての恨み節になってくるわけだ。あんまりしつこいからウンザリして、思わずきついことを言っちまったら……」

高橋はゆっくりと首を横にふった。

「あいつの顔がみるみる白くなってってさ。うつむいて黙りこくってたかと思ったら、いきなり、机の上のカッターを取って、こうだよ」

身ぶりで示してみせながら顔を引き攣らせる。

「きついことって、何を言ったんですか」

なおも促すと、高橋はリノリウムの床に目を落とした。

「『そんな鬼みたいな形相を見ちまったら、もう二度とお前相手には勃《た》たんね』と。『もう少しぐらいは賢いだろうと思っていたのに、お前みたいな面倒な女に手をつけた俺がそもそもどうかしてた』――とまあ、そんなようなことだったかな」

「社長」

「いや、俺だって、さすがにちょっと言い過ぎたとは思うよ。悪かったさ。しかしそれにしたって、なんだってあんな、売り言葉に買い言葉のやり取りで、あそこまで過激な行動に出なくちゃならないんだ。さっぱりわからん」

天井のスピーカーから、医師を呼び出す放送が流れる。廊下の奥を、ストレッチャーを押した看護師が横切っていく。

真奈は言った。

「わからないから、じゃないですか」

「あ?」

「あそこまでのことをしてみせなくちゃ、社長が何ひとつわかろうともしない人だから、じゃないですか」

黙ってしまった高橋を見おろして、真奈は言った。

「ここで待ってらして下さい。とりあえず、会社に連絡を入れてきます」

「藤沢」

「みんなには、疲労が原因の貧血だったって言っておきますから」

その場に高橋を残し、携帯電話を使えるブースを探す。

来る途中のタクシーの中でも、連絡だけはすでに入れてあった。谷川諒子に、渡辺部長が急に倒れたので病院まで付き添うと告げたのだ。

こんど電話を取ったのは塚田香苗で、真奈が、心配はないようだが念のため部長を家まで送り届けるので直帰に――と告げると、あっけらかんと同情してくれた。

「わあ、チーフ、災難ー」

まったくその通りだった。

ようやく点滴が終わると、真奈は、高橋とともに広美に付き添い、再びタクシーに乗りこんだ。ひと言も口をきかない彼女のかわりに、社長が観念したようにマンションまでの道順を説明する。

左手首に巻かれた包帯は痛々しかったが、服はきれいなものに着替えていた。会社を出るとき、真奈がとっさに思いついて、渡辺広美のロッカーから私服を持ってきたのだ。広美はそれをおとなしく着た。特に礼も言わなかったが、文句や厭味もなかった。

たどり着いた部屋は、小さな1LDKだった。角部屋で、リビングには夕暮れの陽が射しこみ、蒸し暑かったのでベランダの窓を開けると、どこか遠くから学校のチャイムの音が聞こえた。

奥のベッドで横になるように高橋に言われ、広美はおとなしくその通りにした。まるで父親の言いつけを守る子どものような従順さだった。点滴の中に、鎮静作用のある成分も含まれていたのだろう。やがて彼女はあっけなく寝息をたて始めた。

薄く盛りあがった布団を戸口から眺めて、高橋が、「やれやれ」とつぶやいた。

「あの、社長……」

「いや、面倒かけてすまなかったな。だが、悪い、説教だったら明日にしてくれ。さすがに参った」

自業自得でしょう、と思いはしたが、今は黙っておくことにした。真奈自身もいいかげん疲れきっていた。

「ここで俺が、『あとは頼む』と言ったら、また叱られるのかな」

「いいえ。私も今、ここにはもう長くいらっしゃらないほうが、と言おうとしたんです」

ふん、と高橋が苦笑した。

「お前さんに采配してもらえば、浮気もさぞかし首尾よく運びそうだな」

「ばかなことをおっしゃらないで下さい」

「怒るなよ、冗談だよ。少なくともしばらくはこりごりだ。女ってのはまったく、おっかねえなあ」

渡辺が目を覚ましたら、鰻でも何でも、精の付くものを取って食べさせてやってくれ——そう言って財布から抜いた一万円札をキッチンのテーブルに置くと、高橋は一人で帰っていった。

（女ってのはまったく、おっかねえなあ）

あの薫子夫人と長年連れ添っておきながら、何を今さら、と思う。今日にしたって、夫人がもし同じビル内にいたなら、どんなに隠蔽工作を計ろうと無駄だったろう。

それとも社長は、薫子夫人と他の女とはまるで別ものだとでも思っていたのだろうか。

この世の物質の多くが、発火点こそ違え結局は燃えるのと同じように、ぎりぎりまで追い詰められれば、女はいくらでも捨て身になれる。攻撃も、略奪も破壊も、どれ一つとして男だけの特権ではないのだ。

隣の部屋があまりに静かなので心配になり、様子を覗きにいってみた。

広美は昏々と眠っていた。寝顔の穏やかさに、こんなに端正な顔立ちのひとだったろうかと驚く。ふと見ると、布団からはみ出した右手の薬指に、真珠の指輪がはまっていた。大ぶりのバロックパールを支える爪の部分に赤黒い血がこびりついている。治療の時、左手首の傷口はきれいに洗って消毒してもらえたが、無傷の右手はほとんど放置されたままだったのだろう。

ためらったものの、起こさないように指輪を抜き取り、流しへ持っていって水で洗った。すぐに美しい虹色が戻る。

柔らかなキッチンクロスで丁寧に水分を拭うと、真奈はそれを、ベッドの枕元のテーブルにそっと置いた。


渡辺広美が目を覚ましたのは、窓の外がすっかり暗くなった後のことだった。

真奈がリビングのソファに座って本をひろげているところに起きてくると、広美は戸口につかまり、眩しそうに目をしばたたいた。疲れた顔ではあったが、目もとからいつもの険が消え失せるだけで、別人かと思うほど静かな表情だった。

「……まだいたの」

寝乱れた髪をかきあげる。

「すみません。勝手に長居してしまって」

真奈は本を閉じ、ガラステーブルの上に置いた。意外なことにこの部屋には、本格的な西洋料理や和食のレシピ本がたくさん揃っていた。

「社長は？」

「先ほど帰られました」

ふうん、と言った広美が、キッチンのテーブルに目を留める。

「あのお金は何？」

「部長が目を覚ましたら、何か栄養のあるものを取って食べさせるようにと」

「あのひとが置いていったの？」

「はい」

広美は、ふ、とかすかに笑った。

「鰻でも取るようにって、言ってなかった？」

「おっしゃってました」

「やっぱりね。あのひと、大好きなのよ、鰻。この近くの老舗の味を気に入ってね。飯の炊き方がいい、タレも旨いって、しょっちゅう」

「あの……召し上がりますか？」

「鰻？」広美がまた鼻で笑う。「手首切っといて、鰻？」

部屋の中がしんとなる。

真奈は、いま置いた料理本の表紙に目を落とした。ページのあちこちに付箋が貼ってある。誰のためにこれらの料理を作り、どんな想いでその相手を待っていたかを想像すると、今さらのようにやりきれない気持ちが込みあげてきた。

ややあって、広美が言った。

「どうせ、馬鹿だって思ってるんでしょ」

「いいえ」

真奈はかぶりをふった。

「でも……」

「なによ」

「こう言っちゃ何ですけど、あんな人、部長が命まで賭けるほどの値打ちはないですよ」

広美は、すぐには答えなかった。しばらくの間、ただ立ったままぼんやりとキッチンテーブルの一万円札を眺めていた。

やがて、まだ覚束ない足取りでリビングに入ってくると、彼女は真奈の向かいのソファにすとんと腰をおろした。頭上の蛍光灯に照らされて、手首の包帯が白々と浮きあがって見える。

「傷、痛みますか」

「これで痛くなかったら化けものでしょ」

「お薬を飲むためにも、ちょっとでもお腹に入れたほうが」

広美は答えず、逆に訊いた。

「タヒチで、あのひとから何か聞いた？」

真奈は黙っていた。

「……ふん。そうよね。だから今、よりによってあなたがここにいるのよね」

無事なほうの手で額をこすり、深いため息をつく。

「それで？　あのひと、優しくしてくれた？」

「は？」

「とぼけないでいいのよ。あのひとと寝てるんでしょ？」

真奈は思わず、大きく口を開けて叫んだ。

「まさか！　そんなことあり得ません。誤解です」

あまりにも力いっぱい打ち消したせいだろうか。広美は、毒気を抜かれたように、

「え、うそ。そうなの？」

と言った。

「勘弁して下さいよ。冗談じゃないですってば」

眉を寄せ、身震いしながら否定の言葉を重ねる真奈を見て、広美は何度か瞬きをくり返した。

なおも探るように、

「ほんとに一度も寝てないの？」

と訊く。

「本当です。信じて下さい」

「……そうだったんだ」

なあんだ、へぇ、とつぶやく肩先から、みるみる力が抜けていく。安堵の色が、さざ波のように目もとをよぎる。

どうして、と真奈は苛立った。病院で待っている間に聞いた高橋社長の話を思うと、ますますやりきれなくなる。お前相手にはもう勃たないだの、もっと賢い女だと思っていただのとさんざん暴言を吐かれたはずなのに、この期に及んでどうしてそんな未練がましい顔を見せるのだ。渡辺広美ともあろうものが、もっとしっかりして欲しい。

思いきって口をひらいた。

「部長」

広美が目を上げる。

「社長とは、誓って何もありませんけど、でも正直、危ない目にはあわされました。ボラボラ島のホテルで。土壇場で薫子夫人の助けがなかったら、どんなに私が抵抗したところで無駄だったかもしれません。社長は、あのとおり体が大きいから」

広美は、石膏で固めたような表情で黙っている。

「こんなこと、お聞かせしたかったわけじゃないですけど、あえて言います。だって私、どうしても腑に落ちないんです。部長ほどきれいで、仕事もできる女性が、なんであんなつまんない男にこだわらなくちゃいけないんですか。あの人、社長としてはともかく、人間としても男としても最低じゃないですか。今日だって部長がそこまでのことをしたっていうのに、命には別状がないってわかったとたん私に後を押しつけて逃げようとするし。部長だけじゃありません、薫子夫人だって、あんなろくでもない男にこだわらなくても他にいくらだって……」

はっと口をつぐんだ。目を伏せた広美の唇が震えているのに気づいたせいだった。

ふだんは誰よりきつい上司の、そんな幼げな表情を見るのは初めてだった。いつもきりりと描かれている眉尻が、枕にこすれたのか半分ほど消えていて、そのせいでよけいに頼りなく見えるのが切ない。いたいけな子どもを苛めているような気持ちにさせられる。

やがて広美は、ソファの背もたれに頭をもたせかけ、天井を見あげてため息をついた。予想に反して、頬に涙のあとはなかった。

「あなたって、やっぱり子どもよね」

「え」

「甘い言葉をささやいてくれて、小まめに尽くしてくれて、女に寂しい思いなんかさせない、絶対よそ見もしない誠実な男――どうせ、そういう人としか付き合ったことないんでしょ。でもね、そのどれにも当てはまらないからって、牡として魅力がないってことにはならないのよ」

ぎくりとした。とっさに脳裏に浮かんだ顔を追い払う。

「あーあ……なんか、疲れちゃったなあ」

「部長」

「さすがに疲れた」

「………」

「あなた、もう帰っていいわよ。あとは大丈夫だから」

「そういうわけには」

「どうして」

「これがもし逆の立場だったら、部長は私を置いて帰れますか?」

広美がソファから頭をもたげた。真奈の顔を見て、苦笑いする。

「なによ、その顔。変な心配しなくたって大丈夫だったら」

「でも」

「あなたにいちいち言われなくたってね。あんな男のために本気で死ぬつもりなんか元からなかったんだから。あのひとがあんまり頭にくること言うから、ちょっとおどかしてやりたくなっただけよ」

真奈は黙っていた。ちょっとのつもりで切ったにしては、血にまみれた手首の傷はざっくりと深かった。

「でも、悪いけど、明日だけはお休みもらっていいかな」

「もちろんです。っていうか、もっとゆっくり休んだほうが」

「ううん、いいの。あさっては必ず出るわ。だから、心配しないで帰って」

真奈がまだ迷っていると、広美はやれやれと首を横にふり、嚙んで含めるように言った。

「あのねえ。私にだって人並みの想像力くらいあるのよ。ここであなたが『わかりました』って言って帰って、その後で私に死なれたりしたら、いったいどれほど自分を責めるかってことくらいは想像がつく。だから、やんないわよ。本当に死のうと思ったらいつだって死ねるんだし、とりあえず今日と明日はやめとくって約束する。だから、さっさと帰って。私は独りになりたいの」

躊躇ったものの、真奈は頷いた。

「わかりました。それじゃ、失礼します」

まだ気がかりではあったが、思いきってソファから立ちあがる。

リビングを出ようとした時、

「藤沢さん」

背中から呼び止められた。ふり返ると、広美は、ひどく言いにくそうに言った。

「いろいろ、悪かったわね」

「――いえ」

もっと自分を大事にして下さい、とでも言いたかったが、うるさがられそうなのでやめておいた。そんなことくらい、本人だってわかっているに違いないのだ。

ダイニングを横切る時、テーブルの上に目が留まった。真奈は、首だけふり向いて言った。

「あの、これもよけいなことかもしれませんけど」

「なに」

「タヒチで、高橋社長が言ってました。自分が弱かったんだ、って。薫子夫人との間ではついぞ得られなかった優しいものを、部長との時間に求めてしまったんだって」

「――だから？」

「だから……何もかもが嘘だったというわけでは……」

そのとたん、広美はぎゅっと目を閉じて眉根を寄せた。内臓を貫く痛みに耐えるような表情だった。

それから、ゆっくりと目を開けた。

「悪いけど私、あなたのそういうところ、ほんとに嫌い」

その言葉で真奈は確信した。ゆうべの薫子夫人と自分の会話を、広美はやはり階下で聞いていたのだ。

「あの、部長?」

「何よもう。とっとと帰んなさいったら」

「こういう時に、一人で鰻取って食べちゃうって、なんか部長らしくて格好いいと思いますけど」

広美はわずかに目を見開き、一拍おいて、あきれ返ったように笑った。そして真奈から目をそらすと、気怠い仕草で右手を持ちあげ、黙ってひらりと振ってよこした。

＊

十月に再びタヒチへ買い付けに行かされるかもしれないという話を、真奈はしばらくの間、貴史には打ち明けなかった。薫子夫人の考えはそうでも、渡辺広美の今回の一件を思うと、社長が最終的にどう判断するかはわからなかったからだ。

あの翌々日、広美は約束通り出勤してきた。朝、誰より早く来て着替えを済ませていたのは、更衣室で同僚たちの視線を集めるのを避けるためだったろう。幸い、お仕着せのスーツとブラウスは夏でも長袖なので、左手首の包帯に気づく者はいなかった。

ストックルームでたまたま二人きりになっても、礼や詫びを口にするどころか顔色ひとつ変えないあたりがじつに広美らしく、真奈は、不思議とそれを腹立たしく思わなくなっている自分に気づいた。社長に対しても同じように氷の態度で接する彼女を見て、胸の裡で小さく快哉を叫んだほどだった。

もしもこの流れで社長が広美に出張を命じたとして、当の彼女が素直に首を縦に振るかどうかは疑問だが、とにかくぎりぎりまでは様子を見ようと思った。できることなら今回は広美に行ってもらいたいと願う気持ちは、決して、買い付けという責任ある立場から逃れたいせいではなかった。

再び社長室に呼ばれたのは、翌月の半ばだった。

あの日の午後、絨毯に点々とついていた血のシミは、高橋自ら懸命に拭き取ったのだろう、それと知る者がよほど目を凝らさない限りわからなくなっていた。先々代からここにあるというペルシャ絨毯の、複雑な模様に救われたと言っていい。

あの時はちょうどこのへんにカッターが転がっていて……などとうつむいて考えていたせいで、

「渡辺がな。今月いっぱいで辞めることになった」

高橋の言葉に一瞬、反応が遅れた。

「えっ」

目を上げると、高橋が苦い顔で頷いた。

「クビってことですか？　そんな、どうして？　誰も変に思ったりしてないのに、」

「違う違う、違うって」

革の椅子にだらしなく寄りかかった高橋は、顔の前で不機嫌そうに手をふった。

「あいつのほうから、勝手に辞表を書いて持ってきたんだ。言っとくが、俺は引き止めたんだからな。ほんとだぞ」

「どうせまた、引き止め方に誠意がなかったんじゃないですか」

「お前……言うようになったなあ」

高橋は低く唸った。

「すみません。口が過ぎました」

頭を下げた真奈を見て、高橋社長はますます嫌そうな顔になった。

「ふん。心にもないことをいけしゃあしゃあと」

その程度のことはわかるのか、と真奈は思った。

「部長の意思は固いんですか」

「そのようだな。少なくとも、俺が誠実さテンコ盛りで何を言おうと、翻《ひるがえ》るようなことはなさそうだ」

「そういうおっしゃりようが不誠実だと言うんです」

「ふ、そうか。そりゃ困ったな」

言葉とは裏腹に、高橋はにやりと唇を曲げた。

渡辺広美の思いきった行動も、この男にはたいした爪痕を残さなかったらしい。上司としての彼女には幾度も煮え湯を飲まされてきた真奈だが、今は、同じ女として義憤に近いものを感じていた。広美のしたことは、もちろん褒められたことではない。しかし、本来は人並み以上に冷静であるはずの彼女にあんな行動をとらせてしまうほど、高橋社長の女性との付き合い方は、どこか肝腎な部分が歪んでいるのだ。あるいは彼という人間そのものが、かもしれない。

「ま、そういうわけだから。お前も心に留めておいてくれ」

「ほかのスタッフには？」

「まだ伏せておいたほうがいいな。渡辺にしたって、あれやこれや詮索されるのは鬱陶しいだけだろう」

詮索されて困るのはあなただろうと思ったが、指摘する気にもなれずに黙っていると、高橋は鼻の穴をふくらませてため息をついた。

「お前は、あれだな。カタイな」

真奈は眉をひそめた。

「お堅い、という意味ですか」

「いや。女として熟し方が足りんという意味だよ。青くて硬い果実に歯をたてるのは男の醍醐味だが、それは、相手が若い女でこその話だ。お前、いくつだ？　三十もとうに過ぎたんだろ。それでその芯の硬さは、どうにもいただけないな」

「……社長。この会社でこんなことを言っても無意味だとは思いますけど、セクハラで訴えることもできるんですよ」

「まあそう目を吊り上げるなって。そういうところが硬いと言うんだ」

先の仕返しのつもりか、と真奈が睨むと、高橋はいなすようにひょいと眉を上げ、大きな革製の椅子を軋ませて座り直した。

「言っとくが、あの晩、俺と寝なかったのを根に持ってるわけじゃないぞ。あれはまあ、悪かったさ」

つっけんどんだが、半ばおもねるような口調だった。

「しかし、正直に言わせてもらえばだな。お前って女は、どうもこう、優しくないんだよ」

「は？」

「男という生きもの全般に対して、優しさが足りないんだよ」

真奈は再び眉根を寄せた。

「……相手かまわずいい顔をしろと？」

「いや、俺が言ってるのは、まさにそこだよ。お前は、相手かまわず頑な過ぎるんだ。自分じゃ意識してないんだろうが、仕事関係の誰彼と話す時でも、傍から見てりゃお前がいちいち警戒して身構えてるのがすぐわかる。それも、俺みたいな牡の気配の濃いタイプが相手だと尚更な」

「そんなこと、」

「いや。これは真面目に言うが、そんなこと、あるんだよ。あの微妙な拒絶の気配は相手にも伝わってるはずだ。男として、いや人として、いい気持ちはしないだろうな」

言葉が、出なかった。何を言われているのか、理解はできなくもないのだが、脳が受け容れることを拒否していた。

仕事上の落ち度を指摘されているには違いないのだから、ここはたぶん謝罪するべきなのだろう。けれど、腹が煮えて舌が動かない。黙って目を伏せていると、追い打ちをかけるように高橋が言った。

「もしかしてお前、あれか。過去にそういうタイプの男で酷い目に遭ったことでもあるんじゃないのか」

真奈は、顔を上げ、まっすぐに高橋を睨んだ。目を伏せたままでいて、認めたように思われるのが癪だった。

「まあ、とにかくだ。もう少しくらいガードをゆるめてみろよ。身持ちが堅いのはけっこうだが、それだって、過ぎると可愛くないぞ。そういう意味じゃ、女としては渡辺のほうがお前よりずっと可愛げがあるってもんだ」

そんな比べられ方は心外もいいところだった。可愛くなくて結構です、と撥ねつけたいのを、相当の努力でぐっと呑み込み、かわりに真奈は言った。

「お話は承りましたので、もう失礼してもよろしいでしょうか」

すると高橋は、にんまりと口を開け、声をたてずに笑った。

「怒ったのか」

「いいえ」

「怒ったんだな？」

「お話がそれだけでしたら、本当に失礼します」

「はいはい、それだけですヨ」

真奈はきびすを返した。わざとヒールを鳴らして歩いてやりたいのに、分厚い絨毯はふかふかと沈むだけで音もしない。ああ、腹が立つ。

ドアのノブをぎゅっと握った時、

「ああそうだ、来月のことだがな」

ゆっくりとふり返ると、高橋は革椅子にもたれかかったまま言った。

「副社長から聞いてるだろうが、今度のタヒチはお前一人で行ってもらうぞ。そのつもりで覚悟しとけよ」

頭の隅を、もし渡辺広美の一件がなかったら社長は同じ判断を下しただろうかという疑問がよぎったが、訊くわけにもいかない。今さら訊いてどうなるわけでもない。

一瞬の間を、逡巡と受け取られたようだ。

「返事は」

と、高橋がきつく問う。

「――はい」

「ちなみに、前回のオークション会場は本島だったがな。今回はなんと、ボラボラ島の『セント・レジス』だそうだ」

慣れてるところで良かったな、と高橋は言った。

笑わなかったので、本心か皮肉かは区別がつかなかった。

「Jewelry TAKAHASHI」の場合、店舗は銀座の一店だけだが、全国各地の有名百貨店に期間限定で出店することもあれば、宝飾業界のイベントで展示会を開くこともある。

そのつど、出張の日数はまちまちだった。ここ数年の間にも、渡辺広美や後輩の誰かと一緒に、真奈が派遣されたことは何度もあった。

知らない街を訪れるのは、仕事とはいえ楽しい。観光名所を見てまわるような時間はなくとも、道を行く人々のその土地ならではの言葉を聞くだけで旅の気分が味わえたし、何の気なしに入ったカフェでたまたま美味しいランチに恵まれた時など、人生は悪くない、などと大げさな感慨を抱いたりした。

自分は旅が好きなのだと、真奈は今さらのように思った。学生の頃に英語を懸命に勉強したのだって、未知の世界と出会いたいと思い、そのためのツールを身につけたかったからだ。

それなのに、かつて竜介が一生旅をしながら暮らしたいなどと言いだした時は、反発が先に立って、彼を理解しようという気にもなれなかった。向こうもいいかげん無茶だったにせよ、自分は自分ですっかり守りに入ってしまっていたのだと、今では思う。

こんど再訪するタヒチは、どんな顔を見せてくれるのだろう。一度目も、本島での滞在のあとはボラボラへ、と慌ただしいスケジュールだったのに、自分の記憶が細部に至るまでくっきりとしていることが不思議なほどだった。

本島の目抜き通りの喧噪。バラック建てのマーケットの匂い。路地裏にふいに現れた可愛らしい教会や、その中庭に吹いていた風の熱と湿気。

あるいはまた、ボラボラ島へ向かう小さな飛行機から見おろした息を呑むほど美しい海の色、世界を祝福するかのような虹の橋や、コテージの床下に集う極彩色の熱帯魚たち、浅黒い肌を持つ男女の情熱的な踊り……。原始の鼓動をそのままに刻む太鼓のリズムを思い浮かべ、釣られてついうっかりとよけいな男の顔まで思いだしそうになるたび、真奈は目の前の現実へと自分の意識を無理やり引きずり戻した。

——会わなければいいのだ。

次の滞在では、買い付け以外のことを考えている暇はない。言い換えれば、毎日能天気に遊び暮らしているようなあの男と、顔を合わせる必要もなければ機会もない。大丈夫、簡単なことだ、と真奈は思った。

その晩、帰宅すると、部屋は暗かった。このところ仕事が前にも増して忙しいらしく、貴史の帰りは毎日のように遅い。

電気をつけ、靴を脱ぎながら、真奈は小さく嘆息した。その件を巡って気まずい口論をしたのは先週の半ばだった。

勤め先の建設会社には、貴史のマンションから通うほうが三十分も近い。翌朝のことを考えればそのほうが少しでも楽なのではないかと案じた真奈が、

〈遅くなる時は、あっちの家に帰ったら?〉

そう言ったのがいけなかったらしい。貴史はたちまち不機嫌になった。

〈なんでそういうこと言うのさ。俺といたくないわけ?〉

そんなことはないけれど、あなたの体が心配なのだ、と言おうとしたのに、前半しか聞いてもらえなかった。遮るように貴史は言った。

〈俺がいると、邪魔?〉

どうしてそういう話になるのかわからなかった。びっくりして、そんなはずないでしょ、と答えるのが精一杯だった。

貴史にしてもそれ以上の口論は望んでいなかったのだろう。どちらからともなく仲直りしたが、互いの裡にはそれぞれ別々の小さなしこりが残った。互いの間に一つのしこりが残るよりも厄介な気がした。

今思えば、最初から、〈私のために無理をして欲しくないから〉とでも前置きをすればよかったのかもしれない。だが、そんな自意識過剰なことが言えるはずもなかったし、それ以前に、まさか貴史が曲解するなどとは思いもよらなかった。以前の貴史であれば、真奈からそう言われたとしても笑って首を横にふり、〈俺がまーちゃんの顔を見たいだけなんだからいいの〉とでも返してくれただろう。

(なんか、嚙み合わないな……)

部屋の明かりをつけ、部屋着に着替えながら真奈はまたひとつため息をついた。

付き合いが長くなれば、こういう時期だってあって当たり前だ。これまでまったく違う時間を生きてきた人間同士がひとつ屋根の下で暮らそうというのだから、諍いが何も起こらないほうがおかしい。

着ていたものをハンガーに吊るし、寝室を出る。ベランダに面した狭いリビングのカーテンを閉めようとした拍子に、足もとの床に積み重ねてあった雑誌やパンフレットに裾がひっかかり、山が崩れた。

白いベールをかぶった若いモデルが、満面の笑顔で床からこちらを見あげてくる。かがみこみ、元通りに積み直しながら、真奈は自分でも気づかずにまたしてもため息をついた。

と、鍵を回す音がして玄関ドアが開いた。

「お帰りなさい」

私もちょうど今帰ったところなの、と出迎えると、貴史は何やら照れくさそうに笑った。

「どうしたの？」

「うん？　いや、なんかさ。胃薬とかのCMみたいだなって」

「え？」

「まーちゃんにこうやって出迎えてもらうとさ、新婚さぁん、って感じがするじゃん」

「新婚さんっていうより、ただのバカップル？」

「あ、そういうこと言うかな」

ひどい女だよなあ、などと口では言いながらも、廊下で真奈を抱き寄せてキスをする。

目を閉じて応えながら、よかった、と真奈は思った。喧嘩をしないのがいいわけではない。喧嘩をするたび、こうして仲直りをすればいいのだ。その回数を重ねれば重ねるだけ、互いへの理解と労りが増していけばそれでいいのだ。

スーツを脱いだ貴史が、Tシャツを頭からかぶっている。若々しいその背中へ、真奈は言った。

「今日、社長に言われたんだけどね。私、来月また出張だって」

「へえ。今度はどこ?」

「それが、今度もタヒチ。おまけに、私一人で」

責任重大……と言いかけた真奈は、ふり返った貴史の顔に、思わず口をつぐんだ。

ずいぶんと長く感じられる沈黙のあとで、貴史は、ひどく低い声で言った。

「その話、断れないの?」

耳を疑った。

「断る? 出張を?」

どうして、と訊き返す真奈から、貴史はやや気まずそうに目をそらした。着替えたばかりのTシャツの裾を引っぱり、口を尖らせる。言葉を探しているときの彼の癖だ。

「だってさ、こないだ行ったばっかりだし……これまでは別の人が買い付けしてたわけでしょ? 今回もそうしてもらえばいいじゃん」

「そんな、簡単に言うけど、うちの会社にもいろいろ事情があるのよ」

「なに、まーちゃん、そんなにタヒチへ行きたいわけ?」

「そうじゃないけど」

「あんな遠くの島まで? 今度は俺も一緒じゃないのに?」

「だから、そういうわけじゃないけど」

「じゃあ、断ればいいじゃん。なんでまーちゃんばっかり……変だよ。社長に贔屓されてるみたいに思われるのもよくないしさ。今回は他のスタッフに行ってもらえば？」

真奈は、貴史にわからないように深呼吸をした。

混乱した時、苛立った時、あるいは怒りを感じた時——思わず口をついて出そうになる強く激しい言葉を一旦せき止めて、まずは深呼吸をしてみる。一度で足りなければ二度、三度。それでもまだ思いを飲みこんでしまうことができなければ、そこで初めて口に出す。穏やかな言い回しに置き替えることが無理なら、せめて穏やかな口調で。

それは、貴史と付き合い始めてから身についた、無駄な言い争いを避けるための技術だった。何しろ自分のほうが六つも年上なのだ。できるだけ大人の態度を取るよう努めなくてはいけない。

「あのね」

と、真奈は言った。とても穏やかに言った。

「行きたいから行くわけじゃなくて、仕事だから行くの。だってね、今回ばかりはしょうがないのよ。前だったら、社長じゃなければ渡辺部長が行ってたところだけど、その部長がちょっと……事情があって、会社を辞めることになりそうなの」

え、そうなの、と貴史が目を上げた。

「部長って、あのドロンジョ様だよね」

「そう」

「そっか、辞めるんだ。じゃあ、もう嫌がらせとかされることもなくなるわけだね。よかったじゃん」

以前だったら——いや、渡辺広美が辞めるのがあんな事情でさえなかったら、笑って〈まあね〉とでも答えただろう。貴史と二人、こっそり祝杯くらい挙げていたかもしれない。

だが、今となっては到底そんな気持ちになれなかった。むしろ、貴史の言葉にかすかな苛立ちさえ覚えた。

「……ともかく、そういうわけだから、今回は私が行くしかないの」

「社長は？」

「トップがそんなにたびたび会社を空けられないもの」

「だからって、まーちゃん一人でなんてさ。肝腎の買い付けだって、この前が初めての経験だったのに、いきなり一人で全部任されるなんて無理だよ。ってか、変だよ」

「ねえ」

思わず強い声が出た。

いけない、と息を吸いこみ、ゆっくり吐き出す。それでも気持ちは昂ぶったままだ。

「どうしてさっきから、変だ変だって言うの？　何が変なの？」

貴史は答えない。

「あなたは、真珠のことも買い付けの現場のことも、何も知らないでしょう？　なのにどうして私一人じゃ無理だなんて、頭から決めつけるのかわからない。私だって責任の重さは充分過ぎるほど承知してるよ。だからこそ、この間からずうっと一生懸命勉強してるのに」

「それは、知ってるけどさ」

「知ってるなら、そんなこと言わないでよ。たしかに急に決まったことだし、立て続けではあるけど、仕事なんだから仕方ないでしょう。あなたが会社のトラブルでタヒチへの飛行機に乗れなかった時だって、私、文句なんか言わなかったでしょ？　ほんとはすごく寂しかったけど、それがあなたの仕事なんだからしょうがないって……」

「わかってるよ。もちろん感謝だってしてる。まーちゃんみたいに物分かりのいい女なんてそうそういないよ」

真奈は眉を寄せた。言うことが、どこかずれている。どれほど不平やわがままや泣き言を口にしたくても、自分のほうが年上なのだからと飲み下すしかないしんどさを、〈物分かりがいい〉のひと言で片付けられてはたまらない。

「だけどさ」と、貴史は続けた。「あの時のあれは、特別なトラブルでさ。俺が抜けるとほんとにヤバそうだったんだよ」

また、かちんときた。

「何それ。つまり、あなたは代えがきかないけど、私の代わり程度なら誰でも務まるって言いたいわけ？」

ああ、いけない、こんな挑発的なことを口にすべきじゃない。そう思うのに、止まらない。

「さっきから貴史、すごく失礼じゃない？　変だって言うなら、今日の貴史のほうが変だよ」

彼は黙っている。いつの間にかまた目をそらして、真奈のほうを見ようとしない。かわりにT

シャツの裾を握り込む太い指に力が加わっていくのを見て、真奈はふいに不安を覚えた。

「ねえ、いったいどうしたの？」

口調を和らげ、気遣うように訊く。

「なんださっきから、あなたらしくないよ。何か嫌なことでもあったの？」

「……嫌なこと、ね」

低いつぶやきが返ってくる。

「ひとつ、訊いていいかな」

「なに？」

「タヒチへ行ったら、向こうでまた会いたい人って誰がいる？」

「どうしてそんなこと……」

「いいから答えてよ。正直に」

質問の意図が見えない。今の彼にとって何が地雷なのかもわからないまま、真奈は、とりあえず安全そうなところから答えた。

「そうね……ジョジョやクリスには、もう一度会いたいと思ってるけど」

貴史が、ちらりと探るように真奈を見た。

「へえ。だけど、彼らがいるのは本島じゃないよね」

「うん。今度のオークションは、ボラボラの『セント・レジス』が会場だから……」

だからジョジョたちとはほっといても会うことになるけどね、と続けようとして――声にならなかった。貴史の顔付きが、がらりと変わったからだ。

「いま、何て言った？」

「……え？」

「ボラボラへ行くって言った？」

「……うん」

「だめだよ。じゃあ、よけいにだめ。絶対行かせない」

「なに言ってるのよ、もう。いいかげんにし……」

「とぼけるなよ！」

ふいの大声に、真奈は飛びあがった。

茫然と貴史を見つめる。

鼻から荒い息をついた貴史が、体重を反対の足に移し替えた。寝室の天井から下がる電灯の笠がちょうど彼の頭に隠れたせいで、その顔が暗くなり、表情がわからなくなる。それだけのことが、なぜだろう、怖い。

「いいかげんにしてほしいのはこっちだよ」

ますます低い声が言う。

「ボラボラで、ほんとは誰に会うつもりだか、俺、知ってるんだからな」

「誰って？」

「あのツアーガイド」

「は？」

「日本人のガイドだよ。どうせ出張の話だって、あいつに会いたくて受けたんだろ」

自分の唇が、「は？」の形のままぽかんと半開きになっているのをどこかで意識しながら、それを閉じることができなかった。混乱のあまり、思考も感覚も麻痺してしまっていた。何から考えればいいのかわからない。竜介との過去の経緯など、何も知らない貴史の口から、どうしてそこでいきなり彼のことが飛びだすのだろう。

真奈は、おずおずと言った。

「もしかして貴史……酔ってる？」

貴史がゆらりと前に出た。

「ふざけんな」

真奈は思わず後ずさった。初めて見る恋人の強ばった表情に、まさか、と初めて疑念が脳裏をよぎる。でもまさか、そんなはずは……。

こちらの変化に気づいたのだろうか、貴史はどこか勝ち誇るように顎を上げ、真奈を見おろした。

「気づいてないとでも思った？」

「……貴史？」

「あいつとのことなんか、黙ってりゃどうせわかるはずないって？　ずいぶん甘く見られたもんだよね。そうやって全部隠したまんま、『仕事だからしょうがないでしょ』でタヒチ行ってさ。

いいよね。俺に見えないとこであいつと何をしようと、バレるわけないもんね」

「な……何言ってるの」

「あのさ。もうさ、とぼけるのやめようよ。知ってるんだよ、俺。まーちゃん、あの竜介ってやつと一緒に暮らしてたんだろ？」

心臓が、あばらを突き破るかと思った。息ができない。

「なんでそんな、すぐバレる嘘つくんだよ」

「嘘なんか……」

「ついたでしょ？　ボラボラで会ったとき、あいつのこと知らないふりまでしたもんね。それって要するに、俺に隠しときたいような、後ろめたいことがあったからだよね」

「ちが、」

「違わないよ。そうじゃなかったら、昔の知り合いだって言えば済んだ話じゃん」

返す言葉がない。それらのすべては、真奈自身があれ以来、何度も自分の愚かさを責めては胸のうちでつぶやいた言葉そのままなのだ。

「何年？　ねえ、何年一緒に暮らしたの？　その間、あいつと何回やった？」

「やめて！」

「十年も離れてて、たまたま会ったからってさ。なんでそんな簡単に持ってかれちゃうわけ？」

真奈は首を横にふった。

「だってまーちゃん、あっちにいた時からおかしかったじゃん。俺がそんなことにも気づかないくらい鈍いとでも思ってた？」

懸命に首をふり続ける。

「正直に言ってよ。まだあいつのことが忘れられないんだろ？　今回の出張だって、ほんとはあいつの顔が見たくて自分から社長に頼んだんじゃないの？」

ひと言ずつが、鋭利なナイフのように胸に刺さる。ナイフと違うのは、二度と抜けないことだ。

「……ひどい」

「ひどいのは俺じゃなくて、まーちゃんのほうでしょ。いったい俺はまーちゃんの何なんだよ。年が離れてるぶん、溝を埋めなきゃって必死に頑張ってきたのにさ。あんなへらへらした野郎に久しぶりに会ったってだけで、いきなりこんな恥かかされてさ」

「……恥？」

「そうだよ。男の面子丸つぶれ、プライドずたずただよ」

「プライドとかの問題なの？」

「開き直るなよ！」

どん、と拳を横の壁に打ち付ける。

「やめて。お隣に迷惑でしょう」

「そっちこそ、今そういう問題なの？　ずいぶん余裕じゃん」

刺さったナイフが痛い。真奈は、声を絞り出した。

「ねえ。ちょっと落ち着こう」

「はっ。醒めてるよなあ、さすが年上は違うよ」

「貴史」

「そうだよね、どうせ、必死なのは俺だけだよね。まーちゃんは、俺がいなくなったってあいつがいるもんね」

「お願いだからもうやめて！」

「ああ、そっか。やっぱ、そういうことか。俺が仕事でなかなか行けなかった間に、あいつと会う時間はたっぷりあったもんね。ねえ、何してたの。俺より先に、あのコテージでやっちゃったの？　俺とあいつとどっちのほうが……」

そこでようやく、貴史の言葉が途切れた。真奈の視線に気づいたせいだった。

見おろすその顔が、みるみるうちに強ばり、蒼白になっていく。

「ご……ごめん。まーちゃんごめん、今のナシ！」

慌てたように差しのべられる両手から、真奈はもう一歩下がって距離を置いた。

「なあ、ごめんって。頼むからそんな目で見ないでよ」

「………」

「ごめん。ほんっとごめん」

声を裏返して謝る貴史を見つめたまま、ゆっくりと再び首を横にふる。

「——帰って」

「まーちゃん！」

「今日は、帰って」

「まー……真奈、ごめん、俺が言い過ぎた。本気で言ったんじゃないんだ」

無理に距離を詰めて抱き寄せようとする彼を、両の掌をあげて押し止め、真奈はきっぱりと言った。

「お願いだから、今は一人にして。本気じゃなかったのはわかってる。あなたを責めているのでもないの、もとはと言えば私が変に気を回して隠し事したのが悪かったんだから。でも、今は無理。このまま一緒にいたら、よけいに駄目になる」

「だ、駄目ってなに……！」

「お互い、ちょっと時間をおいて、頭を冷やそう。——ね？」

唇をふるわせ、それこそ捨てられた子犬の顔で見おろしていた貴史の両手が、やがて、だらん、と力なく垂れた。棒立ちのまま、今にも泣きだしそうな顔で真奈を見つめる。

こちらのほうこそ泣きたかった。

あなたを傷つけたいわけじゃないのに、と胸が痛む一方で、どうしてあなただけが被害者みたいな顔をするの、という苛立ちがこみあげる。

三十年以上も生きていれば、誰だってあからさまにしたくない過去の一つや二つはある。貴史にだってあるはずだ。彼に嫌な思いをさせたくないと思えばこそ過去のいきさつを隠していたのに、どうしてそこまで悪し様に言われなければならないのか。ただ感情のままに言いつのってしまっただけなのはわかるし、謝る言葉が本心からのものだということもわかっている。でも、一度聞いてしまった言葉は、消せない。少なくとも今すぐ笑って水に流せるほど、自分は人間ができてはいない。

動こうとしない貴史にもう一度、お願いだから今日は帰って、と言おうとして、口をひらきかけたときだ。

いきなりだった。両手を前につきだした貴史が、唸り声を上げて突進してきた。

よける暇もなかった。寝室の戸口に立っていた真奈は肩をつかまれて後ろへよろけたところを押し倒され、その拍子にリビングのローテーブルに左肘をぶつけた。じん、と痺れた腕全体が動かなくなる。

激痛に声も出なかった。体を丸めたいのに、上にのしかかった貴史がそうさせてくれない。あまりの痛みに息もできずにいる真奈の頭をかかえるようにして押さえつけ、無理やり唇を重ねてくる。たまらずに、真奈は彼の唇を思いきり嚙んだ。

とたんに、逆上した貴史が膝立ちになり、真奈の頰を張った。

あまりの仕打ちと新たな痛みのせいで、恐怖より先に、怒りが火柱のように噴き上がった。無我夢中で自由のきく右手を突き上げると、彼の顎に当たった。はめていた指輪がかすったのか、貴史が鼻を押さえてひるんだ隙に、カーペットの上を這いずるように逃れ、壁際で縮こまる。

なおも彼が襲いかかってきたら、もうどうすることもできない。身を竦ませている真奈を、鼻を押さえたままの貴史が凝視する。

その顔が、みるみる歪んでいったかと思うと、彼は両手で顔を覆ってうつむいた。

「なんで……」

食いしばった歯の間から、かすれ声が漏れる。

「なんで、こうなっちゃうんだよ」

真奈は、黙っていた。口がきけなかった。

「ねえ、まーちゃん。愛してるんだよ。ただそれだけなんだよ。それなのに……」

彼の苦悩に、おそらく嘘はない。それでも、真奈には何も言えなかった。声も発せないほど体ががくがく震えていた。

水底で息を詰めるかのような沈黙がどれほど続いただろう。

やがて、貴史は両手で顔をゆっくりとこすると、床に目を伏せたまま立ちあがった。真奈のほうを見ずに寝室へ行き、Tシャツを脱ぎ、ついさっき壁に掛けたばかりのスーツに手をのばす。

その姿を見ながら、真奈もまた、壁にすがるようにして立ちあがった。張られた頰がひりひりと痛むのを押さえながら、黙ってダイニングを抜け、靴を履き、玄関の外の廊下に出て貴史を待つ。中にいて、愁嘆場がまた繰り返されるのがいやだった。何より、彼と二人きりで密室にいるのが怖かった。

しばらくするとドアが開き、貴史が出てきた。疲れきった顔をしていた。

「聞いて、まーちゃん」

言いかけるのを制して、真奈は首をふった。

「今は、よそう?」

貴史が、悲愴な顔で口をつぐむ。

「でも、私から一つだけ言わせて。これだけは信じてほしいの。あなたが疑うようなことは、本当に何もないから」

「まーちゃん、」

「お願いだから、気をつけて帰ってね。ぼんやりして事故に遭ったりしないでよね」

「ごめん、まーちゃん。ほんとに」

「わかってるから」

なおも立ち去りがたい様子の貴史を無理に帰す。ドアの内鍵を閉めてチェーンをかけるなり、体も心も萎えた。

よろよろとリビングにたどり着いて床に座りこむ。部屋の中にはたった今の諍いの空気が濃く残っていて、思い起こすとまた震えてきた。貴史に対して恐怖を覚えたのは、後にも先にもこれが初めてだった。

どうして男という生きものは、女を従えようとする時、こういう方法しか思いつかないのだろう。タヒチで高橋社長に襲われそうになった時は、一刻も早く貴史の顔を見て安心したかったのに、同じ類の暴力を今度は彼から受けようとは……。恐怖の色合いは同じでも、悲しみの質量は比べものにもならないほどだった。

貴史を怒らせたのが、いろいろな判断を誤ってしまった自分の愚かさのせいなのは、嫌というほどわかっている。けれど、理由がどうあれ、彼が土壇場で暴力に訴えたということが、真奈にはどうしても受け容れがたかった。

ふだんはあんなに陽気でやんちゃで人並み以上に優しいのに、感情的に追い詰められると手が出てしまう男だということなのか。

初めて知る、決して見たくなかった一面——とはいえ、そのたった一度きりで、結婚まで決めていた恋人をこれほどまでに恐怖し、信じられなくなってしまうなんて、自分のほうが狭量で薄情なのだろうか。ここはそれこそ喧嘩両成敗で、互いに赦し合うべきところなのだろうか。

わからない。体に力が入らない。二度と立ち上がれる気がしない。

目の先の床に、さっき積み直した結婚情報誌の山がある。

晴れ晴れと笑いかけてくる表紙の花嫁を、真奈は、床に手をついて座りこんだまま、ぼんやり眺めていた。

第六章　満ち潮

空港の建物を出るなり、覚えのある湿った大気に毛穴をふさがれた。

亜熱帯の植物が植え込まれたロータリーの向こうから、けれど今回は誰も迎えに駆け寄っては来ない。今回は何しろ、このままボラボラ島へ直行しなくてはならないのだ。

真奈は、トランクを引きずって国内線の乗り場へと向かった。少し歩いただけで、背中から胸元から汗が粒になって噴きだし、肌を伝い落ちる。

紺碧の海と、緑の島々、その間に浮かぶ白い雲や虹の橋を飛び越え、小さな飛行機はボラボラに着陸した。結露に滑る床、壁のない四阿のような空港施設、そして眼前の桟橋にずらりと並ぶ各ホテルからの迎えの船――そのどれもが記憶に新し過ぎて、真奈はかえって軽い混乱に襲われ、立ちつくしてしまった。まるで時空が歪んで、数カ月前と今とがつながったかのようだ。記憶というより、デジャ・ヴに近い感覚だった。

船上では、各国の言葉が入り乱れていた。おそらくオークションに参加するのだろう、ヨーロッパやアメリカだけでなく、アラブやインド系の人々もいる。

他の国がどうかはわからないが、日本からタヒチへのフライトは週に二便。二日間にわたるオークションは明後日とその翌日の予定だったが、間に合うように来るためには今日の便しかなく、用を終えてすぐに帰りたくてもそれもまた不可能だ。結局のところ真奈は今回も、前後一週間にわたって滞在することを余儀なくされていた。

峻険な岩山のそそり立つ島を大きく回りこみ、船が『セント・レジス』の桟橋に着く。船倉から次々に下ろされる色とりどりのトランクの中から、狙って選んだかのように真奈のリモワを受け取ったのは、満面の笑みを浮かべたアジア人のスタッフだった。

「イアオラーナ」

耳に懐かしい挨拶に、真奈も微笑んで応える。

「イアオラーナ、クリス。元気だった？」

「おかげさまで、この通り。マナさんは？」

「元気よ。この通りね」

クリスは微妙な首のかしげ方をしたが、それについては何も言わなかった。かわりに、片目をつぶって言った。

「ね、僕の言ったとおりだったでしょう？」

「なにが？」

「僕、予言しませんでしたっけ？　あなたはきっとすぐにここへ戻ってくるって」

真奈は思わず笑った。

「そういえばそんなこと言ってたわね」

「で、今回、恋人は何日遅れて来るんです？」

茶目っ気たっぷりに訊くクリスに、真奈は、心が波立つのを苦笑で隠して答えた。

「何日たっても来ないわよ。この前はヴァカンスを兼ねてたけど、今回は純然たる仕事なんだから」

「知ってますよ。宿泊の予約を見た時はちょっとびっくりしました。ミスター・タカハシもおいでにならなくて、オークションの間ずっとあなた一人なんですね」

「うちは小さい会社だからね。人が足りないの」

「まさか、そうじゃないでしょう？　マナさんが深く信頼されている証拠ですよ」

ありがとう、と答えながらふと、たまらなく寂しくなってしまった。

まだ付き合いの浅いホテルスタッフでさえ当たり前のように言ってくれる言葉を、どうして一番近しい恋人の口からは聞くことができなかったのだろう。そう思うと、貴史と過ごした二年と数カ月のすべてが、薄れゆく虹のように色を失ってしまいそうで、慌ててネガティヴな考えを頭から追い出す。

不幸ぶって自分に酔ってはいけない。クリスの言葉は、嬉しいけれども半ばリップサービスだ。貴史だって、もし嫉妬の感情さえなかったなら、ふつうにこちらの努力を認めて優しい言葉をくれたはずなのだ。きっとそうだ。

カートに真奈のトランクを載せながら、

「そうそう、ジョジョが楽しみに待ってますよ」

クリスは言った。

「マナさんが来るよ、って教えてやったらソワソワしてました」

「まさか、彼に限って」

「いや、わかるんですってば。試しに、あとで浜辺のバーを覗きに行ってごらんなさい。どうせ、あなたの顔を見るなり憎まれ口たたくにきまってるから。嬉しいのをごまかす時の彼の癖なんです」

ああ見えてけっこう可愛いとこあるんですよ、とクリスは笑った。

カートを運転して、クリスが真奈と荷物とを送り届けてくれた先は、ラグーン沿いに建てられたコテージだった。今回も薫子夫人の采配らしい。以前泊まった部屋よりは狭いものの、それでも充分すぎるほど贅沢だ。

そもそも、このランクのホテルに贅沢でない部屋の用意などないのだった。

島の美しさとアクティビティだけを満喫できればそれで、という観光客は、はじめから五分の一から十分の一以下の値段で泊まれるホテルを選ぶ。それはそれで一つの賢い選択ではあるだろう。

だが、たとえどんな名画であっても、額縁次第で印象は大きく変わるものだ。『セント・レジス』やあるいは『ヒルトン・ボラボラ』などに代表される一流リゾートが提供するのは、言うなれば、タヒチという美しい絵画を彩るための、豪奢にして洗練された額縁なのだった。

荷物を解き、服をクローゼットに吊るしてから、真奈はシャワーを浴びた。汗ばんだ体や潮風でべたつく髪を洗い流すと、長旅の疲れがようやくいくらか和らいだ。

薄い麻のワンピースに着替え、カードキーだけを小さいバッグに滑りこませて外へ出る。前回マリヴァに教わりながら染めたパレオを腰に巻くだけで、幾日のブランクもなかったかのように島との親密さを取り戻せる気がした。

「あらまあ。あんたってば、また来たの?」

ジョジョは、真奈の顔を見るなり、この上なく憎たらしい口調で言った。

「こんな南の果てまでわざわざあたしに会いにくるなんて、男運のない女って暇なのねえ」

単なる厭味と知りながらもぎくりとしたが、真奈は黙って肩を竦め、スツールに腰掛けた。

「おあいにく様、今回は純粋にビジネスなの。ねえ、このあいだ最後に作ってくれたのが飲みたいんだけど」

「何だっけ?」

「〈フェアウェル〉。サヨナラって名前のカクテルだって言って、わざわざ出してくれたじゃない」

「なんで来た日にそんな名前のもの飲みたがるのよ」

「いいじゃない。〈セックス・オン・ザ・ビーチ〉を飲んだからって浜辺でセックスしなきゃいけないってものでもないでしょ」

「ふん。あんなの、何を入れたんだかすっかり忘れちゃったわ。名前なんか口から出任せだもの」

そう言ったくせに、やがて目の前に置かれたのはあの時と寸分違わぬ味のカクテルなのだった。新鮮なフルーツの甘味とジンのほろ苦さを舌の根で味わい、飲み下せば、食道と胃袋がカッと熱を持つ。

ふた口ほど飲んで真奈が吐息をもらすと、その間じゅうおよそ遠慮なくじろじろと見ていたジョジョが言った。

「あの子犬ちゃんは元気にしてるの?」

「貴史よ、子犬ちゃんじゃなくて」

「で、結婚式はいつ?」

——結婚。

不意の質問に一瞬たじろいで、答えが遅れてしまった。

「ははぁん」

ジョジョがなぜか満足そうに独りごちる。

「うまくいってないんでしょ、あんたたち」

「……そんなことないけど」

「ごまかしたって無駄よ。どうりで会ったとたん、貧乏神みたいなシケた顔してると思った」

観念するしかなかった。正直なところ、到着早々このバーへ足を運んだのも、ジョジョに話を聞いてもらいたかったからなのだ。

「いつ別れたのよ」

「だから、別れてないったら。ただ、向こうが急に……」

自分と竜介との過去に、貴史が気づいていたこと。隠していたのは後ろめたいことがあるからに違いないと決めつけられたこと。タヒチへ行ったら内緒であいつと会う気だろうと言って今回の出張に反対されたこと。そして——。

真奈の話を聞くうちに、ジョジョの顔がげんなりと嫌そうに歪んでいく。

「はっ、なんてお粗末！　子犬ちゃんの面目躍如だわね」

「どういう意味？」

「見た目の通りの子どもだったって言ってんのよ。相手が自分の思う通りにならなかったら手が出るだなんて、子どもの駄々も同じじゃない。なまじ体がオトナなだけに、なおさら始末が悪いとも言えるけど。ああ、やだ。想像するとほんとにやだ。あたし、そういうの大嫌いなのよ」

ジョジョが腕の鳥肌をさする仕草でため息をつく。

「……私もよ」

真奈は、ぽつりと言った。

「それで、そもそもリウとの昔のことはどこからバレたのよ」

「何かあるんじゃないかって貴史が気づいたのは、こっちにいる時だったみたいだけどね。日本に戻ってから、私の親友にカマをかけて確かめたらしいの。詳しいことまで貴史が知るにはそのルートしかないなと思って彼女に訊いてみたら、案の定」

電話口で、千晶は必死に謝った。

〈ごめん。あんたと竜介なんてとっくの昔に終わってるんだし、今さら馬鹿なこと気にしてる場合じゃないでしょ、って――それだけをこんこんと言って聞かせたつもりだったんだけど〉

かえって裏目に出ちゃったか、と千晶は呻いた。

〈ほんとごめん。あんたには、やっぱり話しておくべきだったよね。だけど貴史くん、別れ際に約束したんだよ。すべては自分の腹におさめますから、って。だからこのことはどうか真奈には黙ってて下さい、って〉

でもこれも言い訳でしかないよね、本当にごめん、と千晶はくり返した。

謝る必要はないよ、と真奈は言った。実際、親友に腹は立たなかった。貴史から、昔の男の名前まで具体的にあげて訊かれれば、今さらとぼけるわけにもいくまいし、千晶の立場におかれたら自分だって同じように対処しただろう。

一方で、ますます貴史が信じられなくなった。自分たち二人の間のことに、どうして無関係のはずの千晶まで巻き込むのだろう。彼の焦燥や傷心は理解できるけれど、土壇場での選択がどれもいちいち心弱すぎて、男として、いや人として、情けないと思ってしまう。

あの夜の一件があってから後、真奈は、一週間以上も貴史と会わなかった。彼のほうは当日の夜中からさんざん電話やメールで謝罪してきたのだが、真奈がお互いにしばらく頭を冷やすべきだとして譲らなかったのだ。

顔を合わせれば、もとより熱血漢の貴史だ、土下座でもしかねない。いや、きっとする。目に浮かぶ。這いつくばった彼が床に額をこすりつける姿など見たくなかった。そんなことをされたら、自分はきっといたたまれなさに耐えかねて、なし崩しに許してしまうだろう。いくら本人が真剣であろうが、何が何でも許せとばかりに詰め寄る行為は、こちらの逃げ道をふさぐという点において、あのとき彼が感情にまかせてふるった暴力と同じものだ。あんな怖ろしい目には二度とあいたくなかった。

かかってくる電話に出ないでいると、メールが山ほど送られてきた。

〈なんであんなことができたんだろう。自分でも信じられないよ〉

〈ねえ、どうしたらまーちゃんに許してもらえる?〉

〈後悔してるんだ。本当に、ほんとうに後悔してる〉

〈まさか俺、このまま、まーちゃんを失っちゃうんじゃないよね〉

〈頼むから、もう一度だけチャンスを下さい〉

謝罪の言葉を浴びせられ続けるのは、苦痛以外の何ものでもなかった。

なにも金輪際会わないなんて言ってないのに、と真奈は思った。絶対に許せないと意地になっているわけではない。気まずいままでいたいわけでもない。できれば仲直りをして、もう一度貴史と心から笑いあいたいと思っている。でも、こっちこそ、頼むから、もうしばらくの間そっとしておいて欲しい。そんなにすぐさま、すべてをなかったことにはできない。あの夜のことを思いだすといまだに体が震えるほどなのだ。

彼の懇願に押し切られるような形で、大事な問題がうやむやになってしまうのは違う。貴史との間では、これまで沢山のことを飲みこんで、自分でもそれぞれを突きつめて考えないようにしてきたけれど、今回ばかりはそれではいけない、そんな曖昧な形で水に流してはいけないのだと、真奈は懸命に自分自身に言い聞かせた。

再び顔を合わせたのは、ちょうど十日後だった。会社の帰りに待ちぶせしていた貴史がそう言ったのだから、そうなのだろう。

あまりにも情けない彼の顔を見てしまったら、懸念していたとおり、厳しくはねつけることができなくなった。馴染みの店へ行って食事をした。ふだんは明るい彼の沈みこんだ表情に胸が痛み、改めて繰り返される真摯な詫びに気持ちを動かされて、というより耐えきれなくなって、その夜は結局、一緒に部屋に帰った。

触れれば壊れると思っているかのようにおずおずと自分を抱きしめる貴史を、愛しいと思ったのは事実だ。けれどその愛しさは、以前とは質が違ってしまっていた。ともすれば心の隅に忍び込む、捨て犬を拾ったときのような気持ちを、真奈は懸命に打ち消し、追い払おうとした。

「なによ。シンプルな話じゃないの」

ひととおり聞き終わると、ジョジョは言った。

「あんた今、タカシと一緒にいたいと思う？　それとも思わない？」

「そりゃ、できることならこれからだって彼と……」

「先のことなんか訊いてない。今この瞬間、タカシといたいと思う？　彼が今ここにいないことが寂しい？　できれば今すぐ逢いたいと思う？　彼に抱かれて感じられたら幸せ？」

「そ……」

答えられずにいる真奈を、ジョジョは例によって眉を片方だけ吊りあげて見おろしてきた。

「はっきり言ってあげようか」

「……何？」

「あんたたち、もう終わってるわよ」

「え」

「少なくとも、あんたの側はとっくに終わってる。今のあんたはね、彼を惜しんでいるんじゃないの。彼と一緒に過ごした思い出を惜しんでるの。結局、可愛いのは自分。今まで彼のために費やした自分の時間が惜しいから、もう終わってるってことを認めたくないだけよ。閉店時間なのにいつまでも帰ろうとしない客みたい。往生際が悪いったらありゃしない」

誤解だと憤慨するべきところなのだろうが、反発の気持ちは不思議なほど湧いてこなかった。すべてを認めるわけではないにせよ、自身の中をいくらまさぐっても反論の根拠にできるほどのものを見つけられない。そのことに、真奈は少し狼狽えた。それすらも、少し、だった。

「ねえ。試しに、今からリウをここへ呼んであげようか」

「は？　ちょ、やめてよ、彼は関係ないでしょ」

「何をそんなに慌ててるのよ。いい機会だから、あいつの顔を見て、タカシと比べてみたらいいじゃない。比べるっていったって、男二人をじゃないわよ。あんた自身の、ここと、ここが、どういう反応を示すかってことをよ」

ここと、ここ、と口にする時、ジョジョは自分の心臓ともう一箇所、臍の下のほうを指差してみせた。

「や・め・て」

真奈はくり返した。

「竜介とは、もう会いたくないの」

「なんで」

「貴史から、『あいつと会うためにタヒチへ行くんだろう』って言われた時、私、ほんとに頭が煮えて真剣に怒ったのよ。それなのに結局会ってたんじゃ、嘘ついたみたいじゃない」

「とか言っちゃって、ただ怖いだけでしょ。年下のシティボーイとダメになりそうなところへ、ああいう牡の匂い垂れ流しの男がそばにきたら、自分がどうなっちゃうかわからないから。ハートとあそこがズキズキしちゃうのが怖いのよ」

「なんとでも言って。私はまだ、貴史と別れてないの。その彼と約束してきたんだから」

「約束?」

「昨日、半休を取って空港まで見送りに来てくれて……」

そのとき貴史は思いきったように言ったのだ。

〈気をつけて、仕事、頑張ってきてね。俺……まーちゃんのこと、信じてるから〉

「うわ、何それ、めんどくさ」

ジョジョは額を押さえて天を仰いだ。

「それを口に出しちゃう？　その時点でもう、男としてダメでしょ。『信じてるから』何だっていうのよ。そんな脅迫めいたことをわざわざ口にしなきゃいられないくらい、俺はお前を信じられないって宣言してるようなものじゃないの」

「………」

「もしかして本人、気がついてないの？　自覚がないなら、なおさら処置なしだわ」

真奈は、黙っていた。

「まあ、何にせよ、あんたが決めることだからね。あたしはとやかく言うつもりないけど」

もう充分すぎるほどとやかく言った後ではないかと、初めて反論しかけた時だ。

バーの奥、レストランのほうから、一人の男性が近づいてくるのが見えた。若い日本人だった。ずいぶん親しげな笑みを浮かべ、真奈に向かって頷くように会釈する。

誰だっただろう。いささか軽薄そうな佇まいに見覚えがある気もするのだが、思いだせない。同じ日本人だというだけで挨拶をしてくれているのだろうかと、こちらもとりあえず会釈を返すと、

「またお会いしましたねえ。僕のこと、覚えてはりますか？」

相手がひと言発したとたんに記憶が甦った。関西弁のイントネーション。前回、タヒチ本島で行われた黒真珠のオークション会場で、少しだけ言葉を交わした大阪の業者だ。

同時に不愉快な気分まで甦ってきたのは、あの時の男のブラフを思いだしたからだった。

〈今お宅が見てたんは、このロットですか？　これ、ひどいですよねえ。いったい誰がこんなもんを買うのやら。入札する人がおったら顔見てみたいわ〉

鏡でも見れば？　と思う。真奈に対してわざわざそんなことを言っておきながら、男は自らあのロットに入札し、結局こちらの付けた値に届かず敗れたのだった。

「ああ、あの時の」

真奈がようやく思いだしたことを隠す気もなく答えると、

「ギムレット」

男はジョジョのほうを見もせずに注文し、並びのスツールに腰掛けた。お隣いいですか、のひと言もなかった。たしか、老舗宝飾店の跡継ぎだと言っていなかったか。それにしては不作法な人だ。

「今日、来るときの船の中でもお見かけしたんですけど、あれですか。こないだの見本市の時にいたはった社長さんは、今回は……？」

「まいりません」

「ほな、お一人。ふわあ、そら大変なプレッシャーでしょう。責任重大やもんなあ」

親しく同調してみせるようでいながら、言わずもがなのことを重たい布団でもかぶせるかのように言ってくる口調に、女に対する彼の立ち位置が透けて見える気がした。

「業者で日本から来てるのは今回、僕ら二人だけのようですよ」

おもむろに差しだされた名刺には、聞き覚えのない真珠店の名前の下に〈平井健児〉とあった。返す名刺の持ち合わせがなくてよかったと思ったのはこれが初めてだった。

「何か困ったことがあったら、いつでも言うて下さいね」

名刺入れを胸ポケットにしまいながら平井は言った。

「外国で女のひとが一人きりでは、何かと心細いでしょ。僕はもうさんざ来て慣れてますので、なんぼでも相談に乗りますよ」

真奈は、街角で配られるティッシュを思い浮かべた。要るとも意思表示しないうちから胸元に無理やり押しつけられる、あの小さな苛立たしさ。

「ありがとうございます」

折り目正しく礼を述べながら、誰が弱みなんか見せるかと思った。こういうタイプの男は、〈守られないと生きていけない、か弱い生きもの〉の役割を女にあてがうことでしか、自分の優位を保てないのだ。

そうやって、勝手に見くびっているといい。今回もまた、最も値打ちのあるロットはうちがもらう。

懐に隠した刀の柄をひそかに握りしめるような気持ちになってから、ふっと気づいた。

頭の中が、いつのまにかすっかり仕事脳に切り替わっている。このところプライベートではあれほど沈んでいたはずなのに、今はどうだ。腹の底からふつふつとアドレナリンが湧いてきて、指の先まで充実している。自分でもあっけにとられるくらい元気だ。

ジョジョが、ギムレットを黙って平井の前に置きながら、皮肉な目でちらりと真奈を見た。こちらは何も言葉にしていないのに、すべてお見通しといった目つきだった。

＊

見本市は、翌々日から二日にわたって開催されることになっていた。その前夜祭として、明日の夜にはレセプション・パーティが予定されていたが、各国からゲストである買い付け業者が次々に到着していることもあって、砂浜に面したレストランは今夜ももうすでににぎやかだった。

一人で入っていくと、真奈のことを見覚えていたウェイターは人懐こいウィンクとともに、テラス席にほど近い小さめのテーブルに案内してくれた。夜風の心地よい席だった。

浜では、先ほどからタヒチアン・ダンスのショーが始まっていた。前に高橋社長と来た時は遠目に見ただけなので、真奈が伝統的なダンスをまともに鑑賞するのはこれが初めてだ。

迫力が桁違いだった。猛々しいほどに逞しい男たちが松明をふりかざし、豊満な肉体を持つ女たちが挑むように腰をふりたてる。いくつもの太鼓の響きや合唱の間を縫って、彼らの荒い息づかいや足踏みの振動が伝わってくる。

真奈は、浜辺でマリヴァから教わったステップを思いだしていた。ごく基本的なステップでさえあんなに難しくて、さんざんマリヴァに笑われたのだ。

〈カラダ、カタイよ、マナ！〉

いま、複雑なステップを迷いもなく踏みながら笑顔で腕や腰をくねらせる女性たちを、真奈は信じがたい思いで眺めた。どれだけ高度なことをしているか、ここにいる外国人たちの幾人が理解しているだろう。

と、太鼓がますます激しく打ち鳴らされ、舞台袖から一人の女性ダンサーが中央へ躍り出てきた。頭の飾りも腰簑も見るからに豪華で、ビキニ代わりの貝殻は豊満な胸に揺られ、今にも紐がちぎれそうだ。腰のくびれといい、削げたように平らな下腹といい、他の女性ダンサーとは明らかに鍛え方が違っている――そう思いながら顔を見るなり、あ、と声がもれた。今まさに思い浮かべていた顔。マリヴァその人だったのだ。

向こうはまだこちらに気づいていない。目が合ったなら驚くだろうかと思うと、自然に笑みが浮かぶ。ジョジョはあんなに毛嫌いするけれど、真奈自身はやはりマリヴァを好きだった。竜介のパートナーと知ってなお、それは変わらなかった。

運ばれてきた白身魚のソテーに手を付けるのも忘れ、真奈はマリヴァのダンスに見入った。コンクールで入賞したというだけあって、技巧と表現力が群を抜いている。

男性ダンサーと呼応し合うようなエロティックな振り付けに、テーブルからゲストたちがやんやの拍手を贈る。満面の笑みでそれに応えていたマリヴァの視線が、やがて、真奈の上で、止まった。

真奈が微笑み返した、その時だ。

踊りが、乱れた。ステップのリズムが崩れ、男性ダンサーとの絡みも嚙み合わなくなる。ほどなく立て直しはしたが、彼女の動揺は誰の目にも見て取れた。

ぎこちない笑みを顔に貼りつけたまま、最後まで真奈のほうを見ずに踊りきったマリヴァが、やがて下手の暗がりにはける。入れ替わりに、再び複数のダンサーたちが現れ、別の曲が始まった。

自分が無神経だったのだと、真奈は心から申し訳なく思った。客席に知り合いがいることには慣れているだろうと勝手に決めてかかっていたけれど、まるきり予想もしない相手がいれば驚いても無理はない。あの場はきっと、目を合わせるべきではなかったのだ。終わってからそっと挨拶しにいけばよかった。

すっかり食欲をなくした真奈は、ショーが終わると同時に席を立ち、レストランから浜辺へ出ていった。

ダンサーたちは、頭や腰の飾りもそのままに、大きなヤシの木の周りでひと息入れていた。半裸で汗だくの彼らから、いまだ冷めやらぬ熱気が押し寄せてくる。けおされながらも、真奈は視線をさまよわせた。

「誰か探してる？」

近くの女性ダンサーが気さくに声を掛けてくれる。

「あの、マリヴァを……」

「ああ、ちょっと待っててね。彼女いまベルナールにしぼられてて……あ、来た来た。マリヴァ、友だちよ！」

近づいてきた彼女が、今度はまっすぐにこちらを見る。射すくめるような視線に、真奈はたじろいだ。再会の挨拶をしてから謝ろうと思っていたのだが、それどころではなさそうだ。

「あの、マリヴァ。さっきはごめんなさい、私……」

言いかけるより先に、肘をつかまれ、ぐいぐい引きずられる。他のダンサーたちから離れた建物の壁際でようやく手を離すと、マリヴァは言った。

「何しに来たのよ」

「え？」

「彼に呼ばれて来たの？」

「ちょ、ちょっと待って、彼って誰のこと？　私はただ仕事で……」

「嘘よ。それだけじゃないでしょ？」

また一歩詰め寄られ、真奈は思わず後ろへ下がった。目もとを強調した舞台化粧のせいばかりではなく、マリヴァの視線が怖ろしい。

どうしてだろう、たった数カ月しかたっていないのに、以前の彼女ではなかった。真奈の中でマリヴァの印象を決定づけていたあの太陽のような笑みは、今は欠片さえ見られなかった。かわりに眉間には皺が寄り、目には険がある。さっきのことは申し訳なかったと思うが、それだけでここまで睨まれなければいけないものだろうか。

「ねえマリヴァ、本当に何の話かわからないんだけど」

言いかけたとたんにまた、

「とぼけないで！」

ぴしゃりと遮られた。

「どうせ、ずっとリウと連絡取り合ってたんでしょ？」

「は？」

「は？　じゃないわよ。あなたのおとぼけにはもううんざり。学生時代からの友だちだなんて、よくもまあ」

「だ、だって本当のことだもの」

「本当だとしても、それだけじゃないでしょ？　今さら嘘ついたって無駄よ。リウの口からはっきり聞いたんだから」

鼻先に人さし指を突きつけられ、真奈は絶句した。

「あなたたち、恋人同士だったんですってね。そんなことも知らずにわざわざあなたを家にまでお招きしちゃって、私もいいかげんお人好しだわ。さぞかし間抜けに見えたことでしょうね」

マリヴァの胸元に噴きだす汗の粒が、盛りあがった乳房を伝わって谷間へと流れこんでいく。

真奈は、呻いた。

「どうして彼……そんなこと」

「私が問い詰めてやったからよ。リウの様子がおかしくなったのが、明らかにあなたが日本へ戻る前後だったから」

「様子……？」

マリヴァはその問いを無視した。

「他の人にはわからなくたって、毎晩同じベッドで抱き合って寝ている私にわからないはずがないでしょ？　相手といったらあなたくらいしか思い浮かばないし、ほんの火遊びにしたって釘だけは刺しておこうと思ったら……リウってば、『今は何もない』なんて言うじゃないの。マナとそういう関係だったのはずっと昔の話だって」

豹のようにぎらぎらした目でマリヴァが睨む。

「今さらそれはないでしょ、って思ったわ。そんな関係だと知ってたら、最初からあなたをリウに近づけたりしなかったのに」

どうして——と、真奈は天を仰ぎたくなった。日本とタヒチに隔てられていながら、どうして自分たちは互いにわざわざ同じようなヘマをしでかしているのか。

だが、微妙な違いはある。昔のことが貴史にばれてしまったのは、彼が千晶にカマをかけるような問いを向けたせいだが、マリヴァの話を信じるならば、竜介は言わなくてもいい話を自分から打ち明けたことになる。おそらく竜介は、お互いもう二度と会う機会はないと思いこんでいたのだろう。だからこそ、勘のいいマリヴァに〈今は何もない〉ことを納得させるために、過去の話だと強調したのだろう。わかりはする。わかりはするが、まったくよけいなことを、と舌打ちしたくなる。

「ねえ、聞いて、マリヴァ」

真奈は懸命に言った。

「彼の言うとおりなのよ。私たちがつき合っていたのははるか昔の話で、」

「ワーンス・アポーン・ア・ターイム」

マリヴァは歌うように言った。

「悪いけど、あなたたちの昔話を〈めでたしめでたし〉で終わらせてあげるつもりはないわよ」

「ねえお願い、ちゃんと聞いてよ。彼も私も、今は本当に何の感情も、」

「はっ。そんなこと言ったって無駄。信じる気なんかさらさらないから」

「どうしてよ！」

焦れる真奈に向かって、マリヴァはきっぱりと答えた。

「目を見ればわかるのよ」

彼女は、〈あなたの目〉とも〈彼の目〉とも言わなかった。ただ〈目を見れば〉と言われて、真奈は思わず視線をはずした。しまったと思ったが後の祭りだった。

語るに落ちるとでも言いたげに、マリヴァがふっと笑う。

汗の引いたダンサーたちは移動することにしたようだ。ラフィアのような繊維で作られた腰簑がかさこそと音を立てる。

女性ダンサーの何人かが、好奇心まる出しでこちらをふり返りながらそばを通り過ぎていく。そのうちの一人のフランス語での呼びかけに、マリヴァは短く答え、再び真奈に向き直った。

「ねえ、マナ」

切羽詰まった目をして、彼女は言った。

「頼むから、リウには会わないで、このまま日本に帰って」

「仕事で来たって言ってるじゃない。もともと会うつもりなんか……」

真奈の言葉を打ち消すように首を横にふり、マリヴァはくり返した。

「あなたには日本に恋人がいるんでしょ？　そう言ってたでしょ？　だったら、ひとのものまで欲しがらないでよ」

「そんなんじゃないって、何度言えばわかるの？」さすがに苛立って、真奈は声を荒らげた。

「これだけ言っても信じようとしないなら、私たち、話すだけ無駄ってものよね！」

とたんに、マリヴァが泣きだしそうな顔になった。

「……お願いよ、マナ。絶対に会わないって約束して。私にも子どもたちにも、あのひとが必要なの」

「だから……」

それ以上言う気もなくして、真奈は長いため息をついた。

泣きたいのはこっちだった。前に来たときマリヴァが示してくれた親愛の情を思うと、侘しさと虚しさはなおさら増した。

照りつける太陽の下で、あれほど生命力にあふれ、誰より輝いて見えた彼女でも、愛する男に去られる恐怖の前にはこんなにも弱くなるのか。

同じことばかりをなおも念押ししながら、マリヴァが去っていく。

真奈は、もはや答えずに見送った。眉間のあたりに薄青いものがひたひたと満ちてきて、急に夜気が冷たく感じられた。

長旅の疲れ――というよりは、ここ数週間の疲れが一気に出たのかもしれない。翌日、真奈は日中のほとんどの時間をコテージのベッドや寝椅子で過ごした。

途中、コテージ前のラグーンで少しだけ泳いだり、クリスが予約してくれたオイル・スパへ出かけたりもしたが、何をしていても眠くてたまらなかった。何度目かのまどろみからはっと目覚めると、すでに部屋は夕闇に沈み、レセプション・パーティの時間が迫っていた。

急いでシャワーを浴び、身繕いをして、ブルーの花が描かれたシルクシフォンのリゾートドレスに着替える。耳もとには、前にバイタペの町で買った黒真珠のピアスを着けた。

浜辺のレストランで開かれたパーティは盛況だった。立食形式だったので各国から訪れたバイヤーと自由に言葉を交わせたし、主催者側の中心人物である日本人とも話すことができた。

「こちらに永住されてるんですよね。そもそもどういうきっかけでタヒチに？」

真奈が訊くと、馬場という名の彼は気さくに答えてくれた。

「当初は、真珠の養殖や選別の技術指導のために来たんですけどね。こっちの水が肌に合ったというのかな。結婚して、子どももできて……日本が恋しくならないと言えば嘘になりますけど、今さら戻ったところで、こういった仕事はできませんしね」

人生いろいろってやつですよ、と彼は言い、日に灼けた顔で笑った。おそらくは、相当に「いろいろ」なことがあったのだろう。いささかの屈託がむしろその笑顔に深みを与えている気がして、真奈は、彼の家庭は幸せなのだろうと想像した。

ホール・スタッフとしてかり出されたジョジョが、トレイを手にそばを通り、二人にドリンクを勧める。馬場は赤ワインのグラスを取り、真奈はジンジャーエールを手に取った。疲れた体と心であまり飲むと、悪酔いするのが目に見えている。

夜十時を過ぎ、パーティはお開きになった。数々の料理とタダ酒を堪能したゲストのほとんどはバーには立ち寄らず、寄ったとしてもほんの一杯ひっかけるだけでそれぞれの部屋へと引きあげていく。

潮が引くようなその光景を、真奈はバーカウンターの端で、何も飲まずにぼんやりと眺めていた。

やがて、会場のレストランに流れていたBGMがふっと静かになった。照明がいくらか落とされ、その中でスタッフが後片付けを始める。

カウンターの内側に戻ってきたジョジョが、おもむろにボーズのアンプのスイッチを入れた。ほかに客のいないバーにだけ、小さく音楽が流れだす。アンプに立てかけられているCDジャケットは、シャーデーのベストアルバムだった。

甘くかすれた声が、耳もとでささやくように歌う。

〈あなたは私に最高に甘いタブーを与えてくれるの。あなたは静かな嵐、今まで感じたことのないくらい熱い……あなたのためならどんなことでもするわ、だから行かないで、あなたは私に最高に甘いタブーを与えてくれる――〉

「何飲む？　ジンジャーエール？」

薄く笑って、真奈は言った。

「ううん。何かこう、ガツンとくるのをちょうだい。辛口で強いやつ。それだけもらったら、戻って寝るわ」

ジョジョが軽く肩を竦め、グラスを用意する。

「また嫌なことでもあったの？」

「〈また〉って？」

「前に、ほら、いちばん最初にこのバーへ来た晩も、あんたは同じ注文をしたじゃない。『何か辛口で強いカクテルを』ってね」

そういえばそうだったかもしれない。あれは、高橋社長に襲われかけた晩だった。ほんの数カ月前なのに、はるか遠い昔の出来事のようだ。

「それにほら、さっきのパーティでも、ゆうべのあの日本人バイヤーと話しながらさんざん嫌そうな顔してたし」

見ていたのか、と思った。もちろん、先方からあれやこれやと大阪弁でうるさく話しかけてきたのだ。他愛のない話題ではあったし、そんなにあからさまに態度に出したつもりはなかったのだが、

「まあ、そうかもね。言葉は通じるのに話が通じない相手って、ほんと疲れる」

目の前に置かれたドライ・マティーニに向かって、真奈は「ありがと」とつぶやいた。

本当は、一杯なんかで足りるはずがないのだった。ベッドに入って目をつぶっても、ゆうべのマリヴァの必死の形相が眼裏にちらつき、その声が耳もとにリフレインするのはわかりきっている。

(お願いよ。絶対に会わないって約束して。このまま日本に帰って)

こみあげてくる腹立たしさに、真奈はため息をついた。

(恋人がいるんでしょ? だったら、ひとのものまで欲しがらないでよ)

身に覚えのないことであんなに一方的に責め立てられるなんて、納得がいかないにも程がある。竜介の様子がおかしい? 知ったことではないし、勝手にこちらのせいにされても困る。

ピックに刺さったオリーブを口に入れた時だ。ジョジョが言った。

「そういえば、今あんたが座ってるその同じ席に、三時間くらい前はリウが座ってたのよ」

ごりりと強くオリーブを嚙んでしまい、真奈は顔をしかめた。奥歯の痛みをこらえながら種をてのひらに出し、紙ナプキンにくるむ。

「……そう」

「それだけ? 何か他に訊きたいことはないの?」

「べつに。彼、元気だった?」

「いいえ」

ジョジョの返事に思わず目を上げる。

「どうやら、マリヴァとうまくいってないみたいね。ここ数日、家に戻ってないんだって」

そういうことだったのかと、ようやく胸に落ちた。ゆうべマリヴァは、こちらの顔を見たとたんに誤解したに違いない。彼が家に帰らないのは、示し合わせて二人で逢っているからだ、と。

「それで……私が来てること、彼には？」

あら、とジョジョがわざとらしく目を見ひらく。

「言っちゃいけなかったのかしら。だったらちゃんと口止めしといてくれないと」

真奈の眉根がひくひくするのを、面白そうに見おろす。

「何を話したのよ。よけいなことまで言わなかったでしょうね」

「よけいなことってなあに？　あんたのほうも、子犬ちゃんとうまくいってないらしいってこととか？」

「ジョジョ」

「それも言っちゃいけなかったの？　どうして？」

真奈は、答えに窮した。

二人ともが黙ると、レストラン・ホールの物音が急に耳につくようになった。食器やカトラリーのぶつかる硬い音を縫うように、シャーデーの柔らかなシルキーヴォイスが響く。曲は、別のものに変わっていた。

〈ありったけの愛を注ぎ、与えられる以上のものを捧げてあなたに尽くしたわ。そしてあなたは私の愛を受け取った。受け取ったのよ〉

ささやくかのような——いや、まるで自分だけの世界に閉じこもっているかのような歌い方に、思わずぞくりとする。

〈誰か言った？　そんな愛は長続きしないって。私はすべて与えたはずよ。私たちみたいな関係はどこにもないのよ、これは普通の愛じゃない、ありふれた愛じゃないの……〉

『No Ordinary Love』――こんな歌詞だったろうか。改めて聴くと少し怖い。

ジョジョが、黙って代わりのグラスを置いてくれる。

「不毛の愛よね、これって」

同じく聴き入っていたらしく、彼はぽつりと言った。

「ほとんど狂気の愛よ。報われっこないのに、自分の側が誠実さを尽くせばまだ相手に通じる、失われたものを取り戻せると思ってる。でも、このイッちゃってる感じ、ちょっと素敵だと思わない？」

「……そう？」

「だって、ここまで思い詰めることができるなんて最高じゃない。これくらい捨て身になれないのなら何のための愛よ、って感じ」

たしかに――あの頃の自分はこんなふうだったかもしれない。思いきりドライなマティーニに口をつけながら、真奈は思った。

与えたのと同じだけのものなど少しも返してくれない竜介に、それでも尽くし、与え続け、そのことを辛いとも悲しいとも思わなかった。捧げることが、彼に捧げられるものがあるということが、ただ純粋に嬉しかった。二人の間にあるものは何か特別なものだと信じていた。

だからこそ、やがて疲れ果て、夢から醒めた時には茫然としてしまったのだ。つまらない男に勝手に入れあげて傷ついた愚かな女。自己満足で尽くしただけの、それこそどこにでも転がっているありふれた愛。それなのに、なぜだろう、彼と過ごした一瞬一瞬の輝きは、今に至るまで少しも色褪せることなく軀の中に残っているのだ。

けだるいサウンドに煽られるように、あの頃のことがありありと思いだされる。

シーツの間で交わされた睦言、竜介だけの癖や順番、そして有無を言わさぬ彼の質量。肌の下を流れる血が熱を持ち、爪の先までちりちりとして脈が走りだす。怖ろしいほどのあの奔流、狂うかと思うほど焦がれて募る想いの強さは、貴史との間ではついぞ生まれ得なかったものだった。

竜介の、分厚い胸板を思い浮かべる。がっしりと広い肩幅、木の根のように太い首、逞しい腕。危険なのは竜介の存在そのものではないのだと、真奈は今さらのように思い知っていた。海で溺れかけたときに抱きかかえてくれたあの腕に、十年の時を隔ててあれほどの安堵を覚えてしまった自分こそ、何よりいちばん危険なのだ。

グラスの中身を半分ほど残して押しやる。

「ジョジョ。あなたの作るお酒は美味しいけど、いつも効きすぎるわ」

「あら、ひとのせい？　ガツンと強いのが飲みたいって言ったのはあんたでしょ」

No ordinary love......This is no ordinary love.......

褐色の肌の歌姫が、物憂げに幾度もくり返す。

じっと耳を傾けながら、ジョジョはカウンターに肘をついて言った。

「愛ってさ」

「え？」

「英語でも、フランス語でも、それにタヒチの言葉でも、〈愛〉って単語はほぼひとつじゃない？ love に amour…… タヒチ語だと here ね。だけどよく考えたら、loving somebody っていうことと、being in love ってこととは、似て非なるものなんじゃないかと思うのよ。そういうの、あんた考えたことない？ 誰かを心から想って大切にするのも素敵だけど、あたしは、being in love の時の、頭のネジがぜんぶ飛んじゃう感じが好き」

真奈は、思わず苦笑して言った。

「あなたの言うそれはたぶん、日本語では〈恋〉って呼ばれてるものよ」

「コイ？」

「そう。日本では、二つの love の間に呼び名の区別があるの」

「うそ、本当に？」ジョジョは目を丸くした。「だとしたら、日本人ってちょっとすごいわね」

さすがは世界で初めて完璧な真珠を作り出した国だけあるわ、と彼は言った。

「ねえ、マナ」

おもむろに名を呼ばれ、驚いて見あげる。第三の性別を持つバーテンダーは、初めて見るような静かな目をしていた。

「あんた……リウに、今でもコイをしてるんでしょ？」

「……ジョジョ」

とっさに、答えられなかった。ゆうべマリヴァに答えたようには、頭から否定することができない自分がわからなかった。

「何を迷ってるの？　逢いたければ逢えばいいし、抱かれたければ抱かれればいいじゃない。あんたたちがいったい誰のために何を我慢してるんだか、あたしにはさっぱりわかんないんだけど」

真奈は、半分残ったグラスに目を落とした。どうして、とつぶやく。

「何？」

「どうしてそうやって、私を追い詰めようとするの？　ほっといてくれさえすれば、このまま自然消滅するかもしれないのに」

ジョジョは、ふっと吐息をもらした。

「わかってないのね。あんたたちって、強烈に反発し合ってる磁石みたいなものなのよ。傍から見てると苛々して、つい、S極とN極をくるっとひっくり返してやりたくなるの。たったそれだけで——」

思わせぶりに言葉を切ると、彼は真奈の鼻の先で、ぱちん、と指を鳴らしてみせた。

＊

バイタペの船着き場にたたずみ、煙草に火をつける。

凪はない。漂う煙が目にしみて、竜介は顔をしかめた。

満月を数日後に控え、凪の海を冴え冴えとした月の光が照らしている。その明るさが煩わしい。躯の奥に押しひそめたはずの熱が掘り起こされるようで、苦しくてたまらないのだ。狼が月に向かって吠えずにいられない理由がわかる気がした。

もうじき最終の船が着く。下りてくる客を目的地まで送り届ければ、今日の仕事は終わりだ。少し前までなら、何の疑問も持たずにマリヴァや子どもたちの待つ家に帰っていたのに——。

商売道具のワゴン車によりかかり、竜介は煙混じりの息を吐いた。

なんだって今さら、と思う。もう十年も前のことなのだ、あの女とそういう仲だったのは。

それなのに、どうして彼女の名を耳にするだけでこうも昂ぶってしまうのかわからない。まるで下半身だけ二十代の初めに戻ったかのようで苛立たしい。

数時間前、ジョジョの口から、真奈が来ていると聞かされた時は声を失った。まさか彼女が再びこの島を訪れるなどとは予想もしていなかったのだ。前回の再会は奇跡的な偶然であって、後にも先にも一度きりのことと思っていた。

今この時、同じ島に真奈がいて、同じ空気を吸い、同じ月を見ている。会ったところでどうなるものでもないが、会おうとするなら今すぐにでも会える——そう思うと、胸の裡がざわめき、血が猛った。ただの女じゃないか。それも一度は別れた女じゃないか。いくら自分に言い聞かせても、彼女の顔や声、仕草や話し方を思い浮かべるたび、躯が、本能が、理性を裏切ろうとする。

「ヘイ、リウ」

少し離れた薄暗がりから声がした。小柄なシルエットは、同じく観光客相手のタクシー運転手をしているテヴァだ。同年代なのも手伝って、仲間のうちではいちばん気安く話す。煙草を一本わけてくれと近寄ってきたテヴァは、ライターを竜介に返しながら言った。

「今夜も車で寝るのかよ、うん？」

からかうような口調だった。

「色男がいつまでも何やってんだ。そんなに深刻な痴話ゲンカなのか？　女なんてもんは、張り倒してでも強引に抱いちまえば翌朝にはケロッと機嫌が直ってるもんだぞ」

いかにもこの島の男らしい助言ではある。苦笑いで首を横にふる竜介に、テヴァは肩を竦めて離れていった。

どうやら、噂になっているらしい。続けて家を空けているのはここ数日だが、その前から、竜介がしばしば家に帰らずに港や浜辺で夜を明かす日は増えていた。それを誰かが見とがめたのだろう。狭いこの島では、一人が知ったことは二日もあれば全員に知れ渡る。

おそらく周囲は、甲斐性無しの男が恋人に愛想を尽かされて追い出されたと思っているに違いない。仕方ない。もともと同居自体、マリヴァの家に転がり込む形で始まったのだし、稼ぎもいまだに彼女のほうが多いのだから。

またこのパターンか、と思う。添乗員としてタヒチを訪れ、こちらで暮らすようになった当初から、住まいは常に女の家だった。自分の中の何がそうさせるのか、女たちはいつも身に余るほどの愛情を注いで甘やかしてくれた。

遡ればそれは、真奈にまで行き着く。気楽な学生時代は永遠には続かず、いやいやながらに社会に押し出されたあの頃、支えてくれたのは真奈の優しさだけだった。すべてにおいてだらしない恋人を、まるで母か姉のように叱りながらも何くれとなく世話を焼いてくれる彼女に、竜介のほうはいつしか安心しきって、日々の思いやりすら忘れてしまっていた。

冬、だった気がする。幾つめかの仕事の面接に行ったはずが、したたかに酔って戻り、呂律の回らない舌でクダを巻いた。俺には日本は合わないんだ。こんな窮屈なところであくせく働いて一生を終えるより、ずっと世界を旅して回ろう。いや、二人で南の島にでも行ってのんびり暮らそう。言いながら、自分でも馬鹿ばかしさに笑えてきた。てっきり、真奈も一緒に笑ってくれると思った。いいかげんにしなさいよ竜介。夢みたいなことばっかり言ってないで、ちゃんと現実を見なきゃだめでしょう。ため息混じりにそう言って、いつものようにグラスに冷たい水を汲んで運んできてくれるものだとばかり思っていた。とうの昔に磨り減って脆くなった真奈の気持ちが、その一瞬を境に粉々に砕け散ってしまうなんて——ほんとうに、想像だにしていなかったのだ。

人間、失ってから気づくことはたくさんある。誰の人生もその連続だと言っていい。

けれど当時は、気づくも何も、真奈を失ったという事実そのものを認められなかった。別れてからも、もう一度やり直そう、やり直したい、やり直せるはずだ、そう思っては、彼女につきまといそうになった。かろうじて思いとどまったのは、そんな自分が男としてあまりに惨めで情けなかったからだ。

〈ごめん、竜介。でも、もう無理〉

全身を引き絞るようにして泣きながら、同時に全身でこちらを拒絶していた真奈。その彼女の中で、すでにゼロ以下かもしれない自分の価値をさらに下げるようなことだけはしたくなかった。首輪をすり抜けて自由気ままにほっつき歩いていた犬が、いつのまにか飼い主から置き去りにされたことに気づいて途方に暮れる。鳴いても、吠え叫んでも、帰る家はない。ちょうどそんな有り様だったあの時に比べれば、マリヴァとの間に生まれた溝は、男の自分にもいくらかわかりやすい、と竜介は思う。

マリヴァがなぜ勘付いたかはわからない。抱き合う回数が減ったわけでもなければ、手順をおざなりにしてもいないのに、真奈と貴史が日本に帰ってしばらくたったある晩、突然、逆上したのだ。

〈他の女のことを考えながら抱くのはやめてよ!〉

なだめようとしても無駄だった。具体的な名前を挙げて、容赦なく問い詰められた。

真奈とは本当に何でもない、男女の仲になったかのように見えたとしたらそれは誤解だ、と証明するために、十年前のことを打ち明けた。見事なまでに逆効果だった。

どうして女たちの多くは、男に猶予すら与えずにただ追いつめようとするのだろう。しばらく放っておいてくれれば、のぼせかけた頭も冷えるのに、最後の逃げ場まで奪うような追いつめ方をしていったい何が得られるというのだろう。

真奈には、そういうところがなかった。頭に浮かんだ言葉にまずは別の方向からも光をあて、安全かどうか確かめてからそっと口に出すような女だった。だからこそ、彼女がいざ発する言葉には重い意味があったのだ。そのことに、もっと早く気づいていたなら……。

開けたままのワゴン車の窓から手を差し入れ、煙草を灰皿に押しつける。その頭上で、銀とケシパールをつないだロザリオが揺れた。敬虔なカトリック信者であるマリヴァが、運転中の安全を祈ってバックミラーにかけてくれたものだ。

胸に、初めて罪悪感が芽生えた。何を言っても逆上する彼女に対して腹立たしさを覚えるばかりだったのが、この時ふっと薄まって、それほどまでに自分に執着する彼女を愛おしく、いたわしく思った。

マリヴァは、前の恋人との間でずいぶん苦労している。暴力をふるわれても、子どもにまで害が及ぶのを避けるために抵抗もままならなかったらしい。別れることができたのは、その男が傷害事件に関わって刑務所にぶち込まれたおかげだった。竜介と一緒に暮らすようになった最初の頃など、こちらがごく当たり前の礼を言うだけでも、あるいは髪を撫でただけでも、あなたは優しいと言って泣いて喜んでいた。彼女は、もっと幸せになっていいはずだ。

どうせ真奈とは、二度と会うつもりなどない。自分の居場所はここだ。マリヴァと子どもたちを大事に慈しんで生きていけばいい。流れ流れてきたものの、どうでもタヒチでなければという理由も持たない漂流船のような自分を、しっかりとした舫い綱でつなぎとめてくれたのはあの母子だったはずだ。失えば、この島にいる意味まで消え失せてしまいそうな気がして、それはそれで心許なかった。

凪いだ海の向こうから、最終の船の明かりが近づいてくる。月に照らされた船影を見やりながら、竜介はふと、あの日、海で溺れかけていた真奈を思った。

気づいた瞬間、息が止まりそうだった。水を掻く自分の腕をあれほど鈍重に感じたことはなかった。無事に助けあげた後も、危うく彼女を失うところだったと考えると、恥ずかしいほど膝が震えた。マリヴァが最初に何か気づいたのか、あるいはその夜だったのかもしれない。

ドアを開け、運転席に乗り込む。発進させようとすると、テヴァがまた声をかけてきた。

「どこ行くんだ？　船が着くぜ」

「わかってる。今日はもういい」

「なんだ、やっと女房と仲直りする気になったのか」

頑張って励めよ！　と笑ってドアを叩くテヴァに片手をあげてみせ、アクセルを踏みこむ。

車を向けたのは、しかし家とは逆の方角だった。頭上でぶらぶらと揺れるロザリオが、月の光を受けて小さく光った。

＊

五つ星のリゾートホテルなのだから当然だが、真奈が初めて高橋社長とともに参加したオークション会場に比べると、今回のそれははるかに豪華だった。

内装や調度品がゴージャスなだけではない。黒真珠の検分用に純白のクロスのかけられたテーブルが並ぶ会場には、抑えた音量でクラシック音楽が流れている。続き部屋にはバイヤーたちがいつでも喉を潤したり腹を満たしたりできるようにと、アルコール類やソフトドリンク、つまみやすいカナッペや軽食などが用意されていた。各国の郷土料理が少なくとも一品は含まれているあたり、さすがの心配りだった。

けれど真奈は、せっかくの寿司にも手をのばすどころではなかった。緊張で喉がからからに渇いていたが、水を飲む余裕さえなしに広間へ足を踏み入れる。

各島から集まった養殖場のスタッフが壁際に立って見守る中、ほかのバイヤーたちに混じって、ロット番号のついた箱を一つひとつ丹念に覗いていく。豪華な会場に並べられていても、箱いっぱいの黒真珠がパチンコ玉を連想させるところは変わりなかった。

そうだ。どれほど高価なものも、数が集まると逆に価値が薄れて見えることがままある。おそらくダイヤモンドでさえ、プラスチックの箱いっぱいにざくざく入っていたなら、ガラスのビーズか乾燥剤のシリカゲルにしか見えないだろう。

そんな罰当たりなことをわざわざ考えることで、平常心を保つ。舞い上がって雰囲気に飲まれてはいけない。箱の中身、その一粒ずつを、冷静に見極める目が必要なのだ。最高級の真円の花珠にせよ、歪んだバロックパールにせよ、この一粒がいざ細工をほどこされ、美しいジュエリーとなって東京の店のショーウィンドーに並んだならどういう輝きを放つか。どんな女性の首を、胸を、耳もとを飾るか。得意客の誰ならば、それに見合う金額を支払うか……。

〈客の顔を思い描きながら買い付けりゃいいんだよ〉

以前、高橋社長はそう言った。

〈顧客の心をつかむのに長けたお前に、その程度のことができないはずはないだろう〉

男としては最低の社長だが、この業界における成功者であることだけは間違いない。見込んでもらった以上、全力で応えるまでだ。

〈攻めの買い付け〉という彼の言葉を思い浮かべながら、配布されたシートに気づいたことを逐一書き込んでいると、

「どないですか、調子は？」

後ろから肩越しに声をかけられた。予想していたので驚かなかった。

首を振り向けた真奈に、ポロシャツ姿の平井が白い歯を見せる。中身のない男が爽やかにふるまおうとすると、ただ軽薄に見えるだけだということを知らないのだろうか。

「ん？」平井が無遠慮にシートを覗きこんだ。「ああ、このロットね。お宅さん、こういうの、好きですねえ」

たしか前の時も……と言いかける平井を遮って、真奈は言った。

「ええ、そうなんです。だって色味も艶も素敵だし、使いようによっては面白いことができると思いません？　これに入札しない人がいたら顔を見てみたいわ」

返事に詰まり、思わず嫌そうな顔になった平井に向かって、にっこりと笑いかけてやる。そしてすぐさま、メモを書き込んだ書類と携帯を握りしめて会場を出た。続きの間ではなく外の庭へと向かい、ヤシの木陰で日本へ電話をかける。

あのロットのために、いくらまで出すか。大阪のぼんぼんなどには決して負けない指値を、高橋社長や薫子夫人と相談するためだった。

こうも毎晩、浜辺のバーへ行くのは気が引けて、真奈はその夜、海に迫り出したレストランのメイン・バーへと足を向けた。

ジョジョに会いたくないわけではない。会いたくない相手は竜介だった。正確に言うなら、前の日にジョジョの口から彼が来ていたと聞かされて、いそいそと再会を期待して出かけてきたかのように誤解されたくないのだった。

誰もそんなこと思わないのに、あんた自意識過剰よ、とジョジョなら言うかもしれない。あるいは逆に、ほんとは会いたいくせに素直じゃないわね、と鼻で嗤われるだろうか。

前に高橋社長と並んでグラスを傾けたあのバーで、真奈はダイキリを頼んだ。中身は同じはずなのに、ジョジョが作ってくれるものほど美味しく感じられない。

ゆっくりと一杯を空けた頃だ。カウンターの向こう端の席で、二人の男たちがスツールから降り立った。

エントランスに近い真奈の席のほうへと先に立ってやってくるのは、老齢にさしかかりつつある白人だった。こなれた半ズボンと麻のシャツ、素足に革のサンダル。トウモロコシのひげのような腰のない金髪、しゃくれた顎、青みがかった瞳。見るからに観光客ではない。おそらく、こちらに住みついているフランス人だろう。

馴染みらしい一人のバーテンダーに話しかけられ、彼が立ち止まる。その後ろをすり抜け、悠然とこちらへ向かってくる人物を見て、真奈は思わず、

「あ」

と声をあげた。

鋭い視線が真奈を射すくめる。その目が、みるみる和んだ。

「おお、あんたは！」

小柄だが屈強な体じゅうを漆黒の紋様が彩っている。前回訪れた時、竜介が半ば強引に真奈を引き合わせた相手――彫り師の老人だった。

「来ていたのかね、マナ」

と、ごま塩頭の老人は訛りの強い英語で言った。

真奈はスツールから滑りおりた。何という名前だったろう。向こうは覚えていてくれたのに、すぐには思いだせない。下がった目尻に深い皺が寄せられているのを見ると、よけいに気が急く。

「今回も仕事で？」

と老人が言う。

「ええ、そうなんです。真珠のオークションがあって」

「そうか、そういえば今このホテルで開かれていると聞いたな。いやいや、元気だったかね。また会えて嬉しいよ」

「私もです、ミスター」

「ミスターは要らない。タプアリ、と呼んでくれればいい」

「ありがとうございます」

真奈はほっとして笑みを返した。敬称を遠慮したように見せて、こちらが忘れていた名前をさりげなく思いださせてくれたに違いない。無骨だが、懐の深い人だと思った。

バーテンダーとの話を終え、フランス人がそばへやってくる。目で問う男に、タプアリは真奈を紹介した。

「彼女は日本から来た真珠のバイヤーでね。リウの古い友人なんだ」

ああ、なるほど、と男は頷いた。如才なく握手の手を差しだす。

「僕はジルベール。この島に住んでいるんだ。リウのことも、友だちというほど親しくはないけどよく知っているよ」

じゃあ僕は帰るからまた、と手をあげて去っていく背中を見送りながら、タプアリが言った。

「ところで、マナ。もしよかったら、少しだけ付き合ってくれんかね」

断る理由もない。もちろん喜んで、と真奈は言った。いずれにしても、もう一杯くらいは飲んでから部屋に戻るつもりだったのだ。

けれど、答えを聞くなり老人は、先に立ってバーを出ようとした。

「え、ここでじゃなくて？」

「落ち着かん。外へ出よう」

慌ててバーテンダーにルームキーを見せ、支払いを部屋付けにしてもらってから後を追う。

タプアリの歩幅は大きかった。どこへ行くとも言わずにずんずんと先に立ち、桟橋から歩道を通って浜辺へ下りると、置かれていたビーチチェアの一つに腰をおろした。外灯の明かりの届く、人が通れば見えるところを選んでくれたのは、それもまた真奈への配慮に違いなかった。

「あのジルベールという男はな」

もう一つの椅子を真奈にすすめながら、タプアリは話しだした。前と同じく、簡単な単語と構文からなる英語だったが、話す声はしっかりとしていた。

「もともとはフランス本国のジャーナリストだったんだが、タヒチに惚れ込んで、もう三十年もこっちに住んでいる。地元の祭りや儀式にも参加していてね。女房子どものいない独り身だが、この島に骨を埋めるつもりらしい」

異国の地に、たった独りで三十年——想像してみるだけで気の遠くなる歳月だ。

「で、どうやら本気らしいということに、俺なりに納得がいったものでね。今夜ようやく、彼の頼みを聞き入れてやったんだ」

「頼みとは？」

「タトゥーだよ」

誇らしげに、老人は言った。

「誰もが好き勝手に彫ることのできるような刺青ではなく、この島の伝統的な紋様をどうか刻んでほしいと、もう二十年以上も前から頼まれ続けていたんだ。それを、叶えてやることにした。フランス人らしく、ふだんは澄まし返った男だが、俺がそのことを告げた時ばかりは感極まって泣いていたな」

訥々とした語り口に、かえって事の重さがひしひしと伝わってくる。

真奈は、あの夜の竜介の悔しそうな口ぶりを思い起こした。自分の胸にある炎のタトゥーは、似てはいるが伝統のものとは違うのだと言った時の、あの顔……。

外灯の光を受けて、椅子に腰掛けた二人の影が砂浜に伸びている。静かな海の上には、真円には少し足りない月が浮かんでいた。巨大なバロックパールのようだった。

人工の明かりと月明かりの両方に照らされ、タプアリの腕や足に施された刺青が浮きあがって見える。礼にかなったことではないと知りながらも目を離せずにいると、

「リウとは、もう会ったのかね」

突然訊かれて、真奈は狼狽えた。黙って首を横にふる。

「なぜ。やつは、あんたが来ていることを知らないのか？」

「いえ、知っているようです。でも、べつに会う必要もないですし」

「必要？」

タプアリは怪訝な顔をした。

「古い友人と旧交を温め合うかどうかを、あんたは必要の有る無しで決めるのかね」

どきりとした。とっさに答えが返せなかった。

「そういうわけでは、ないんですけど……」迷ったものの、思いきって言った。「彼とはもう、会うべきではないと思うので」

ふむ、と老人が唸る。

メイン・バーのほうからかすかに漏れ聞こえる音楽と、小さな波がさざめくように浜を洗う音をしばらく聞いていたのち、タプアリは再び口をひらいた。

「やつは最近、家に帰っていない」

答えない真奈を見て、すでに知っていると悟ったらしい。一つうなずいて、続けた。

「タヒチの女は、激しいからな」

「はい？」

「恋人のマリヴァだよ。知っているだろう？　彼女は、そこへ持ってきて父方の血を、つまりフランス女の理屈っぽさまでを兼ね備えている。リウのやつが逃げ出したくなるのも、男としてはまあ、わからないでもない」

海のほうを見ているタプアリの顔が、ふっと苦笑のかたちに歪む。

その顔が、いきなり真奈のほうを向いた。

「以前は、互いに愛し合っていたのだろう？」

ストレートなのは、母国語でないせいだ。それがわかっていてもつい、耳がカッと熱くなる。

「……そうですね」

真奈は言った。

「たしかに、大昔にはそんな時代もあったかもしれません。でも、そうだとしても、今さら彼とよりを戻すなんて絶対にありえません」

「なぜ」

「お互いの未来が一つにならないとわかっているからです。彼が日本に戻るわけはないし、私も日本を離れるつもりはない。だったら、もう一度始める意味なんてないでしょう？　私は、旅先だけのラブアフェアには興味がないんです」

「なるほど。それだけかね？」

「恋人がいます」

「ほう。日本人か」

「ええ。結婚も考えている相手です。まだ、本当にするかどうかはわかりませんけど」

落ちくぼんだ老人の目が、じっと真奈の目を見つめる。心の奥の奥まで見透かされそうだ。

視線をそらしかけた時、彼は言った。

「よけいなお世話かもしれんが、恋をしている女の目ではないな」

真奈はたじろいだ。

「本当に、よけいなお世話ですね」

思わず口から出たひとことは、自分の耳にもひどくきつく響いた。

ごめんなさい、と謝ると、タプアリはかぶりを振った。

「いや。今のはこちらが不躾だった」

大きく息をつく。いかつい両肩が上下する。

じつはな、と、しわがれた声で彼は続けた。

「さっき、バーであんたと会ったとき、少しゆっくり話してみたいと思ったのには理由があってな」

「理由?」

「あの夜、リウが連れてきたあんたと初めて会った時に、俺は、リウという男をようやく理解できた気がしたんだ。リウを、と言うより、あの男の迷いを、と言ったほうが正しいかもしれないが……。ん? 意味がわからんかね」

真奈は、素直に頷いた。

「あいつはな。この島でずっと生きていく、骨を埋めるのだと言いながら、腰が定まらんというのか何というのか、どうにもふらふらしてばかりいた。俺はそれを、やつの心のひと隅がずっと母国に結わえ付けられているせいだと思っていた。しかも、懐かしんでいるんじゃない。むしろ苦しめられている。喉の奥深くまで釣り針を飲みこんだ魚のようにね。その釣り糸を引き絞っているものはいったい何なのだと、ずっと長いこと、不思議に思ってきたんだが——ようやくわかった」

タプアリが、強い眼差しで真奈を見た。

「あんただよ」

「え」

「リウのやつは、日本という故郷を断ち切れなかったんじゃない。日本にいるあんたを、断ち切れなかったんだ」

「そんな、まさか」

「ありえないと思うかね。だが、それが、長年あの男を見てきた俺の結論だ」

動揺を隠せずにいる真奈を眺めながら、老人は付け加えた。

「つがいのマヒマヒだな、まるで」

真奈は激しく首を横に振った。

「あなたの思い違いです」

老人は答えなかった。かわりに、別のことを言った。

「じつはゆうべ、リウのやつと決裂した」

「決……ええっ？」

「タトゥーをめぐってな。いや、以前から不穏な気配はあったんだ。自分はここで生きていく、この土地の男になるとこれほど言っているのに、なぜ伝統の紋様を彫ってくれないのか——そう言って、やつはえらく焦れていた。ゆうべは自分から俺のところに来たんだが、何やら苛立っておって、いつも以上に激高しおってな。『そうも頑固に俺を否定し続けるのなら、他の彫り師のところへ行く』——と、そこまで言いつのったものだから、俺は答えたよ。行けばいい、と。どこでどんな中途半端な彫りものをしてもらおうが、俺はそんなものは認めない。俺が認めない限り、おまえはこの島の誰にも認められない、とね。あいつは、ものも言わずに小屋を出ていった。どこへ行ったかは知らん。今ごろは体におかしな模様が増えているかもしれないな」

声を失っている真奈を見て、タプアリは嘆息した。

「おそらく、あいつには焦りがあるんだろう。この島の女であるマリヴァは、ある意味、やつの庇護者だった。マリヴァの恋人となり、子どもらの父親となることで、やつは島の社会の中に自分の居場所を得ていたんだ。しかし、こうしてマリヴァの元を離れ、しかも恨みを買ってしまったなら、もう彼女の助けを借りることはできない。やつはこれから、自分で自分という人間を証ししなくてはならない。この島の男として、アイデンティティの証明ともなるタトゥーが今すぐにでも欲しいのはそのためだろうさ」

その時だった。背後で、ザリ、と砂を踏む音がした。

「勝手なことを言わないでくれ」

真奈はふり返った。

歩道のほうから裸足で浜に下りてきた竜介が、立ちあがれずにいる真奈と、悠然と構えるタプアリ老人とを順ぐりに見おろす。

「俺のいないところで、勝手なことを言うのはやめてくれ」

むき出しの太い腕をゆっくりと胸の前で組み、竜介は英語でくり返した。

「とくにマリヴァについては——俺と彼女の関係は、契約や取引じゃない。この先お互いの関係がうまくいかなくなれば、俺は確かに住みかを失うことになるだろうが、それだけの話だ。それを、恨みを買うだって？　マリヴァはそんな女じゃない。とりあえずその一点だけは、今ここで取り消してもらう」

逆光のために、表情がよくわからない。抑えた感情の波だけがひたひたと寄せてくる。

その憤りが自分たちに向けられたものであるにもかかわらず、真奈は、胸打たれていた。一昨日の夜のマリヴァの必死な顔や言葉――あれは、恋人の心変わりへの単なる狼狽や嫉妬ではなかったのだ。マリヴァと竜介の間には、二人が子どもたちと一緒に積みあげてきた時間があり信頼関係があって、それはともすれば男女の感情よりも強固で特別な絆なのかもしれない。だからマリヴァはあれほどなりふりかまわずに守ろうとするのだ。失ってしまえば再び手に入れるのがとても難しいものだとわかっているから。

ふと、思った。もしも十年前、竜介との関係を持続させようと自分がもっと必死になっていたなら、何か変わっていたのだろうか。もちろん、どう努力したところで竜介はあのまま日本ではやっていけなかったろうし、そういう彼との関係を続けていくのはあの時点では不可能だったろう。だが、当時の自分は、笑ってしまうほど若かった。そして愚かだった。たとえこの男との恋愛を失っても、似たようなものは容易に手に入るとどこかで高をくくっていたのだ。

「なるほど、そうか」

タプアリが身じろぎして言った。真奈も聞いているからだろう、英語のまま続ける。

「たしかにその点に関しては、勝手な憶測だったな。マリヴァに失礼なことを言ってしまった。謝るよ」

ややあって、竜介から寄せてくる圧が少し弱まった。

「――わかってくれればいい」

「うむ。それはすまなかった。しかしな、リウ。そのことと、お前のタトゥーとはまた別の話だ。

マリヴァの一家を守って暮らすなら島の男として認められ、そうでなければ所詮よそ者だ、などという意味ではない。もっと言うならば、俺や他の男たちが認める認めないの話ですらないのだ。お前が求められる時がくれば、物事は自然とそのようになる」

「求められる?」竜介が怪訝な声になる。「誰から?」

タプアリはそれには答えなかった。竜介をじっと見つめて言った。

「時を、甘く見るな」

「意味がわからない。要するに、あのフランス野郎みたいに何十年もかけて待ってりゃ、そのうちいいこともあるって言いたいわけか?」

「ほう。もう耳に入ったのか」

「たった今な」

メイン・バーのほうを一瞬ふり向くようにして顎をしゃくった時、真奈には竜介の横顔が半分だけ照らされて見えた。表情の険しさに、こちらの胸まで引き攣れる。

タプアリがため息をついた。

「なあ、リウよ。なぜわからない? ただ時間をかければよいというものではないのだ。ジルベールは自分の時があることを知っていた。そしてそれが訪れるのを待った。だからついには求められた」

「思わせぶりな謎かけはいいかげんにやめてくれ」

「お前こそ、いいかげんに気づけ、リウ。お前はせっかくマナを持っているのに、なぜふらふらと見当違いのほうばかり探すのだ」

どきりとした。

You have Mana——それが精霊や神々の香気を指す言葉と知っていても、英語の直接的な表現で口にされると、つい脈が奔《はし》る。

老人が椅子から立ちあがった。年には似合わないほど滑らかな身のこなしだった。

真奈を見おろす時、その目はすでに和らいでいた。

「あんたには、申し訳ないことをしてしまったな」

「何がです？」

「俺が引き止めたばかりに、あれほど会いたくないと言って避けていた男と会う羽目になってしまった」

「そんな……会いたくないとは言っていません。会う必要がないと言ったんです」

急いで訂正しながら、何を弁解しているのかと舌を噛みたくなる。

「いずれにしても、済まないことをした」

タプアリがじわりと微笑する。

「とにかく、俺があんたに言いたかったことはさっき話したとおりだ。あんたのほうはそれにも異論があるかもしれんがね。俺としては、またいつか会えることを望んでいるよ。その時はもっとじっくり話そう。邪魔の入らないところで」

その邪魔が、小さく舌打ちをするのを意にも介さず、老彫り師は真奈の肩にそっと手を置くと、竜介のすぐ傍らを通り抜けてすたすたと歩き去ってしまった。相変わらず大きな歩幅だった。

遠ざかる背中が熱帯樹の闇に溶ける。と同時に、ふ、と空気が動いた気がした。見ると、竜介が苦笑を漏らしたのだった。

うつむいて、やれやれと首を振る。後ろでまとめきれない半端な前髪がひと束、額に落ちかかり、表情を隠していた。

「――なんで、会いたくなかったんだ？」

「は？　そこ？」

思わず声が尖ってしまった。結局こうして顔を合わせてしまった今、ひと言めにそうくるか。

売り言葉をうっかり買ってしまって言質を取られることのないよう、慎重に返事を選ぼうとしたのだが、竜介はふらりと歩きだしながら真奈を促した。

「部屋に戻るんだろ。途中まで送ってく」

必要ないからと一旦は断ったものの、固辞するとかえって何を怖れているか勘ぐられそうで、真奈は仕方なく先に立ち、ラグーンの方角に向かった。部屋まで送るとは言わず、途中までとわざわざ口にする彼の用心深さは、いったい何のためのものなのだろう。そうやって竜介の言葉の裏ばかり探ろうとしてしまう自分がまた腹立たしい。知らなくていい。知る必要なんかどこにもないのに……。

歩道の片側に、満ち潮の水面がひろがっている。そのせいか、あたりの闇も静けさも深い。二人並んで歩いても、足音や息づかいは木陰を縫って水辺のほうへと吸いこまれてしまう。

沈黙の重苦しさに耐えかねて、真奈は口をひらいた。

「タプアリから聞いたんだけど……タトゥー、ほんとに誰か別の彫り師に入れてもらうことにしたの？」

「さあな。どうだかな」

「じゃあ、まだ入れてないのね？」

「当たり前だろ。昨日の今日だぞ」

「よかった」

「なんで」

「あなたが、大事なことを間違えなくて」

どういう意味だと訊き返されるかと思ったのだが、竜介は長々とため息をついただけだった。

「……かなわねえな。まったく」

「しょうがないよ。人生の年季がぜんぜん違うもの」

「え？」

「タプアリでしょ。さっきの話だって、いろいろ図星だったくせに」

答えようとしない。

「そもそも、どこから立ち聞きしてたの？」

「人聞きの悪いこと言うなよ。たまたまバーを出て通りかかったとこにおまえたちがいて、勝手に俺のこと噂してただけだろうが」

「それはまあ、そうだけど」真奈は認めた。「ねえ」

「何だよ」

「そんなに焦って欲しがらなくてもいいんじゃない？」

「……何を」

「さっきタプアリと話してて思ったけど、あの人、ああ見えてすごくあなたのことを気にかけてる。あんなふうに喧嘩してまで意見するくらいだもの、きっといつかあなたに、誰より凄いのを彫ってくれるにきまってる。部外者の私に言われたくないだろうけど、今はまだ彫らないって頑固に言い張ってるものを、こっちが苛々したってしょうがないよ。彼の言う〈時〉が巡ってくるまで、もっとどっしり構えて待ってたほうがいいんじゃない？」

竜介が何か答えかけ、途中で口をつぐむのがわかった。

気分を害したのだろうか。べつにかまわない、と自分に言い聞かせる。会う必要がなく、会うべきでもないのに、結局はこうしてめぐり会ってしまうこの男——彼との間に必要な距離を取るためには、こちらを鬱陶しく思わせるくらいでちょうどいいのだ。

道の行く手が大きく二股に分かれているのが見えた。

右へ行けば、ラグーンを横切ってコテージへと渡る橋。左は、いつかの夜、竜介が沐浴をしているのを初めて見かけたあの浜辺に続く道だ。あの時は、まさかそれがかつての恋人だなどとは気づきもしなかった。

「ここでいいから」

分かれ道の手前で足を止めた。

竜介も立ち止まる。

真奈は、思いきってその顔を見あげた。

「ありがとう。あなたもいろいろ大変そうだけど……元気でね」

「でも、まだ何日かいるんだろ?」

「いるけど、もう会うことはないと思うから」

暗がりを透かすようにして、竜介が見おろしてくる。白眼の部分が、木々の間から届く月明かりを受けて鋭く光っている。

「真奈」

呼ばれたとたん、なぜだろう、この場から走って逃げたくなった。

「真奈、俺は……」

「やだ。聞きたくない」

目をそむけると、

「いいから聞けって」竜介は苛立たしげに言った。「悔しいけど、あんたの言うとおりだよ。タプアリの言葉は図星だった。俺は、どうやらいまだに、あんたとのことを断ち切れていないらしい」

「言わないでったら!」

たまらずに背中を向けたとたん、肘をつかまれて引き戻された。あっという間に後ろから抱き竦められていた。左の耳に熱い吐息がかかる。煙草とバーボンの入り混じった竜介の匂いが、鼻腟から潮のように肺いっぱいに満ちてくる。くらくらしながらも、その酩酊をたまらなく懐かしいと感じる自分に、真奈は慄《おのの》いた。だめだ。膝から崩れそうだ。

「真奈……」

耳もとでささやかれ、息が乱れる。鼓動が奔りすぎて苦しい。

「わかってるんだ。こんなのは間違ってる。なのに、どうしても我慢がきかない。今こうしててても……いや、ただ顔を見て、声を聞いてるだけで、あんたを抱きたくて抱きたくてたまらなくなる。めちゃくちゃに壊してやりたくなる。だから――」

しんと静まり返った直後、耳たぶに激痛が走った。

「いっ……!」

ゆるんだ腕の枷から逃れ、左耳を押さえながらふり向くと、竜介はまるで飴玉を指でつまむようにして口から何かを出した。濡れて、夜目にも鈍く光るつるりと丸いものは、あの黒真珠のピアスだった。

痛みが、いくらか正気に引き戻してくれた気がする。彼が黙って返してよこす涙の形のそれを、真奈は、ためらった末、震える手を差しだして受け取った。容赦のない強さで歯を立てられた耳たぶが、じんじんと焼けつくように痛む。

「頼むから……」竜介が、低く唸った。「早くここからいなくなってくれ。でないと俺は――」

その続きを、狂おしいほど聞きたいと思ってしまう自分も、いいかげんおかしいのだろう。もう、すぐそこはコテージだ。一人で眠るには広すぎるベッド。この男とひと晩だけ昔のように激しく抱き合ったとしても、誰も知ることはない。知られなければ誰にも迷惑はかからない。

真奈は、目を閉じた。

目を開き、言った。

「——明日までは仕事があるの」

自分でも驚くほど冷静な声が出た。

「あさっては……止めないでね、マリヴァに会いに行くつもり」

「え？」

「たいしたことじゃないの、ただ個人的に、一度はちゃんと筋を通しておきたいだけだから」

竜介が、射るようなまなざしで見つめてくる。

「でも、それさえ済んだら、このホテルを引き払って、帰国の日までタヒチ本島に泊まることにする。それでいいでしょう？」

答えを待たずに、きびすを返して歩きだした。

後ろから、強すぎる視線が注がれているのがわかる。背中に硫酸でも浴びせられているかのようだ。

痺れるような耳たぶの痛みに、真奈は小さく呻いた。今ふり返れば間に合う。今夜ひと晩だけ、たった一度きりでいいから彼と……。

奥歯を噛みしめ、重たい水をかき分けるようにして、一歩、一歩、彼から遠ざかる。

自分のことを、今ほど馬鹿だと思ったことはなかった。

第七章　月の裏側

その昔、真珠はおそろしく高価だった。養殖技術などはもちろんまだなく、すべてが奇跡のような自然の産物だっただけに、たった一粒で一国の軍隊が、あるいは国そのものが買えるほどの値打ちがあった。

政治家であり博物学者でもあったプリニウスの著書『博物誌』の中に、こんな記述がある。エジプトの女王クレオパトラは、両耳に大きな真珠の耳飾りをさげていた。世界最大ともうたわれる素晴らしい真珠だったという。

ローマの将軍アントニウスがエジプトに遠征していた時、夜ごと贅沢な宴をくりひろげるローマ人たちを軽蔑したクレオパトラは、冷ややかに言い放った。

〈あなたがたの贅沢とはその程度ですか。私ならば一夜の食事で一千万セステルティウスを費やしてみせましょう〉

アントニウスは、そんなことができるものかと鼻で笑い、彼女の賭けを受けた。

次の夜、クレオパトラが開いた宴はそれなりに豪勢ではあったが、ローマ人たちの宴と大差なかった。

アントニウスが、言葉をたがえた彼女に負けを認めるよう迫った時だ。美しい女王は艶然と微笑み、侍女に命じて極上の葡萄酒から作られた強い酢を運んで来させた。そして自分の耳に揺れている真珠の片方を取ると、惜しげもなく杯の中に放りこみ、酢に溶かしたそれをひと息に飲み干してみせた。茫然と見つめるアントニウスたちを尻目に、彼女はもう片方の耳飾りも外そうとしたが、賭けの審判を任されていた将軍ルキウスはそれを止め、同胞アントニウスの負けを宣言した——。

「Jewelry TAKAHASHI」で真珠のイヤリングやピアスを購入した客に、真奈は時おり、このクレオパトラの逸話を紹介することがあった。酢どころか酸性のものにことごとく弱い真珠は、身につけたあと汗や脂が付着したままにしておくと、変色したり、せっかくの艶や照りを失ったりしてしまう。そのつど柔らかな布で拭きあげるなど、丁寧な手入れが必要となるのだということを、やさしく説明するためでもあった。

ボラボラ島でのオークション最終日——部屋に戻って耳からはずした二粒の黒真珠を、真奈は布でくるむようにしてそっと拭った。

オークションの成果はまずまずだった。支払い総額は七百万ほどだが、金額以上のものを落とせたという確かな手応えがある。たったいま抜けてきた最後のパーティで、大阪の平井が目を合わせようとしなかったのも気分が良かった。

拭きあげたピアスをベッドサイドのジュエリー・トレイに置く。二つともほとんど同じ大きさと形をしているが、色合いにだけほんのわずかな差があって、真奈の目には容易に判別がつく。虹のような照りがひときわ強いほうの粒を、もう一度手にとってみる。てのひらにそっと転がしながら昨夜のことを思い起こすと、とたんに軀の芯がじん、と痺れた。

男の口の中から、無造作に舌先で押し出された一粒。黒蝶貝から取りだした瞬間のように濡れそぼったそれは、月明かりの下、ぞっとするほど妖しい輝きを放っていた。

油断など、するのではなかった。あんなに用心深く距離を置いていたはずだったのに。はるか昔に終わったことだと、乾ききった古い種から芽は出ないのだと、だからもう会ってはいけない、会う必要はない、アルバムの写真を切り抜くように記憶から彼のことだけ切り抜いて捨ててしまわなくてはいけないのだと――そう思って、実際そうしてきた。なのに、あの男からいきなりあんなふうに抱き竦められ、あんな言葉をささやかれ、あれほどの痛みを甘い罰のように与えられただけで、自分はこんなになってしまうのか。

左の耳たぶには、まだ鈍い痛みが残っている。指先で触れるだけで心拍が上がり、息ができなくなる。

溶ける、と思った。

あの男を思い浮かべると、心臓が、酢の杯に放りこまれた真珠のように溶けてしまう。

ビジネスそのものは無事に終わったものの、意識の底にはまだ張りつめたものがあったのだろう。数日ぶりにアラームをかけずに眠ったのだが、さして変わらない時間に目が覚めてしまった。

コテージのテラスで一人、ラグーンの水の色がだんだんと明るさを増してゆくのをぼんやり眺めたあと、軽くシャワーを浴び、身繕いをしてレストランへ出かけた。食欲はあまりなかったので、ビュッフェのコーナーから新鮮なフルーツを少しずつ選び、あとはスタッフのクリスが運んできたカゴの中から焼きたてのデニッシュを指差して一つだけ皿に載せてもらった。

「素敵なドレスですね」

伏せてあったカップを表に返し、ポットから熱いコーヒーを注ぎ入れながらクリスは言った。

黒いホルターネックのワンピースだった。

「ありがとう。ここのホテルのギャラリーで見つけたの」

「そうでしたか。あそこはいつも趣味のいいものを置いてるんです。あ、そのピアス……」

ぎくっとして思わず左の耳を押さえてから、気がついた。そうだった。もとはと言えばこれは、クリスの付き添いのもとで選んだのだった。

真奈は、彼を見あげて微笑んでみせた。

「覚えててくれたんだ」

「そりゃそうですよ。やっぱり、とても似合ってます」

「ありがと。私も気に入ってるの」

クリスが、いたずらの共犯者のような目をして笑った。

「お仕事は昨日で終わったんですよね。帰るまでの間、少しはのんびりできそうですか」

「まあ少しは、ね」

「まだ何か？」

「取引上の書類のやり取りとか、買い付けた真珠を金庫に収めて日本へ運んでもらう手配とか、だいたいは終わったのに、ちょこちょこと細かい連絡が残ってて。それくらいのこと、たとえ何かあっても電話で済むんじゃないの、って思うんだけど」

「大変そうだ。せめて、ジョジョのところにでも行って慰めてもらって下さいよね」

気の毒そうに言い残し、クリスは離れていった。

じつのところ、明日からの心づもりが狂ったのはその「ちょこちょこと細かいこと」のせいだった。

〈このホテルを引き払って、帰国の日までタヒチ本島に泊まることにする。それでいいでしょう？〉

竜介を相手に偉そうに言い放ってしまったというのに、あの翌日、つまり昨日、オークション主催者側との商談のなかで真奈がそれとなく宿泊場所の変わる可能性を告げると、先方は難色を示した。

曰く、各国からのゲストがそれぞれどのコテージに泊まっているかは、主催者側ですべて把握しており、それによって業務連絡やサービスが潤滑に進んでいる部分は多い。強制ではないのでどうしても移りたいと言われれば止めることはできないが、できれば今回の契約から派生するすべてのやり取りが終わるまで、引き続きこのホテルに滞在してもらえると助かる――。そこまで言われてしまうと、こちらも強くは出られなかった。

帰国便が飛ぶ曜日はそれぞれの国によって異なるが、たとえばオークション翌日に帰れる業者であっても、念のためにあと数日は滞在するのが通例らしい。真奈自身、大前提として、ここへは仕事のために来ている。一方、竜介と顔を合わせたくないから島を出たいなどというのは、百二十パーセント私的な感情でしかない。考えるまでもなく、天秤にかけるわけにはいかなかった。

仕方がない。残りの日々はできるだけコテージに引きこもって過ごすしかない、と真奈は思った。ホテルを引き払おうと考えた理由も、それを中止せざるを得なかった事情も、誰にも話すまい。もし、こちらがまだ島にいることがどこかから竜介の耳に入ったとしても、顔さえ合わせなければ文句はないだろう。文句があったとしたって、聞こえてこなければないも同じだ。

コーヒーを飲み終え、膝にかけていたナプキンをテーブルに置いて立ちあがる。席を数歩離れたとたん、テーブルに小さな野鳥が舞い降りて、皿に残ったパン屑をつつくのが見えた。

園路をたどり、環礁に面した浜辺へと向かう。以前、パレオ染めを習ったあの浜辺だった。

正直なところ、竜介のせいで心乱れたままの自分の状態を考えると、マリヴァと顔を合わせるのは気が進まない。それだけの気力がない、と言ってもいい。

けれど、偶然とはいえ自分の出現がきっかけであの二人の間に亀裂が入った以上、何とかもう一度くらいは話をしたかった。男女の仲に口を出すわけにはいかないけれど、本当に別れてしまわない限りは竜介の今後を支えてくれるのであろうマリヴァに会って、誤解があるならば解きたかったし、竜介がタプアリにぶつけた言葉も伝えておきたかった。俺とマリヴァの関係は契約じゃない、彼女はそんなことで俺を恨むような女じゃない、というあの言葉。せめてあの言葉を伝えたなら、マリヴァの気持ちも少しはおさまるのではないだろうか。

お節介な女、と自分に苦笑が漏れる。自己満足もいいところだ。

ところが、浜辺にマリヴァの姿はなかった。ふだんならこの時間には色とりどりの布がヤシの間に張られたロープに干されてはためいているはずなのに、それも見あたらなかった。

ホテルのスケジュールでは、今日は確かにパレオ染め体験の行われる日のはずだ。さっき、朝食の前にコンシェルジュに電話をして確認したのだから間違いない。

いま来た道をとって返し、もう一度、こんどは直接フロントに寄って確かめてみる。スタッフの女性は眉根を曇らせながら、あいにくマリヴァから時間の変更などの連絡は入っておらず、電話をしてみたが出ないのだと言った。

「申し訳ありません、マダム。パレオ染めをなさりたいのでしたら、別のアーティストの工房をこちらから訪ねることもできますが、いかがしましょう。連絡して手配しましょうか」

「ううん、いいの。マリヴァと話したかっただけだから」

礼を言い、また後で行ってみるからと、仕方なく一旦コテージに戻った。

すでに交わした契約書類を再度チェックしたり、ネットにつないでいくつかのメールに返事を書いたりする間も、なぜだろう、胃のあたりがざわついてならなかった。

何日か一緒にいただけでも、マリヴァが無責任な人間でないのはわかる。たまたま不意の用事で遅れているのならいいが、無断でというのが気になる。もしかして子どもたちに不測の事態が起こったとか、それともマリヴァ自身が病気や心労で倒れてしまっているのだとしたらどうしよう。あの家には今、彼女が頼れる人間はいないのに……。

たまりかねて、真奈は電話に手をのばした。

いちばん早くバイタペ側に渡る船は、フロントに調べてもらったところ、やはり従業員用だった。いつかと同じ港に着いてからは、待機していたタクシーに乗った。何台か停まっていた車の中に竜介の姿は見えなかった。

マリヴァの家へは、マヒマヒ料理の時に一度招かれただけだが、ほぼ一本道だ。行き着けるはずと思いながらも一応、若い運転手にマリヴァとリウの家を知っているかと訊くと、もちろん、という答えが返ってきた。テヴァと名乗った彼は、リウとは親しい友だちだと言った。

「あんたは、日本でのあいつの友だちかい？　もしかして恋人？」

好奇心まる出しの質問をなんとか躱しながら、十五分ほどでたどり着く。

家の前には、マリヴァの車と並んで、見たことのないトラックが斜めに停まっていた。車体は汚れ、ドアは凹み、バンパーははずれて落ちかけている。マリヴァが愛情を注ぐ家や庭とはまるで似つかわしくない車だった。

斜めに停まったそのトラックを見るなり、まるで静電気が走ったように背筋がチリチリとして、うなじの産毛が一本残らず逆立った。生まれてこのかた、そんなことは初めてだった。

「リウのやつはいないみたいだなあ、やっぱ」

のんびりとテヴァが言う。

「どうする？　時間を言っといてくれたら、また迎えに来るよ。電話してくれてもいいし」

「ええ。でも、ちょっと待って」

真奈は言った。家の奥の気配を窺う。入口はぴったりと閉ざされ、窓の中も暗くて見えない。

「あの車って、誰のだか知ってる？」

「いや、わかんないな。もしかして、リウが新車でも買ったとか？」

ンなわけねえか、とテヴァは自分の冗談に笑ったが、真奈は笑えなかった。禍々しいほど汚れたトラックを見つめる。背筋のチリチリがおさまらない。

「悪いけど、少しの間ここで待っててもらえる？　ちょっと様子を見てくるから。もしお客さんが来てるんなら、邪魔しちゃっても悪いでしょ」

「いいよ、ゆっくりどうぞ。なんなら俺は、ここで昼寝でもしてるよ」

戻っても暇だしさ、と手をふるテヴァを残し、車を降りる。ドアを閉める音に、自分でびくっとなる。

冷房の効いていた車内に比べると、外は温度調節がばかになったサウナのようだった。テヴァがステレオのボリュームをぐんと上げたのがわかる。

漏れてくる陽気な音楽を背中で聞きながら、太陽の照りつける前庭を横切っていく。吸いこむ息が熱風のようだ。足の下に砂利の音。目にも鮮やかな南国の花々。たわわに実るバナナやパパイヤ。まるで現実感がない。

ポーチの階段を上がり、日陰に入ると、ようやく肺の灼ける感じがましになった。ドアの前に立つ。中はひどく静かだ。

右手をあげ、なおも躊躇う。海風にさらされた白いペンキが剝げて、前に塗られていた青や赤の塗装がのぞいている。そのドアを、真奈は思いきってノックした。

返事がない。

少しおいて、もう一度ノックすると、奥のほうで物音がした。カーテンのかわりに窓辺に吊してあるパレオが揺れ、足音が近づいてくる。ややあって内鍵がはずされ、ドアが細く開いた。マリヴァの顔の、左半分だけが覗く。

こんにちは、と真奈が言いかけるのを、

「何しに来たの」

マリヴァは早口に遮った。低く押し殺した声だった。

「ごめんなさい、急に訪ねたりして」

真奈は言った。

「あなたと少しだけ話がしたかったの。でも……お客さまだったら、また出直してくるけど」

マリヴァの片眉がぴくりと痙攣する。一瞬激しく迷うようにも見えたが、そうなの、人が来てるの、と答えた。

「だから帰って。お願い」

お願い、というひと言の、あまりの切実さに驚く。

思わず目で問いかけると、マリヴァが同じく目で応え、唇だけを動かした。

(た・す・け・て)

同時に、ドアの陰になっていた顔の、もう半分がすーっと現れた。

息を呑んだ。マリヴァの顔の片側は、赤黒く変色して腫れあがっていたのだ。

動悸がはね上がる。思わずタクシーのほうをふり返ったが、テヴァはすでに運転席のシートを倒してしまっていた。呑気なレゲエがかすかに漏れ聞こえてくる。あれでは、ここから呼んでも聞こえまい。

マリヴァに目を戻す。恐怖を懸命にこらえているのが、唇の震えでわかる。

(子どもたちは?)

声をひそめてくと、マリヴァの視線が動いて、奥にいることを示した。

(ほかに誰がいるの? 何人?)

(一人よ。私の、前の……)

その時、

「てめえ、何を話してやがる」

しゃがれた声とともに足音が近づいてきたかと思うと、いきなり骨ばった手がマリヴァの髪をひっつかんだ。痛みに呻いた彼女が後ろへよろけるのと同時に、ノブが内側に引っぱられてドアがゆらりと開く。

立っていたのは痩せこけた男だった。骨は尖り、眼窩は落ちくぼみ、その奥から真奈を睨みつける目だけがぎょろぎょろしている。白眼の部分がやけに黄色い。

「誰だ、てめぇは」

「わ、私は……」真奈は、なけなしの勇気を奮い起こして睨み返した。「私は、マリヴァの友人です」

「友人だあ?」

「やめてよ、テヘイ、その人は関係ないから!」

髪をつかまれたままのマリヴァが、必死にもがいて逃れようとする。

「痛いってば、放して」

「うるせえ! 来たのが誰だろうと、よけいなことは喋らずに追い返せと言ったろう。なめた真似しやがって、相変わらず人の言うことをきかねえ女だなあ、ああ?」

ぐいぐい容赦なく髪を引っぱられ、マリヴァが悲鳴をあげる。

奥の部屋で子どもが泣きだした。ママン、ママン、と泣きじゃくる声におびえたのか、赤ん坊の泣き声までが加わる。

テヘイと呼ばれた男が、チッと舌打ちをした。マリヴァの首に後ろから喉輪のように腕を巻きつけ、真奈に向かって凄む。

「帰れ」

酒くさい息が臭ってくる。真奈は、ごくりと唾を飲み下した。

「マリヴァを、放して」

声が震える。

「ここはマリヴァの家でしょ。あなたが出ていきなさいよ」

ハッ！　と、男があきれたようにそっぽを向いて笑った。

「あいにくだったな。ここは、俺の家でもあるんだよ。旦那様の留守に他の男をくわえ込んだ女房に、きついお仕置きをしてやるのは当然のことだろう」

「嘘よ、旦那だなんて！」マリヴァが叫ぶ。「結婚なんかしてないし、あんたとはもうとっくの昔に、」

「黙れ！」

すりこぎのような腕がぐいっとマリヴァの喉を締めあげる。苦しさにもがいた彼女の手が、コンソールテーブルの上の花瓶にあたり、床にガラスの破片が散り、花と水がぶちまけられる。

「マリヴァ！」

「た、助けてマナ、子どもたちを、」

「うるせえ、ぶっ殺すぞ！」

男が片手でドアを閉めようとするのを、真奈はとっさに押し戻して阻止した。内鍵を掛けられてしまったら手も足も出せなくなる。

悪態をついた男が、暴れるマリヴァをねじ伏せようとドアから手を放した。とたんに内側へ大きく開き、真奈は勢い余って中へとよろけた。

子どもの泣き声が大きくなる。揉み合っている男とマリヴァの向こうに幼い少女が立ちつくし、クマのぬいぐるみを抱きかかえたまま顔をくしゃくしゃにして泣きわめいているのが見えた。

「ティアレ、逃げて!」マリヴァが叫ぶ。「早く外へ!」

汚い言葉を連呼しながら、男がマリヴァの腕を後ろへねじり上げる。

「いッ……!」

マリヴァが痛みから逃れようとしてつま先立ちになる。やめて、と飛びついた真奈は、男に突き飛ばされた。

「マ、マナ! 誰か助けを呼んで」

「ふざけるな、そこを動くんじゃねえぞ」

「お願いマナ、私のことはいいから誰か、」

「まだ言うかてめえ」

「や、やめて、いいいいい痛い痛い痛い、いやあぁッ!」

ぱぎん、と湿った音がした。マリヴァの絶叫が響きわたると同時に、少女がますます大声で泣きわめく。

思わず後ろへよろけた真奈が、助けを呼びに行こうと向きを変えるより早く、

「うるせえな、あのガキ」

舌打ちをした男がいきなりマリヴァを放した。その場に崩れ落ちた彼女を残し、少女のほうへ向かっていく。

（だめ！）

どうしてそんなことができたのかわからない。考えるより先に体が前へ出ていた。真奈はマリヴァの傍らを走り抜け、今まさに少女を殴りつけようと手を振り上げた男に、後ろから思いきり体当たりした。たたらを踏んだ男が、ダイニングテーブルの角にしたたかに顔面を打ち付け、身悶えしながらものすごい唸り声を上げて床を転がりまわる。

その隙に、真奈は無我夢中で壁にかかっていた棒のようなものをひっつかみ、向き直った。竹刀のように握った棒の先を見て、ぎょっとなる。先端の鋭く尖ったそれは、魚を突く銛だった。

「ティアレ、こっちへおいで！」

マリヴァが娘を呼び寄せる。痛みに歯を食いしばっているせいか、声がくぐもって聞こえる。

「外へ出てなさい」

やだあぁ、と泣きながら少女が母親にしがみつく。おそらく折れているのであろう腕を持ちあげようとしてかなわず、マリヴァはもう片方の腕で娘を抱きかかえた。

奥の寝室にはまだ赤ん坊がいる。置いて逃げるわけにはいかない。

真奈は言った。

「マリヴァ。外の人を呼んできて」

「え、誰？」

「タクシーにテヴァって人がいるから。きっと何も聞こえてないの」

腕を押さえてもがくように立ちあがったマリヴァが、娘の手を無理やり引いて外へ出ると、土地の言葉で何か叫びながら駆けだしていく。

這いつくばって呻いていた男が、ふいに黙った。背中を波打たせるようにして幾度か荒い息をつき、むっくり体を起こす。自分のてのひらを見て、ひどい悪態を漏らしながらこちらをふり返る。角に打ち付けたときに切れたらしく、血まみれになった鼻骨がひと目でそれとわかるほど歪んでいた。

真奈は、銛をきつく握りしめた。

だめだ、手がふるえる。これでは武器にもならない。怒り狂った男に本気でかかってこられたら持ちこたえる自信がない。

(お願い、テヴァ、早く来て!)

男が、ふらつきながら立ちあがる。

突進してきた。突きだす勇気がなくて闇雲にふりまわした銛を、逆につかまれて取りあげられる。殺される! と思った瞬間、銛は床に放り捨てられ、かわりに両手で首をつかまれた。

もがきながら後ろへ下がると、ぶつかった家具が倒れ、何かを踏んでよろけた拍子に後頭部を壁に打ち付けた。血まみれの男の顔面が間近に迫り、壁に押しつけられ、ぐいぐい絞めあげられ、だめだ、息ができない、腕が上がらない、頭が風船のようにぱんぱんにふくらんで、きいぃんと耳鳴りがして、ああ、もう……。

と、どこか遠くから自分の名を呼ぶ声がした。

瞬間、ふっと圧が消えた。一気に空気の束が肺に流れこむ。遠のいていたあたりの音が戻ってくる。

たまらずに床にくずおれ、背中を丸めて噎《む》せる。何度も、何度も噎せ、涙と洟にまみれた顔をようやく上げると、

「やめて！」

床に倒れたあの男の上に馬乗りになって殴り続けるテヴァを、マリヴァが必死になって止めようとしているのが見えた。

「お願い、もうやめてったら、死んじゃう！」

「おい、マジでそのへんにしとけって。お前が人殺しで捕まるぞ！」

（――え？）

いま声をかけたのが、そばに立つテヴァだ。では、馬乗りになっているのは……？

真奈は、かすむ目を凝らした。見覚えのある黒いシャツ、二の腕のタトゥー。その紋様を見て取った瞬間、体じゅうからすべての力が抜けていった。

テヴァになおも制止され、ようやく殴る手を止めた彼が、息を整えながら呻く。

「何か、縛るものを持ってこい」

立ちあがる気力もないマリヴァのかわりに、テヴァが奥の部屋へ行き、ナイトガウンか何かの腰紐を持って戻ってくる。鮮やかな花模様がシュールな冗談のようだった。

気絶している男を後ろ手に縛りあげるのはテヴァに任せ、竜介は真奈のそばへやってきた。

「……大丈夫か？」

そうだ。さっき自分の名前を呼んだのは、確かにこの声だった。

真奈は、少し迷った末に、無言で首を横にふった。大丈夫なんかじゃない。大丈夫なわけがない。

「だよな。ちきしょう、こんなことならもっと早く来るんだった」

「……え？」

「あんたがマリヴァと会うなんて言うから、どうしても気になっちまって……」

女同士の修羅場を心配して来てみたら、それどころの騒ぎではなかったというわけだ。

「ばかじゃないの」

頬を歪めかけた時だ。

いきなり抱き寄せられた。真奈は、慌ててもがいた。マリヴァが見ているのに何てことを……。

けれど腕はびくともしない。

「ごめんな」しっかりと真奈を抱きしめたまま、竜介は言った。「けど、よかった、無事で。ほんとによかった」

それを聞くなり、ほとばしる感情を抑えきれなくなった。

「こ……怖かった……」

声がかすれる。新たな涙が両目からどっと噴きこぼれる。

「しーっ、よしよし」

小さな子をあやすように竜介は言った。

「もう大丈夫だから。な?」

真奈は、かえって泣きやむことができなかった。

背中を撫でる手があまりに優しく、せつない。けれどこの腕は、自分のものではないのだ。

*

男にひねり上げられたマリヴァの二の腕は腫れあがり、素人目にも骨が折れているであろうことは容易に見てとれた。

しかしボラボラ島には病院がない。小さな診療所はあっても、レントゲンまで撮れるような設備はないのだった。いちばん近い病院はライアテア島にあるが、そこで治せなければどうせタヒチ本島へ回されることになる。結局マリヴァは、竜介に付き添われて、午後遅い便でタヒチ本島パペーテの病院へ向かった。

レントゲンを撮った結果は、予想の通りだった。上腕骨の、肘へ向かって最も細くなっている部分がぽっきりと折れ、中でずれてしまっていた。その骨を元の位置に戻し、ワイヤーを中に通して固定するといった手術自体はさほど難しくないそうだが、上腕骨の近くには血管や神経が通っている。しかもマリヴァの腕はただの腕ではない。タヒチきっての名ダンサーの腕だ。完全な快復をみるまでには、リハビリを含めて、どうしてもそれなりの時間がかかるとのことだった。

「ねえ、あんたはいいの？　ちゃんとした病院で診てもらわなくて」

いつになく気遣わしげに、ジョジョが顔を覗きこむ。

真奈は肩を竦めた。

「大丈夫よ。一応、ホテル・ドクターには診てもらったけど、頭の後ろにたんこぶができたくらいで、ほかは何てことないの」

「だけどその包帯……」

「見た目が大げさなだけだってば」

あのテヘイという男——マリヴァの元恋人であり子どもたちの父親だそうだが、あの男に両手で絞められた真奈の首には、指のかたちに痣ができてしまった。今はその痣と、軽く痛めた首筋に湿布を貼って包帯をぐるぐる巻きにしている。その程度で済んで幸運だったと言うべきなのだろう。

しかし、怪我そのものよりも真奈にとってこたえたのは、精神的なダメージのほうだった。殺される、と本気で思った。自分は今ここで死ぬのだと、あの瞬間、ほんとうに思った。夜道で酔った男たちに絡まれた時とはまったく次元の違う、動物的・根源的な恐怖だった。

実際、竜介が割って入るのがあと少し遅れたら、命はなかったかもしれない。

あのあと、テヴァが警察に通報し、二人の警官がやってきてあの男を引っ立てていった。傷害事件に関わって刑に服していた彼、テヘイは、保釈の身でいきなりマリヴァのもとを訪れ、家の中を見て彼女に別の男がいるとわかったとたん、手が付けられなくなったらしい。

酔って逆上した男に、子どもたちともども監禁されていたマリヴァの恐怖たるやどれほどのものだったろう。腕の骨までへし折られながらのあの気丈さが、どうでも子どもたちを守らなければという母の本能のなせるわざだとするならば、身ひとつの自分など、女としてとうていかなわない、と真奈は思う。

週末が近いせいか、浜辺のバーは混んでいた。ついさっきまで、カウンターの真奈の並びには、パリから来たという上品な中年夫婦がいた。けだるい倦怠さえも人生の円熟であるかのように感じさせるところはさすがフランス人と言うしかなかった。

彼らが帰っていき、他の客もだんだんと引けて、十一時をまわった今はレストラン・フロアのテーブル席に二組、あとはカウンターの向こう端に年輩のフランス男と若いアジア人女性が残っている。わけありのお忍び旅行の匂いがぷんぷんしていて、いつもならジョジョは何食わぬ顔の下でそちらに興味津々のはずなのだが、今夜は別のスタッフに接客を任せ、自分は真奈から事の顛末を聞くことに集中していた。

「まあとりあえず、子どもたちに怪我がなくて何よりだったわよ」

やれやれと、ようやく肩の力を抜いてジョジョは言った。

マリヴァと病院へ向かう際、竜介は同じ飛行機に子どもたちも一緒に乗せて連れていった。タヒチ本島にはマリヴァの両親が住んでいる。入院中は祖父母に面倒を見てもらわなくては、竜介一人で赤ん坊までは見られない。マリヴァがこんな状態の時こそ、彼はますます外に出て金を稼がなくてはならないのだ。

「で、当人の具合はどうなのよ。少しは落ち着いてんの?」

「そうみたい。手術も一応無事に終わったそうよ」

「え、もう? 今日の今日で?」

「なんかね、担当ドクターのお嬢さんが本格的にタヒチアン・ダンスを習っていて、前々からマリヴァの熱烈なファンだったらしいの。それでドクターも、彼女の舞踊家生命を本気で考えてくれて、ずいぶん便宜を図ってもらえたみたい。後遺症を残さずにできるだけ短期間で治すためにも、処置は早ければ早いほどいいからって」

「それも、リウから?」

真奈は頷いた。マリヴァの検査結果や手術の首尾については、本島にいる竜介から携帯に連絡があって聞かされたのだった。

こちらの怪我と体調を気遣い、一連の報告を終えたのちに、竜介はぽつりと言った。

〈お前がもし家までマリヴァの様子を見に行ってくれてなかったら、どうなっていたかわからない〉

あいつらを守ってくれてありがとう、と低くつぶやくその声を、こんな電話越しではなくて、おとといの晩のように耳もとで直に聞けたならどれほど——。引き絞られるような内臓の痛みに耐えながら、真奈は言った。

〈できるだけ、マリヴァのそばに付いていてあげて。あのひとたちには、あなたが必要なのよ〉

わかってる、というのが、竜介の答えだった。

「ったくもう、やれやれだわよ」

とジョジョがぼやく。

「夕方、地元の馴染みの客から、『マリヴァの家で日本人の女が殺されかけたらしい』って聞かされた時は、てっきりあんたがあの女に刺されでもしたのかと思ってさ。あんまりびっくりして、タマタマが縮み上がっちゃった。こんなもの、やっぱりさっさと取っちゃうに限るわね」

「ごめんね、面倒かけて」

「まったくよ。これでほんとにあんたが殺されてたら、あんたのために作ってやったあのカクテルが洒落にならなくなるところだったわ」

『――〈サヨナラ〉』

二人の声がそろう。真奈は思わずふきだした。こうして笑っていられるのも命が助かったからこそだと思うと、すぐに苦笑いに変わる。

「明日、ここを発つんだって?」

ジョジョの声が小さくなった。

「ええ。午後ね」

タヒチ本島パペーテの空港から東京成田へ帰る便が飛びたつのは、あさっての早朝だ。ということは、明日のうちにこのボラボラ島から国内線で本島まで移動しておかなくては、翌朝のフライトに間に合わない。

ふう、とジョジョが息をついた。

「どうせあんたはまたグズグズとつまんないこと気にするだろうから、先にアドバイスしといてあげる」

「なに？」

「パペーテに行ったら、リウに逢いなさい」

「ジョジョ……」

真奈は首を横にふった。

「それだけはないわ」

「ばかじゃないの、あんた。モバイルフォンのナンバーだってもう知ってるんだし、明日の夜、彼に電話して、たったひとこと言えば済む話じゃないの。『今からホテルの部屋に来て』って。マリヴァは邪魔しに来ないわよ」

再び首をふる。

「そんな真似はしませんん」

「なんでよ。まさか、あの女に義理立て？　それとも、リウとの将来が思い描けないことがそんなに問題？　この先一緒にいられないからって何よ。あんた、この世にはひと夜限りの真実だってあるってことを知らないの？」

「知ってるわよ、それくらい！」

思わず、強い声が出た。

カウンターの向こう端から、わけありの二人が失笑を浮かべてこちらを見る。

ごめんなさい、と彼らに謝ってから、真奈はジョジョを見あげた。

「……ねえ、ジョジョ。あなたが私に味方してくれる気持ちはとても嬉しいけど、人にはそれぞれ、できることとできないことがあるの。私には、それはできないことなの。あなたの言う『ひと夜限りの真実』ってものがあることは知ってる。でもね、私には今、あんまりうまくいってるとは言えないけど私を想ってくれてる恋人がいて、竜介のほうにも、結婚してるわけじゃないけど本当の家族のような人たちがいて……その人たちへの裏切りになるとわかっていながら、隠れてこそこそ交わす関係なんて、あくまでも『ひと夜限りの情事』でしょ？　それを真実だなんて呼ぶのは、図々しいと思うの」

ずいぶん長い間、ジョジョは黙って真奈を見おろしていた。いつもよく見せる、片方の眉だけを上げて人を小馬鹿にするあの表情ではなかった。まるで宗教的な感動に胸打たれているかのような、それでいて、頭のわるい小動物を憐れんでもいるような、物言いたげな眼差しだった。

やがて、口をひらいた。

「あんたのその頑固すぎるモラルは、いったいどこから来てるのかしらねえ。でもまあ、そこまで意地を張るんじゃしょうがないわ。あんたの言わんとするところも、まるきりわからないじゃないし」

好きにすれば、おばかさん、と言われて、真奈は笑った。

「ねえ、ジョジョ」

「なによ」

「いつかほんとにアレ、取っちゃうの？」

「だとしたら、どうなのよ」

「だとしたら、また仕上がりを見せてもらいに来なくちゃと思って」

はん！　と鼻で嗤ったジョジョの片眉が、見事な山型にはね上がる。真奈は目を細めた。このほうがずっとジョジョらしい。

「明日、発つ前にもう一度ここへ寄んなさいよ。それまでに、〈とっととお帰り〉ってカクテルを考えといてあげるから」

憎たらしい口調で宣うジョジョに、ありがと、と真奈は言い返した。

「〈二度と来るな〉じゃないあたりに、愛が感じられるわ」


この六日間ほとんどネット回線をつなぎっぱなしだったパソコンをいちばん最後に片付け終えて、明るいコテージの中を見まわす。

キングサイズのベッド、ロマンティックなバスルーム、高い網代の天井でゆっくりと回る三枚羽根のファン。ほとんどの窓から、碧く澄んだ昼下がりのラグーンが見える。浅瀬に群れ集う美しい熱帯魚にもすっかり目が慣れて、もう何の驚きも感じなくなってしまった。

ノックの音にドアを開けると、スタッフのクリスが笑みを浮かべて立っていた。

「お迎えにあがりました、マダム」

わざと慇懃に言いながら、トランクを運び、真奈ともどもカートに乗せて走りだす。

チェックアウトの手続きは、朝食の後にもう済ませてあった。空港側まで渡る船の時間にはまだだいぶ早いのだが、

「ちょっとだけ、ジョジョのところに寄ってくれる？」

真奈はクリスの背中に声をかけた。

「ゆうべ約束したの」

返事がない。めずらしいことだと思いながらも黙っているうちに、カートはいつもの道をそれ、脇道へ入っていった。

「ちょっとクリス、どこ行くの？」

少しの間があった後、彼は言った。

「もしマナさんがものすごく怒ったとしたら、僕はここをクビになるかもしれません」

「……は？」

「ちなみに、このことはジョジョも承知してます」

「何の話？」

わけがわからないまま、あたりを見まわす。この道はよく知っている。昨日もバイタペ側のマリヴァの家へ向かうのに通ったばかりだ。何しろこのすぐ先には……。

前を見ると、行く手はすでにひらけていた。バイタペまでの従業員用の船が発着する桟橋だ。けれど、今はそこに別の船が停泊していた。屋根の付いた十人乗りのボート。操舵席に座ってじっとこちらを見ているのは——。

「な……何やってんのよ、こんなとこで！」

思わず声がひっくり返る。

「いつ戻ってきたの？　マリヴァをほっといて大丈夫なの？」

ひょいと陸に飛び移った竜介が、クリスに低く礼を言い、真奈へと目を戻す。

「戻ってきたのは今朝。マリヴァには親が付いてる。あとは何だ……ああ、ここで何をしてるかって？　あんたを見送りに来た」

言葉をなくしている真奈に向かって、竜介は、後ろの船へと顎をしゃくってみせた。

「乗れよ。俺が空港まで送ってく」

*

波は、凪いでいた。晴れ渡る空を背景に、峻険な岩肌を剝きだしにしてそそり立つオテマヌ山を、ボートはぐるりと大きく回りこむようにして進んでゆく。

これまでボラボラの空港へ向かうホテルの送迎船にはいつも、正面の桟橋から乗っていたせいだろうか。目に映る風景はいつもとどこか違って見えた。

操縦する竜介は髪を一つに束ね、黒地に白い模様の入ったシャツを着ていた。無造作に腰に巻いたパレオの裾が風に煽られ、はたはたと乾いた音を立てる。見つめていると何だかわけのわからないものに酔ってしまいそうで、真奈は顔を上げ、水平線へと視線を投げた。

彼のいる操縦席に近い席に座っているのは、単にそこがちょうど日陰だからだ。乗れと言われておとなしく乗るのも癪だったが、クリスが気遣わしげにこちらの顔色を窺うのを目にしたら、意地を張りとおす気になれなかった。

どうせ後で送迎船には乗るところだったのだし、と無理やり自分に言い聞かせる。船のサイズがぐっと小さいのも、乗客が他にいないのも、操舵手の人相が悪いのも、たいした問題ではない。要は、着けばいいのだ。

「なあ」

人相ばかりか柄まで悪い操舵手が、エンジン音と海風に負けないように声を張る。

「大丈夫なのか、その首。跡が残ったりしないかな」

真奈はかぶりをふった。

「たいしたことないから大丈夫。一週間もあれば消えるでしょ」

竜介が、ほっと眉根をゆるめる。それを見ると、いくらか優しい気持ちになった。

「子どもたちはどう？　怖いこと思いだして泣いたりしてない？」

「上のチビのほうは、ゆうべはまだちょっとな。でも、今朝はもう落ち着いてたよ。二人とも久しぶりにジジババに甘やかしてもらって、いつもよりご機嫌なくらいだ」

よかった、と真奈は微笑んだ。

今思っても不思議だった。あのテヘイという男が、少女の泣きわめく声に苛立って突進した時、とっさにそちらへ体が動いた自分がだ。

子を持った経験のない自分の中にも、母性と呼べるものは予めインプットされているのか、あるいは人間そのものが本来、か弱い者を守らずにいられないようにできているだけなのかはわからない。いずれにしても少女が怪我をせずに済んだことに関しては、少しくらい自分を褒めてやっていいような気がした。この見苦しく暑苦しい首の包帯も、名誉の負傷だと思えば我慢できる。

「マリヴァは？」

何も訊かないのも不自然で、真奈は思いきってその名を口に出した。

「腕、痛がってるんじゃない？」

「そりゃあな。なんたって折れてるわけだから」

大きな銀色のハンドルを器用に操りながら竜介は言った。

「けど、本人は、今からもうリハビリのことを気にしてるよ。収入がどうとかより、彼女にとっては踊れないってことそのものが辛いらしい。かといって、とにかく骨がくっつかないことにはさ」

「時間かかりそうなの？」

「どうだろうな。ま、そこまで深刻に心配することはないさ。治る怪我ではあるわけだし、あいつの、というかタヒチの女の生命力は尋常じゃないから」

陽の眩しさに片目をすがめるようにして、竜介が真奈を見る。思わず、重ねて訊いてしまった。

「あなたが今こうしてること、彼女は知ってるの？」

「ンなわけないだろう」

と、彼は言った。

「俺はただ単に、彼女の着替えや何かを取りに戻ってきたってだけだよ。明日の朝には病院に届けることになってる」

「……そう」

真奈が口をつぐむと、少しの間をおいて、竜介が言った。

「お前が疚しく思うことはないだろ。俺が勝手にしてることなんだし」

どうやら見透かされているようだ。

真奈は、首を横にふった。

「乗れって言われて乗った時点で、同罪よ」

口に出したとたん、なぜか耳朶が火照った。いたたまれなさに、首を振り向けてオテマヌ山を見上げる。

「……竜介？」

「うん？」

「……どういうことなの、これ」

「どうって」

岩山が、遠くなっている。すぐそこに見えていたはずの岸辺が波の向こうに隠れ、家々の窓も判別がつかない。いつのまにか、船が島から遠ざかっているのだ。

「空港まで送るって言ったじゃない」

「ああ、言った」

「ねえ、ふざけないでよ。私、明日の朝の飛行機に乗らないと、」

「わかってる」

「わかってない！　こんなところでふらふらしてたら、ボラボラからの飛行機に乗れないじゃない。今日中にタヒチ本島へ行っておかないと、朝一番の便に間に合わないのに！」

「だから、わかってるって。全部わかってるから、まあ落ち着け」

憎たらしいほどのんびりした口調だった。そればかりか、わざわざ船のスピードをゆるめさえする。

風が弱まり、エンジン音が静かになり、船体をぴたぴたと叩く水音と、環礁の外で砕ける波音が耳に届く。ついでとばかりに煙草を一本出してくわえると、竜介は言った。

「空港までとは言ったが、ボラボラの、とはひとことも言ってない」

「……は？」

「どうやら天気も良さそうだしな」

「な、なにを言ってるの？」

「ゆっくり走らせても、夜までには本島に着く。明日の朝の飛行機に乗るのに、それじゃ遅いでしょうかね、マダム」

茫然と口を開けている真奈を見て、ふん、と笑う。答えも待たずに、竜介はくわえ煙草でハンドルを握り直し、再び船のスピードを上げた。

水平線が火事になったかのようだった。みずみずしい勿忘草《わすれなぐさ》の色から菫色《すみれ》へ、そして山吹、橙、茜、燃えあがる緋色までの緻密なグラデーションが、目路の限り大空と雲を彩り、刻々と色合いを変えてゆく。それらのすべてがまた、凪の海に映って照り映え、低い雲の腹に反射する。

息を呑んで見つめる真奈の後ろで、竜介もまた無言でいた。

波間にかがよう黄金の粒子が、命ある巨大な布のように蠢き、皺寄り、破れては煌めきわたるさまを眺めながら、真奈は催眠術にかかったようにぼんやりしていた。思考のすべてが頭の中から消え失せ、空っぽの自分がただ波の動きと光の渦に感応する。まるで、この宇宙と直接つながっているかのようだった。

やがて、暗くなりきる前にと、竜介が無人の小島へ船を寄せてくれた。

「いつかのモツみたいにトイレ完備とはいかないけどな」

俺はこっちにいるから勝手にどうぞ、と言われ、真奈は白砂を踏んで、茂みに分け入った。浜にはいくつものヤシの実が流れ着き、それぞれに芽を出している。こうしてやがてはヤシの木に覆われた南海の小島ができていくのだろう。

こちら側から向こうの端まで二十メートルもないような、ほんとうに小さな島だった。よさそうな茂みの陰で用を済ませて戻ると、竜介は船からクーラーボックスを下ろし、さっさと小さな焚火をおこしていた。

「バゲットサンドと、マヒマヒのマリネくらいしかないけどな。船の上で食うより落ち着くだろ」

「あなたが作ったの？」

「いや。ジョジョ」

真奈は思わず空を仰いだ。

「いったいどこまで仲良しなのよ、あなたたち」

「そういえば、あいつからお前に伝言。『今回は塩を送ってあげるわ』だと。意味がわからん」

言いながらも、ツアー客用のビーチタオルを何枚かひろげ、手際よく砂浜に敷いている。あきれてため息をつこうとした拍子に、真奈は、とうとうふきだしてしまった。

すでに輝きを失いかけた水平線を見やる。わずかに茜色の残る空に、星がひとつ瞬いている。あれは何という名の星だろう。日本からは決して見えない、南半球の空だ。

大きく息を吸いこみ、ゆっくりと吐き出した。

「今度会ったら、ジョジョに言っておいて。『伝言は確かに受け取りました』って」

「忘れなけりゃな」

無情なことを言いながら、竜介はチキンをはさんだバゲットと、ヒナノビールの青い缶を渡してよこした。

食べ終わる頃にはすっかり暗くなっていた。東の空から昇った月は、みごとな真円の満月だった。

低い位置にあるせいで、おそろしいほど大きく見える。白銀の円盤を背景にヤシの木のシルエットが黒々と浮かびあがり、見あげていると、ここにいるのにいないような、体が地面から浮きあがっているような感覚に、ひどく心細くなる。

「ここから、あとどれくらいで着く？」

そっと訊いてみると、

「二時間、てところかな」

竜介は言った。彼の声も低かった。

なぜだろう。誰に聞かれているわけでもないのに、声が小さくなる。お互いの耳に届くのに必要充分な、波音にかき消されずに済むぎりぎりの大きさで、大事なことを少しだけ伝えたくなる。

「真奈」

呼ばれて、目を上げた。

膝を抱えて座る竜介の黒っぽい輪郭の向こう側、すでに熾火になった薪がかすかに赤黒く光っている。それ以外には月の光が砂浜を照らしているだけだ。

すぐ隣にいるのに、影になった彼の表情がわからないことが不安で、ひとりでに心拍が上がっていく。たまらずに身じろぎした、次の瞬間、

「……りゅ……」

もう、抱きしめられていた。

「な……何してるの？」

「まだ何も」

横座りの真奈を、竜介は膝立ちになり、およそ彼に似つかわしくない優しさで抱きかかえていた。

「でも、」

「これからする」

あ、と思う間もなく唇が重なってくる。反射的に両手で胸を押し戻そうとした拍子にバランスを崩し、後ろへ押し倒されるかたちになった。

「竜……だめ、」

「とか言うなよな。もう、今さら」

再び唇が重なる。歯列を割った舌先が、奥まで滑りこんでくる。熱く濡れた、分厚い肉の塊。この男は昔、こんなにいやらしいキスをする男だったろうか。

「……真奈」

口の中にささやかれたとたん、尾てい骨のあたりで何かが砕けた。鼓動が奔り、息が激しく乱れる。

きつく目をつぶる。

だめだ、もう。こらえるなんてできない。この男が欲しい。こんなことは罪だと、彼も自分も誰かのものだと、わかっていても欲しい。今夜だけ——今夜だけだ。

二人とも、無言だった。竜介の舌が、真奈の狭い口の中を隅々まで探り、舌の根を掘り起こす。同時に、体の奥の火種まで掘り起こされてゆく。隠し事など許されない。とっくに息があがってしまっていることも、髪や爪の先まで溶けてしまっていることも、全部そのまま伝わってしまう。
舌が、左の耳もとに移動して丸い溝をなぞる。自由になった真奈の口から、声になる寸前の強い息が漏れる。竜介は、あの夜のように耳朶を口に含んで歯を立て、ゆっくりと力を加えていった。それでも真奈が必死に声をこらえていると、焦れたようにきつく噛んだ。

どうやって脱がされたのか覚えていない。自分の呼吸があまりに疾くて、もう何がどうなっているのかわからなかった。

確かに知っているはずの軀なのに、何もかもが初めてのようだ。覆いかぶさってくる胸の熱さにハッと瞬きをすると、まるでシャッターを切ったかのように、目の奥に黒い炎の紋様が焼きつけられる。

砂浜に打ち寄せる波の音と、互いの息遣い、そして肌のこすれ合う音のほかは何も聞こえない。いや、頭ががんがんするほどの耳鳴りは聞こえている。それともこれは、銀の月の昇る音だろうか。

やがて、脚を大きく左右に押し分けられた。

「っ……やっ……」

すがりつき、思わず目を開けた拍子に、見おろしてくる竜介と視線がかち合った。

「真奈」

そっと髪をかき上げられ、頬を撫でられる。そんな優しいことをされると、錯覚してしまいそうだ。

「まだよけいなことが気になるなら、ずっと目をつぶってろ」

すっかりかすれた声で、竜介は言った。

「どうせ、俺しか見てない」

躯以上に、心が、彼の侵入をこれほどまでに待ち焦がれていたということに、真奈は愕然としていた。どこよりも無防備なその場所を遠慮なく押し分けて、竜介が入ってくる。真奈は彼にしがみつき、砂の上で背中を反り返らせた。

頑なに閉じた瞼、きつく寄せた眉根を、竜介の唇がなだめてゆく。温かな雨粒のように降り注ぐ口づけに、躯のこわばりを少しだけ解いたとたん、さらに奥を穿たれ、思わず声が漏れる。

こんなにも深くまで暴かれるのは初めてだった。十年前の竜介との関係を思い返しても一度もなかったことだ。男の質量ではない、女の心の問題なのだ。もう、戻れない。今夜だけ、という覚悟に嘘やごまかしは微塵もないけれど、この夜をほんの小さな道草のように人生から切り離して考えることも、もはやできそうにない。

「竜、介……」

すがりつきながら、こらえきれずに呼ぶと、応えるように彼が呻いた。

「もっと、呼べよ」

「りゅ……」

「もっと」

砂浜に肘をついて真奈の頭を抱えこんでいた彼が、おもむろに上半身を起こし、両手をつく。

真上から見おろされている気配に、真奈は薄く目を開けた。

月が、竜介自身の後光のように見える。白銀に輝く円盤を背負っているかのようだ。彼が、下半身を揺すり上げる。つながっているところがまた深くなる。

「首……」

「――え？」

「首、大丈夫か？」

気遣われてみれば、包帯を巻いた首は確かに少し痛む。けれど正直、それどころではなかった。

「や、だ……」かすれる声で抗議した。「そんな目で見ないで」

「なんで」

「恥ずかしいから」

「何を今さら」

「だって……昔と比べたら、あっちこっちぷよぷよしてるし」

ぷ、と竜介がふきだした。

「ばかだな。全然変わってないよ」

「ほ、ほんとに？」

「ああ。あの頃から、このへんはこんなだった」

脇腹の肉をぎゅっとつままれ、身をよじる。

「もうっ、信じられない！」

真奈はこぶしで竜介の裸の胸板を叩いた。本気で憤慨しているのが伝わったらしく、竜介が声をあげて笑いだす。

そういうところは、彼のほうも昔のままだった。真奈をからかって怒らせては嬉しそうに笑う癖。生温いつながりなど要らない、諍いを避けて無口になるくらいなら、怒りでもかまわないから強くて濃い感情でつながっていたい、と願う癖。要するに寂しがり屋なのだと、今ではわかる。昔は思いもよらなかった。

竜介の含み笑いが、さざ波のような震えとなって真奈の中に伝わってくる。

浅瀬に寄せる波の音も近い。さっきまでより潮が満ちてきたようだ。

ぴちゃん、ぴちゃ、と小石や貝殻を洗う波音に混じって、時折、別のかすかな水音があたりに響く。たまらなく恥ずかしく、両手を伸ばして竜介の耳をふさぐと、それがまた彼を煽ったらしい。動きが激しさを増す。

片膝の後ろ側を抱えあげて肩にのせられ、身動きが取れなくなった。狙いを定めて突き上げられる。思わず悲鳴が漏れる。

どうしてそんなことを覚えているのだ。それも、これほど的確に。竜介の角度と真奈のそれが、最もきつく絡みあう位置。奥の奥で互いにロックがかかり、もう二度とはずれないかのような錯覚に怯える。噛み殺すことができずに真奈が漏らす泣き声に、竜介が無言で猛り立ってゆく。原始の交合のようだ。

小さな島の周りには、彼方まで真っ暗な夜の海が広がる。世界から隔絶された、まるで月の裏側のようなこの場所では、どんなにはしたない声をあげても誰にも聞こえず、どれほど痴態の限りを尽くしても誰にも見られない。見ているのは、聞いているのは、巨大な月とこの男だけだ。

いつしか真奈は、我を忘れていった。彼の存在と、彼がもたらす刺激だけに反応し、押し寄せる官能の波に呑みこまれて息もできなくなってゆく。生まれて初めての、ほんものの忘我の境地。もつれあい蠢く互いの体の輪郭を、青みを帯びた月の光が銀メッキを施すかのように照らしだす。

余裕をなくした竜介が、激しい律動を刻み始めた。砂に押しつけられた背中がこすれる。ちりちりと熱い痛みすら、もはや快楽のひとつでしかない。こらえきれずに左右に首を振りたてる真奈の脳裏に、あの官能的なタヒチの踊りと太鼓の響きが甦る。腹の底に轟く音、燃えさかる松明の残像、男たちの軀を彩る黒々とした刺青の紋様。

やがて訪れた痙攣は、おそろしく長く続いた。竜介が獣のように吼《ほ》えながら真奈の中にありったけのものを放ち終わってからもなお、真奈はそのまま二度、三度と揺り戻しのように達し、しまいには危うく足の先が攣りそうになった。あまりにも鋭く、深い絶頂だった。

風の音かと思っていたのは、気がつけば自分のすすり泣きだった。慌てて飲みこみ、唇を噛みしめる。

ようやく伸ばした足の先を、さざ波が洗う。飛びあがるほどの冷たさに、どれだけ軀が熱くなっているかを思い知らされる。

竜介が、いたわるように抱き寄せ、そっと唇を重ねてきた。互いが言葉を怖れているのを、どちらもが感じていた。

離れたくない。今つながっているこの軀を離してしまえば、あとはもう、別れの時が待っているだけなのだ。

張りつめた想いが伝わってしまったのだろうか。黙りこくったまま、息もできないほどきつく抱きしめてくる竜介の腕の中で、真奈は、このまま二度と太陽など昇らなければいいのにと願った。

＊

おおかたオーバー・ブッキングだったのだろう。航空会社側の事情による繰り上げで、成田までの帰国便では幸運にもビジネスクラスの席が回ってきた。

食事をフレンチと和食から選べる中で、けれど真奈は、水以外の何も口にする気になれなかった。フルーツもコーヒーも断り、エコノミークラスよりひとまわり大きな座席のありがたさだけを味わいながら、十時間以上もの間ひたすら目をつぶっていた。

誰にも乱されたくなかった。彼がこの身に加えたあらゆる仕打ちの一つひとつ――それに匂いや、耳にささやかれる低い声や、なめらかな肌の感触や、皮膚の下を流れる血の熱さ、忍び込む舌の動き、律動の力強さ、彼のかたち、そして彼のくれた言葉――それらのすべてをできるだけそのままに覚えていたかった。まるでグラスになみなみと満たした葡萄酒をこぼさず運ぼうとするかのように、真奈は息を詰めて、ゆうべの小島でのことを何度もくり返し反芻した。

タヒチ本島のホテルには結局、泊まらなかった。ぎりぎりまで何度も愛し合っていたせいで、シャワーを浴びに寄る時間すらなかったのだ。砂まみれの体や髪は、ボートに積んであったタンクの真水で洗い、夜明け前の海風の冷たさにかたかた震えながら着替えて、港まで送ってもらった。別れるときの抱擁とキスがいちばん辛かった。

もしジョジョに聞かせたら何と言うだろう、と思ってみる。だいたいの想像はついた。

〈は？　日本に帰ったら恋人に本当のことを打ち明ける？　馬鹿正直もたいがいにしなさいよ。だってあんた、竜介と一緒になるつもりはないんでしょ？　だったら、知らんふりしとけばいいじゃない。あの子犬ちゃんには聞かせるだけ残酷ってものよ〉

実際、真奈自身も思うのだ。日本で待っている貴史にすべてを打ち明けるべきだという気持ちでいてもたってもいられないのは、けじめなどという問題よりもただ単に、今のこの罪悪感から逃れて自分が楽になりたいだけではないのか、と。

けれど、たとえそうであったとしても、貴史の前で素知らぬ顔をしていることはできそうになかった。竜介を選ぶ、選ばないの問題ではない。恋人であり婚約者でもある相手を裏切って他の男に抱かれてしまった時点で、貴史と一緒にいるのはもう無理だ。これまでの二年ほどの間に、貴史はほんとうに素晴らしい時間を与えてくれた。最近はどうにも埋めがたい気持ちのすれ違いが増えてしまったが、彼がいてくれたからこそ輝いて感じられたことも沢山あった。でも、もう——。

竜介の押しの強さに負けたとか、一時の気の迷いで流されたとは、今もって微塵も思わなかった。小島の砂浜で抱きしめられキスをされた瞬間、いや、彼の船にたった一人で乗ることを決めたあの時すでに、自分は竜介を受け容れ、彼にすべてを明け渡してしまっていた。何もかも承知の上で、許されない一線を踏み越えてしまったのだ。

けれど、その禁忌の味のなんと甘やかであったことか。〈ひと夜限りの真実〉というジョジョの言葉を、あんなにきっぱり否定できたことが今となっては信じられない。〈ひと夜限りの情事〉が同時に〈真実〉ともなり得ることを、一日前の自分はまだ知らなかったのだ。

成田に着いて、まず会社に報告の電話を入れたなら、今日は直帰していいことになっている。帰ったらできるだけ早く貴史に連絡して、きちんと話をしようと真奈は思った。先延ばしにすればするだけ苦しくなるばかりだ。

(でも、今日はいや。今日だけはこのまま……)

いつのまにかうとうとしていたらしい。激しいバウンドと揺れにはっと目を開けると、飛行機はちょうど着陸したところだった。

タヒチを発ったのは早朝だったのだが、日本は午後の二時、しかも日付は翌日となっていた。距離以上にあの小島が遠く感じられ、真奈は小窓をよぎる灰色の風景を眺めながら、服の上からひとしきり心臓を押さえていた。

空港構内を歩き、入国審査を済ませ、ぐるぐると流れてくる荷物を引き取って税関を通過する。自動ドアの外へ出て、高速バスの乗り場は、と顔を上げた時だ。

「まーちゃん!」

ぎくりとしてふり返った。

「まーちゃん、こっちこっち」

出迎えの人々でごった返す中に、今いちばん顔を合わせたくない相手がいた。

心臓がばくばくばくと暴れだす。スーツ姿で手を振る貴史に、とりあえず無理やり微笑を作ってみせる。

「お帰り。お疲れさん」

「——どうしたの？　会社は？」

「ちょっと都合して抜けてきた」

「うそ。だって、見送ってくれた日も半休取ったばっかりじゃない」

「そうだけど……」貴史が不安そうな表情になる。「なに、まーちゃん、俺が来たら迷惑だった？」

そういう意味じゃなくて、と真奈は口ごもった。

「ただ、大丈夫なのかなと思って」

「平気、平気。なんか信用されてないみたいだけど、こう見えて俺、ふだんは人よりずっと仕事してんの。今日だって、後のことはちゃんと割り振ってきたし、夜までに戻ればどうってことないよ」

「……そう。なら、いいけど」

ほら貸して、とリモワのトランクをもぎ取られる。キャスター付きだが、自分のものを貴史に運ばせているというだけでいたたまれない。一週間前はこんなことはなかった。罪悪感による後ろめたさのせいだ。

会社の車で来たから、家まで送っていくよ、と貴史は言った。断る理由も見つからないまま、真奈はついて行くしかなかった。

駐車場に停めてあった白いバンに、彼が荷物を積みこむ。乗って、と言われて上着を脱ぎ、助手席からドアを閉めようと手をのばしたところで、貴史が狼狽えた声をあげた。

「ちょ、何、その首」

しまったと思った時には遅かった。上着と一緒についうっかり、首に巻いていたスカーフまで取ってしまったのだ。

「どうしたの、それ。向こうで怪我したの?」

「うん……まあ、ちょっと」

「事故? むち打ち?」

「そんな、たいしたあれじゃないの。その……濡れたところで滑って、壁に頭をぶつけた拍子に変な角度に首をひねっちゃってね。ホテルドクターに湿布してもらっただけだから、心配しないで」

「するよ。ったくもう」

「ごめんなさい」

発進した車は、すぐに高速道路に乗った。左の車線を行儀よく走りながら、貴史が苦笑気味に真奈を見る。

「まーちゃんはさ、自分で思ってるよりおっちょこちょいなんだからさ。ほんと、気をつけてよね。いつか先で、お腹に子どもができた時のこととか考えたら、どきどきしちゃうよ」

答えられなかった。八十キロで走る車の中で、迂闊なことは言えない。真奈はまっすぐ前へと視線を投げ、一刻も早く家に着くよう祈った。

首都高の高井戸出口を出た車が坂道を滑り下りた時は、体じゅうから力が抜けるほどほっとした。午後五時をまわり、しばらく前からフロントガラスにぽつりぽつりと雨が落ち始めている。信号待ちを終えた貴史が、環八を右折する。もうすぐ着くという安堵と入れ替わりに、精神的な重圧がぐっと増す。

家まで送ると貴史は言ったが、真奈だけをマンションの前に落としてそのまま会社へ帰るとは思えない。コーヒー一杯だけ、などと言われたら、こうして送ってもらった手前、断るのは難しそうだ。

それにしても——さっきから明るくふるまってはいるものの、仕事のある日にわざわざ空港まで迎えに来るなど、これまでの貴史からは考えられないことだった。

タヒチへ発つ日に言われた言葉が甦る。

〈信じてるから〉

思わず漏れそうになった呻き声を、真奈は、危ういところで吐息に紛らせた。

「大丈夫?」貴史がこちらを向く。「疲れた?」

「……そうね。少し」

「無理ないよ。一人で買い付けなんて、ストレス溜まって当たり前だし。少しでも寝ていけば？　着いたら起こしてあげるから」

信頼を裏切ったのはこちらなのに、にもかかわらず恋人からの言葉の一つひとつに息が詰まりそうになる。全身の毛穴までふさがれるようだ。相手の親切がいちいち干渉にしか感じられないのが苦しい。たまらなくなって、真奈はヘッドレストに頭をもたせかけ、目を閉じた。

知らなかった。自分がこんなにも薄情で冷淡で、身勝手な女だったなんて。しかも、事ここに至ってなお、貴史への申し訳なさそのものよりも、自己嫌悪の気持ちのほうがまさっている。自己嫌悪など、自己愛の裏返しに過ぎない。結局は自分を憐れんでいるだけではないか。

瞼を閉じていても、神経はぴりぴりと張りつめたままだった。彼のそばで安心して眠っているかのように思われたくなくて目を開けると、ずっと様子を窺っていたかのように、あのさ、と貴史が言った。

「疲れてるとこ悪いんだけど、ちょっとだけ付き合ってもらえるかな」

言いながら、勝手に左折して井の頭通りに入る。

「どこへ行くの？　まさか……」

「すぐ済むよ。ちょこっと会って挨拶してくれるだけでいいから」

「挨拶って、誰と」

「いや、じつは昨日からおふくろがうちに来てるんだ」

吸った息がそのままになった。

「俺がここんとこ、電話とかメールとかウザくて無視してたら、昨日いきなり様子を見に押しかけてきてさ。ゆうべは俺んちに泊まったけど、真奈がタヒチから戻るって話をしたら、顔見てから帰るって聞かないから」

「そんな……急に言われても」

「だよね。だけどこれでも、一緒に晩メシとか言いだしたのを諦めさせたんだよ、それはまたにしろって」

「貴史、」

「いや、わかるよ。気が重いのも疲れてるのもわかるんだけど、ほら、あのとおり神経質な人だからさ。こっちはべつに何でもないって言ってんのに、最近おかしいとか元気がないとか、真奈さんとはちゃんとうまくやってるのかとか……。だから、ごめん、ほんのちょっとでいいんだ。未来の親孝行だと思って、ちょこっとだけ顔見せて安心させてやってよ」

話している間にも車は進む。このまままっすぐ行けば吉祥寺、貴史のマンションだ。

「――停めて」

「え？」

「そこで停めて」

「まーちゃん？」

「いいから、停めてったら！」

真奈自身の耳にも、ひどく思い詰めた声に響いた。

「わかった、わかったから、ちょっと待ってよ」

　けおされた様子の貴史がブレーキを踏んで徐行し、少し先の広い駐車場に車を乗り入れる。日本全国どこにでもある紳士服の大型店舗だった。

雨足が強まってきたせいで、あたりは薄暗い。平日のこの時間、しかもこんな天気の中、わざわざスーツを買いに来る客はいないのだろう。駐車場はがらんとして、隅のほうに店の車が一台停まっているだけだった。

ギアを奥まで入れた貴史が、エンジンはかけたままハンドブレーキを引く。

しばらくの間、どちらも口をきかなかった。ワイパーが、長いインターバルをおいて窓を拭う。沈黙がふつふつと煮詰まってゆく。

「どうしたのさ、まーちゃん」

やがて、貴史が言った。

「……ごめんなさい」

「いや、いいんだけど、大声出すからびっくりするじゃん。気分でも悪かったの？」

ごめんなさい、とくり返す。やっとの思いで、真奈は続く言葉を押し出した。

「本当はね。今日じゃなくて、日を改めて会ってから、ちゃんと話そうと思ってたんだけど、」

「ちょっと待って」

いきなり遮られた。

「そういうのは聞きたくないな」

「貴史」

「そんな切り出し方するってことは、いい話じゃないんでしょ。だったら、何も聞きたくない」

ハンドルを握りしめた貴史の手の甲に、みるみる腱が浮きだしてゆく。いつかの夜、彼にのしかかられ、頬を張られた時のことを思いだす。胃が冷えて、ぎゅっと硬くなった。なけなしの勇気をかき集め、真奈は言った。

「聞きたくなくても聞いて。私……お母様とは、会えない」

貴史がゆっくりと向き直る。

「なんで急にそんなこと言いだすのさ。前は会ってくれたじゃん。二人で結婚の報告しに行ってさ。まーちゃんだって親父とおふくろの前で、『よろしくお願いします』って頭さげてくれたじゃん。なのに、なんで今日は駄目なの」

「それは……」

口ごもると、貴史がふっと歪んだ顔で笑った。

「わかった。べつにいいよ」

「え？」

「どうしても今日は会いたくないって言うんだったら、おふくろには適当に言って帰ってもらうから。帰国便が遅れててまだ着かないとか、言い訳のしようはあるしさ。まーちゃんの元気な時に、また二人で遊びに行けばいいよ」

「そういうことじゃなくて、」

「じゃあどういうこと？　わかんないな。まさか、今さら全部なかったことにしたいとか言わないよね。勘弁してよ、冗談でもそういうこと言うの」

真奈は、そろそろと息を吐いた。さっき吸った息が、今の今までずっと止まっていたような気がした。

「ねえ貴史、お願い。本当はわかってるくせに、わからないふりをするのはやめて」

「何のことだよ」

「私たち、ほんとはもうとっくに駄目になってる。そうでしょ？」

「私たち？」

はっとなった。急いで言い直す。

「ごめんなさい。今、ずるい言い方した。駄目にしちゃったのは、私のほう。最初に隠し事をしてあなたを傷つけたのは私だものね」

フロントガラスを叩く雨音が、ばらばらと激しくなる。あっというまに、間遠なワイパーでは前が見えないほどになった。

「べつに、何も駄目になんかしてないじゃん」

貴史の声がほとんどかき消される。

「そりゃあ、昔のこと知った時はショックだったし、そのせいで俺、まーちゃんにひどいことしちゃったけど、傷つけたっていう意味ではお互い様なんだしさ。……まーちゃんは、俺のこと、まだ怖い？」

答えられずにいると、そっか、と貴史がため息をついた。

「ごめん。ほんとに、心の底から謝るよ。あんなことは、死んでもするべきじゃなかった。だけどさ、頼むから、もうちょっと長い目で見てやってよ。いつまでかかっても俺、まーちゃんの信頼を取り戻せるように努力するから。だからさ、もう駄目になったとか、悲しいこと言わないでよ」

真奈は、首を横にふった。

「そういうことじゃ、ないんだってば」

やはり打ち明けるしかないのだろうか。竜介との過ちは自分一人の胸にしまっておくべきなのではと、ずっと迷っていた。決して保身のためではない。貴史をいたずらに傷つけたくないからだった。

けれど、このまま別れようとすれば、貴史は自分の暴力が原因だと思いこんでしまう。確かにそれはきっかけの一つだったにせよ、すべてではない。竜介と今回あんなことにならなければ、貴史との関係はいつか元通りになっていたかもしれないのだ。それができなくなったのは、あくまでも自分のせいだ。

「貴史は、何にも悪くない」

声の震えをこらえながら、真奈は言った。

「後悔してるってことも、やり直そうとして頑張ってくれてることも、ちゃんと伝わってたよ。

あれからずっと優しくしてくれてたし、だから本当に貴史のせいじゃないの。全部、私のせいなの」

「なに言ってんだよ、まーちゃん」

「聞いて。私――タヒチで、」

「やめろよ！　聞きたくないって言っただろ！」

雨音さえかき消す大声とともに、貴史がふりあげた拳をハンドルに叩きつける。思わず尻が浮いた。

「俺が必死になって気づかないふりしてんのに、なんでわざわざそういうことまで言うんだよ！」

音に閉じ込められているせいで、車内が怖ろしく狭い。そんなはずはないのに酸素が薄く感じられ、息苦しさに、真奈は喘いだ。

「……いいよ。それでもいいんだ」

食いしばった歯の間から押し出すように、貴史は言った。

「あいつとの間に何があったとしてもかまわない。何も訊かないし、ぜんぶ受け容れる」

「……貴、」

「だって、もうこれっきりのことなんだろ？　そんなのどうだっていい。俺は、今のまーちゃんの本心だけを聞きたいんだよ。まーちゃんは誰といたいの？　タヒチへ行って、あいつと一緒になりたいわけ？」

真奈が首を横にふるのを見て、

「じゃあ、今のままでいいじゃん！」

貴史が真奈の腕をつかんだ。

とっさに振りほどいていた。何を考える余裕もないまま、ドアを開け、外へとまろび出る。頭上から降り注ぐ激しい雨の中、向き直るより先にドアの閉まる音がした。

運転席から下りた貴史が、ボンネットをまわって近づいてくる。真奈が後ずさるのを見て、彼の顔がますます歪む。

「なあ、いいじゃん、俺で」

真奈は、哀しく首をふった。

「なんで？　俺たち、あんなにうまくいってたろ。いったい何が駄目なんだよ。あいつを選ぶんじゃないなら、俺でいいじゃん。俺でいいって……俺がいいんだって、言えよ。前みたいに、好きだって言ってくれよ、なあ！」

それこそ南の島のスコールを思わせる雨に、あっという間に全身ずぶ濡れになってゆく。服を通して冷たい水がぐっしょりと染みこみ、土埃くさい水滴が激しく顔面を打つ。

それでも、どうしても残酷な答えを口にできないまま、真奈はやがて、立ちつくす貴史に自分から近づいていった。

透けたYシャツの背中にそっと腕を回す。彼は、震えていた。

「……ごめんなさい」

もう何度目かでくり返す。

「他の誰かを選ぼうだなんて、これっぽっちも思ってないよ。でも、あなたとは、もう一緒にいられない。たとえあなたが私を許してくれても、私が私を許せないの。この先ずっと、罪の意識を抱えて一緒にやっていくなんて、無理だよ」

「なんで……。ねえ、なんで……」

どれだけかきくどかれても、真奈は首を横にふり続けた。貴史の肩が、瘧《おこり》にかかったようにがくがくと震えだす。とうとう、絞り出すように叫んだ。

「俺は、好きだったんだよう!」

水のつぶてをぶちまける天を仰いで、貴史は咆《ほ》えるように泣いた。

「俺は、本気で、まーちゃんが好きだったんだよう!」

子どもの駄々のようだった。大きく開いた口の中にも雨が流れこむ。叩きつける滴と涙が入り混じって区別がつかない。

こんなにも、まっすぐな愛情だったのだ。彼が自分に向けてくれていたのは、未熟ではあるけれどこんなにも……。

心臓に針を突き立てられるような痛みとともに、改めて思い知らされる。これほどの想いを、自分はとうてい彼に返せない。

そっと伸びあがり、真奈は、貴史の濡れた頭を抱きかかえた。

「ごめんね、貴史。ごめんなさい」

耳もとにささやく。

「許さないでいいよ。私のこと、一生、赦さないでいいから」

だらんと両腕をたらしたまま、貴史が男泣きに体を震わせる。

その慟哭をまるごと抱きかかえながら、真奈は、下唇を嚙みしめて嗚咽をこらえた。

ここまでひとを傷つけておいて泣くなんて、卑怯だ。自分には、このひとの前で泣く資格などない。

横殴りに叩きつける雨がありがたかった。涙だけは、どれだけ溢れてもごまかせる。

終章　虹を歩む

純白の真珠を包みこむように、見事な干渉色が浮かびあがる。シャボン玉の表面を思わせるその虹色の彩りは、照りも巻きも最高級の珠の連なりにさらなる華やぎを与えている。

こんなにも美しい珠がかたちづくられてゆくのに、真珠母貝が耐えた時間を思うたび、けなげさにいつも胸が震える。ダイヤモンドの混じりけのない硬質さも、オパールの奇跡のような色合いの妙もそれぞれに特別だが、真珠は、その成り立ちを考えても、ほかのどの宝石とも異なる深い魅力を持っている。これから先どんなに長くジュエリー業界の仕事をしても、この思い入れだけは変わらないのではないかと真奈は思う。

「どれがいいのかなあ」

ビロードのトレイに並べられた数本のネックレスを前に、千晶はまだ迷っていた。小柄な体つきに、上品なワインレッドのアンサンブルとタイトスカートが似合っている。

「記念のお品なんですか？」

近くにいる他の客の手前、親友にも敬語を崩さないまま訊くと、千晶は首を横にふった。

「あくまでも実用。大事なインタビューとかの時にね、やっぱり一本はちゃんとしたのを持っていたくて」

「つまり、冠婚葬祭などよりは、お仕事でお使いのことが多いと」

「そうなの。こういうカーディガンとか、ちょっとしたスーツの襟元に、さりげなく真珠を着けこなせたら素敵だなと思うんだけど、なかなか難易度高いのよね。ちょっと間違えると、これから子どもの保護者会、みたいになっちゃう」

思わず笑って「わかります」と言うと、千晶もいたずらそうに目をきらめかせて真奈の顔を見た。

「そうですね――ある程度しっかりと大きさがあるもののほうが、素敵に映るんじゃないでしょうか」

隣のショーケースの中から、新たにもう一本出して並べてみせる。

「あ、でも予算的に……」

「それが、お値段はほとんど変わらないんですよ」

「え？　あらほんとだ。なんで？」

「肉眼ではまずわからないと思うんですが、こちらの真珠は、厳密には真円ではないんです。微妙に、ほんとうにわずかにですけど、楕円形をしているんです」

千晶がかがみこんで目を凝らす。

「うーん……言われてみるとそうかなっていう気もするけど、言われないと全然わかんない」

「色味や、照りや巻きなどはまったく遜色ありません。ただ、形が完璧な真円ではないということで、花珠とは認めるわけにいかなかったものなんです。ほかに違いと言えば、クラスプのデザインが……」

真奈は、シルバーの留め具の部分を指し示した。

「当店が花珠のネックレスにだけ特別に付けているものとは少し違うんですが、それ以外はほとんど何も」

「なるほどね。なかなかお得な感じよね。べつに一生の記念の品ってわけじゃないんだし、花珠かどうかなんていちいち言って歩かなきゃわからないもの」

「真円ではなくても、まぎれもなく本物ですからね。人造真珠とはまったく輝きが違いますでしょう?」

「うん、素人目にもそれはわかるわ」

「大きな鏡で全身のバランスを見るとまた違いますよ。試しに、着けてごらんになりませんか?」

千晶は頷いた。

「では、ご案内しますので少々お待ち下さいね」

いくつかの商品をショーケースに戻し、鍵を掛ける。と、千晶が笑った。なに、と目を上げる

と、

「いやさ。あんたが仕事してるとこ、初めて見たけど、なんか新鮮」

「そうですか」

すまして受け流す真奈に、千晶はしみじみと言った。

「こういう姿を一度でも見ていたら、あの彼も、あんたの仕事をナメてかかったりしなかったかもしれないのにね」

「――もう、忘れて」

と、真奈は言った。


ゆっくりと、一年が過ぎようとしていた。

はじめの数カ月は貴史から何度か電話があったが、何を言われても真奈は会おうとしなかった。会うべきではないと思った。彼のほうも雨の中の別れがそうとうこたえたのか、さすがに待ちぶせしてまでということはなく、真奈が電話にも出なくなると、やがて連絡は止んだ。

一緒に暮らしているのでなくてよかった。もしそうだったら、別れるのはもっと大変だっただろう。貴史が置いていったものを段ボール箱二つにまとめ、宅配便の業者に連絡をして引き取りに来てもらうと、部屋から彼の痕跡は消えてなくなった。二年も付き合っていたのに結局これだけの関係だったのかと思うと虚しくなるほどだった。

貴史とのことを思い返しても、もはや感情がほとんど波立たない自分が、真奈は不思議だった。

最初は、ショックのあまり情動が麻痺しているのかと思った。だが、罪悪感はあるのだ。後悔も反省も、逆に彼への感謝も楽しかった記憶も、たくさんある。思い起こせば申し訳なさと切なさに胸が苦しくなることも。

だが、それらをどれだけ並べてみても、貴史ともう一度やり直したいとか、あの時ああしていれば別れずに済んだのにといったような未練がこみあげてくることはないのだった。辛い思いも味わったけれど彼のことは何ひとつ恨んではいなかったし、むしろ感謝しかないほどだが、ただそれだけなのだった。

ほんとうは、貴史との関係はもうずっと前に終わっていたのかもしれない。それに気づかないまま付き合っていたのか、無意識の奥底で気づかないふりをしていたのか、真奈にはよくわからなかった。

「っていうか、そもそも始まってさえいなかったんじゃないの？」

「え？」

「私はその彼を知らないから本当のところはわからないけど、あなたの話を聞いてると、なんかそんな感じ。いい歳して、おままごとじみてたっていうか、つるつるしてて実体がないっていうか」

「相変わらず、はっきり言ってくれますね」

「あら、傷ついた？　悪かったわね」

さほど悪くもなさそうに言いながら優雅な手つきでナイフを操り、そば粉のクレープをひらりと口に運ぶ渡辺広美を、真奈は苦笑いで見やった。

自ら「Jewelry TAKAHASHI」を辞めた広美は、いま、上野にある大手宝飾店のチーフとして働いている。再就職にあたっては高橋社長の口利きもあったようだが、撥ねつけるよりむしろ利用することで不実な男からきっぱりと離れてのけた元上司を、真奈は不思議と好もしく思うようになっていた。それればかりではない。何がどうなってか、たまにこうして会って一緒にランチなどするようにもなった。まったく人生はわからない。

「で、別れてからは、ぜんぜん会ってないの？」

「ないですね。一度だけ、ちらっと見かけましたけど」

「どこで。いつ」

「三カ月くらい前だったかな。彼の会社の近くで」

広美がまじまじと真奈を見た。

「まさか、気になって見に行ったとかじゃないでしょうね」

「やめて下さいよ」真奈は眉を寄せた。「たまたま前を通りかかっただけですってば」

上得意の顧客の依頼で、いくつかの商品を見繕って届けにいった帰りだった。急に雨に降られ、慌ててタクシーを拾った。

奇しくも見覚えのある道、見覚えのあるビルの前を通りながら、濡れた服をハンカチで拭い、ふと、あの別れの日を思いだしてしまったことが何かを呼んだのだろうか——見ると、すぐそこのコーヒースタンドから当の貴史が出てきたのだった。

水滴のついた車窓越しに真奈が息を飲んで見つめるすぐそばを、彼のほうはまったく気づかず、同僚らしい若い女性と何か言葉を掛け合って雨の中を駆けだし、ネクタイをはね上げながら並びの社屋へと飛びこんでいった。

「どうだった？　彼」と、広美が訊く。「元気そうだったの？」

「はい。笑ってましたよ。冗談言いあってる感じで」

「よかったじゃない。げっそりやつれて、半魚人みたいな青緑色の顔して歩いてたら、あなたも夢見が悪いでしょ」

そうなんですよね、と真奈は頷いた。

「ああよかった、って……あんまりすっきりと思えた自分にかえってびっくりしたくらいです」

「一緒にいたその子と、いっそ付き合っちゃえばいいのにとか思わなかった？」

くすっと笑いが漏れた。

「思いました」

「やっぱりね」

「もしかしたらもう、そうなのかもしれなくて。私と並んでた時より、しっくりお似合いに見えたし……。あの、これ、ひがんでるとかじゃないんですよ。なんだか、彼がすごく楽そうに、自然体に見えたんです。私が見たことのない顔して笑ってました」

「なるほどね」

「年上の私といた間は、彼もそうとう無理してくれてたんだろうなって。とっくにわかってるつもりでいて、本当にはわかってあげてなかったのかも」

広美がナイフを置き、グラスの水に口をつける。

「まあ、そういうのはお互い様だから。あなただって、年下の彼のプライドを傷つけないように、それこそそうとう無理してたわけでしょ」

真奈は黙っていた。

「ある意味、ありがたいわよね。女に後遺症を残さない男って」

「後遺症?」

広美は答えず、薄く笑った。

「それで?　いいかげん、面白い話はないの?」

「面白い話ですか。あ、そういえばこの間お店に来たお客さんが、」

「そういうのじゃなくて。ほら、新しい男の出現とか」

「はあ?　だってまだ、別れて一年ですよ」

「充分でしょうが。恋愛なんてね、スポーツと同じよ。あんまり間をおくと、筋力や瞬発力が落ちるだけで何にもいいことないわよ」

「そう言う先輩こそ、どうなんですか」

「私はもう、残りは余生だと思ってるから」

もったいないこと言わないで下さいよ、と真奈は心から言った。

とはいえ、独りの生活は悪くないのだった。いや、驚くほど楽で、正直、愉しかった。

最近では高橋社長が店に顔を出す頻度は減り、かわりに副社長の薫子夫人が指揮を執るようになっている。決断は大胆だがすべてにおいて大雑把でもあった高橋社長に比べ、夫人の女性らしい細やかさ、言い換えればある種の性格的な執念深さのようなものが功を奏したとみえて、この一年間の売上は月を追うごとに少しずつ右肩上がりになっていた。業績の良さは社員のモチベーションに直結し、真奈が就職して以来、店の雰囲気は今がいちばんいいと言っても過言ではなかった。

辞めた渡辺広美の代わりに部長のポストに就き、薫子夫人と店のスタッフとの連携を図りながら仕事に没頭する一方で、真奈は、これまでならば貴史のために割いていた時間を自分のために遣うようになった。

ビジネス英会話の技術をもっと磨こうと、勤め帰りに語学学校に通う。真珠をはじめとするジュエリー全般についても、社長室の蔵書を片端から読むだけでは飽き足らず、自ら資料を集め、美術館や博物館で世界の宝飾展が開催されれば必ず足を運んで見る目を養うべく努める。さらには週に一度、女性向けの護身術を学ぶためにわざわざ道場を探して通い始めた時は、さすがの千晶にも笑われた。

だが、少しも笑い事ではないのだった。物騒になったとはいえ日本はまだ安全な国だが、タヒチでの一連の経験は彼女に、生きものとしての危機感を思いださせていた。あれだけ危険な目に遭いながら生き延びることができたのは、たまたま運が味方してくれたからに過ぎない。これからもずっと独りでいいとは思わないが、独りでも生きていけるだけの力は身につけておきたかった。

二度と男の助けなど借りない、などと虚勢を張るつもりはない。ただ、最低限、自分で自分の身を守るためにできるだけのことはする覚悟がないと、いずれ男に、他人に、頼るしかなくなる。そんな弱々しい依存ばかりの人生は願い下げだった。

真奈のマンションの郵便受けに一通のエアメールが届いたのは、独りになってからの季節が二巡目に入って間もなくのことだった。

差出人の名前を目にする前から、動悸がはね上がった。殴り書きのような、それでいてどこか流麗とも言える筆跡。覚えているとは思っていなかったのに、見たとたん確信していた。

郵便受けへと伸ばす手が、ふるえる。劇物にでも触れるかのように、封書をそっとつまんで手に取る。思った以上に薄く、軽い。

どんな文面が書きつけられているのだろう。彼とは、あの夜別れて以来だ。

一年以上も前なのに、まるでゆうべのことのようだった。熱い肌の感触。ずっしりとした筋肉の重み。押し分けて入ってくる圧倒的な質量……。鮮やかすぎる記憶が鉄砲水のように押し寄せ、流されまいとして真奈は思わずきつく目をつぶり、足の親指をぎゅっと握り込んだ。

最後の抱擁を思いだす。タヒチ本島の港に着き、うっすらと明けてゆく空の下、海風に冷えきった軀を抱きしめられたとき。

〈いつか〉

と、耳もとで竜介は言ったのだった。

〈え？〉

訊き返しても、二度はくり返してくれなかった。ただ首を横にふり、腕に力を込めただけだった。

いつか――。

いつか何だと、竜介は言いたかったのだろう。いつか、日本に帰る？　いや、それはない。いつか、また戻って来い？　いつか、また逢えたなら？

もしかするとただの気のせいだったのかもしれない、と真奈は思う。自分でも意識していなかった心の奥底の願望が空耳を呼んだだけで、竜介はべつに何も言わなかったのかもしれない。それは、この一年余り、思いだすまいとしながら否応なく思いだすたびに、何度も自分に問いかけ直してきたことだった。

キッチンの引き出しからハサミを取りだす。薄い封筒の端をほんの一ミリほど慎重に切り、意を決して中を覗く。

便箋は入っていなかった。

指を差し入れてつまみ出すと、ぺらりと一枚、写真が現れた。

蛍光灯の下、その青のあまりの眩しさに目を眇める。泣きたくなるほど懐かしい、紺碧の空と海。まばゆく散乱する光の中、サングラスをかけて腰布を巻いただけの軽薄そうな男が、以前よりもいささか小ぶりなボートの舳先に座り、ウクレレを抱えている。口もとは皮肉にほころび、白い歯がわずかに覗いていた。

しばらく見入ってから、再び覚悟を決めて、裏返した。

相変わらずの殴り書きがたった一行。

〈独立した。おまえ、手伝え〉

思わず、

「はあ?」

と声に出た。痛いほど深く、眉間にしわが寄る。

あまりのばかばかしさに、真奈はあっけにとられていた。独立――とは、何を指すのだろう。観光客相手の仕事に関してだけでなく、マリヴァからも離れたということだろうか。手伝えと言うからには、その可能性が大きいが、だからといっていそいそとタヒチへなど行けるわけがない。

「何、ふざけたこと……」

呆れすぎたせいで、頭の回路が混線してしまったらしい。悪態を続けようとしたはずが、かわりに漏れたのは、自分でも意外なことに笑い声だった。一旦笑ってしまうと我慢できなくなった。くすくす笑いが大笑いになっていく。

キッチンの床にしゃがみこんだ。

独立したばかりだと言うなら、稼ぎなどあってないようなものにきまっている。そんな不安定きわまりない、まったく先の見えない男のもとへ走れと？　この私に？　しかも、わざわざ日本を離れて？　せっかく安定している今の仕事も捨てて？

写真を表に返す。

男の顔がサングラスで隠されているのが、無性にもどかしい。この下に隠された目もとはどんな表情をしているのだろう。

真奈は、ふと視線を上げた。部屋を見回す。

貴史と別れて以来、独りには充分の広さと思えていた部屋が、この時、急にひどく狭苦しく感じられた。

＊

一生に一度くらい、生きる道を自由に選んでみたくなった。

「Jewelry TAKAHASHI」を辞めたい、という真奈の申し出を、けれど副社長の薫子夫人は当初、まったく聞き入れようとしてくれなかった。

「何が不満なの？」

喧嘩の間合いを計る猫のような用心深さで、夫人は言った。

社長室だった。大きな木のデスクの向こう側には高橋社長その人もいるが、例によって話は夫人に任せ、先ほどからひと言も発していない。

真奈は、ペルシャ絨毯に目を落とした。思えば就職の最終面接の日も、この絨毯を踏み、その模様に目を凝らしたのだった。

「何か理由があるなら正直に言ってちょうだい。今あなたに辞められると困るのよ。うちには、あなたが必要なの」

あの時はまさか、自分が副社長からそんなことまで言われるようになろうとは予想もしていなかった。そう、人生は本当にわからない。

渡辺広美に辞められた後で、再び上に立つ者を失うことになれば、たしかに店の打撃は大きいだろう。下には谷川諒子も控えているが、販売員としての能力はともかく他のスタッフを率いるにはまだ身につけなければならないことが多くある。そう簡単に進まないことは真奈にもわかっていた。

「不満とか、そういうことではないんです」

「じゃあ、どういうこと？　もしかしてヘッド・ハンティング？　うちよりいい条件を言ってきた店があるのなら教えて。悪いようにはしないから」

真奈は、首を横にふった。

「そうではなくて――タヒチへ行きたいんです」

「えっ。まさか、向こうの店からの引き抜きなの？」

「いえ、ですからそうではなくて……」

言いかけた時だ。

「男だろ、どうせ」

高橋社長がうっそりと口をひらいた。

薫子夫人が目を瞠り、夫をふり返る。

「いい歳した女が、仕事もキャリアもほっぽり出して南の島なんぞへ行こうって言うんだ。男以外に何がある」

ひどい言いぐさだと思ったが、まったくもってその通りなので反論できなかった。

「そうなの？」

と、薫子夫人がこちらを向く。

真奈は、あえて目をそらさずに言った。

「そうです」

「そんなくだらない理由で、これまでのすべてをふいにする気なの？」

「ふいにするつもりはありません」

けげんな面持ちの薫子夫人に向かって、真奈は思いきって切りだした。

「辞めさせて頂いたのちも、これまでとは別のかたちで必ずお役に立ってみせます。私に、仕事を下さい」

「なに、どういう意味？」

「フリーのエージェントとして、現地での黒真珠の買い付けを任せて頂けませんか」

何か言いかけた夫人より先に、高橋社長がなんともいえない唸り声を発した。

真奈なりに、考えに考え、千晶や渡辺広美のアイディアも借りながら、ようやく見いだした道だった。

日本からタヒチまでの出張費用は決して安くない。一人で出かけていっても往復の航空運賃と滞在費は相当の額になる上に、何しろ直行便が少ないので自由がきかず、現地でそれなりの仕事をしようと思えばまず一週間は帰れない。また、そうまでしてわざわざ出かけていく手間や採算を考えれば、大きな見本市の開催に合わせて訪れるしかなく、タヒチ本島から離れた島の養殖場などへは、いくら品質と値段の点で評判が良くても直接訪ねて行くことができない。結果、ばかにならない中間マージンを我慢して買い付ける以外になくなるわけだ。

しかし、もしそれらのすべてを現地で請け負う人間がいればどうだろう。複数の日本の店から、代理で買い付けを任せてもらうのだ。

成功するかどうか、いや軌道に乗るかどうかさえわからない商売ではあるが、真珠を見る目を信用さえしてもらえれば、わざわざ日本から買い付けに出かけていくよりはるかに割安になる。需要はあるはずだ。

いや、ゆくゆくは、日本の会社だけでなく各国の業者から代理を任されるほどのエージェントを目指したい、と真奈は思う。現実が厳しいからといって、描く夢まで小さくまとめてどうする。十のうち一しか叶わないのなら、その最初の十をどれだけ大きく心に抱くかで、得られる結果の多寡はいくらでも変わってくるのではないか。

「もし私を信用して下さるなら——」

真奈は続けた。

「我が社……いえ御社には、特別に優れた品物を、他のどこよりも優先的にお世話させていただくことを約束します」

いかがでしょうか、と薫子夫人を、そして高橋社長を見つめる。

駆け引きをするつもりなどなかった。

聞き入れてもらえても、もらえなくても、旅立つことだけは心に決めていた。

＊

夏が盛りを過ぎようとしていた。ボラボラ島の空港から『セント・レジス』へ向かう船の上、真奈は舳先に立って海の彼方を眺めやった。

水蒸気が雲となって湧き上がり、水平線に白銀の山脈をかたちづくる。そそり立つオテマヌ山の周囲をぐるりと回り込んで、船は波の上を走ってゆく。

目的地に近づくほどに動悸が疾くなった。この島を、あらかじめ帰る日の決まっている旅人としてではなく訪れたのは、これが初めてなのだった。

桟橋にはホテルのスタッフたちが出迎えてくれていた。観光客たちに混じって真奈が下りていくと、若い女性スタッフが進み出て言った。

「イアオラーナ」

イアオラーナ、と真奈も微笑を返す。

「お帰りなさいませ、ミズ・フジサワ。お待ちしていました」

クリスを目で探したのだが、姿が見えなかった。何しろ敷地の広いリゾートだ。他の業務でてんてこ舞いなのだろう。

荷物はこれだけですか、と訊かれ、真奈は頷いた。

東京のマンションはすでに引き払い、こちらで暮らすのに必要最低限のものだけを航空便で送ってあった。いまトランクに詰まっているのは、当座の着替えとパソコンくらいのものだ。不要になった家具や生活用品などは、千晶や渡辺広美がそれぞれ喜んで引き取ってくれた。

〈あんたって、ぎりぎりまで優柔不断なわりには、一旦決めちゃうと呆れるほど大胆よねえ〉

と、千晶が妙な感心をしていた。

これからの住まいについては前もって当たりをつけてあったが、着いていきなり〈新居〉の大掃除というのもせわしない。大きな、あまりに大きな決断をした自分を労う意味でも、せめて最初の二日間だけは贅沢をしようと、すべてのきっかけとなったここ『セント・レジス』に宿を取ったのだった。いいと言っているのに薫子夫人は今回も、日本支社の知り合いに口を利いてくれた。

「あーら、馬鹿な女が帰ってきた」

相変わらずのジョジョが迎えてくれる。

「せっかくマリヴァが消えてライバルが減ったと思ったのに、今度はあんたなの？」

憎まれ口をたたきながらも手は動き、色鮮やかなグラスを真奈の目の前に置く。

「〈ウェルカム・ホーム〉っていうカクテル」

すました顔で宣う〈レレ〉のバーテンダーに、

「前の〈フェアウェル〉とまるきり同じ味がするんだけど」

指摘してやると、彼はうんざりと唇を曲げた。

「これだから女っていやよね。古いことネチネチ覚えててさ」

それから彼は、ふっと笑みを浮かべて言った。

「お帰り。それとも、よく来たわねって言うべきかしら」

「どちらにしても、ありがと」

と真奈は言った。

「ねえ、クリスは？　まだ会えてないんだけど、元気？」

「あら、知らなかったの？　彼、もうここにいないのよ」

「うそ！　どうして？」

「香港へ帰ったの。この四月に」

ホテルマンとしての海外研修を終え、今後は本国でホテル経営の勉強をするのだという。別れ際にジョジョが打ち明けられたところによれば、クリスの父親は香港でも有名な一流ホテルの経営者だということだった。

「どうりで、話す英語があんなふうだったわけよね。正真正銘の御曹司よ」

びっくりだわ、と肩を竦めるジョジョの前で、真奈はぼんやりしてしまった。バーテンダーという仕事柄、ジョジョは出会いと別れの繰り返しにも慣れているのかもしれない。自分の感情への対処も心得て、そんなに簡単には動じないのかもしれない。

けれど真奈は寂しかった。ここを訪れさえすればあの人懐こい笑顔に会えるとばかり思っていただけに、ショックだった。

「しょうがないでしょ」慰めるようにジョジョが言った。「誰にだって、その人だけの人生があるんだから。いつか香港へ行くことがあったら、会いに行けばいいのよ」

連絡先はちゃんと聞いてあるから、と言われ、ようやく気を取り直す。

そうだ。確かにジョジョの言うとおりだ。誰もが、その人だけの人生を生きなくてはならない。それは自分にとっても同じことだ。でも同時にその人生は、願うならどんな方向にだって舵を切ることができる。強く大きな意志さえあれば、いつでも、何度でも。

「ねえ、訊いていい？」

「何よ」

眉を上げてこちらを見るジョジョに、真奈は、日本からずっと抱えてきた問いをようやくぶつけた。

「どうして、マリヴァと竜介は別れたの？」

「あら」

ジョジョが手を止めて真奈を見下ろす。

「あんた、リウから何も聞かされてないの？」

「だって、まだ会ってないもの」

「えっ、うそ。何やってんの？」

「何って……私はさっき着いたばっかりだし、彼は今日、仕事が入ってるって話だったし」

「いつ会うのよ」

「一応、夕方にはここで落ち合う話になってるけど」

口に出したとたんにそれが現実味を帯び、心臓が不整脈を打つ。

「じゃ、電話では話したのね」

真奈は首を振った。

「ずっとメールよ。電話代が高くつくから」

「ってことは……」眉間に皺を寄せ、ジョジョが確かめるように言う。「本当にあんた、マリヴァとのいきさつを何も知らないの？　そんなことさえ彼に確かめずにこっちへの移住まで決めちやったわけ？」

「――おかしいかな」

「相当なもんだわね」

と、ジョジョは言った。

島じゅうの知るところ、とまで言うのは大げさだろうが、なかなかの修羅場ではあったらしい。竜介にせよ、マリヴァにせよ、それぞれが目立つ存在だったことも手伝って、噂は噂を呼び、話はひとりでに膨れあがっていった。

「少なくともボラボラの観光業界に携わってる人間はみんなもう、あの二人が別れたことを知ってるわよ。ほんとのことをちゃんと把握してるのはごく一部だけどさ」

ジョジョの手つきは相変わらず流れるように優雅だった。きゅっきゅっと小気味よい音とともにクロスの中から現れるグラスはどれも、この世に生まれたての宝石のように曇りなく輝いている。

「ほんとのこと、か……」

つぶやいた真奈を、ジョジョは再び手を止めてじっと見おろした。

「聞きたい？」

少し考えてから、真奈はかぶりを振った。

「やっぱり、いい」

「何よ、自分で訊いたくせに。いいの、それで？」

「知りたくないって言えば嘘になるけど、竜介が自分で話してくれたらでいいわ。彼が話さないなら、それは私の知る必要のないことなんだと思うから」

磨き終えたグラスを、ジョジョがカウンターに置く。

「つくづく、日本の女って不思議だわ。これがフランス女だったら、事情を一から十まで問い詰めて、すべてにはっきり白黒つけたがるわよ」

「それって国民性の問題？　人によっていろいろだと思うけど」

ふいに、背後の浜辺から涼しい風が吹き込んできた。

ふり返ると、スコールだった。降り始めの雨粒が、薄青いラグーンの水面を叩き、まるでカーテンを引くようにするすると移動しながら白い砂浜を濡らしてゆく。遠くの雲間からは太陽の光が束になって射し、オテマヌ山の頂上を照らしている。宗教画を思わせる、美しくも荘厳な光景だった。

天を突き刺してそそり立つ岩山の姿に、真奈の心は騒いだ。一年前、竜介が船で送ってくれたあの日も、ふり向けばあの山の黒々とした岩肌がこちらを見おろしていたのだ。

眺めているうちに、風に追われて雲が分かれ、光の束が輝度を増した。反対側の空にみるみる現れた虹が、海の上いっぱいに巨大な弧を描いてゆく。

〈もし雨が降らなかったら――〉

かつてのジョジョの言葉を思いだす。魅入られて目を凝らしていると、背後でそのジョジョが言った。

「そういえば国民性で思いだしたけど、あんたたち日本人にとっては、虹は七色なんですってね」

真奈は目を戻した。

「どういう意味？」

「ここはほら、ああいう虹がしょっちゅうかかるじゃない。指差してああだこうだ言ってる観光客の話を聞いてると、国によってけっこう違うのよ。イギリス人やアメリカ人は六色だって言うし、フランス人とドイツ人は五色って言うし」

初めて聞く話だった。赤、橙、黄、緑、青、藍、紫。虹が七色でないなどとは疑ってみたこともなかった。

「まあでも、不思議はないかもね。〈鼠色〉だけで百種類以上あるっていう国だから」

と真奈は言った。

「うそ。あんたそれ、全部見分けられるの？」

「まさか。私だって詳しいわけじゃないのよ。ライターをしてる友人から教わったことがあるだけで。ただ彼女が言うには、その鼠色にも一つひとつきれいな名前がついてるんですって。鳩羽《はとば》鼠《ねずみ》……つまり鳩の羽根の色のグレーとか、桜の花のグレーとか、夜が明ける時の白み始めた空のグレーとかね」

目を瞠ったジョジョが、なるほどね、と頷く。

「前にあんたの言ってた〈愛〉の区別じゃないけど、日本人ってそういうとこ凄いと思うわ。繊細で、多様で。もしかして、あんたの持ってるその、物事のグレーゾーンを曖昧なまんま受け容れられる性質も、そういうところからもきてるのかもしれないわね。いわゆる寛容ってこととはまた違う気がするんだけど」

真奈は苦笑いした。

「優柔不断で大胆なのよ」

＊

母としてのマリヴァの強さは、裏返せば、女としての激しさでもあった。承知しているつもりでわかっていなかった、と竜介は思う。

ふだんはあれほど聡明でプライドの高いマリヴァのことだ。腕の骨折から快復し、元通りの生活が送れるようになった上できちんと話し合えば、答えは自ずと出るだろう。もしかすると修羅場を嫌って彼女のほうから離れてゆくかもしれない。そんなふうにさえ思っていたのに、いざ別れ話となると、マリヴァにはいっさいの言葉が通じなかった。

逆上して怒り狂ったかと思えば、冷たく静まり返る。

大声で泣きわめいた次の日には、聖母のような微笑みを浮かべる。

どんな顔を見せていても、マリヴァの内側は常に竜介を求めていた。まるで人のかたちをした美しい化鳥《けちょう》のように、彼女は恋人という獲物の心臓に爪をたて、この世の終わりまで決して離すまいと決めてしまっていた。

友人テヴァの伝手を頼り、竜介は入江の近くに小さな小屋を借りた。持ちものはといえばカヌーが一艘とウクレレが一本、あとは着替えのシャツとパレオが数枚。家財道具など無きに等しい生活だったが、心を通わせられなくなった女の隣で眠るよりはまだしも安らぐことができた。

そうして完全な別居を始めてから一カ月が過ぎようとする頃、竜介はついに意を決して船を売り払った。観光客を乗せてのツアーに必須だった十人乗りのボートは、じつのところ、マリヴァと一緒に暮らし始めて間もなく、彼女が自分の貯金を切り崩してローンの頭金を作ることで買うことができたものだった。言うなれば新しい恋人への投資、いや、半ば貢ぎものだったわけだ。

もちろん竜介としても、彼女の好意にただ甘えていたわけではない。その船を元手にした稼ぎの中から、毎月決まった額を返済してはいたのだが――。

少しでも高く売れるようにと隅々まで磨きあげた船は、幸いにして手に入れた時の七掛けほどの値で買い手がついた。その全額を、竜介はある日、マリヴァの前に置いた。これまでに返済したぶんを合わせると、彼女が支払った金額よりもいくらか多くなる計算だった。

テーブルの上に置かれた札束を、マリヴァは動かない目でじっと見つめていた。竜介は、できるだけ静かに、穏やかに話した。

「頼むから、これだけは誤解しないで聞いてほしい。決して、金を返すから別れてくれ、なんていうつもりじゃないんだ。ただ、最低限のけじめは付けるべきだと思った。こんな大きな借りを作ったままじゃ、対等に話せないから」

借り、という意味で言うならば、マリヴァへの恩はそうそう返せるような類のものではない。行き場のなかった自分に寝る場所を与え、一時は養い、子どもたちとの温かな生活まで用意してくれたばかりか全身全霊を傾けて愛してくれたのだ。

けれど竜介は、あえてそれを口にしなかった。別れると決め、その決意が覆せないのならば、相手の耳に心地よい言葉を並べても残酷なだけだ。この期に及んで自分を良く見せる必要はない。恨まれ、憎まれ、いっそ蔑まれるくらいでちょうどいい。

やがて、マリヴァが口をひらいた。

「ばかね、あなたって」

のろのろと顔を上げ、竜介を見る。

「もし私が、このお金を受け取るかわりに別れることを承知したら、今まではまるで貸したお金が惜しくてあなたと別れずにいたみたいじゃないの。そんなみっともないこと、私が受け容れると思う?」

「誰も、そんなふうには思わないよ」

「思うわよ」

「いや、ないね。ありえない。あんたがそんな女じゃないってことは、この島の人間なら誰もが知ってる。むしろ、俺が金を返したってことを信じない奴らのほうがはるかに多いだろうさ」

反論は返ってこなかった。それに関してはその通りだと思ったのかもしれなかった。

「だけど……船もお金もなくなっちゃったら、あなたこれからどうするの?」

「何とかなるよ。まあ当面は、ヤシの実や魚をとって暮らすさ」

「ふざけないでちゃんと答えて」

「俺としては大真面目なんだがな」

昔、真奈に冗談めかして言ったことは、じつのところ真実だった。南の島ではまず、食い詰めるということがない。命を長らえさえすれば、生活はいずれどうとでも変えられる。

「落ち着いたら、また船を買うよ。最初からあんな立派な船は無理だろうけど」

今度こそ女の世話にはならずにちゃんと自分で金を借りて返す、という言葉を聞くと、マリヴァは静かに泣きだした。

それでもなお、彼女がすべてを受け容れるには長くかかった。いや、最後の最後まで、受け容れたというわけではなかったのかもしれない。たまに顔を合わせるたび、子どもたちのことは抱きしめても自分には指一本触れようとしない男を、とうとうあきらめたというのに近かった気がする。

そうして彼女は、両親の住むタヒチ本島へ移ることを決めた。あの暴行事件と入院以来、子どもたちの祖父母がしきりに気を揉んで、同居を強く勧めていたのだ。

別れの日、幼いティアレは、自分たちが乗り込む船に竜介だけが乗ろうとしないのを見ると、わざわざ戻ってきて手を引っぱった。

一緒には行けないのだと優しく言い聞かせようとして思わず声を詰まらせた彼を、マリヴァは優しく抱擁し、耳もとでささやいた。

「私の名前の意味、覚えてる?」

「もちろん」

「言ってみて」

「——Travelling in peace」

答えると、彼女は微笑み、竜介の頰にそっと触れた。

「その言葉を、あなたに贈るわ。どうか、元気で」

独りになってからは、酒も飲まずにがむしゃらに働いた。マリヴァと暮らしていた間にはなかったことだった。

幸い、タプアリ老の口利きで銀行から金を借りることもでき、八人乗りの中古の船を買った。十年ローンだったが、稼げる限り稼いで返済に充て、いずれはもっと大きな船に買い換えるつもりだった。

日本へエアメールを送ったのは、その船が手もとに届いた当日のことだ。

〈独立した。おまえ、手伝え〉

これまでも別段、ツアー会社に所属していたわけではない。ホテルなどの伝手を通じてまわってくる仕事をフリーの立場でこなしてはいたのだ。

だが、正真正銘自分のものと呼べる船を手に入れた今、初めて、竜介は胸の奥深くで、この島に根を下ろす覚悟が定まった気がした。ずっとそのつもりであったはずなのに、ここへきてようやく、これまでの自分の認識がどれだけ甘かったかを悟ることができたのだった。

あの真奈が、日本を離れて自分のもとへ来るかどうか——それについては、正直なところ、あまり期待はできないと思っていた。

返事さえ来ないほうに、九割。

体ごと来るほうには、せいぜい一割。

それでもその一割をあきらめずにいられたのは、彼女の中にひそむ好奇心と冒険心が並でないことを知っていたからだ。

そしてもう一つ、まるきり根拠のない予感もあった。あの夜、月明かりの小島で重なり合った時の、彼女の熱。ただの情事ではなかった。ありふれた官能でもなかった。あれは、互いにしかわからない特別なつながりだった。起こってしまったが最後それを信じるしかない、名づけがたい何ものかだったのだ。

ああいうものを人は運命と呼ぶのかもしれない、などという考えがふと頭をよぎった瞬間、竜介は思わず苦笑した。似合わないにも程があると思った。

夏の終わりの夕暮れ時、浜辺のバーに入ってゆく。まず目が合ったのは、右耳の上に白い花を挿したジョジョだ。

カウンターの端の席、こちらに背を向けて座っていた真奈が、ジョジョに何か言われてぱっとふり向く。

「よう」

片手をあげて軽く挨拶をすると、あきれたように瞳が揺れた。

花柄のキャミソールドレス。肌はまだ白い。少し、瘦せたようだ。頰の肉が落ち、鎖骨の窪みが深くなった気がする。

その変化は彼女に、どこか少年めいた瑞々しい表情を与えていて、けして悪くないのだが、抱き心地はどうだろうと竜介は思う。むろん、口には出さない。会うなり臍を曲げられるのは本意ではない。

「やっと来たかよ」

言いながら隣のスツールに腰掛ける。

「……ええ。やっとね」

耳に柔らかなその声を聞くなり、心臓が硬く収縮し、下半身が不穏な変化を遂げる。

竜介は、自分がどれほどこの女を待っていたかを知った。

＊

タヒチにおける創造神は、「タンガロア」と呼ばれている。

この世に太陽や星もなく、海と大地の区別もなかった頃、あたりにはただ闇が広がっていた。タンガロアと彼が住む大きな貝殻、それが世界のすべてだった。

無限の時間ののちに目覚めたタンガロアは、自らの呼びかけに応えるものが存在しないことに怒り、住み処であった貝殻を高々と持ち上げた。それは世界を覆う空となり、彼が貝殻の残りの半分を砕くと、無数の岩と砂ができた。

タンガロアはさらに、自分自身の背骨を引き抜いて長大な山脈を創った。あばら骨は渓谷や断崖になり、天へ投げた内臓は雲となって雨を降らせ、筋肉は動植物を育む肥沃な大地へと変わり、手足の爪からは鱗や甲羅を持つ海の生物が生まれた。

すでに多くを抜き取られた彼の体から流れ出る血潮の、ある部分は天を彩る朝焼けと夕焼けになり、またある部分は雲に隠れて虹となった。そして最後にタンガロアは、天地に住む神々を呼び寄せ、準備が整ったのちに人間を創造した。

——それが、タヒチの創世神話である。

真奈が初めてその物語に触れたのは、社長の命令で最初にタヒチを訪れるよりも前のことだった。たしか、たまたま手に取ったガイドブックに書いてあったと記憶している。

もちろん、当時は想像もしなかった。東京のマンションの一室で読んだ時には単なる壮大な絵空事にしか感じられなかったものが、まさかこれほどの強度を持って胸に迫る日が来ようとは。


馴染んだホテルの水上コテージで過ごした二日間、竜介も真奈も、ほとんど衣服を身につける暇がなかった。食事さえ部屋まで運んでもらい、けれど飲みもの以外にはほとんど手を付けなかった。胃袋の飢えよりもはるかに差し迫った別の飢えを満たすので精一杯だったのだ。

ベッドではもちろんのこと、リビングのソファで、廊下で、バスルームの床で、デッキで、すぐ目の前の海の中で……。どうかしている、と互いに苦笑し合いながら、気がつけばまた軀をつないでいた。しても、しても、し足りなかった。

真奈は、細胞ごと生まれ変わったかのように感じていた。十年以上前に日本で竜介と暮らしていた頃や、あるいは年下の貴史と付き合っていた間も、セックスに関してはずっと受け身でしかなかったのに、今の自分が信じられなかった。

こんなにもあからさまに相手の男を欲しいと思ったことなどなかった。抱いて欲しい、のではない。ただ、つながるのが嬉しいのだ。命と命、互角に挑み合い、渡り合い、互いを満たし合いたい。その想いがきりきりと尖り、膨れあがりすぎて、まるで自爆する間際のように心臓が苦しかった。

ゴーギャンの絵を持ちだすまでもなく、この島では、人間を含む森羅万象の輪郭がくっきりと太く際立ち、すべての命が凶暴なまでの美しさと力強さに充ち満ちていた。

組み伏せられながら男の肩越しに見上げる、怖ろしいほどの星空。汗でかすんだ視界いっぱいに広がる、まるで宇宙の大火事のような朝焼け。

世界はたしかにここに「在る」のだと、そして自分も確かにそこにつながっているのだと、疑いもなく信じることができたのは、三十数年生きてきてこれが初めてだった。


「しばらくは、毎日仕事するか」

仰向けになった竜介は、左腕を真奈の頭の下に差し入れて抱き寄せながら言った。右手の指の間には煙草をはさんでいる。窓越しの月明かりが、ベッドの上をしらじらと照らしていた。

「あの船だって、うっかり返済が滞ればまた売り飛ばすしかなくなるし。俺一人ならともかく、お前とのこれからを考えたら、それなりには働かないとな」

以前なら、男のそんな物言いにこそ目くじらを立てていたかもしれない。真奈は、昔の自分をどこかで懐かしみながら言った。

「大人になったものよね」

意外な反応だったのだろう、竜介が探るようにこちらを覗きこむ。

「あ、そういえばジョジョに訊かれたんだけど」

「何て」

「あんなロクデナシでほんとにいいのかって。『考え直すなら今のうちよ』って真剣に助言されちゃった」

竜介が舌打ちをし、大げさなため息をついた。

「あいつには遠慮ってものはないのかよ」

おもむろに半身を起こし、サイドテーブルの灰皿で煙草をもみ消し、真奈の上に乗りあがる。うっすらと無精ひげに覆われたその顔を見上げながら、真奈は言った。

「ずっと前に、ジョジョから言われたことがあったの。タヒチの女には将来に対する打算なんかない、ただ『この男が好き』っていう気持ちだけで相手を選ぶのよ、って」

真上から見おろす目が、すっと細められる。

「今のは、おそろしく素直な愛の告白に聞こえたんだけどな」

「ふうん。おめでたい耳ね」

竜介が低く唸り、けものが咬みつくようなキスをする。真奈は笑いながらそれに応えた。

考え直すなら今のうち——そう言われた時、本当は、ジョジョにはこう答えてやったのだった。

〈いざとなったら、私が何としてでも稼いで彼を養ってみせるわよ。それだけの覚悟もなしに、はるばる男のもとへなんか走れると思う？〉

もちろんそれは、竜介には聞かせる必要のないことだ。彼の男としてのプライドを傷つけるのも、逆に怠け心を助長するのも、どちらも得策ではない。いざとなるまでこちらの胸に収めておけばいいのだし、いざという時が巡ってこなければなおいい。いずれにしても、自分は自分にできる限りの仕事をするだけだ。

「ねえ」

「ああ？」

「明日は、家を見に行くのに付き合ってよね」

「いいよそんなの。俺と暮らせ」

「だってあなたの今の家って狭いんでしょう？」

「問題ないだろ。どうせベッドは一つしか要らないんだ」

竜介が両腕をつき、まるで波打ち際に流れ着いたカヌーのように真奈の上に上半身を揺すりあげる。真奈は、指先でそっと彼の腕をなぞった。

左の二の腕に、迷路のような流麗な幾何学模様が新たに刻まれている。それは、竜介がマリヴァに借金を返した上でなお今の船を購入した時、タプアリ老が彼を呼び寄せ、黙って彫ってくれたものだった。

仕上がった時、タプアリは言ったそうだ。

〈これで、お前の中のマナは護られる〉

尖ったサメの歯の意匠が複雑に組み合わされた紋様。部族固有の、伝統のタトゥー。まだ一つだけではあったが、それはこの島に生きる男として受け容れられたという明確なしるしだった。

線状に浮きあがるわずかなふくらみを指の腹でなぞりながら、真奈はつぶやいた。

「マナって……」

「うん?」

「私には、まだよくわからないの。この土地で言う〈マナ〉って、いったいどういうものなのかが」

「それは……何ていうかこう、神の恩寵っていうかさ」

「ええ、言葉ではわかるのよ。マリヴァは〈神々の香気〉って表現してたし、タプアリも若い頃に会った刺青の日本人の話を聞かせてくれたから、何となくはイメージできるんだけど、それでも、まだぜんぜん実感できなくて……せっかく同じ名前を持ってるのにね。竜介、あなたはどう?　この島に住んでから、何かに対して、〈マナ〉の存在をはっきり感じたこと、ある?」

しばらくの間、竜介はまっすぐに真奈を見おろしていた。

やがて、彼女の上からおりて、どさりと仰向けになった。

「だまし絵、みたいなものかもしれないな」

「どういうこと?」

「最初のうちは、表面的なものしか見えない。それが、だんだん目が慣れてきて、隠れていた絵柄が一つ浮かび出てくると、あっちにもこっちにも次々に見つかるようになるんだ。たぶん」

ずいぶん深く眠りこんでいたらしい。

「起きて」

低い声で揺り起こされた時、真奈は一瞬、自分がどこにいるのかわからなかった。

部屋を満たしているのは朝焼けの光だ。眠い目をこすりながら、どうして、と訊くと、

「ついてくればわかる」

竜介は、真奈のもつれた髪をくしゃりと撫でた。

詳しい理由も聞かされないまま連れ出され、新しい船に乗せられ、気がつけば沖に出ていた。外洋は初めてではなかったが、波のうねりはあの日よりも大きい。

船は、時おりエンジンを止めては、何かを待つか探すかするようにそこで浮かび、またエンジンをかけては先へと進んだ。ボラボラ島を中心にして、大きく円を描いているようだ。

竜介がいったい何をしようとしているのかはわからなかったが、彼方の水平線を見つめるまなざしは真剣で、その意図をとやかく訊くのはためらわれた。信頼を試されているような気がしてきて、真奈はあえて何も訊かず、すべてを彼に任せて、青さを増してゆく空と海を黙って眺めていた。

やがて、何度目かで船がスピードを落とし、エンジンが止まった。

しんとした中で耳を澄ませていた竜介がふいに口もとをほころばせた。

操縦席の下にかがみこみ、黒いウェットスーツを引っぱり出す。脚と腕を差し入れ、背中の紐をつかんでひと息にチャックを上げる。続いて手に取ったのはシュノーケルとマスク、それに大きな青いフィンだった。

「潜るの?」

真奈に向かって目顔で待っているよう示すと、竜介は腰に鉛のベルトを巻き、船べりから滑るように水に入った。音もなく数メートル離れ、あっという間に逆さになって潜っていく。

フィンの青色はすぐに見えなくなった。揺れて丸く広がっていく波紋の中心に、いくつかの小さなあぶくが浮かんできて弾けた。

ゆっくりとした波のうねりに船が持ちあげられ、また沈む。風の音と、船の横腹を洗う波音以外はひどく静かだ。

環礁の内側にいた間はつねに遠くで轟いていた波音さえ、ここでは聞こえない。世界にひとりきりでいるみたいだ、と思った時――。

地鳴りのような音が湧き起こり、長々と響いた。

とっさに、船のエンジンがどうかしたのかと思った。狼狽えて、竜介を探す。見回してもまだ浮かんでこない。

よく聞けば、音は船の真下、海の底から湧きあがってくるのだった。朗々と響きわたる法螺貝のようなその音が船底を震わせ、真奈の足裏にまで伝わってくる。天変地異の前触れだろうか。わけもわからずに船べりを握りしめていると、いきなりすぐそばの海面に黒い頭が現れて、思わず悲鳴をあげてしまった。

シュノーケルを口から離し、マスクを額に押し上げた竜介が、梯子も使わずに懸垂の要領で船べりからよじ登ってくる。

「ねえ何、あの音」

訊いているのに答えてもくれず、竜介は髪や顎の先から水を滴らせながらベンチの下を覗き、ウェットスーツをもう一着取りだして渡してよこした。

「着て」

「え、私も潜るの？」

「浮かんでるだけでいいから」

「でも、この音……」

「大丈夫。危険はない」

こわばっていた体から力が抜けていった。竜介が言うならそうなのだろう。理屈も何も抜きで彼の言葉を信じている自分に気づいて、ふと泣きだしたいような気持ちになる。

水着など着てこなかった。服を脱ぎ、下着の上に直接ウェットスーツを着る。ゴムがきつくて袖を通すのに四苦八苦していると、苦笑いで手を貸した竜介が、最後に背中のチャックまで引きあげてくれた。

その間も、例の音は途切れ途切れに聞こえていた。可聴音域ぎりぎりで低く低く響いていたかと思えば、巨大なエンジンを空吹かしするような、あるいは鋼鉄の円盤が風を切るような音が繰り返され、また法螺貝の音へと戻る。まるで一篇の長い歌のリフレインのようだ。

再びマスクをつけながら、竜介が言った。

「海の中にどんなものがいようと、パニックだけは起こすなよ」

「え、うそ。サメとか?」

竜介が目で笑い、首を横にふる。

手渡されたマスクやフィンを装着した真奈は、おそるおそる梯子を下り、海に入った。ウェットスーツの威力だろう、水は覚悟していたほどは冷たくなかったが、溺れかけたあの時の記憶が甦り、呼吸が疾くなる。

「安心しろ。俺がいる」

立ち泳ぎをしながらも竜介に手を握ってもらうと、不思議と落ち着いた。この感覚だ、と思う。どんな時も自分を守ってくれる強い牡への、闇雲な信頼。絶対の安心感。

「ほら。下を見てみな」

真奈は息を整え、意を決して顔を水につけてみた。

なんという透明度だろう。はるか彼方まで見わたすことができるほど青々と澄んでいる。水深はおそらく二十メートルほどだろうか、底に広がる白く平らな砂地に光が反射するおかげで、あたりがぽっかりと明るい。

竜介が軽く手を引き、船底の右下あたりを指差す。太陽の光が束になり、底へ向かって円錐状にきらきらとすぼまっていく、その輝く柱の中心に——見たこともないほど巨大な生きものがいた。

シュノーケルをくわえたまま叫び声をあげた彼女を、竜介が引き寄せ、しっかりと抱きかかえる。

たゆたうように静止している黒い塊は、クジラ、だった。

体のあちこちに白っぽい古傷が見てとれる。輝く水面の網目模様が、その背中にゆらゆらと散乱している。驚くほど胸びれが長い。ひれというより、空をゆく鳥の翼のようだ。

すさまじい音量で、水中にあの音が轟きわたる。すぐそこにいるクジラが歌っているのだった。高く、低く響く歌声は、船の上で聴くのとは桁違いの迫力だ。おそろしいほどの音量と振動で、こちらの鼓膜どころか皮膚や骨までびりびりと震わせ、痺れさせる。

なだらかな流線型を描く平たい頭部にはイボのような突起が沢山あり、口の周りにフジツボが同じく沢山こびりついていた。潜水艦のような巨軀をゆっくり傾けると、灰色と白のまだらに彩られた顎から腹部にかけて、幾筋もの襞が折りたたまれているのが見える。まるで微笑んでいるかのようにくるりと上がった口角のすぐ上に、どこかゾウのそれを思わせる小さな目があり、じっとこちらを値踏みしていた。気に留めるだけの値打ちもないと判断したらしく、長いひれを揺らめかせて再び軀を水平に戻す。

あまりの神々しさに打たれ、自分でもわけのわからない感情が突き上げてきて、大声で叫びたくなった。そうするかわりに、水底へ向かって両手を差しのべる。もとより届くはずもないのに、たまらなく切ない。

と、隣に浮かんでいた竜介がわずかに体を離し、肺の中の空気をいくらか吐き出すのがわかった。立ったままの姿勢で、ゆっくり、ゆっくり、垂直に沈んでいく。長い髪がゆらゆらと揺れてなびき、海草のようにそよぐ。真奈が目を凝らす中を、竜介はクジラのすぐそばまで潜っていき、そこで静止した。

改めて、クジラの巨大さに目を瞠る。尖った双葉状の尾びれが、横幅だけで竜介の身長の二倍から三倍ほどもあるのがわかる。ということは、全長は十五メートル近いのだろうか。そんなにも巨きな生きものが、こちらに何の敵意も示さず、逃げもせずにそこにいることがどうしても信じられない。

竜介の姿がにじむように揺れ、真奈は水中マスクの曇りを指で拭おうとした。そうではなかった。知らないうちに、マスクの中で涙が溢れていたのだった。

やがて、クジラが向きを変えた。小さな目玉が動き、竜介と真奈を順繰りに見たあと、胸びれの一閃と同時に尾びれで水を蹴る。海底の砂さえ舞い上がらないほど穏やかな動きで、クジラはなおも歌い続けながらゆったりと離れていった。姿が水の膜の向こうへと消えてしまった後も、ずいぶん長いこと、遠ざかる歌声が聞こえていた。

フィンで砂地を蹴った竜介がまっすぐに浮かびあがる。先に船に上がり、真奈の手をつかんで引っぱり上げてくれる。

船底に茫然とへたりこんだ。ウェットスーツは水を吸いこんで重たかったが、立ち上がれずにいるのはそのせいではなかった。

上半身だけを脱いだ竜介が、髪から水を滴らせながら真奈のそばにしゃがむ。

「どうだった」

その声を聞いたとたん、再び涙が溢れだした。

言葉にならなかった。たったいま確かにこの目で見たはずなのに、もうすでに幻のように思えるのだ。その存在があまりにも巨き過ぎて、脳の処理能力を超えてしまったのかもしれない。

「か……みさ……」

声がかすれる。竜介が耳を近づけてきた。

「え？」

かぶりを振って、言い直した。

「見えたよ……。私にも、〈マナ〉が」

竜介は黙ってふっと微笑し、操縦席のほうへ行って何かを手に戻ってきた。

頭にのせられたのは乾いたタオルだった。大きな手が、潮水に濡れた真奈の髪をぐしゃぐしゃと拭く。

「まあ、あれだ」

ひどくぶっきらぼうに言った。

「俺にとっては、お前こそが〈神の恩寵《マナ》〉だけどな」

＊

遠く、近く、潮の柱が高々と噴きあがる。そのあとから水面が盛りあがり、現れた黒い背中が大蛇のようにするすると動いて、最後に尾びれが巨大な杯のように空へと掲げられ、滝のごとく水滴を降らせながら沈んでゆく。

ややあってまた、きらめく噴水。そのつど空中に一瞬の虹がかかり、風に吹き散らされて消える。

太陽は高く昇り、日射しは強さを増してきた。再び岸を目指して走りだした船の上、呑気なウクレレの音がタヒチの旋律を奏でる。

調子よく爪弾きながら、例によってハンドルを足裏で操る男を眺めていると、腹の底からこみあげるのはおさえきれないクスクス笑いと、女であることの圧倒的な幸福感だ。自分もいいかげんおめでたいかもしれない。

紺碧の空と光り輝く雲を背景に、そそり立つオテマヌ山の岩肌が近づいてくる。

さっきの涙に洗い流されたのか、それともああして神の姿を間近に見たせいか、世界のすべてが、初めて目にするかのように真新しい。透きとおる波の下には色とりどりの珊瑚礁と魚たち。彼方の空にはくっきりと大きな虹の橋が、豪勢にも二重にかかっている。

ああ、恩寵が目に見える、と彼女は思う。この島はどこもかしこも、神々の祝福と香気にあふれている。

岸に上がったら、恋人に頼んでティアレの花を髪に——もちろん左の耳の上に挿してもらおう。純白の花に宿る〈マナ〉はそのとき、どんなにかぐわしく薫ることだろう。

たった一日で肌は灼け、ほんのりと色づいた。いつもそうだ。心が先に気づき、軀があとを追いかける。

風に乱れる髪をおさえながら、彼女はまぶしい予感に目を細める。

きっと、もう少しだ。

あともう少し太陽に晒されたなら、軀ごと、タヒチの女になる。

初出　「週刊文春」二〇一二年八月一六日・二三日号〜二〇一三年八月一日号

取材協力

エア　タヒチ　ヌイ
タヒチ観光局
セントレジス・ボラボラリゾート
ヒルトン　ボラボラヌイ　リゾート＆スパ
ヒルトン　モーレア　ラグーン　リゾート＆スパ

村山由佳

1964年生まれ。立教大学卒業後、不動産会社勤務、塾講師などを経て作家デビュー。93年『春妃～デッサン』（『天使の卵-エンジェルス・エッグ』に改題）で小説すばる新人賞、2003年『星々の舟』で直木賞、09年『ダブル・ファンタジー』で中央公論文芸賞、島清恋愛文学賞、柴田錬三郎賞をトリプル受賞。他の著書に『天使の棺』『放蕩記』『星々の舟』『アダルト・エデュケーション』など。13年4月より、NHK-FM『眠れない貴女へ』のパーソナリティを隔週で務めるほか、歌詞提供など、広く活躍の場を広げている。

ありふれた愛《あい》じゃない

二〇一四年三月三十日　第一刷発行

著者　村山《むらやま》由佳《ゆか》
発行者　吉安　章
発行所　株式会社　文藝春秋
〒102-8008　東京都千代田区紀尾井町三―二三
電話　〇三―三二六五―一二一一
印刷所　萩原印刷
製本所　加藤製本
DTP　梵天

ISBN978-4-16-390036-0